JUDITH W. TASCHLER

Nur nachts ist es hell

Roman

Paul Zsolnay Verlag

1. Auflage 2024
ISBN 978-3-552-07507-8

Satz: Nadine Clemens, München
Autorinnenfoto: © Maria Noi
Umschlag: Anzinger und Rasp, München
Motiv: Tom Roberts »Going home« © akg-images
Druck und Bindung: GGP Media GmbH, Pößneck
Printed in Germany

FSC www.fsc.org
MIX
Papier | Fördert gute Waldnutzung
FSC® C014496

1

In den Zeitungen stand, dass Wirbel gemacht werden sollte.

Und weil mich das interessierte, fuhr ich mit der Straßenbahn in die Innenstadt, um mir den Wirbel anzusehen. Eine Menge Leute waren auf der Straße unterwegs, vor allem junge, auffallend viele Männer waren unter ihnen. Das beeindruckte mich. Es ging eine Kraft von den Marschierenden aus, die mich anzog, ich überlegte sogar, mich unter sie zu mischen, blieb dann aber am Straßenrand stehen und schaute zu. Einige reckten die Fäuste gegen den Himmel. Sie schrien im Chor, immer die gleichen Wörter, ich konnte sie nicht verstehen. Die Luft war klirrend kalt, und ich sah die kleinen Atemwolken vor dem Gesicht derjenigen, die an mir vorbeimarschierten. Drei Männer – ein Pfarrer, ein Richter und ein Arzt – zogen einen großen Schubkarren, auf diesem befand sich ein großer hölzerner Käfig. Darin stand aufrecht eine Frau. Sie trug Sträflingskleidung, auf dem Kopf eine Stoffkappe, sie hielt sich rechts und links an den Stäben fest. Ich wusste nicht, was ich davon halten sollte. Einem älteren Paar neben mir war das Missfallen offen anzusehen, und ich verspürte plötzlich ein Schamgefühl darüber, mich bei den Gaffern aufzuhalten, anstatt mitten im Geschehen zu sein.

Wenige Meter von mir entfernt befragte ein junger Mann einige Passanten. Er trug nur einen dünnen Ledermantel über seinem geblümten Hemd, ich sah ihn schon mit einer Lungenentzündung im Krankenhaus liegen. Während er den Leuten ein Mikrofon unter die Nase hielt, filmte hinter ihm stehend ein weiterer Mann das Interview, die beiden waren vom öffentlich-rechtlichen Fernsehen.

»Was denken Sie darüber? Was sagen Sie dazu?«, fragte der Reporter. Eine detailliertere Frage fiel ihm offenbar nicht ein.

Die beiden kamen in meine Richtung, ich wandte mich ab und ging Richtung Straßenbahnhaltestelle. Als ich zurückschaute, sah ich, dass der Schubkarren angehalten worden war und die Frau begonnen hatte, mit einer Axt die Stäbe zu zerschlagen. Daneben wurde ein Plakat in die Höhe gehalten, darauf stand geschrieben: Kinder sollen glücklich sein.

In der Straßenbahn dachte ich dann, dass mich die Aktion mehr angesprochen hätte, wenn sie nicht derart reißerisch und theatralisch gewesen wäre. Plakate mit Informationen, Fakten, wären mir lieber gewesen als ein Käfig, der zerhackt wurde, ich hatte mit Exzentrik schon immer wenig anfangen können. Ich sagte mir: Du darfst nicht von dir ausgehen, es ist eine Angelegenheit der jungen Leute. Und wie heißt es so schön? Der Zweck heiligt das Mittel.

Diese Protestkundgebung fand vor fast einem Jahr, im Dezember 1972, statt. Am Abend dann überkam mich das heulende Elend, ich muss zugeben, es war eine Menge Alkohol im Spiel. Es war nicht so, dass mich die Demonstration derart aufgewühlt hätte, so schnell wühlt mich nichts auf, das kannst du mir glauben, und schon gar nicht eine Aktion, der – im Nachhinein betrachtet – sogar etwas Lächerliches anhaftet. Als ich in die Wohnung kam, läutete das Telefon, am anderen Ende der Leitung hustete und nieste meine Freundin, sie war zu verkühlt, um vorbeizukommen, so wie sie es an den meisten Samstagen tat. Franzi – Francisca Auersperg – ist vier Jahre jünger als ich, wir haben uns vor über fünfzig Jahren an der Universität kennengelernt. Du wirst sie sicherlich bald kennenlernen und du wirst sie mögen. Früher besuchten wir Konzerte, gingen ins Theater, ins Kino oder einfach nur gut essen, aber in den letzten Jahren hat sich eingebürgert, dass sie zu mir kommt oder ich zu ihr. Es ist uns vieles zu mühsam geworden, und wir finden es gemütlicher, zu Hause beieinander zu sitzen, manchmal laden wir noch eine oder zwei weitere Freundinnen ein.

Ich war enttäuscht. Ich brauchte jemanden zum Reden, wollte vom Gesehenen berichten und von meinen ambivalenten Empfindungen darüber. Außerdem hatte ich eine Flasche Schlumberger, frisches Dinkelbrot, verschiedene Aufstriche, Käse, für uns gekauft. Ich wusste nicht recht, was ich mit dem unerwartet einsamen Abend anfangen sollte, ich rief meine Schwiegertochter an, sie hob nicht ab. Die Künstlerin im Käfig, in der lachhaften Sträflingsbekleidung – als wäre das Ganze ein Faschingsumzug und keine Demonstration für die Legalisierung des Schwangerschaftsabbruchs –, ging mir nicht aus dem Kopf. Ihr theatralischer Gesichtsausdruck, als sie die Axt nahm und begann, damit die Stäbe zu zerschlagen, Herrgott! Als würde man so der Sache gerecht werden. Mit einer Heftigkeit überkamen mich Erinnerungen, ich schenkte mir ein Glas Sekt ein und schnell ein zweites. Erinnerungen und Alkohol sind eine fatale Kombination.

Aus der Schublade des Schreibtisches holte ich ein Heft, weil ich dachte, es würde mir helfen, wenn ich meine Gedanken niederschrieb. Eigentlich war es kein Heft, sondern ein Buch, eines mit vielen leeren linierten Seiten und einem schönen Bild vorne am Einband, nämlich Gustav Klimts *Der Kuss*. Ich hatte mich schon länger mit dem Gedanken getragen, ein paar Dinge aus meinem Leben aufzuschreiben, weshalb ich dieses Buch vor Jahren gekauft hatte, in der Schreibwarenhandlung wurde es als meistverkauftes Tagebuch angepriesen. Nicht weil ich dachte, mein Leben würde irgendjemanden interessieren, ich hoffte, meine Selbstgespräche dadurch ein bisschen in den Griff zu bekommen. Sie waren mir unendlich peinlich, seitdem ich erkannt hatte, dass ich nicht nur in der Wohnung mit mir redete – dort frönte ich ihnen wie einem wohltuenden, entspannenden Laster –, sondern auch in der Straßenbahn, im Geschäft, auf offener Straße. Ich war der Meinung gewesen, ich hätte mich unter Kontrolle, sobald ich die Tür meiner Wohnung hinter mir zuzog.

Ich habe beschlossen, über mein Leben zu schreiben. Macht damit, was Ihr wollt, liebe Nachkommenschaft!, schrieb ich zügig auf die erste Seite. Danach folgten ein paar Sätze über den *Krieg, der in uns steckt,* dass ich ein Mädchen gewesen war, als der erste große Krieg ausbrach, und eine alte Frau, als der zweite endete, und dass ich in der Zwischenzeit als Ärztin an anderen Fronten zu kämpfen hatte.

Weiter kam ich nicht. Weil ich nämlich schneller trank, als ich schrieb. Tränen verwischten das Geschriebene, ich weinte um meine Mutter, um alle Frauen und vor allem um mich, ich zerfloss in Selbstmitleid und flennte tatsächlich wie ein kleines Kind. Glaub mir, ich bin nicht nahe am Wasser gebaut! Nach ein paar Sätzen legte ich den Stift zur Seite, meine Ergüsse waren mir zu pathetisch. Ich saß da, vor mir das aufgeschlagene Buch, heulte Rotz und Wasser und schalt mich selbst eine gefühlsduselige Kuh.

So viel zu deiner Frage, wann ich das letzte Mal geweint habe.

2

Ich hatte das Glück, behütet aufwachsen zu dürfen, mein Vater war ein wohlhabender Kaufmann und Händler. Ich war das Nesthäkchen und das Lieblingskind meiner Mutter, die Zwillinge Carl und Eugen waren zwölf Jahre älter als ich und Gustav fünf Jahre, er stand mir in meiner Jugend am nächsten.

Weil in meiner Familie Bildung etwas zählte, durfte ich eine Höhere Schule in der Stadt besuchen. Ich war heftig in meinen Geschichtelehrer verliebt. Als ich neunzehn war, fand ein folgenschweres Attentat in Sarajevo statt, daraufhin geriet unsere Welt aus den Fugen. In den folgenden vier Jahren arbeitete ich als Krankenschwester in verschiedenen Lazaretten. Gustav fiel in Galizien. Nach dem Kriegsende war ich eine andere. Ich wollte Medizin studieren, und obwohl meine Familie aufgeschlossen war, war sie dagegen. Eine Frau, die als Ärztin arbeitete? So viel zählte Bildung doch wieder nicht. Es sollte mir genug sein, Krankenschwester zu sein und später zu heiraten.

Was ich auch rasch tat: Ich heiratete einen Kommilitonen meines gefallenen Bruders. Georg war versehrt aus dem Krieg heimgekehrt, ihm fehlte der linke Arm. Er war der Einzige, der meinen Wunsch, Medizin zu studieren, unterstützte. Nein, falsch, auch mein Bruder Eugen hielt in dieser Sache zu mir. Er forderte die Erlaubnis für mich von meinem Vater und von Carl, der das Elternhaus und den väterlichen Betrieb übernommen hatte. Ich sehe deine erstaunten Augen, ich weiß, dir hat man immer etwas anderes erzählt. Über Carl reden wir morgen. Oder übermorgen. Und auch darüber, was Eugen im Gegenzug dafür aufgab. Er kam oft zu Besuch nach Wien, wir verstanden uns gut und liebten beide das Nachtleben. Und Eugen liebte Luzia, die Frau seines Zwillingsbruders. Meine Schwiegerfamilie war sehr einflussreich, weshalb ich an der Universität von bestimmten Professoren weniger schikaniert wurde als andere Studentinnen, wie zum Beispiel meine Freundin Franzi. Als ich dann Ärztin war, gab es mitunter Zeiten, in denen ich mir wünschte, ich wäre Krankenschwester geblieben.

Georg und ich waren glücklich – in den ersten Jahren. Ich wünschte mir eine Tochter und bekam zwei Söhne. Meine Mutter lebte bei uns und kümmerte sich um Haushalt und Kindererziehung. Ohne sie wäre ich verloren gewesen. Meine kleinen Buben nannten ihre Großmutter »Mamie«, sie liebten sie heiß. Den ganzen Tag hieß es Mamie, lies uns etwas vor, Mamie, spiel mit uns Verstecken!

Gemeinsam mit meinem Mann übernahm ich die Praxis für Allgemeinmedizin vom Schwiegervater. Ich arbeitete viel und ging völlig in meinem Beruf auf. Es war eine schöne Zeit, ich fühlte mich gebraucht und privilegiert. Es war eine harte Zeit, ich konnte nicht wegsehen, all das Elend, es war zum Aus-der-Haut-Fahren, mir war es zu wenig, Lungen abzuhorchen, Säuglingen auf die Welt zu helfen. Ich war nicht vorsichtig genug, mein Name wurde mit bestimmten Kreisen in Zusammenhang gebracht, ich kam für zwei Tage ins Gefängnis. Es war ein Skandal und kostete mich beinahe meine Ehe.

Ich hatte einen Geliebten. Meine Mutter starb 1937. Ein Jahr später marschierte Adolf Hitler in Wien ein und wieder eineinhalb Jahre später befanden wir uns im zweiten großen Krieg. Zwanzig Jahre zuvor hatten die Kriegsverhandlungen vom ersten stattgefunden. Nur zwanzig Jahre, das ist ein bisschen mehr als ein Drittel eines Lebens! Es kam mir vor, als wäre ich zurückkatapultiert worden in meine Jugend, als habe die Zeit aus Versehen den Rückwärtsgang eingelegt und wäre im Sommer 1914 abrupt zum Stehen gekommen. Wieder große Töne der Machthaber im Rundfunk und unerträgliche Euphorie, die Leute wurden offenbar nicht klüger. Unser ältester Sohn wurde eingezogen und an die Ostfront abkommandiert. In der Schule hatte er so gerne von Friedrich I., mit dem Beinamen Barbarossa, gehört, jetzt verschluckte ihn die Operation Barbarossa: Im November 1941 erhielten wir die Vermisstenmeldung. Mein Mann ertrug den Gedanken nicht und griff zu seiner Walther. Um einer Einberufung an die Front zu entgehen, meldete sich der Jüngste freiwillig als Übersetzer für die SS. Ich arbeitete ein halbes Jahr in einem Feldlazarett in Russland.

Weil unaufhörlich Bomben auf Wien fielen, verbrachte ich das Frühjahr 1945 auf dem Land, in meinem Elternhaus, dort gab es nur Frauen: meine Schwägerin, meine Nichte, eine jüdische Familie, die aus der Mutter und den zwei Töchtern bestand, und mich. Wir warteten auf die Rückkehr der Männer. Genau einen Monat später wurde der Krieg offiziell für beendet erklärt. Scharenweise zogen Kriegsheimkehrer durch die Dörfer, und die Russen bezogen die Ämter in den größeren und kleineren Städten.

Beruflich begann eine arbeitsame Zeit für mich, ich gestaltete die Praxis neu und stellte eine junge Ärztin ein, mein privates Leben verlief ruhig. Mein Sohn kehrte 1949 aus der Kriegsgefangenschaft heim. Er hatte sich nicht angekündigt, er stand einfach vor der Tür. Ich glaube, das war das vorletzte Mal, dass ich heulte wie ein Schlosshund. An einem warmen Herbsttag im Jahr 1954 starb mein Bruder Eugen; kurze Zeit darauf übergab ich die Ordination an meine Nachfolgerin. Zur Pensionierung schenkte mir mein Sohn einen Welpen. Eine meiner letzten Tätigkeiten als Ärztin war das Ausstellen des Rezeptes für ein Verhütungsmittel. Die »Anovlar«, eingeschweißt in silbernes Stanniolpapier, war groß wie eine Linse und grün wie eine Erbse. Die Antibabypille war ein Jahr zuvor in Österreich auf den Markt gekommen – ich bezeichne das als Revolution –, die Mondlandung sieben Jahre später war nichts dagegen. Ich habe sie trotzdem im Fernsehen verfolgt, gemeinsam mit meinem Sohn, der Schwiegertochter und deren Kindern, ein paar Freunden, meinem Hund und einem Glas Sekt.

Das ist die Kurzfassung meines Lebens.

3

Du willst wissen, was mir als erstes einfällt, wenn ich zurückschaue?

Ich sehe vor mir: Ein Mann, in Arbeitskleidung, sitzt allein am Küchentisch, es ist Nacht. Mit seiner schönen geschwungenen Handschrift schreibt er Briefe, er hält immer wieder inne, lauscht zur Tür hin, schließlich beendet er sie und faltet sie sorgfältig. Er verlässt den Raum, wirft einen letzten Blick zurück und zieht die Tür mit Nachdruck hinter sich zu. Langsam geht er durch den Hausflur, er verlässt das Haus und stellt fest, dass es leicht zu schneien begonnen hat. Schweren Schrittes geht er zu einem Auto, steigt ein und fährt los, im Rückspiegel sieht er das Haus kleiner werden.

Wie seltsam eigentlich. Was ich soeben geschildert habe, habe ich nicht wirklich gesehen, ich bin nicht dabei gewesen. Aber ich habe es mir so oft vorgestellt, dass sich dieses Bild, wie der Mann in der nächtlichen Küche Briefe schreibt, in mein Gedächtnis gebrannt hat und zu einer Erinnerung geworden ist. Letztendlich ist das, woran man sich erinnert, nicht immer dasselbe wie das, was man selbst erlebt hat.

Es gibt noch weitere Bilder, die vor meinem geistigen Auge auftauchen, wenn ich mich in der Vergangenheit verliere, sie sind nicht in dieser Reihenfolge geschehen:

Das durchscheinende Gesicht einer alten Frau, verschwindend klein auf einem großen Polster mit rot-weiß-kariertem Bezug, die Augen gequält und rastlos.

Braungebrannte muskulöse Arme über mir, die Hände fest auf meinen Schultern, dichtes brünettes Haar fällt ins Gesicht.

Zwei nackte Buben, vor Freude kreischend, in einem mit Wasser gefüllten Holzzuber unter einem blühenden Apfelbaum.

Ein Mann und eine Frau, tanzend in einer nächtlichen Bar, so viel hingebungsvolle Sinnlichkeit ist zwischen ihnen spürbar, ich kann den Blick nicht abwenden.

Ein großes Steak wird resolut in kleine Stücke zerteilt, das Messer knirscht auf dem Teller.

Der Widerschein von fernen Artilleriefeuern, flackernd an der Decke eines Zugwaggons.

Der Mann, der in dieser Winternacht in seiner Küche Abschiedsbriefe für seine Familie schrieb, war mein Bruder Carl. Ihm war bewusst, er würde sie nicht wiedersehen. Zeitlebens spielte er keine große Rolle in meinem Leben, von allen Familienmitgliedern kannte ich ihn am wenigsten. Carl hatte das Elternhaus übernommen, ich sah ihn, wenn ich mit meinen Kindern einige Tage dort verbrachte. Nach Wien, um mich zu besuchen, kam er kaum. Er war freundlich, zurückhaltend, ernst, eher wortkarg, es war immer sein Zwillingsbruder Eugen gewesen, dem ich mich näher fühlte. Aber wenn ich jetzt zurückblicke, kommt mir Carl in den Sinn.

Ich schaue oft zurück, ja, ich rede viel mit mir selbst und ich schaue viel zurück. So ist das, seitdem mir bewusst wurde, dass ich am Ende des Lebens angekommen bin, nicht des Lebens an sich – ich war damals knapp über fünfundsechzig und hoffte natürlich noch auf ein paar Jahre, tue es immer noch –, ich meine damit das Ende jeder Wahrscheinlichkeit einer Veränderung im Leben.

Aber es ist besser, ich beginne von vorne.

4

An meine ersten zwölf, dreizehn Jahre habe ich nicht viele Erinnerungen. Das Heimatdorf in der Provinz, unscheinbar, du kennst es, auch du bist dort aufgewachsen. Kann man das überhaupt sagen von einem Dorf: unscheinbar? Es war damals noch kleiner, als es heute ist, nicht einmal tausend Leute waren ansässig. Die weite Talsenke, durch die ein Bach fließt, umgeben nur von Wiesen und Wäldern, idyllisch. Das geräumige helle Haus mit der Holzveranda, komfortabel und gemütlich. Mein Vater selbst hatte es geplant, er hatte als junger Mann die Welt gesehen und wollte eine Bauweise, die sich abhob von anderen in der Gegend, er verabscheute winzige finstere Kammern. Von außen wirkte es wie eine trutzige schiefe Burg, weil das neue Haus direkt an die alte – niedrigere – Mühle angebaut worden war. Mein Vater, ein erfolgreicher Kaufmann, konnte seiner Familie vieles bieten, mehr als es damals in einem kleinen Dorf üblich war. Mir fehlte es an nichts und außerdem wurde ich geliebt. Mein Elternhaus in diesem Tal – die Hofmühle –, abgelegen vom Dorf, war wie ein Kokon voller Fürsorge und Behaglichkeit für mich. Meine Brüder füllten den Kokon mit Temperament und Späßen, meine Mutter mit Sinn für das Schöne und mein Vater mit Wissensdrang.

Heute wird die Zeit, in der ich geboren wurde, in den Büchern als Belle Époque verklärt. Einmal las ich folgende Zeilen, deren ungefährer Wortlaut lautete: »Die Jahrzehnte ab 1880 waren nicht nur sicher und politisch friedvoll, es gab zudem Aufschwung und Neuerungen in vielen Bereichen, technologisch, in der Medizin, wirtschaftlich, gesellschaftlich, in den Künsten. Alles pulsierte, überall war eine schöpferische Kraft spürbar.«

Diese schöpferische, pulsierende Kraft konnte ich förmlich spüren. Mein Vater hatte eine Unmenge Zeitungen und Wissenschaftsmagazine abonniert, die er sorgfältig studierte, außerdem kam er viel herum. Er war interessiert und ein guter Erzähler, er berichtete gern von Gesehenem und Gelesenem. Ich hing an seinen Lippen. Durch ihn bekam ich mit, wie rasant sich die Welt veränderte.

Natürlich gab es die andere Seite der Medaille, ich sah sie als Kind nicht. Die Fabrikarbeiter in den Elendsvierteln, die einen Hungerlohn bekamen und keinen Zugang zu medizinischer Versorgung hatten, hätten diese Zeit rückblickend wohl kaum als »Schöne Epoche« bezeichnet. Damit wurde ich erst später konfrontiert, in Wien.

Ich erinnere mich daran, dass ich zwischen dem vierten und siebten Lebensjahr manchmal an Angstzuständen und Albträumen litt. Ich hatte das Gefühl, ein Teil von mir würde fehlen, als hätte jemand mit Gewalt meine zweite Hälfte von mir getrennt. Das Gefühl war körperlich und durchdringend. Mit sechs, sieben war ich überzeugt davon, eine Zwillingsschwester gehabt zu haben. Meine Mutter verneinte das. Ich fühlte mich einsam und war weinerlich, obwohl ich tagtäglich von vielen Leuten umgeben war, nicht nur von meiner Familie. Für den Haushalt hatten wir Personal, und auch die Angestellten des Kaufhauses gingen bei uns ein und aus. Ich kannte sie alle mit Vornamen, einige aßen sogar mit uns zu Mittag. Es herrschte ein reges Kommen und Gehen, mein Vater mochte das, meine Mutter machte der Trubel wahnsinnig. In den Nächten war ich unruhig und wachte oft schreiend auf, in meinen wirren Albträumen war ich alleine, regelrecht ausgesetzt fühlte ich mich. Ich war auf der Suche nach jemand Bestimmtem, wusste aber nicht, wer die Person sein sollte, die ich so verzweifelt gesucht hatte. Meine Mutter schlief deshalb oft bei mir. Erst im siebten Lebensjahr begann ich, allein in meinem Zimmer zu schlafen, ich zwang mich dazu, meine Ängste zu überwinden. Ich wollte meinem Vater gefallen.

Später dann, in meinem neunten, zehnten Lebensjahr, war ich trotzig, schnell erregt. Ein Zorn, von dem ich das Gefühl hatte, er würde mich innerlich zerreißen, überkam mich schnell, ich zwang mich jedes Mal, ihn zu unterdrücken, was mir meistens nicht gelang. Es reichte, wenn Gustav ein hänselndes Wort sagte oder mein Vater mich beim Essen ignorierte, um mich für Stunden todunglücklich und wütend zu machen. Mein Vater war wesentlich älter als meine Mutter; als ich zur Welt kam, war er bereits siebenundvierzig. In meiner Kindheit nahm er mich kaum wahr. Er, den ich vergötterte, und die Brüder, die ich bewunderte, bildeten eine Einheit, diese war unerreichbar für mich, und das machte mich rasend. Meine Mutter war überglücklich über die Geburt einer Tochter gewesen, zumindest wurde mir das so gesagt, sie selbst stritt es immer ab, vor allem, wenn Gustav dabei war. Sie verwöhnte mich, ich liebte sie und hing an ihr, aber ihre Welt erschien mir eng, die des Vaters hingegen aufregend. Ich war sozusagen der Augapfel der Mutter, der ständig aus den Augenwinkeln die Brüder beobachtete und den Vater belauschte.

Ich tat alles, um von ihm gesehen zu werden, und wünschte mir nicht nur, dass er mir Aufmerksamkeit schenkte, sondern auch Gutes von mir dachte. In seinen Augen zählten Wissbegierde, Neugier der Welt gegenüber, Mitgefühl für Menschen, mit denen es das Leben schlechter gemeint hatte. Also gab ich mich klug und interessiert. Ich begann viel zu lesen, zu lernen, und es beruhigte mich, eine Klarheit breitete sich in meinem Kopf aus. Es war, als würde ich meinen Verstand entdecken und Gefallen an ihm finden, oder er an mir. Meine Entwicklung nahm mein

Vater mit Wohlwollen zur Kenntnis, und er entschied, dass ich weiter zur Schule gehen sollte. Aus diesem Grund kam ich mit dreizehn nach Wien.

An wenige Erlebnisse in meiner Kindheit erinnere ich mich ganz konkret.

War ich sechs oder sieben? Ich bin mir nicht sicher, in welchem Sommer es passierte, ich weiß nur, es war heiß und drückend, mehrere Wochen hintereinander regnete es nicht. Mir machten die Temperaturen nichts aus – auch heute nicht –, aber die Erwachsenen konnten nicht aufhören zu jammern und zu stöhnen. Verwandte meiner Mutter waren aus Wien zu Besuch, um der Hitze in der Großstadt zu entkommen. Ich betrat das Wohnzimmer, Sonnenlicht schien durch die Fenster und machte Staubkörner sichtbar, Cousin Wilhelm, sechs Jahre älter als ich, fläzte sich auf dem Sofa. Als ich bei ihm vorbeiging, zog er mich auf seinen Schoß. Niemand störte sich daran, auch ich nicht, es war nichts Ungewöhnliches, wenn der Cousin die kleine Cousine herzte. Er fing an, mich zwischen meinen Beinen zu reiben, und ich legte meine Hände auf seine Knie. Ein seltsam warmes Gefühl stellte sich ein, es war gedämpfte Erregung und gleichzeitig die Empfindung des Verbotenen. Nach einer Weile rutschte ich von seinem Schoß und ging weg. Ich habe sie nie vergessen, diese verstohlene Berührung im Vorübergehen, sie war meine erste sexuelle Erfahrung. Es war nicht traumatisch, es war neu, und die Neugier hinterließ einen deutlichen Eindruck in meinem Gedächtnis. Später wurde mir bewusst: Wäre ich nicht gegangen, wäre ich nicht imstande gewesen, meinen eigenen Willen zu behalten, hätte die Sache vielleicht eine durchaus unschöne Erinnerung hinterlassen. Ich muss also im Umgang mit anderen willensstark gewesen sein. Wie war ich noch als Kind? Ich war sehr empfindsam, ich glaube, ihr würdet heute sensibel dazu sagen, ich konnte Stimmungen von anderen gut wahrnehmen. Alles ging mir nahe, ohne dass ich es zeigen wollte. Ich war hoffnungslos ernsthaft, ohne die Distanz der Ironie oder die Begabung, meine Gefühle zu verbergen. Das kam alles erst später.

Das Zweite, woran ich mich gut erinnern kann, ist der Abschied von meinem Bruder Eugen. Er war zwanzig Jahre alt, als er nach Amerika ging, ich war zu dem Zeitpunkt acht.

Eugen war mir der Liebste von den Brüdern. Während Gustav mich aus Eifersucht hänselte und Carl – der ernste, verantwortungsvolle Carl – mich vor lauter Pflichten nicht wahrnahm, war Eugen der Einzige, der sich mit mir abgab. Natürlich nicht viel, es war nicht so, dass er sich täglich lange mit mir beschäftigte. Ich wuchs in einer Zeit auf, in der Kinder die Aufgabe der Mutter oder einer Angestellten waren und sich im Hintergrund zu halten hatten. Aber Eugen wandte sich bei den Mahlzeiten auch an mich, um mit mir zu plaudern, er interessierte sich für meine Spiele, er nahm mich mit auf Spaziergänge. Ja, es kann sein, dass ich ihn verkläre.

Eines Tages teilte er uns überraschend mit, dass er nach Amerika gehen werde, und da er – heimlich – bereits alles Notwendige dafür veranlasst hatte, stand seine Abreise schon bald bevor.

»Es ist nur für ein paar Jahre«, versicherte er, nachdem die Fassungslosigkeit des Vaters – und auch die seiner Geschwister – offensichtlich war.

Mir verschlug es bei seiner Ankündigung die Sprache, eine unglaubliche Wut kroch in mir hoch. Ich weiß noch heute, dass Carl, weiß im Gesicht und ohne ein Wort zu sagen, vom Stuhl aufstand und den Raum verließ. Wir spürten alle, dass Eugen nicht vorhatte, so schnell wiederzukommen, dass es eine *Auswanderung* war. Er hatte offensichtlich nicht den Mut, uns das zu sagen.

Eugen wollte nicht, dass wir ihn zum Bahnhof begleiteten, und verabschiedete sich zu Hause von uns. Ich klammerte mich an ihn, der Vater musste mich schließlich mit Gewalt von ihm lösen, und die Mutter brauchte lange, um mich zu beruhigen. Zu dieser Zeit begann meine Trotzphase.

Erst Monate später erfuhren wir aus einem Brief, dass die Zugfahrt nach Bremerhaven zwei Tage lang gedauert, er dort den Schnelldampfer »Kronprinz Wilhelm« bestiegen, dass er die Prüfungen in der Einwanderungsbehörde auf Ellis Island mit Bravour gemeistert hatte und ihm das Leben in Milwaukee, Wisconsin, sehr zusagte. Es waren sachliche Zeilen, die nur dazu dienten zu informieren, mehr nicht. Kein Wort davon, dass er die Heimat oder die Familie vermisste, keine Frage nach unserem Befinden oder die Bitte nach einem Brief. In der Folge kamen nicht viele Briefe, es waren etwa zwei im Jahr. In allen erzählte er nur kurz, wo er sich gerade aufhielt und was er arbeitete, manchmal schilderte er einige Beobachtungen.

Ein weiteres Erlebnis ist mir im Gedächtnis geblieben, wobei ich mich sicherlich nur deshalb daran erinnern kann, weil mir oft davon erzählt wurde. Es ist quasi eine Erinnerung an eine oft erzählte Erinnerung. Ich war dreieinhalb, als sich meine Eltern mit mir zum Bahnhof aufmachten und wir mit dem Zug nach Linz fuhren.

Ein fünfundzwanzigjähriger Italiener hatte die Kaiserin – nach der ich benannt worden war – an einem See in der Schweiz mit einer Feile erstochen. Auf dem kurzen Weg vom Hotel zur Schiffsanlegestelle rammte ihr Luigi Lucheni eine Feile in die Brust, schnell und kräftig. Eigentlich hatte er den Herzog von Orleans ermorden wollen, aber dessen Besuch in Genf war kurzfristig abgesagt worden. Lucheni bezeichnete sich selbst als Anarchisten, sein Hass auf alles Aristokratische war groß.

»Wer nicht arbeitet, soll auch nicht essen«, waren seine Worte.

Die über acht Zentimeter lange Stichwunde ging in Höhe der vierten Rippe durch die Lunge und durch die ganze Breite des Herzens der Kaiserin. Trotzdem eilte die Sechzigjährige weiter und erreichte das Schiff. An Deck wurde sie ohnmächtig, kam aber schnell wieder zu sich und sprach sogar einige Worte, nachdem die Hofdame ihr Korsett geöffnet hatte. Später fragten sich die Mediziner, wie es möglich war, dass die Kaiserin mit einer so schweren, sich quer durch das Herz ziehenden Wunde noch auf das Schiff eilen und sogar noch reden konnte. Kann man erstochen werden, ohne es zu merken? Ich beschäftigte mich viel damit, ist eine Berufskrankheit. Die Antwort auf dieses medizinische Rätsel liefert wahrscheinlich das starre Korsett. Da es Bauch und Becken zusammendrückte, befand sich viel Blut im Oberkörper, nach dem Öffnen floss diese Reserve schnell ab, das Blut verteilte sich im ganzen Körper. Nun befand sich ungewöhnlich wenig Blut in Herznähe und durch den Schock wurde dem Herzen auch zu wenig Sauerstoff zugeführt. Das Herz begann zu fibrillieren, es zog sich zusammen und war völlig ineffizient.

Lucheni triumphierte bei seiner Verhaftung, später, 1910, beging er in seiner Zelle – er wurde in Dunkelhaft gehalten – Selbstmord. Er erhängte sich mit seinem Gürtel, obwohl es Zweifel gibt an der offiziellen Version, auf jeden Fall war das Gefängnispersonal erleichtert, er war ein unbequemer Insasse. Weißt du, dass sein Kopf aus wissenschaftlichen Gründen aufgehoben wurde und im Narrenturm ausgestellt ist? Ach Herrgott, ich schweife ab!

Mein Vater war ernst und traurig, als wäre die Tragödie ihm passiert und nicht dem Kaiserhaus. Sein Gesichtsausdruck machte mir Angst. In Linz standen wir inmitten vieler anderer

Menschen auf einem Bahnsteig und warteten. Ein Zug fuhr langsam ein und kam mit sehr lautem quietschendem Geräusch zum Stehen. Ich presste weinend meine Hände auf die Ohren, mein Vater hob mich auf seine Schultern. Unmittelbar vor uns öffnete sich die Schiebetür eines Waggons, der Sarg, bedeckt mit einem dunklen Tuch aus Damast, befand sich nicht einmal drei Meter von uns entfernt. Mein Vater salutierte, und die Männer in seiner Nähe taten es ihm nach, die Frauen senkten ihre Köpfe. Nach kurzer Zeit wurde die Schiebetür wieder geschlossen, der Zug fuhr langsam aus dem Bahnhof und die Leute zerstreuten sich allmählich. Jahrelang stellte ich mir die tote Kaiserin im Sarg liegend vor, sie trug ein schlichtes schwarzes Kleid, die Hände waren gefaltet und aus ihrem Herzen ragte senkrecht die Feile. Ich hatte auch Albträume von ihr. Im Sarg liegend öffnete die Kaiserin plötzlich die Augen, sah mich starr an und sagte, während ich den Blick nicht von der Feile wenden konnte: »Bist du heute schon an der frischen Luft gewesen?«

Das war meine Kindheit, an viel mehr erinnere ich mich nicht.

Ich denke selten nostalgisch an sie. Nicht weil es keine gute Kindheit gewesen wäre – im Gegenteil! –, sondern weil mir Leute zuwider sind, die darin steckengeblieben sind und sich in schwadronierenden, verklärenden Ergüssen darüber ergehen. Oder in verunglimpfenden.

Zu dem gemacht, was ich heute bin, hat mich meine Jugendzeit in der Stadt mit Sicherheit mehr als meine Kindheit im Dorf. Wenn man überhaupt eine derartige Behauptung aufstellen kann: Ein Lebensabschnitt macht dich zu etwas.

5

»Ich habe eine Wohnung in Wien gekauft«, verkündete der Vater eines Abends, nachdem er von einer mehrtägigen Geschäftsreise zurückgekommen war.

Das war im Sommer 1908, ich war dreizehn. Er musste sich bereits länger mit dem Gedanken getragen und sich nach etwas Passendem umgesehen haben. Ich wusste damals nicht und weiß es auch heute nicht, ob dieser Wohnungskauf – in einer noblen Gegend – für ihn eine Bagatelle gewesen war oder ob es ihn Mühe gekostet hatte, das Geld aufzubringen, oder ob er sich gar dabei finanziell übernommen hatte. Ich erinnere mich nur daran, dass es in unserer Familie keine Selbstverständlichkeit darstellte, sondern eine wirklich große Sache war, aber wahrscheinlich eher deshalb, weil die Trennung der Familie bevorstand.

Wochenlang herrschte Aufregung und eine fröhliche Aufbruchsstimmung, sie steckte sogar den Vater an. Gustav sollte Medizin studieren, es war sein Wunsch, seitdem er zwölf war, und ich die Höhere Schule besuchen. Der Vater wollte nicht, dass sein jüngster Sohn in Untermiete bei fremden Leuten lebte, und der Gedanke, dass seine Tochter das ganze Jahr über bei Klosterschwestern untergebracht war, war ihm ein noch größeres Gräuel. Die Mutter würde die meiste Zeit bei uns wohnen, das hatte er so entschieden, ich war ihm zu jung, um nur unter der Aufsicht einer Haushälterin zu stehen. Und Gustav, sein Liebling, sollte das Studentenleben genießen und sich nicht verantwortlich für die kleine Schwester fühlen müssen. Ich glaube, das war in Wahrheit der Hauptgrund.

Zu Beginn des Septembers 1908 reisten wir mit unseren Koffern und Truhen nach Wien. Er selbst blieb im Dorf mit Carl, seiner Schwester und deren Mann. Es mag seltsam klingen, aber die räumliche Distanz schuf eine Nähe zwischen meinen Eltern, die ich zuvor vermisst hatte.

Wir waren im Alltag ein gutes Dreigespann, meine Mutter, Gustav und ich. Wir fühlten uns wohl in Wien, es herrschte eine gelöste Stimmung. Die Mutter wirkte wie eine andere Person. Wir erkannten sie manchmal kaum wieder, sie summte vor sich hin, sie war entspannt, im Dorf war sie mit leidender Miene durch das große Haus gehuscht, die meiste Zeit müde, kopfwehgeplagt und leicht gereizt. Sie, die es im Dorf schwer ertragen hatte, dass sie nie ihre Ruhe hatte, begann Bekannte einzuladen, saß mit ihnen bei Kaffee und Kuchen zusammen und sprach über Mode, Buchneuerscheinungen, aktuelle Theaterinszenierungen oder widmete sich einfach dem Klatsch und Tratsch.

Eigentlich waren wir zu viert, die Dippold – oder Dippi, wie ich sie bald nannte –, führte unseren Haushalt, sie kam frühmorgens und verließ uns am Abend wieder. Sie war Mitte vierzig, Verwandte hatten sie empfohlen, sie sei eine hervorragende Köchin, hieß es, fleißig, mit angenehmem, liebevollem Wesen, obendrein diskret. Meine Mutter entschied sich vor allem aus dem einen Grund für sie: Sie benötigte keine Unterkunft bei uns. Dippi war verheiratet, jedoch kinderlos, und lebte mit ihrem Mann in einer kleinen Wohnung, die sich in Fußnähe zu unserer befand. Die permanente Anwesenheit einer fremden Person wäre meiner Mutter zuwider gewesen.

Ich besuchte das Lyzeum in der Rahlgasse, das fünfzehn Jahre zuvor vom Verein für erweiterte Frauenbildung gegründet worden war, es war das erste Gymnasium für Mädchen in Wien. Es umfasste anfangs sechs Schulstufen anstelle von acht – vom zwölften bis zum achzehnten Lebensjahr – und wurde mit der Matura abgeschlossen. Ich gehörte zu den ersten Jahrgängen, welche diese im Haus ablegen durften, vorher hatten die Schülerinnen die Reifeprüfung als Externistinnen in einem Knabengymnasium absolvieren müssen.

Was ich am meisten genoss, war, dass ich von Mädchen umgeben war, ich war mit einem dominanten Vater, drei Brüdern und vielen männlichen Angestellten im elterlichen Betrieb aufgewachsen. Ich schloss schnell Freundschaften. Mit der Tochter eines Hotelbesitzers verbrachte ich am meisten Zeit, sie war – wie ich – ein Jahr älter als die anderen Mädchen und hatte eine lebendige, lustige Art. Das Hotel Nordbahn befand sich im zweiten Bezirk von Wien, Emma bewohnte mit ihren Eltern einige Zimmer in der zweiten Etage. Sie kam gerne zu uns, weil sie das Hoteltreiben satt hatte, ich hingegen fand genau das spannend. Am liebsten saß ich in der Eingangshalle und beobachtete die ein- und ausgehenden Leute, ich versuchte Alter, Familienstand, Wohnort und Beruf zu erraten. Wenn ein Gast unser besonderes Interesse geweckt hatte, löcherten wir den Rezeptionisten nach Einzelheiten.

Emma heiratete noch während des Krieges einen Bankangestellten und zog mit ihm nach Graz. Ihr Mann war untauglich und wurde an der Heimatfront, im Versorgungsamt, eingesetzt. Unmittelbar nach dem Krieg, im Frühling 1919, sah ich sie das erste Mal wieder, sie war zu Besuch bei ihren Eltern in Wien. Wir saßen in einem Café, sie plapperte unentwegt von ihrer kleinen Tochter, von der Einrichtung des Hauses, das sie gerade bezog, weil die alte Wohnung zu klein geworden war, so als hätte es keine vier Jahre Krieg gegeben. Sie war mir fremd geworden. Ich hielt ihr Geplapper nicht aus, stand auf und ging, ohne mich zu verabschieden. Später tat es mir leid, ich schrieb ihr einen Brief und entschuldigte mich, aber sie beantwortete ihn nicht.

Viel Prägendes erlebte ich nicht in meiner Schulzeit.

Abgesehen vom Biologie- und Geschichteunterricht ist mir das Gefühl der Langeweile, das ich in den meisten Fächern empfand, am eindrücklichsten in Erinnerung geblieben. Gustav hatte ein Gymnasium in Linz besucht, und an den Wochenenden hatte ich mir seine Bücher geschnappt, darin gelesen und ihn mit Fragen gelöchert. Ich war dem Schulstoff voraus, gab mich in den ersten Wochen siebengescheit und vorlaut und brachte einige Lehrer auf die Palme. Sie maßregelten mich, danach verhielt ich mich ruhig. Das Fach, das ich am wenigsten mochte, war Französisch, sehr zum Leidwesen meiner Mutter, die die Sprache in ihrer Jugend gelernt hatte und immer noch beherrschte, weil sie französische Romane las. Ich bevorzugte die naturwissenschaftlichen Fächer: Biologie, Chemie, Physik. Und ab dem vierten Schuljahr auch Geschichte, was einzig und allein am Lehrer lag. Er hieß Horvath.

Eine der wenigen Lehrerinnen an der Schule unterrichtete uns in Biologie. Ich weiß noch, dass deshalb in den ersten Stunden eine gewisse Aufregung herrschte. Wir waren begeistert von dem Gedanken, dass eine Frau uns unterrichten würde und dann auch noch in einem naturwissenschaftlichen Fach! Sie war auf der Universität gewesen! Alleine dafür bewunderten wir sie. Sie hieß Marie Varga und war Mitte zwanzig, eine kleine, zarte Person. Nach einem Jahr Studium der Medizin hatte sie zu Biologie gewechselt, es gab Gerüchte, dass sie Schwierigkeiten mit dem Professor der einführenden Anatomievorlesung gehabt hatte. Der Mann war sehr in sie verliebt gewesen, und sie hatte den Mut gehabt, ihn abzuweisen, daraufhin hatte er ihr das Studium zur Hölle gemacht. Dass eine Frau an der Universität keinen Mann abweisen musste, um es schwer zu haben, kam uns nicht in den Sinn. Aber niemand wusste Genaueres, weshalb sie eine Aura des Geheimnisvollen umgab. Sie war streng mit uns, aber gerecht, mit dem Stoff, den sie mit leiser Stimme vortrug, ging sie zügig vor. Ihr Wissen war beeindruckend. Einige der Eltern beschwerten sich, dass der Unterricht zu universitär war, daraufhin änderte sie – zu meinem Leidwesen – das Vortragstempo.

In den beiden letzten Schuljahren unterrichtete uns ein junger Lehrer, der frisch von der Universität an unsere Schule gekommen war, in Geschichte. Sein Name war Richard Horvath, er war nur wenige Jahre älter als wir. Der Direktor der Schule war ein entfernter Verwandter von ihm, der den jungen Mann – er kam aus ärmlichen Verhältnissen – unterstützen wollte.

Seine Art zu unterrichten war unkonventionell. Er saß nicht hinter dem Tisch, sondern seitwärts auf dem Tisch oder ging im Klassenzimmer auf und ab. Die Stunde begann er mit den Worten »Meine Lieben«, wobei er die Hände vor seinem Mund faltete. Er las gern Biographien, seiner Meinung nach war ein Verständnis vieler Entwicklungen nicht möglich, ohne über das Leben des jeweiligen Herrschers Bescheid zu wissen. Immer wieder baute er amüsante und pikante Details aus deren Leben geschickt in den Unterricht ein, er wusste, wie er die Aufmerksamkeit selbst der uninteressiertesten Schülerin erlangen konnte.

»Hätte Napoleon sich nicht in seine Joséphine verliebt, wäre er vermutlich nicht Kommandierender General der Armee geworden, und die Geschichte Frankreichs, nein, ganz Europas wäre anders verlaufen, als wir sie kennen«, sagte er. »Joséphine de Beauharnais hatte Charme und sie kannte in Paris Gott und die Welt, genauer gesagt die Männerwelt« – die Schüchternen unter uns liefen rot an, der Rest kicherte – »und sie öffnete dem jungen ungehobelten Korsen die Türen zu ranghohen Politikern. Ohne sie hätte er kaum die nötige Akzeptanz in der französischen Politik und Gesellschaft erlangt. Übrigens musste sie ihm immer eigenhändig heiße Schokolade zubereiten, er liebte dieses Kindergetränk, und er liebte ihren Geruch, er verlangte von ihr, dass sie sich tagelang nicht wusch, bevor er heimkehrte.« Daraufhin liefen alle rot an, selbst diejenigen, die nicht aufhörten zu kichern.

Er erzählte von Alexander dem Großen und dessen närrischer Liebe zu einem Pferd, das er wie einen Freund behandelte, von Dschinghis Khan, der einen Nachrichtendienst einführte und der am liebsten die Witwen seiner ermordeten Feinde heiratete, bis er selbst den Überblick verlor, von Peter dem Großen, den sein Blasenleiden wie verrückt nervte, das ihn schließlich frühzeitig ins Grab beförderte.

Horvath veranschaulichte uns mit diesen Exkursen, dass die Mächtigen keine göttlichen, unfehlbaren Wesen waren, sondern menschlich wie wir, und dass es an uns war, sie zu hinterfragen. Denn er hatte *moderne* politische Ansichten, mit denen er nicht hinter dem Berg hielt, mit einigen Aussagen schockierte er uns regelrecht. Er sprach von Demokratie, gewählten Regierungen und propagierte die Verfassung der föderalen Republik in Nordamerika, den Vereinigten Staaten. Er sprach vom Frauenwahlrecht und fragte uns, ob wir nicht maßlos empört darüber wären, dass wir nicht wählen durften. Er fragte uns, ob uns bewusst wäre, in welch bitterer Armut die Mehrheit der Menschheit lebte, und das auch vor unserer Haustür.

»Bildung ist der einzige Weg, um sich aus dem Elend zu befreien! Aber es gehört nicht zur Vision eines Herrschers von Gottes Gnaden, mündige, gebildete Bürger als Untertanen zu haben. Unterdrückung und Ausbeutung funktionieren besser bei ungebildeten Menschen«, sagte er.

Erst nachdem er vom Direktor gemahnt worden war, weil sich

einige Eltern über »den Sozialdemokraten« beschwert hatten, wurde er etwas zurückhaltender.

In den meisten anderen Fächern las eine Schülerin einen Absatz im Schulbuch laut vor, eine andere gab ihn mit eigenen Worten wieder, und der Lehrer ergänzte abschließend mit ein paar Anmerkungen oder einer Zusammenfassung. Was sich dann wiederholte. Nicht so bei Horvath. Er strahlte über das ganze Gesicht und gestikulierte heftig und ausladend, wenn er etwas erzählte, das ihn begeisterte; er zog eine finstere Miene, sprach leise, krümmte sich, wenn ihm das zu Berichtende missfiel. So als würde er die von ihm erzählten geschichtlichen Ereignisse unmittelbar an seinem eigenen Leib erfahren. Er riss uns mit, sein *Spüren* übertrug sich auf uns, wir lauschten – oft mit offenem Mund –, fieberten mit, hielten die Luft an, hatten Gänsehaut.

Ich schwärmte für ihn, und wie ich für ihn schwärmte! Alle taten das. Bei den meisten legte sich das nach einer Weile, nicht so bei mir. Bei mir wurde es zu einer heftigen Verliebtheit, die ich mitunter als quälend empfand, ich lief ziellos durch die Stadt, nur in der Hoffnung, zufällig auf ihn zu treffen. In Tagträumen saßen wir gemeinsam auf einer Parkbank, er gestand mir seine Liebe – dabei hielt er meine Hand – und dann küsste er mich.

6

Jeden Sommer machten die Eltern, Gustav und ich eine längere Reise. Wir fuhren in die Schweiz an den Genfersee, nach Luzern, an den See im slowenischen Bled, ins Salzkammergut. Mein Vater liebte die Berge, meine Mutter die Seen. Den Vater entspannten lange Wanderungen, meine Mutter konnte stundenlang mit einem Buch am See sitzen.

Nur einmal fuhren wir nach Italien ans Meer, weil Gustav und ich nicht aufgehört hatten zu drängen, wir blieben zwei Wochen in Grado und machten Ausflüge nach Venedig. Im Jahr darauf fuhren wir wieder an den Attersee, meinen Eltern war das Treiben am Meer, das Salzwasser, der Sand, die Hitze zu anstrengend.

Der Vater begleitete uns und blieb. Zuvor war er immer erst in den letzten Tagen zu uns gestoßen, er war im Geschäft unabkömmlich, hieß es, nun war es Carl, der zu Hause nach dem Rechten sah. Wir waren zu viert, und trotzdem – das klingt vielleicht eigenartig – war es, als ob niemand fehlen würde, die Familie war *vollständig*.

Die Zwillinge waren nicht einmal ein Jahr nach der Heirat zur Welt gekommen, in einer Zeit also, in der die Eltern frisch verliebt gewesen sein müssen. Und war die Zeit mit dem erstgeborenen Kind – in dem Fall waren es zwei – nicht die, welche man besonders in Erinnerung behielt, weil alles neu und aufregend war? Aber wenn wir beieinandersaßen und die Rede auf vergangene Zeiten kam, irgendwelche Anekdoten von der Familie, von uns als kleinen Kindern, erzählt wurden, ging es immer nur um uns, um Gustav und mich, als ob es Carl und Eugen nicht geben würde. Das Gefühl hatte ich schon manchmal im Elternhaus – von klein auf – gehabt. In den Urlauben empfand ich es besonders stark. Ich stellte es mir bildlich vor: blauer Himmel, Sonnenschein, Lichtung im Wald, kleiner Pavillon. Wir vier sitzen darin und unterhalten uns angeregt, es herrscht Harmonie und Einverständnis, wir sind völlig aufeinander konzentriert. Die Zwillinge stehen draußen, wobei Carl ganz in der Nähe ist und zu uns hereinschaut; offen schaut er dem Vater, der Mutter ins Gesicht, als warte er auf die Erlaubnis, zu uns kommen zu dürfen. Eugen steht in einigen Metern Entfernung, die Hände lässig in den Hosentaschen blickt er in die entgegengesetzte Richtung, uns den Rücken zukehrend.

Dabei kann ich nicht sagen, dass mein Vater ein angespanntes Verhältnis zu seinen ältesten Söhnen gehabt hätte, im Gegenteil. Die Distanziertheit ging eher von meiner Mutter aus, und mein Vater, der sie durchaus zur Kenntnis nahm, akzeptierte sie, ohne dagegenzuhalten. Er übernahm sie sogar bis zu einem gewissen Grad. Ich fragte mich, ob die Eltern die Zwillinge weniger liebten als Gustav und mich, und wenn das der Fall war, welchen Grund es dafür gab. Aber gleichzeitig spürte ich, dass es nicht an zu wenig Liebe lag, sondern dass etwas *vor* Gustav und mir passiert war, etwas, wovon wir ausgeschlossen waren. In den ersten Ehejahren musste etwas vorgefallen sein, was die Mutter – und auch der Vater – ausblenden wollten. Manchmal schimpfte ich mich in Gedanken selbst: Hör auf, dich hineinzusteigern in Dinge, die du dir zusammenfantasierst! Du siehst ja Gespenster!

Den Rest des Sommers verbrachte ich – so wie auch die Weihnachts- und Osterferien – mit der Mutter im Elternhaus im Mühlviertel. Gustav blieb allein in der Stadt oder machte mit seinen Freunden noch eine kleine Reise. Der Vater war gegenüber seinem studierenden Sohn äußerst spendabel.

Obwohl die Wohnung ihm gehörte und er somit der Hausherr war, verhielt mein Vater sich wie ein Gast, wenn er geschäftlich in Wien zu tun hatte und bei uns wohnte. Er gab keine Anweisungen und mischte sich in nichts ein. Ich glaube, er genoss diese Rolle. Er wurde auf das Herzlichste empfangen und verwöhnt, die Dippi kochte seine Lieblingsspeisen, die Mutter begleitete er zu Konzerten, ins Theater zu gehen, weigerte er sich. Meine Mutter liebte kulturelle Veranstaltungen, aber mein Vater konnte wenig damit anfangen. Er bevorzugte es, wenn wir Gäste hatten, mit denen er diskutieren konnte: Mutters Verwandtschaft – er schätzte vor allem ihren Bruder Wilhelm, der die väterliche Kunsttischlerei übernommen hatte –, seine Geschäftspartner mit ihren Familien, aber vor allem Gustavs Freunde.

Im Rückblick erscheinen mir diese Jahre in Wien wie ein einziges lebhaftes Gespräch. Wir saßen im Wohnzimmer am großen Tisch, aßen, tranken, redeten. Das heißt, die anderen redeten, ich war diejenige, die sich ruhig verhielt, um nicht ins Bett geschickt zu werden, später wurde ich gerne geduldet. Die Gespräche mit Gustav und seinen Kommilitonen hatten es meinem Vater angetan, er war so sichtlich stolz auf seinen Sohn – der erste Student in der Familie –, nie habe ich ihn so glücklich erlebt wie an diesen Abenden. Er war nicht nur neugierig auf die jungen Leute und deren Sicht der Welt, er mochte sie und nahm sie ernst. Und sie wiederum schätzten ihn, den Sohn eines einfachen Müllers aus einer hinteren Provinz der Monarchie. Sie hörten ihm gerne zu, wenn er erzählte, und das konnte er gut: mit Esprit erzählen. Erst in seinen letzten Lebensjahren veränderte sich das, er verstummte zunehmend.

»Wie geht es eurem alten Herrn?«, wurden Gustav und ich nicht selten gefragt, wenn unser Vater bereits eine Weile nicht mehr in Wien gewesen war.

Du musst wissen, mein Vater hatte zwölf Jahre lang in der

k. u. k. Kriegsmarine gedient und dabei die Welt gesehen. Nach der Rückkehr in sein Heimatdorf bewies er Mut, indem er nicht – wie es von ihm, dem einzigen Sohn, erwartet wurde – in die Fußstapfen seines Vaters trat, sondern ein Handelsgeschäft eröffnete. Mit einem alten Frachtkahn auf der Donau begann er, Waren jeder Art in seine Heimat zu verschiffen, innerhalb weniger Jahre war er der größte Händler in der Region.

Debattiert wurde über alles Mögliche, manchmal waren der alte Herr und die jungen Leute nicht einer Meinung, vor allem wenn es um Politik ging. Die Gespräche verfolgte ich aufmerksam und interessiert. Im Kopf hatte ich dabei natürlich Horvath und wie ich ihn in den nächsten Tagen mit bestimmten Aussagen im Unterricht beeindrucken konnte.

Mein Vater war überzeugter Monarchist, er war dem Kaiser treu ergeben, keine seiner Entscheidungen stellte er in Frage. Die jungen Leute hingegen waren kritischer. Einige sahen in dem greisen Monarchen einen Bürokraten und keinen weisen Politiker, bestimmte Neuerungen gingen ihnen zu langsam, auch die Idee des Nationalstaates ließ sie nicht unberührt und sogar über die Vorzüge einer demokratischen Republik wurde diskutiert.

»Wo kämen wir da hin?«, fragte mein Vater. »Eine Demokratie erzeugt keine selbstlosen Diener des Volkes, sondern eine dumme Masse an Machtausübern. Sie ist eine Tyrannei der Mehrheit. Alles wird verzögert und verläuft im Sande, Demokratien erlauben keine Visionen. Auch kein wahres Verantwortungsgefühl. Verantwortlichkeiten werden so lange zwischen den Volksvertretern hin- und hergeschoben, bis letztlich keiner mehr verantwortlich ist. Bei einem Herrscher ist das nicht möglich. Das Ideal des mündigen Bürgers ist ohnehin eine Schimäre.«

»Wir betrachten uns als mündige Bürger«, sagte Gustav.

»Die Mehrheit ist es nicht«, antwortete mein Vater, und ich musste an Horvaths Ausführungen denken.

Es gab unterschiedliche Lebensphilosophien, die immer wieder zur Sprache kamen. Der Leitsatz meines Vaters lautete: Jeder ist verpflichtet, das Beste in seinem Leben zu geben, um Leid in seinem Umfeld zu verringern, um die Menschheit vorwärtszubringen, aber stets in den für ihn vorgegebenen Möglichkeiten. Welchen Platz man im Leben bekommen habe, das liege einzig und allein in der Hand Gottes.

Die jungen Männer sagten: »Das Leben ist ein Geschenk, um das niemand gebeten hat. Dennoch hat der denkende Mensch die philosophische Pflicht, das Wesen des Lebens wie auch die damit einhergehenden Bedingungen zu erforschen. Ganz gleich, wohin den Einzelnen diese Betrachtungen führen, sei es zum Dienst am Gemeinwohl, zu einer hedonistischen Lebensweise, zu Einsiedelei, zu Suizid oder was auch immer.«

Meinem Vater ging wiederum dieser Ansatz zu weit. Er glaubte an die Anwendung des Denkens auf das Leben, vertrat aber die Auffassung, dass das Resultat nur eines sein konnte: »Der Mensch kommt zur Welt, um sie zu einer besseren zu machen, jegliches Handeln sollte von moralischen Prinzipien geleitet sein.«

Auch wenn sich manchmal ein regelrechtes Streitgespräch entwickelte, ging man spät in der Nacht lachend und schulterklopfend auseinander.

Eine Diskussion ist mir besonders in Erinnerung geblieben. Nicht weil es hitziger als sonst herging, sondern weil sich an dem Abend ein Freund meines Bruders, der mir bisher nicht sonderlich aufgefallen war, stärker als sonst einbrachte und zwar offensichtlich, weil er mich beeindrucken wollte.

Ich kannte ihn schon eine Weile, aber nur flüchtig, ich weiß nicht mehr, wann genau Gustav seinen Freund Georg – sie hatten einander im Kurs über Laryngologie kennengelernt – zum ersten Mal mit zu uns nach Hause brachte. Georg Tichy war ein Jahr jünger als Gustav, er stammte aus einer Wiener Ärztefamilie. Sein Vater führte eine Ordination für Allgemeinmedizin, sein Onkel war eine sogenannte Koryphäe an der Universitätsklinik.

Das Gespräch begann mit der scherzhaften Frage meines Vaters: »Na Elisabeth, was hat euer Geschichtelehrer letztens mit euch besprochen?«

Mein Vater fragte mich bei seinen Besuchen über die einzelnen Fächer aus und hatte mitbekommen, dass ich mich – seit ich einen neuen, engagierten Lehrer hatte – neuerdings für Geschichte interessierte. Er goutierte das, mit den Einstellungen Horvaths war er allerdings selten einverstanden. Weshalb ich diese immer weniger kundtat. Ich wollte vermeiden, dass ich Horvaths Ansichten – die mir näherstanden als die meines Vaters – zu verteidigen begann und darüber mit meinem Vater in Streit geriet. Womöglich hätte er noch gemerkt, dass ich in den Lehrer verliebt war, und das wollte ich schon gar nicht.

Wir hatten in der Klasse über die Suffragetten in England, die in letzter Zeit durch die Ausübung von Gewalt in die Schlagzeilen geraten waren, gesprochen. In London hatten Frauen, mit Hämmern und Steinen bewaffnet, an die dreihundert Fenster im Einkaufsviertel zerschlagen, auch Landsitze von Adligen wurden teilweise zerstört. Ich überlegte, ob ich etwas anderes in die Runde werfen sollte, aber in der Eile fiel mir nichts ein, deshalb sagte ich es. Und ich wusste schon im Vorhinein: Mein Vater würde eine Gewaltausübung in dieser Sache auf das Schärfste verurteilen.

»Niemand hat das Recht, sich am Eigentum eines anderen

zu vergreifen! Gewalt ist nie geeignet, sie erzeugt nur wieder Gewalt. Nur durch beharrliche, gewaltlose, vom Gewissen bestimmte Aktionen kann eine Änderung von Gesetzen bewirkt werden, die von Dauer ist«, sagte er.

Die jungen Männer hielten sich zunächst zurück, eine Diskussion wollte nicht so recht in Gang kommen, nach und nach stellte sich heraus, dass die meisten seiner Meinung waren. Darüber, ob Frauen überhaupt das Wahlrecht erlangen sollten, wurde nicht gesprochen, ich weiß noch, dass ich mich diesbezüglich ärgerte, weil ich es feig fand. Es ging um die Art der gesetzten Handlungen. Georg war der Erste, der einwarf, dass in der Angelegenheit ohne Gewalt vermutlich nichts erreicht werden könne. Ob er es meinetwegen tat, um meine Aufmerksamkeit zu erregen, oder ob er tatsächlich so dachte, wusste ich nicht. Horvath hatte dasselbe in den Raum gestellt: Was glaubt ihr, müssen die Frauen radikaler werden in ihrem Kampf, um etwas zu erreichen?

Allmählich entwickelte sich eine heftige Diskussion darüber, ob Gewalt ein adäquates Mittel darstellte, um von der Obrigkeit die Verbesserung oder gar Beseitigung von Missständen zu erzwingen. Zwangsläufig kam die Frage auf, ob es denn einen Missstand darstelle, wenn Frauen nicht zur Wahlurne gehen durften. Niemand litt dabei Hunger, niemand wurde verfolgt und gequält, niemand starb eines grausamen Todes, war die Gewaltausübung in dem Fall gerechtfertigt, war sie *verhältnismäßig*? Daraufhin wurde eine Weile das Wort Missstand erörtert.

Es war Georg Tichy, der sagte, es sei natürlich ein Missstand in der Gesellschaft, wenn die Hälfte der Menschheit nicht wählen gehen durfte. Ich saß mittlerweile abseits auf dem kleinen Sofa, neben meiner Mutter. Georg wandte sich an mich und fragte: »Wie denkst du darüber, Elisabeth? Möchtest du wählen gehen, wenn du volljährig bist?«

Die Antwort darauf musste ich nicht lange überlegen: »Ja, das möchte ich.«

»Befürwortest du es, dass eine Gruppe von Frauen so hart kämpft für deine Zukunft?«

Ich nickte und sagte: »Solange kein Mensch dabei zu Schaden kommt.«

Mein Vater runzelte die Stirn.

»Meinst du nicht auch, dass es die Gemüter mehr erregt, weil die Gewalt von Frauen ausgeht und nicht von Männern?«, fragte Georg weiter, und ich nickte wieder.

Im Laufe des Abends fiel dann die Frage, sie kam auch von Georg – ja, er legte sich an dem Abend ziemlich ins Zeug, um mich zu beeindrucken: »Wie weit erstreckt sich die Verantwortung des Einzelnen, wenn es darum geht, Missstände zu beseitigen?«

Hier teilten sich wieder die Meinungen. Mein Vater vertrat die Auffassung, dass jeder Mensch nur in seinem eigenen kleinen Umfeld etwas – maßgeblich und auf Dauer – zum Guten verändern könne und es in diesem Falle ohnehin kaum Missstände gäbe. Die jungen Männer waren skeptisch, einige widersprachen: Dies wäre die Grundvoraussetzung, aber Verantwortung erstrecke sich in vielen Fällen ja weiter, die Frage sei, in welchen Fällen und wie weit?

Es war ein lautstarkes Gespräch, wie der Abend endete, weiß ich nicht mehr.

Ein paar Tage später konfrontierte ich Horvath damit im Unterricht, weil ich wusste, eine derartige Fragestellung würde ihm imponieren: »Hat jeder die Verantwortung, etwas beizutragen, um Missstände in der Welt zu beseitigen? Oder sollte der Mensch nur auf sich selbst und auf seine unmittelbar Nächsten gut achten? Denn genauer betrachtet, wenn das jeder Einzelne verantwortungsvoll täte, gäbe es ja schon weniger Elend. Aber genug ist es vermutlich nicht.«

Er zog die Brauen hoch, betrachtete mich aufmerksam, und ich fügte hinzu: »Wie weit erstreckt sich Verantwortung?«

Im Stillen dankte ich Georg Tichy dafür. Dieser bemühte sich seit diesem Abend um mich. Er brachte mir kleine Blumensträuße mit, die er selbst gepflückt hatte, richtete immer wieder auch das Wort an mich, wenn er zu Besuch war. Er bestand darauf, mir das Tarockieren beizubringen, er fand es eine Schande, dass ich mit drei Brüdern aufgewachsen war und dieses Kartenspiel nicht konnte. Einmal bat er mich um einen Spaziergang, den ich zuerst ablehnte und dann widerwillig über mich ergehen ließ, weil Gustav mir zu verstehen gab, man würde einen Verehrer nicht so vor den Kopf stoßen, und schon gar nicht, wenn dieser mit dem Bruder befreundet war. Ich ging neben Georg her, wusste nicht, was ich reden sollte, und befürchtete die ganze Zeit, dass Horvath uns begegnen könnte.

7

Am Freitag, den 26. Juni 1914, legte ich die mündliche Matura ab. Die schriftliche hatte ich drei Wochen zuvor mit Auszeichnung bestanden. Carl und einige meiner Verwandten väterlicherseits kamen nach Wien, und das ganze Wochenende lang waren wir unterwegs und feierten, in einem Heurigen, mit einem Picknick auf dem Kahlenberg, im Prater. Zwei Tage darauf war das Attentat, das in Sarajevo verübt worden war, in aller Munde.

An dem folgenschweren Tag im Juni 1914 saß ein junger Serbe in einem Café an einer Straßenecke in Sarajevo. Kurz vor elf Uhr sah er den Wagen mit dem Erzherzog und seiner Gattin unmittelbar vor ihm halten. Das eigentlich geplante Attentat eine Stunde zuvor war schiefgegangen, die Handgranate – von seinem Freund geworfen – hatte die Kutsche verfehlt. Gavrilo Princip brauchte nur den Bruchteil einer Sekunde und nützte die neuerliche – unerwartete – Gelegenheit. Er zog seine Pistole und schoss aus anderthalb Metern Entfernung auf Erzherzog Franz Ferdinand, die Kugel zerfetzte seine Halsvene. Die zweite Kugel traf Erzherzogin Sophie, sie erlitt einen Bauchschuss, der zu einer Ruptur der Bauchaorta führte. Beide verbluteten noch im Wagen, der mit großer Geschwindigkeit davonraste.

Es war der Moment, der ein ganzes Jahrhundert kippen sollte, nur wussten wir das damals noch nicht. Ein kränklicher Bursche, nicht einmal zwanzigjährig, war dafür verantwortlich. Wenn mein Vater über Gavrilo Princip redete, konnte man seine Worte beinahe als hasserfüllt bezeichnen. Für ihn war er es, der die alleinige Verantwortung am Ausbruch des Krieges und am Zerfall der guten alten Welt trug. Von anderen Zusammenhängen wollte er kaum etwas wissen, obwohl genug davon in den Zeitungen stand.

Wen oder was soll man zur Verantwortung ziehen? Wir geben einem Einzelnen die Schuld, um damit alle anderen reinzuwaschen. Oder wir geben einer historischen Entwicklung die Schuld, um damit Einzelne freizusprechen. Und was ist mit der Verkettung von unglücklichen Zufällen? Davon schien es an diesem Tag viele gegeben zu haben, angefangen davon, dass vom Wiener Hof der Besuch des Thronfolgerpaares auf den Nationaltag, den Vidovdan, gelegt worden war, für die Serben ein großer Affront.

In den folgenden Wochen taumelten wir von einer Empfindung in die andere. Ja, es war ein Taumeln, kein anderes Wort wäre passend. Zuerst war da Ungläubigkeit, dann kamen das Entsetzen und die Wut über diese Infamie, die uns angetan worden war, und dann die kaum erträgliche Anspannung – was würde der Kaiser tun? –, schließlich bei vielen die Kriegsbegeisterung.

In diesem Sommer endete nicht nur die Belle Époque, sondern auch meine Jugend. Ich war neunzehn Jahre alt.

Im September 1914 begann ich die Ausbildung zur Lazarettschwester. Da ich noch nicht volljährig war, musste mein Vater seine Erlaubnis geben, indem er seine Unterschrift unter ein Formular setzte. Er tat es gegen den Willen meiner Mutter. Ende Oktober befand ich mich mit anderen Frauen auf dem Weg an die Ostfront. In Galizien war ich in verschiedenen Lazaretten stationiert, im Sommer 1916 begleitete ich meinen vorgesetzten Arzt an die Front in Siebenbürgen. Im Jänner 1917 ließ ich mich nach Meran versetzen, später in ein Lazarett direkt an der Front. Einzelheiten aus diesen Jahren erspare ich dir. Zusammenfassung: Vier Jahre lang der süßliche Geruch nach Chloroform, das

Stöhnen der Männer, das Geräusch der Säge, viel mehr gab es nicht. Nein, ganz stimmt das nicht. Im Herbst 1916 traf ich in einem Lazarett auf Horvath. Er war eingezogen worden, aufgrund von wiederkehrendem renitenten Verhalten, welches im Staatsdienst untragbar war, so lautete die Begründung. Aber davon ein anderes Mal.

Nach Kriegsende kehrte ich in mein Elternhaus zurück und Anfang Jänner 1919 ging ich nach Wien, alleine. Meine Mutter blieb im Dorf, bei meinem kranken Vater. Ich bewarb mich um eine Stelle im Allgemeinen Krankenhaus, ich hatte zwar keine vollwertige Ausbildung, aber Krankenschwestern wurden händeringend gesucht. Der Wunsch, Medizin zu studieren, ließ sich zu dem Zeitpunkt schon nicht mehr verdrängen.

Die jungen Männer, die so oft in unserer Wohnung in Wien gewesen waren, meldeten sich alle freiwillig, auch mein Bruder Gustav. Die Eltern waren entsetzt, vor allem die Mutter. Sie beschwor ihn, er könnte seinem Vaterland besser dienen, wenn er verwundete Soldaten in einem Wiener Krankenhaus zusammenflickte. Gustav fiel im April 1915 in Galizien. In der Nähe von Tarnów traf ein russisches Artilleriegeschoss das Sanitätszelt, in dem er als Arzt arbeitete, und tötete ihn und alle weiteren, die sich im Zelt befanden.

Georg Tichy galt nach der letzten Isonzoschlacht als vermisst. Er kehrte erst nach Kriegsende aus Italien zurück, er war fünfzehn Monate lang in Kriegsgefangenschaft gewesen. Eines Tages, ich kam von der Arbeit nach Hause, saß er auf der Treppe vor unserer Wohnung und erwartete mich. Er trug eine Lodenjacke umgehängt, und es dauerte eine Weile, bis ich merkte, dass ihm der linke Arm fehlte.

Ich habe Jahrzehnte später viel darüber gelesen, über Sarajevo, das Attentat, den Kriegsbeginn, den Verlauf. Auch heute noch lese ich viel, am liebsten sind mir medizinische Fachzeitschriften und Geschichtsbücher, Romane kann ich nicht leiden. Mein Sohn Bert, er arbeitet in der Stadtbücherei, versorgt mich mit Lektüre, er weiß, was ich mag. Ich besuche ihn auch gerne dort, ohne mich anzukündigen. Ich sitze an einem Tisch, atme die Atmosphäre der heiligen Bücherhalle ein und gebe vor, in einem großen Bildband zu schmökern, während ich nach Bert Ausschau halte.

Nach Ende des zweiten großen Krieges war ich regelrecht besessen davon, ich weiß nicht, warum ich mich so sehr damit beschäftigte. Vielleicht weil zum Schluss auch noch das mit Carl geschehen war, nachdem wir bereits Gustav verloren hatten – und Eugens Leben zerstört war. Ja, auch Eugens Leben nahm durch den Krieg eine komplett andere Wendung, obwohl er sich in den Staaten aufhielt. Er kehrte nach Kriegsende in die Heimat zurück und musste eine schwerwiegende Entscheidung treffen. Aber auch darüber später mehr.

Ich begann mir zwanghaft vorzustellen, wie unser Leben, vor allem das meiner Brüder, verlaufen wäre, wenn es den ersten Krieg – und in der Folge den zweiten – nicht gegeben hätte. Die Geschichte meiner Familie war untrennbar damit verbunden. Aber welche Familie konnte das nicht behaupten? Trotzdem gab es diejenigen, die weniger verloren als andere, die mit weniger oder keinem Opfer daraus hervorgingen. Zum Beispiel meine Schwiegerfamilie. Sie entbehrten wenig während des Krieges – die Ordination florierte mehr denn je –, alle überlebten und waren gesund. Georgs Arm, das war das einzige Opfer, welches die gesamte Familie Tichy erbracht hatte. Meine Familie hingegen hatte alles verloren. Der Lieblingssohn, Vaters vielversprechender Spross, war gefallen, die Existenzgrundlage war uns genommen worden – das Handelsgeschäft abgebrannt, die Frachtkähne beschlagnahmt –, und Carl führte ein Schattendasein: Er war im letzten Kriegswinter für tot erklärt worden.

Auch mit dem Attentäter habe ich mich beschäftigt. Gavrilo Princip war kein reflektierter Revolutionär, der jahrelang Attentatspläne schmiedete, er war im Grunde fast noch ein Kind und obendrein kränklich, er litt an Knochentuberkulose. Als Ärztin interessierte mich natürlich die Tatsache, dass er eine schwere Krankheit hatte. Ich muss mich vorneweg bei dir entschuldigen, wenn ich wieder etwas abschweife. Aber weißt du, diese Geschichten haben mich immer brennend interessiert. Der Einfluss von Krankheiten auf den Verlauf der Geschichte ist sozusagen mein Steckenpferd.

Für mich bedingte das eine das andere: Wäre Princips Konstitution eine gute gewesen, hätte er sich nicht derart in Bücher und in Träumereien verkrochen, er hätte das normale Leben eines Jugendlichen geführt. Er träumte von der Gründung eines unabhängigen Staates für die Südslawen und davon, ein Held zu sein. Im ersten Balkankrieg meldete er sich freiwillig, wurde aber aufgrund seiner schwachen Konstitution nicht genommen. Gedemütigt begann er Attentatspläne zu schmieden und schloss sich der Gruppe Mlada Bosna, Junges Bosnien, an. Nach dem Attentat wurde er zu zwanzig Jahren schwerer Zwangsarbeit in der Festung Theresienstadt verurteilt. Dort wurde er in Isolationshaft in einer engen, feuchten, dunklen Zelle gehalten, bis 1916 war er ständig angekettet und durfte nicht einmal seine Familie als Besucher empfangen. Er verfiel schnell gesundheitlich, sein Körper war übersät mit großen eitrigen Wunden, mehrmals versuchte er sich umzubringen. Der linke Arm musste ihm oberhalb des Ellbogengelenks amputiert werden, dabei wurde er mit einem Silberdraht fixiert, was die giftigen Prozesse im Körper beschleunigte. Sein Leid – unvorstellbar. Ein halbes Jahr später, im April 1918, starb er im Gefängnislazarett an Tuberkulose, er erlebte weder das Kriegsende noch die Gründung Jugoslawiens.

In seiner Zelle fand man nach seinem Tod folgende Zeilen, die er mit dem Stiel eines Löffels in die Wand geritzt hatte: »Unsere Geister schleichen durch Wien und raunen durch die Paläste und lassen die Herren erzittern.«

8

Georg verlor seinen Arm in einem italienischen Lazarett, was die Sache noch schwieriger für ihn machte. Für ihn war der Gedanke unerträglich, dass es ein »Walscher« gewesen war, der ihm den Körperteil abgesägt hatte.

Er wurde von seinem Kommandanten mit der Überbringung einer Nachricht an den Befehlshabenden eines Korps betraut, das sich in einigen hundert Metern Entfernung in Stellung befand. Das steile Gelände, das dabei zu durchqueren war, stand zu dem Zeitpunkt nicht unter Beschuss, weshalb die Aufgabe dem Kommandanten als nicht besonders gefährlich für seinen Adjutanten erschien. Aufgrund von aufziehendem Nebel verirrte sich Georg, und in dem Moment, in dem er sich wieder am richtigen Steig glaubte, schlug in wenigen Metern Entfernung eine Chlorgasgranate ein. Obwohl er schnell reagierte und die Gasmaske überzog, verlor er das Bewusstsein, gleichzeitig merkte er, dass er den Hang hinunter zu rutschen begann.

Als er in einem italienischen Lazarett aufwachte und erkannte, dass sein linker Arm oberhalb des Ellbogens amputiert worden war, rastete er aus. Er beschimpfte Ärzte und Schwestern auf das Wüsteste und bezichtigte sie, die Amputation ohne Notwendigkeit vorgenommen zu haben, rein aus sadistischer Schikane einem Feind gegenüber. Weil er nicht aufhörte zu toben und um sich zu schlagen, wurde er angeschnallt. Eine Schwester, die etwas Deutsch sprach, teilte ihm mit, was der Oberarzt ihm ausrichten ließ: »Ich hätte dich auch verrecken lassen können«, woraufhin Georg brüllte, dass ihm der Tod ohnehin lieber gewesen wäre. Daraufhin schlug ihm der Arzt heftig ins Gesicht. Man stellte seine Pritsche in einen abgelegenen Winkel des Ganges.

Später versuchte er sich zu beruhigen, um herauszufinden, was passiert war, er löcherte die Schwester mit Fragen. Er habe ja nur das Bewusstsein verloren, ohne dass er ansonsten verletzt worden wäre, zumindest könne er sich nicht daran erinnern. Was genau war passiert? War er weit abgestürzt und war beim Absturz der Ellbogen an einem Felsen zerschmettert worden? Oder war er gar nicht abgestürzt, hatte ihn ein Schrapnell getroffen und den Arm weggefetzt? Hatte sich ein Soldat mit einem Messer auf ihn gestürzt und ihn tief verwundet? Vielleicht hätte sich ja gar kein Wundbrand gebildet, warum war nicht abgewartet worden? Warum – Herrgottnochmal! – hatte man nicht zumindest ein paar Tage gewartet? Die Lazarettschwester beantwortete keine einzige seiner Fragen, obwohl er regelrecht darum bettelte, sie straften ihn alle mit Nichtbeachtung. Für ihn waren diese Tage im italienischen Lazarett die schlimmsten seines Lebens, jahrelang bereiteten sie ihm Albträume.

Es war eiskalt auf dem Gang, man ließ ihn links liegen, kümmerte sich nicht mehr um ihn, er überlebte trotzdem. Im Gefangenenlager durfte er aufgrund seines Medizinstudiums auf der Krankenstation mitarbeiten. Kurz nach Weihnachten 1918 kehrte er nach Wien zurück. Er erfuhr nie, was mit seinem Arm geschehen war und eine Amputation erforderlich gemacht hatte, nachdem er bewusstlos geworden war. Der Gedanke, dass sie vielleicht nicht nötig gewesen war, brachte ihn an vielen Tagen an den Rand der Verzweiflung.

In Wien sagte er sich immer wieder: Ich bin am Leben, das ist es, was zählt! Es gibt so viele, die wesentlich schlimmer dran sind als du! Er hatte seinen rechten Arm noch, hatte kein Bein verloren und konnte sich normal fortbewegen. Wie vor dem Krieg begann er seine morgendlichen Laufrunden zu drehen, anschließend fühlte er sich wie ausgewechselt. Seine gesamte Familie war am Leben und tat in den ersten Wochen nichts anderes, als ihn zu verwöhnen, und dann war da noch ich, eine junge Frau, die ihm ihre Verliebtheit offen zeigte und ihm klarmachte, ihr Leben mit ihm verbringen zu wollen. Dass er sein Glück darüber kaum fassen konnte, war ihm anzusehen, seine Verwunderung in manchen Augenblicken rührte mich.

Anfangs tat Georg alles, um zu vermeiden, dass ich seinen nackten Armstumpf zu Gesicht bekam. Dabei hätte ich nichts lieber getan – vor allem in der ersten Zeit unseres Zusammenseins –, als diesen zu streicheln, zu küssen. Georgs Versehrtheit war Teil des geliebten Menschen, sie war das, was ihn ausmachte. Und nicht nur das: In meinen Augen machte sie ihn zu etwas Besonderem. Sein fehlender Arm war für mich das Sinnbild unserer jungen Generation und verdeutlichte, was diese im Krieg erlitten hatte. Er war mit ein Grund dafür gewesen, warum ich mich in ihn verliebt hatte. Als ich das einmal zu ihm sagte, war er tief gekränkt. Da er nie darüber sprach, war mir nicht bewusst, wie sehr er unter seiner Versehrtheit litt. Obwohl ich es hätte wissen müssen: Über die Eitelkeit seines Freundes hatte Gustav vor dem Krieg oft genug gewitzelt.

Selbst in heißen Sommernächten trug Georg ein langärmeliges Unterhemd, das Ende des einen Ärmels verknotet, das andere hochgekrempelt. Er zog sich im Badezimmer um, die Tür versperrt. Wenn wir miteinander schliefen, mochte er es gerne, wenn ich auf ihm saß. Dabei achtete er jedes Mal darauf, dass die zerknäulte Bettdecke über dem fehlenden linken Arm zu liegen kam, er ließ es wie zufällig aussehen. Wenigstens im Bett mit seiner Frau wollte er sich wie ein ganzer Mann fühlen. Oder wir lagen beide auf der linken Seite, sein Bauch an meinem Rücken, seine rechte Hand umfasste meine Brüste, dabei flüsterte er mir Zärtlichkeiten ins Ohr. Später, nach vielen Ehejahren, machte er sich die Mühe nicht mehr, er nahm mich einfach von hinten, ich auf allen vieren und er auf den Knien. Dabei presste er die flache Hand sachte auf meinen Hinterkopf, vermutlich, um zu verhindern, dass ich mich zu ihm umdrehte, ich hätte es ohnehin nicht gemacht. Wir liebten uns nie bei Tageslicht, immer nur nachts.

Weil wir nie darüber sprachen, war Georgs fehlender Arm in unserem Sexualleben allgegenwärtig. Ich begann von ihm zu träumen: Er kroch über die Bettdecke, schlüpfte darunter, seine geschickten Finger streichelten die Innenseiten meiner Oberschenkel und fanden schließlich meine Scheide. Ich erzählte Georg nie von meinem Traum.

Er lehnte es ab, wenn ich ihm bei einer Tätigkeit helfen wollte, auch wenn ich noch so bemüht war, es wie beiläufig aussehen zu lassen. Ich war der Meinung, es hätte mit Stolz zu tun – er wollte die alltäglichen Dinge alleine verrichten –, aber es war Scham.

Meine Mutter schien von Anfang an zu spüren, dass für Georg bestimmte Dinge unangenehm waren. Sie war es, die vor dem Servieren dafür sorgte, dass die Gerichte in der Küche zerkleinert wurden. Sie wollte offensichtlich bei Tisch nicht die peinliche Situation entstehen lassen, dass ich mich hinüberbeugen musste, um meinem Mann das Essen zu schneiden. Sie stand also in der Küche, vor sich das Schneidebrett mit dem Fleisch oder Auflauf oder Strudel, schnell und energisch zerteilte sie das Gericht in kleine Stücke, um es dann auf einem großen Teller schön anzurichten. Zwischen ihr und Georg gab es ein inniges Verständnis, das mich irritierte. Obwohl ich wusste, es war rein mütterliche Fürsorge und auch Feinfühligkeit ihrerseits – über die ich nur staunen konnte –, keimte in mir manchmal tatsächlich so etwas wie Eifersucht auf. Mein Mann zeigte sich vor meiner Mutter schwach und hilfsbedürftig, vor mir hatte er offenbar Hemmungen. Es kam mir vor, als würde er vor ihr sein Innerstes nach außen kehren und es mir gleichzeitig verweigern.

Manchmal ärgerte ich mich auch über meine Mutter.

»Was willst du mir beweisen?«, fragte ich sie einmal ungehalten, sie hatte Georg, der sich krank fühlte, geholfen, sich zu waschen und anzuziehen. Da waren wir ein Jahr verheiratet.

Ich konnte mir zu dem Zeitpunkt nicht vorstellen, dass ich einmal froh und erleichtert sein würde über die Unterstützung meiner Mutter, weil ich wusste, ich brauchte mir um meine Familie keine Sorgen zu machen, sie war gut versorgt, in jeder Hinsicht.

9

Zehn Monate, nachdem er vor meiner Wohnungstür gesessen war, heirateten Georg und ich in der Pfarrkirche meines Heimatdorfes. Der Plan war gewesen, erst im Sommer 1920 zu heiraten, doch es gab Umstände, die es erforderlich machten, früher an den Traualtar zu treten. Nein, der Grund war keine Schwangerschaft, sondern ein völlig anderer – obwohl, wenige Tage vor der Hochzeit stellte ich tatsächlich fest, dass ich schwanger war –, wir feierten eine Doppelhochzeit, und dieses zweite Paar konnte nicht warten.

Ende Juni 1920 kam unser erster Sohn zur Welt. Ich entband in meinem Elternhaus, ich fühlte mich dort sicherer als in einer Wiener Anstalt, die Spanische Grippe grassierte, die Krankenhäuser waren überfüllt. Im Andenken an meinen Vater, der im Winter gestorben war, gaben wir ihm den Namen Albert. Für uns aber war er immer Berti, als Erwachsener bestand er dann darauf, Bert gerufen zu werden. Zur Taufe kamen die Schwiegereltern ins Mühlviertel, Georg sagte scherzhalber zu ihnen: »Keine Sorge, ihr bekommt euren Georg den Fünften sicher noch.«

Wir verbrachten den ganzen Sommer auf dem Land, Georg machte ausgedehnte Wanderungen in der Natur, sie taten ihm sichtlich gut.

»Vielleicht sollten wir hierbleiben«, sagte er, aber es war nicht ernst gemeint, Georg war ein waschechter Wiener und auf dem Land hätte er noch weniger gewusst, was er mit nur einem Arm hätte arbeiten sollen.

Wir blieben in der Wohnung, die der Vater damals, im Sommer 1908, gekauft hatte, sie war mir testamentarisch vermacht worden. Meine Schwiegereltern hätten es lieber gehabt, wenn wir zu ihnen ins Haus gezogen wären, aber nicht einmal für Georg kam das in Frage. Wenige Wochen vor Berts Geburt zog meine Mutter zu uns – auch das befürwortete Georg –, sie führte gemeinsam mit Dippi den Haushalt und passte auf den Buben auf, während ich an der Universität war und er in der Ordination seines Vaters arbeitete.

Georg und seine Geschwister gehörten der vierten Generation einer Ärztefamilie an. Begonnen hatte alles mit Georgs Urgroßvater. Dieser kam aus Böhmen und fing im Jahr 1832 als kleiner Wundarzt in Wien an, mit einem winzigen Behandlungszimmer in der eigenen winzigen Wohnung. In der Familie sprach man von ihm als Georg dem Ersten, ich konnte mir ein Lachen kaum verkneifen, als ich das zum ersten Mal hörte. Im Eingangsbereich des Hauses hing ein Bild von ihm, seine Gattin war es gewesen, die darauf bestanden hatte, es von einem Straßenkünstler malen zu lassen. Nicht ohne Stolz zeigte es mir Georgs Vater bei einem meiner ersten Besuche. Das Ganze passte zur Familie.

»Gibt es auch schon ein Bild von Georg dem Dritten?«, fragte ich ihn.

Er überging meine Bemerkung, und Georg warf mir im Stillen einen rügenden Blick zu. Offenbar wurde bei den Tichys nicht darüber gewitzelt. Ich fragte mich, warum mein Vater nie hatte ein Bild von sich malen lassen, um die Nachkommen daran zu erinnern, dass er es gewesen war, der den Aufstieg vom Müllersohn zum erfolgreichen Kaufmann geschafft hatte. Die Antwort gab ich mir selbst: Weil es ihm eitel und lächerlich erschienen wäre. Nicht nur stundenlang mit geschwellter Brust vor einem Künstler zu posieren, sondern vor allem Wichtigkeit mit einem Selbstbildnis im eigenen Heim zu demonstrieren.

Als ich das später zu Georg sagte, erwiderte er: »Du vergisst dabei aber eines. Mein Urgroßvater hat zu einer Zeit gelebt, in der es noch wesentlich schwieriger war, etwas aus sich zu machen, wenn man aus der Provinz und aus einer bitterarmen Familie stammte. Er wurde 1805 geboren, dein Vater 1848. Und« – er zog das Wort in die Länge – »soviel ich weiß, gibt es von deinem Vater ein paar Fotografien. Die hätte mein Urgroßvater ja kaum machen lassen können, oder?«

»Weil mein Vater an der Sache an sich interessiert war! An der Entwicklung dieser Technik. Das ist ein großer Unterschied. Ich glaube kaum, dass dein Urgroßvater das Bild malen ließ, weil er sich für Ölfarben interessierte. Und« – jetzt zog ich das Wort in die Länge – »es hängt keine gerahmte Fotografie riesengroß im Eingangsbereich unseres Hauses.«

Georg lachte: »Ist das ein Wettkampf zwischen uns? Wer hat die bessere Familie? Wo gibt es mehr Anständigkeit? Bei den Bruggers im Mühlviertel oder bei den Tichys in Wien?«

»Als ob es hierbei um Anständigkeit gehen würde«, entgegnete ich. Den Satz: »Wenn es rein um Anständigkeit ginge, würde mein Vater das Rennen machen«, behielt ich für mich. Auseinandersetzungen dieser Art – wobei es mehr Sticheleien waren denn Streitereien – gab es immer wieder zwischen uns, und meistens gingen sie von mir aus.

Die Tichys. Ich versuche dir zu beschreiben, was sie verkörperten und wie sie auf mich in der ersten Zeit wirkten. Steif, konservativ, von sich überzeugt, herablassend. Die Familie legte eine gewisse Distinguiertheit an den Tag, die ich vom ersten Tag an nicht leiden konnte – dabei meine ich nicht einzelne Mitglieder, sondern die Familie als Ganzes. Ihr Vermögen war nicht unbeträchtlich, der Urgroßvater war in der Lage gewesen, im Jahr nach der Revolution einige Wohnungen günstig aufzukaufen, welche vermietet wurden.

Anfangs wurde mir von den Schwiegereltern permanent vermittelt: Es war Vermögen, das man nicht geerbt hatte von einer reichen Verwandtschaft, die womöglich auch noch adlig gewesen war, es war Vermögen, das man aus eigener Kraft und mit einem ehrbaren Beruf erarbeitet hatte! Darüber hinaus konnte man es mit Tüchtigkeit und Sparsamkeit jahrzehntelang hinweg erhalten und vermehren. In keiner Generation gab es einen Spross, der aus der Reihe getanzt wäre, wie es oft in erfolgreichen Familien der Fall war. Alle waren ehrgeizig und setzten das mit Fleiß fort, wofür Georg der Erste den Grundstein gelegt hatte. Mit dem Vermögen durfte man auf keinen Fall protzen, das gehörte sich nicht, aber man sollte durchaus stolz darauf sein! Damit einher ging natürlich gesellschaftliches Ansehen, so etwas war damals immer noch wichtig in Wien, man war *jemand*, Georgs Familie war nicht nur in Ärztekreisen bekannt. Meine Familie war im Oberen Mühlviertel bekannt, jedoch nicht in Wien und somit zählte es nicht.

Beim ersten Kennenlernen fragte Georgs Vater: »Von deinem Bruder Gustav wissen wir, dass dein Vater Waren billig einkaufte, etwas draufschlug und weiterverkaufte?«

Diese geringschätzige Formulierung! In mir kochte es.

»Man nennt das Handel«, sagte ich patzig.

Offenbar war es in den Augen der Tichys kein ehrbarer Beruf, ein Kaufmann zu sein. Es war dann Georg, der sich bemüßigt fühlte, zur Ehrenrettung meines Vaters einzuspringen. Er erzählte ausholend, was Albert Theodor Brugger in seiner Region geleistet hat, dass er die Menschen mit notwendigen Gütern versorgt hat, die sie sich nicht selbst beschaffen konnten, dass er vielen Menschen Arbeit gegeben, den Bau eines Armenhauses im Dorf vorangetrieben hat. Ich versetzte ihm schließlich einen Stoß mit meinem Fuß gegen sein Schienbein, weil er mir zu weit ging. Auf keinen Fall wollte ich mich mit Lobeshymnen über meinen Vater, welche diesem zuwider gewesen wären, anbiedern. Die Schwester sprang ein, nickte anerkennend und meinte, es müsse für meinen Bruder eine Ehre sein, in die Fußstapfen des Vaters zu treten und sein Erbe weiterzuführen. Meine Antwort, dass das Handelsgeschäft nicht weitergeführt wurde, kommentierte die zukünftige Schwiegermutter mit einer hochgezogenen rechten Augenbraue. Nach den Gründen fragte sie nicht.

Ach, ich tue ihnen post mortem Unrecht, auch jetzt noch. Ich konnte ihnen im Grunde nichts Schwerwiegendes vorwerfen, vielleicht fühlte ich mich einfach im Umgang mit ihnen überfordert. Sie waren immer gut zu mir, und meine schlechte Meinung musste ich im Laufe der darauffolgenden Jahre revidieren. Hermann, der Bruder, räumte seinen Platz in der Ordination für Georg, diesen Akt der Brüderlichkeit rechnete ich ihm hoch an.

Der Anfang unserer Beziehung: Wir liebten uns und dann lagen wir zueinander gewandt im Bett und redeten und redeten, ich mochte Georgs leise Stimme in der Nacht, nah an meinem Gesicht. In dieser Zeit erzählte er mir oft von seinen Vorfahren.

Sein Urgroßvater Jiří – auf Deutsch Georg – war neunzehnjährig aus einer böhmischen Kleinstadt nach Wien gekommen, um Medizin zu studieren. Die Familie war arm, der Vater arbeitete als Steinmetz. Alle setzten große Hoffnung auf den Burschen, den klügsten inmitten der zahlreichen Kinderschar, er war die Garantie für eine Wende zum Besseren in der Zukunft, für die Absicherung der Eltern im Alter. Man sparte sich die Kosten für sein Studium buchstäblich vom Mund ab. Für ihn reichte es kaum zum Leben, in den Wintern fror er, und es gab Tage, an denen er kaum etwas zu essen hatte. Im letzten Studienjahr verliebte sich die einzige Tochter eines Beamten mittleren Ranges in ihn, und sie ertrotzte von ihrem Vater die Erlaubnis zur Heirat. Dieser wollte nicht, dass sein Kind in der böhmischen Provinz ihr Leben fristen musste, weit weg von ihm. Er setzte alle Hebel in Bewegung, um dem zukünftigen Schwiegersohn die Eröffnung einer Ordination zu ermöglichen. Entgegen den Erwartungen seiner Familie kehrte der fertige Mediziner also nicht in die Heimat zurück, wo er die Landarztpraxis eines alten Arztes hätte übernehmen können. Die Übernahme war jahrelang von seinem Vater geplant, es gab eine Abmachung mit dem alten Doktor, der im Gegenzug eine der Töchter zur Frau bekam. Obwohl der junge Mann Geld für die Reise geschickt hatte, erschien kein einziger der Familie zur Hochzeit. Stattdessen wurde der Bräutigam an dem Tag von der zornigen Großmutter väterlicherseits mit einem Fluch bedacht.

»Stimmt das denn?«, fragte ich.

»Das mit dem Fluch? Zumindest wurde es so kolportiert in der Wiener Verwandtschaft. Vielleicht bauschten sie eine zornige Bemerkung, die in der Familie gefallen war, zu einem Fluch auf. Auf alle Fälle schwang immer eine kleine Portion Abfälligkeit mit, wenn davon berichtet wurde. Der Mann muss froh sein, dass er dank uns den Hinterwäldlern in der Provinz entkommen konnte! Du kennst ja die Wiener, ein gutes Leben ist nur in ihrer geliebten Stadt möglich. Aber von meinem Großvater weiß ich, dass seine Tante als junge Frau tatsächlich zu diesem alten Arzt zog, kurz nachdem er nach Wien gegangen war, um zu studieren. Er erwähnte einmal, dass es nicht ganz freiwillig geschehen war. Ich glaube, der Alte war Witwer. Sie führte ihm den Haushalt und später pflegte sie ihn bis zu seinem Tod. Ob sie verheiratet waren, ist mir nicht bekannt. Mein Urgroßvater hatte nach seiner Heirat keinen Kontakt zu seiner Familie, es gab keine gegenseitigen Besuche, keinen einzigen, sie waren heillos zerstritten. Mein Großvater lernte seine böhmische Familie nie kennen.«

In einer Kammer im hinteren Bereich der Wohnung gab es einen Schreibtisch, eine Behandlungsliege und zwei Schränke mit Glastüren, in denen sich die Arzneien befanden. Die wartenden Patienten saßen oder standen im Flur, die junge Ehefrau trug deren Namen in eine Liste ein. Zu Jiřís Patienten zählten vor allem kleine Beamte, aber auch Zimmerer, Schreiner, Fleischer, Bäcker, Seiler, Köhler, Sattler, Böttcher. Die Wohnung und alles, was sich in ihr befand, hatte bis zum letzten Groschen der Schwiegervater bezahlt, dieser ließ keine Gelegenheit aus, den jungen Mann das spüren zu lassen. In den darauffolgenden Jahren sollte sich der Spieß umdrehen. Der frischgebackene Ehemann und Arzt war nicht nur fleißig und geschäftstüchtig, er war auch mit seinen Händen geschickt. Er machte sich einen Namen als einer, der gut Brüche ertasten, einrichten und schienen konnte, Wunden versorgen, Abszesse entfernen. Er wusch seine Hände sorgfältig mit Chlorwasser und reinigte nach jedem Gebrauch seine Geräte mit Karbolsäure, wofür sich an der Universität einige Professoren – allesamt Außenseiter – eingesetzt hatten.

»Er dachte sich anfangs, wenn es nicht hilft, so schadet es sicher auch nicht. Und schnell beobachtete er, dass sich selten eine Wunde nach einer Behandlung entzündete. Kaum einer seiner Patienten musste für eine Amputation ins Krankenhaus, kaum einer starb an Wundbrand. Weswegen er damit weitermachte. Die Zahl seiner Patienten nahm ständig zu. Ja, er war tüchtig, er arbeitete von früh bis spät, er war freundlich und herzlich, und die Patienten mochten ihn. Aber natürlich war die Sache mit dem Morphium ausschlaggebend. Mein Urgroßvater hätte es sonst nicht so weit gebracht.«

Bei schmerzhaften Behandlungen bot Jiří seinen Patienten Morphium an, diejenigen, die es bezahlten konnten, bekamen es verabreicht. Das sprach sich herum, die Leute – auch vermögende – rannten ihm die Tür ein. Damit wurde er wohlhabender als so manch anderer Arzt zu seiner Zeit. Morphium war damals – vor allem für kleine unbedeutende Wundärzte – nicht leicht erhältlich und zudem kaum erschwinglich. Er erhielt es zu einem vergünstigten Preis von einem Angestellten in einer Apotheke, dem er in Studienzeiten das Leben gerettet hatte. Im Grunde war es eine belanglose Geschichte, und vermutlich war auch sie im Laufe der Zeit aufgebauscht worden. Sie war eine Art Legende in der Verwandtschaft geworden.

In einer Winternacht soff der Apotheker zu viel in einer Kneipe – er hatte Liebeskummer –, auf dem Nachhauseweg stolperte er und blieb in der engen dunklen Gasse liegen. Jiří, der in derselben Kneipe gewesen war, sah den Bewusstlosen und ging weiter. Aber dann besann er sich, kehrte um und schleppte den Mann mit in sein Zimmer. Er entfernte das Erbrochene aus dem Mundraum – wobei er sich furchtbar ekelte –, versorgte die Wunde auf der Stirn und ließ ihn in seinem Bett den Rausch ausschlafen, während er auf dem Boden schlief. Der Mann erwachte erst am Abend des darauffolgenden Tages, Jiří teilte seine dürftige Mahlzeit mit ihm. Er war überzeugt, er wäre ohne das Eingreifen des Studenten erfroren und war ihm sein Leben lang dankbar. Und Jiří war mit ihm an den Richtigen geraten: Der Gerettete hatte eine leitende Stelle im Laboratorium einer Apotheke inne, er hatte sich ausgiebig mit der Herstellung eines neuen Schmerzmittels beschäftigt, dem Morphium. Als der junge Arzt zu praktizieren begann, stand er ihm von Anfang an tatkräftig zur Seite, indem er ihm Medikamente besorgte, von denen andere Ärzte nur träumen konnten. Bereits in den ersten Jahren seiner Berufstätigkeit verdiente Tichy so viel, dass er in der Lage war, seinem Schwiegervater alles zurückzuzahlen. Er kaufte ein Haus am Stadtrand, im Erdgeschoss richtete er seine Praxis ein, im ersten Stock wohnte die Familie. Mit der Zeit wurde Morphium leichter zugänglich, aber da hatte die Ordination sich bereits einen Namen gemacht und Georg der Erste ein beträchtliches Vermögen. Sein Sohn übernahm Anfang der sechziger Jahre, und Georgs Vater, mein Schwiegervater, übernahm sie dreißig Jahre später.

Georgs Bruder Hermann, er war ein Jahr jünger, war der Nachfolger des Vaters, er sollte die Ordination übernehmen, Georg würde eine akademische Laufbahn einschlagen, so wie es ein Onkel von ihm getan hatte, dieser war Leiter der otologischen Universitätsklinik. Schon zu Beginn des Gymnasiums hatte sich abgezeichnet, dass Georg der Begabtere der beiden war, weshalb der Vater früh diese Entscheidung traf. Dorothea, die Jüngste, heiratete jung einen Rechtswissenschaftler, der später Rektor an der Polytechnischen Schule wurde. Georg wurde eine gute Stellung als Laryngologe im Allgemeinen Krankenhaus, in der neu errichteten Universitätsklinik für Kehlkopfkrankheiten, in Aussicht gestellt. Er interessierte sich für das Fach und war ehrgeizig, sein Professor, dieser war der Begründer der laryngologischen Klinik, hielt große Stücke auf ihn. Nach dem Krieg war alles anders.

10

Im Frühling 1919 begann Georg bei seinem Vater in der Ordination mitzuarbeiten. Es gab für ihn keine andere Möglichkeit als diese, einem Beruf nachzugehen. Den ganzen Tag untätig herumsitzen wollte er nicht. Er stellte den Patienten Fragen und notierte alles sorgfältig in den Krankenblättern, stellte die Diagnose, entschied die Medikation, auch manche Untersuchungen konnte er alleine durchführen. Er, der an der Universitätsklinik Karriere hatte machen wollen, war nun degradiert zum Assistenten seines Vaters. Anfangs schätzte er sich glücklich, überhaupt arbeiten zu können, und sogar in einem Bereich, der mit seinem Studium zu tun hatte, den wenigsten Versehrten geht es so gut wie dir, sagte er sich. Die Verbitterung kam erst später.

Der Vater wollte sich noch nicht zur Ruhe setzen, und Hermann, der die Praxis in den Kriegsjahren schon gemeinsam mit dem alten Herrn geführt hatte, machte seinem Bruder Platz. Er überlegte, eine eigene Hausarztpraxis zu eröffnen, entschied sich aber dann dagegen, ihm fehlte der Mut, er war ein bequemer Mensch. In den Krankenhäusern wurden Ambulatorien eingerichtet, um eine Anlaufstelle zu sein für die unzähligen zurückgekehrten, verletzten Soldaten, für die verarmte Bevölkerung, die sich keine Behandlung leisten konnte. Krankenhausärzte wurden händeringend gesucht. Hermann bekam rasch eine Stelle im Sophienspital.

Die Familie stand füreinander ein. Der ältere Bruder hatte seinen Arm verloren, dafür gab der Jüngere das Vorrecht auf, beruflich in die Fußstapfen seines Vaters zu treten, worauf er seit seiner Jugend vorbereitet worden war. Er gab das auf, womit er sich bereits jahrelang beschäftigt hatte, das guten Verdienst einbrachte, ohne für ihn sonderlich aufreibend zu sein. Hermann hatte keine Nachtdienste gemacht, nur ab und zu Visiten; wenn es brenzlig gewesen war, hatte er an das Krankenhaus verwiesen. Im Krankenhausdienst setzte er sich dem aus, was ihm immer ein Gräuel gewesen war: Er musste Rechenschaft ablegen über Diagnosen, er stand unter der Beobachtung von Kollegen, es ging – nicht selten – um Leben oder Tod.

Ihm wurde in Aussicht gestellt, in die Praxis zurückzukehren und sie gemeinsam mit Georg zu führen, falls es dem Vater aus gesundheitlichen Gründen nicht mehr möglich war zu praktizieren. Dafür aber ließ Georg seinen Vater einen Übergabevertrag zu seinen Gunsten unterschreiben, er wollte sich für diesen Fall – nämlich Hermanns Rückkehr – absichern. Ich hatte ihm dazu geraten, ich wollte nach dem Ende meines Studiums nicht mit beiden Brüdern zusammenarbeiten müssen. Hermann akzeptierte diesen Vertrag, es gab keine Streitereien, keine Anklagen. Auch das sollte sich im Laufe der Zeit ändern. Nicht nur Georgs Verbitterung wuchs, auch Hermanns Wut über die Situation nahm zu, vor allem nachdem er zum zweiten Mal die Praxis verlassen musste, um mir Platz zu machen.

Aber unmittelbar nach dem Krieg war die Stimmung in der Familie eine euphorische. Der Krieg war endlich vorbei, der totgeglaubte Sohn kehrte heim. Dass er einen Arm verloren hatte, war zwar schlimm, aber er war am Leben! Ich bin überzeugt, dass auch Schuldgefühle eine Rolle spielten. Hermann saß in der sicheren Ordination und horchte Lungen ab, während seinem Bruder an der Front die Kugeln um die Ohren pfiffen. Und Georg hatte – wie die meisten seiner Kommilitonen – als Arzt dienen wollen, war jedoch von seinem Vater und von seinem Onkel unter Druck gesetzt worden. Er rückte als Adjutant unter einem

Feldmarschallleutnant ein, den der Onkel persönlich kannte und dem dieser einen Gefallen schuldete.

Drei Jahre nach Kriegsende ging es meinem Schwiegervater schlecht, er hatte eine schwere Grippe, von der er sich länger nicht erholte, und mein Schwager drängte ihn aufzuhören. Georg und ich hatten mittlerweile ein kleines Kind, und ich war schwanger zum zweiten, weshalb Hermann hoffte, in der Ordination bleiben zu können. Aber Georg und ich machten seinen Plänen, nachdem ich das Studium beendet hatte, einen Strich durch die Rechnung, die Sache wurde dann ziemlich hässlich.

Einen Monat vor unserer Hochzeit, im Oktober 1919, begann ich Medizin zu studieren, zum Missmut meiner Schwiegereltern, denen es lieber gewesen wäre, wenn ich weiterhin als Krankenschwester gearbeitet hätte. Eine Frau als Ärztin war für die meisten noch unvorstellbar, außerdem war ich verheiratet, wer sollte sich um Haushalt und – später – Kinder kümmern? Heute würde ich sagen: Ich kann es ihnen nicht verdenken, ich habe sie vermutlich überfordert. Damals war ich wütend, dass sie mich nicht unterstützten, mir zu verstehen gaben, mein Platz wäre woanders. Sie stritten nicht viel mit mir, in meiner Anwesenheit hielten sie sich zurück, aber ich spürte die Ablehnung und bekam mit, dass Georg nicht wenige Gefechte für mich auszufechten hatte.

Auch meine Eltern waren skeptisch, nicht aus denselben Gründen wie meine Schwiegereltern. Sie wollten mich nicht ausgesetzt wissen der Herabsetzung, dem Verächtlichmachen, den geringschätzenden Beleidigungen. Das alles würde im Berufsleben unweigerlich auf mich zukommen. Sie hatten Angst um mich, sie befürchteten, ich wäre dem nicht gewachsen. Mein Vater gestand mir, er überlege ernsthaft, mir das Studium zu verbieten, ich gestand ihm daraufhin nicht, dass ich ernsthaft überlegte, mich – im Fall – dem Verbot zu widersetzen. Ich war vierundzwanzig und somit volljährig. Ich hatte das Gefühl, meine Familie unterschätzte mich, und war auch über sie verärgert. Einen großen Unterstützer fand ich in meinem Bruder Eugen. Er war im Dezember 1918, wenige Tage vor Heiligabend, in die Heimat zurückgekehrt.

Unsere ersten Jahre. Was kann ich sonst über sie sagen?

Sie waren erfüllt und geschäftig. Georg verbrachte den Großteil des Tages in der Ordination, ich an der Universität, und unser kleiner Bub befand sich in der Obhut meiner Mutter, die in ihrer neuen Rolle völlig aufging. Je älter sie wurde, umso veränderter war sie. Sie lebte zurückgezogen, traf keine Freundinnen, ging nicht ins Theater, die Mode, die sie trug, bestand aus schlichten grauen oder schwarzen Kleidern. Es war nicht so, dass sie sich hätte gehen lassen, im Gegenteil, meine Mutter war bis ins hohe Alter eine gepflegte Frau, ihr Tagesablauf geprägt von Selbstdisziplin, aber sie wurde stiller und bevorzugte es, im Hintergrund zu sein. Manchmal vermisste ich die resolute Frau, die sie während des Krieges und in den Jahren danach – bis zum Tod des Vaters – gewesen war. Sie sorgte sich aufopfernd um uns, vor allem um ihre Enkelkinder – im Sommer 1923 kam ein zweiter Bub dazu –, an den Abenden machte sie ausgedehnte Spaziergänge oder zog sich früh in ihr Zimmer zurück, um zu lesen. Was mich aber am meisten verwunderte, war, dass sie begann, immer öfter die Kirche zu besuchen, meine Mutter war nie besonders religiös gewesen.

Eugen kam oft zu Besuch, er übernachtete in einem Hotel, obwohl ich ihn jedes Mal einlud, bei uns zu bleiben. In der Wohnung hielten sich viele Leute auf, Mutter, Georg, die zwei kleinen Kinder, Dippi und, nachdem diese in Rente gegangen war, die Saller. Ich konnte verstehen, dass Eugen bevorzugte allein und unabhängig zu sein, nicht unter Beobachtung stehen wollte, obwohl ich mir manchmal wünschte, dass er auch etwas von meinem Alltag mitbekommen würde.

Wir erkundeten die Lokalitäten, die sich nach Kriegsende durchgesetzt hatten, wobei mein Bruder die sogenannten Flüsterbars, die Speak Easy Bars, bevorzugte. Ich hatte etwas nachzuholen. Im Gegensatz zu Georg tanzte er gerne und er war ein fesselnder, lebhafter Erzähler, immer fiel ihm etwas ein, das hatte er von unserem Vater. Aus jeder Begebenheit, war sie auch noch so alltäglich, konnte er eine spannende Geschichte machen, mit ihm wurde es keine Minute langweilig. Meistens ging Georg früher nach Hause, Eugen und ich waren Nachtmenschen.

»Das hast du von mir«, sagte meine Mutter.

»Und Eugen? Hat er es von Vater?«, fragte ich sie neckend. Daraufhin sagte sie nichts.

Ich denke gerne an die enge Beziehung zu meinem Bruder in dieser Zeit, nie wieder standen wir uns so nahe wie in den Jahren nach dem Krieg bis zum Winter 1928. Alles vertraute ich ihm an, und seine Ratschläge waren verständnisvoll und aufmunternd, er spürte immer, was ich brauchte. Ich erinnere mich auch daran, dass ich eine unglaubliche Energie hatte, nie wieder fühlte ich mich so lebendig. Damals dachte ich, dass es nur das annähernde Glück sein kann, dass es da etwas geben muss, was alles noch besser machen würde, wenn sich die allgemeine politische und wirtschaftliche Situation beruhigte, wenn die Kinder größer waren. Aber heute würde ich sagen, es war die glücklichste Zeit meines Lebens, schade eigentlich, dass man das erst rückblickend erkennt.

11

Erik Weisz' Tod am 31. Oktober 1926 war eine Weltsensation. Die Zeitungen waren voll mit Berichten über sein Leben und seinen überraschenden Tod, tausende Menschen nahmen an seinem Begräbnis teil.

Der kanadische Student Gordon Whitehead hatte Weisz neun Tage vorher mit der Faust knallhart in den Bauch geschlagen. Zwar hatte er um Erlaubnis gefragt und sie bekommen, jedoch dem Mann nicht genug Zeit gelassen, sich vorzubereiten. Erst nach dem dritten Schlag konnte Weisz, der auf dem Diwan lag, seine Bauchmuskeln vollständig anspannen. Er hatte bereits mehrere Tage zuvor an Bauchschmerzen gelitten, sich jedoch nicht untersuchen lassen, er verabscheute Ärzte und Krankenhäuser. Die Schläge verschlimmerten seinen Zustand, und er war gezwungen, einen Arzt aufzusuchen. Eine akute Appendizitis wurde diagnostiziert. Bei der Notoperation – drei Tage nach den Schlägen in den Bauch – fand der Chirurg eine Bauchhöhle vor, die völlig mit Eiter infiziert war. Da nach der Operation keine Besserung eintrat, musste sein Bauch vier Tage später erneut geöffnet und gespült werden. Doch auch das brachte keine Linderung mehr, und Antibiotika gab es leider noch nicht. Weisz starb im Alter von zweiundfünfzig Jahren. Die Ärzte diagnostizierten als Todesursache eine Perforation des Wurmfortsatzes in die freie Bauchhöhle und eine daraus resultierende Bauchfellentzündung. Unter großer Anteilnahme wurde der Tote im Stadtteil Queens in New York zu Grabe getragen, in demselben Bronzesarg, aus dem er sich als Lebender während seiner Entfesselungsaktionen so oft hatte befreien können.

Erik Weisz war nämlich niemand Geringerer als der weltberühmte Harry Houdini, *The Great Houdini*, der sich in eine Zwangsjacke geschnürt an einem Seil an den Füßen an einem Wolkenkratzer aufhängen oder in einer vernagelten Kiste im Hafen von New York über Bord werfen ließ. Sein Tod war nicht so spektakulär wie sein Leben. Vermutlich hatte er sich zeitlebens nicht vorstellen können, dass er ganz banal an einer Blinddarmentzündung sterben sollte. Und noch weniger seine Verehrer, die bei den Shows des Zauberers, Illusionisten und Entfesselungskünstlers um dessen Leben zitterten. Die Anwälte von Houdinis Witwe führten dessen Tod auf die Schläge zurück, was eine Verdoppelung der Sterbesumme von der Lebensversicherung bewirkte. Bei einer Blinddarmentzündung wäre eine wesentlich kleinere Summe ausbezahlt worden. Whitehead wurde zwar nie angeklagt, weil es Zeugen gab, die aussagten, Houdini selbst habe den Schlägen zugestimmt, unterschrieb jedoch ein Schuldeingeständnis. Obwohl er starke Schmerzen hatte, sagte Houdini seine letzte Vorstellung am Garrick Theatre in Detroit am 24. Oktober 1926 nicht ab. Das war zwei Tage nach den Schlägen Whiteheads, einen Tag vor der ersten Notoperation und sieben Tage vor seinem Tod. In einem Interview sagte ein Zuschauer dieser letzten Vorstellung, die Show habe ihn enttäuscht, sie begann mit einer halbstündigen Verspätung, und Houdini sah nicht gut aus. Er machte Fehler, das Publikum durchschaute seine Tricks, und mehrmals musste ihm seine Frau, sie war seine Assistentin, beispringen. Als er aber später von der perforierten Appendizitis las, an der Houdini damals gelitten hatte und an der er wenige Tage später gestorben war, wurde ihm bewusst, dass der große Houdini sein Leben gelassen hatte, um bis zum letzten Augenblick vor seinem Publikum auftreten zu können. Seine Devise lautete vermutlich: *The show must go on!*

Warum erzähle ich dir das so genau?

In einer Freitagnacht im November 1926 saßen wir in der Eden Bar und redeten viel über Houdini, besser gesagt: Eugen redete über Houdini. Die Zeitungen waren zu der Zeit voll mit Berichten über seinen Tod. Eugen hatte 1908 in Boston eine Show miterlebt und erzählte uns davon, mitreißend wie immer. Aber trotzdem hatte ich das leise Gefühl, er rede sich um Kopf und Kragen; hin und wieder warf er mir einen prüfenden Blick zu.

Er hatte von der ersten Reihe aus mitverfolgt, wie Houdini sich mit Ketten gefesselt in einer gigantischen gläsernen Milchkanne voller Bier einschließen ließ und sich innerhalb von wenigen Minuten befreien konnte. Er schilderte die Totenstille im Saal, die knisternde Spannung in der Luft, die fast greifbar war, die Menschen mit geöffneten Mündern, flach atmend, Entsetzen und Sensationslust in ihren Gesichtern.

»In dem Moment, in dem er in die Kanne hinuntergelassen wurde, hätte man ihm am liebsten zugerufen: Tu es nicht! Es ging ganz langsam vor sich, um die Spannung zu steigern, und es sah furchtbar beängstigend aus. Andererseits wollte man unbedingt sehen, wie er sich daraus wieder befreien konnte. Es wurden nicht nur seine Hände am Rücken gefesselt, auch seine Füße, und um seinen Oberkörper wickelte man mehrmals eine Kette. Dabei waren Zuschauer auf der Bühne, um zu überprüfen, dass er tatsächlich gefesselt wurde und die Ketten echt waren. Jeder, der wollte, konnte nach vorne gehen, die Leute waren nicht ausgewählt. Sie inspizierten alles sehr genau, rissen an jedem einzelnen Glied, schlugen die Kette heftig auf den Boden.«

»Und doch seid ihr getäuscht worden«, sagte ich.

Houdini spannte die Muskeln mehr und mehr an, so Eugen weiter, die Kette begann zu reißen, er sprengte die Handschellen, beugte sich hinunter und befreite sich von der Fußfessel. Zum Schluss musste er noch den schweren Deckel von der Kanne stemmen – zwei Zuschauer hatten diesen nur mit Mühe heben können –, dabei drückte er seine Füße im Grätschschritt gegen die Wände der Kanne. Unter tosendem Applaus kletterte er, triefnass, aus dem Riesengefäß und sprang behände auf die Bühne, das Ganze dauerte drei Minuten.

Wir diskutierten darüber, wie die Täuschung der Zuschauer vor sich gegangen sein könnte. Hatte die Assistentin etwas an der Kette verändert, mit einem schnellen Handgriff einen eingebauten Mechanismus in einem Glied aktiviert, bevor Houdini in die Kanne hinuntergelassen wurde? Aber was war mit den Fußfesseln? Wir waren zu dritt; neben mir saß Luzia, Carls Frau, uns gegenüber Eugen, alle drei waren wir angetrunken. Die Bar war voll, hinter uns spielte die Band einen Dixie Song nach dem anderen, ich wippte mit dem Fuß, ich tanzte gern, auch Luzia, aber an diesem Abend war sie ruhiger als sonst.

Sie war nach Wien gekommen, um Weihnachtseinkäufe zu machen. Den ganzen Tag war sie unterwegs, kehrte spät zurück und behauptete, nichts Passendes gefunden zu haben. Sie betrat die Wohnung mit einem Ausdruck in ihrem Gesicht, der kaum zu beschreiben ist: selbst- und weltvergessen, lasziv, strahlend, aber müde. So ging das fast eine Woche lang. Ich überredete sie – an ihrem letzten Abend bei uns –, mit mir auszugehen, im Zug zurück ins Mühlviertel könne sie ohnehin schlafen. Sie willigte schließlich ein, und wir machten uns schick, ich lieh ihr ein schwarzes rückenfreies Kleid und überredete sie, die Haare offen zu tragen.

Als wir die Eden Bar betraten, erkannte ich Eugen sofort von hinten, er saß allein an der Bar, vor sich ein Glas Brandy. An meiner Seite erstarrte Luzia, ich gab vor, es nicht zu merken. Ich eilte auf meinen Bruder zu und sagte, ihm die Hand auf die Schulter legend: »Welch eine Überraschung! Du bist in Wien?«

Er wandte sich erstaunt nach mir um, und in dem Augenblick, als er Luzia hinter mir sah, erkannte ich, dass er kurz davor war, die Fassung zu verlieren. Er fing sich schnell wieder.

»Ich bin erst heute angekommen, ich hätte mich morgen bei dir gemeldet«, erklärte er verlegen.

Auch Luzia tat überrascht – »Du hier, Eugen? Hast du nicht in Salzburg zu tun?« –, und ich spielte das Spiel mit, was blieb mir anderes übrig, sie wirkten beide so verletzlich.

Wir setzten uns an einen Tisch, bestellten Cocktails, und Eugen begann von Houdini zu erzählen, in diesem Herbst kam man um dieses Thema nicht herum. Er wusste viel über ihn, hatte in den Staaten mehrere Reportagen über ihn gelesen. In den Staaten?, dachte ich, oder hier in Wien, in den letzten Tagen, in einem Hotelbett? Harry Houdini wurde als Sohn eines jüdischen Seifenmachers in Budapest geboren, er war vier Jahre alt, als seine Familie emigrierte. Mit siebzehn begann er als Zauberkünstler aufzutreten und sich erstmals Harry Houdini zu nennen.

Während Eugen sprach, schweiften meine Gedanken ab. Natürlich hatte meine Schwägerin keine Weihnachtsgeschenke gefunden. Ich stellte mir vor, wie sie die Hotelhalle betrat und durchquerte, den Kopf gesenkt, damit niemand auf die Idee kam, sie zu fragen, ob sie Gast war oder wohin sie wolle, wie sie die Treppen hinaufhuschte, den Gang entlang eilte, um schließlich vor einer Zimmertür stehenzubleiben. Dort versuchte sie ihr rasendes Herz zu beruhigen, bevor sie klopfte. Oder vielleicht war ihr Klopfen gar nicht notwendig, vielleicht hörte Eugen ihre Schritte im Gang, weil er sehnsüchtig auf sie wartete, und öffnete von selbst? Er riss die Tür auf und zog sie ins Zimmer. Ich fragte mich, ob er ein Zimmer mit einer bestimmten Nummer gewählt hatte, einer Nummer, die eine symbolische Bedeutung für seine Liebe zur Schwägerin hatte? Waren sie nackt auf dem Bett gelegen, während sie aßen, Zeitungen durchblätterten, er ihr Artikel vorlas, unter anderem auch über Houdini? Eugens detaillierte Kenntnisse sagten mir, es musste so gewesen sein.

Als wir kurz allein waren, fasste mein Bruder nach meiner Hand und sagte: »Ich bitte dich darum, Mutter und Georg nichts von meinem Aufenthalt in Wien zu sagen.«

»Natürlich nicht. Ich habe verstanden. Wie lautet die offizielle Version?«

»Ich bin in Salzburg und treffe mich dort mit ein paar Holzhändlern.«

»Und die Wahrheit? Ihr habt euch vier Tage hintereinander in deinem Hotelzimmer getroffen und euch geliebt?«

»Direkt wie immer, Schwesterherz.«

Ich fühlte mich ausgeschlossen. Luzia und er mussten ihr mehrtägiges Treffen in Wien lange geplant haben, mich hatte man nicht eingeweiht. Ich vertraute ihm bei unseren nächtlichen Touren alles an, selbst Dinge, die nicht einmal mein Mann und meine Mutter wussten.

Wir gesellten uns unter die Tanzenden, und als ein Foxtrott gespielt wurde, gab ich vor, eine Pause zu benötigen. Im Dunkeln sitzend beobachtete ich die beiden, sie hatten nur Augen für sich und gaben solch ein schönes Paar ab! Ich war nicht mehr verärgert, sondern nur noch traurig, am liebsten hätte ich Rotz und Wasser geheult, ich schob es auf den Alkohol.

Wir blieben bis vier Uhr früh. Eugen wollte nicht, dass wir ihn zum Hotel begleiteten, mit einem Blick auf Luzia sagte er: »Es ist besser, wir verabschieden uns hier.« Er reichte ihr die Hand, um sie dann doch zu umarmen, sie zitterte in seinen Armen.

Wir gingen zu Fuß nach Hause, ich wollte kein Taxi nehmen. Ich mochte Spaziergänge durch die leeren Straßen, nichts mochte ich mehr als die Stadt in der Nacht, außerdem hatte ich das Gefühl, dass es Luzia guttun würde, sie wirkte aufgewühlt. Ich hätte mich gerne bei ihr eingehakt, den Kopf auf ihre Schulter gelegt oder sie aufgefordert, es zu tun. Sie war in den ersten Jahren nach dem Krieg wie eine Schwester, die ich nicht hatte, für mich gewesen, bis Studium, Geburt der Kinder, Arbeitsalltag uns voneinander entfernten, weil wir uns immer seltener sahen. Es lag am Voranschreiten der Zeit, und ich hoffte, sie machte mir keinen Vorwurf deswegen, mein schlechtes Gewissen ihr gegenüber plagte mich immer wieder. Aber wenn ich ehrlich war, musste ich mir eingestehen, dass es doch einen Grund gab, warum ich den Kontakt reduziert hatte und nur wenige Tage im Sommer mit meinen kleinen Buben in der Hofmühle verbrachte: Mir fiel es schwer mitanzusehen, wie sehr Luzia unter ihrer Kinderlosigkeit litt.

Bevor wir die Wohnung betraten, sagte ich zu ihr: »Keine Sorge, euer Geheimnis ist bei mir sicher.« Daraufhin schenkte sie mir einen Blick, halb verstört, halb schmerzerfüllt, er versetzte mir einen Stich. Im Flur trat uns meine Mutter entgegen, sie fragte nichts, ich sah ihr an, dass sie ahnte, wen wir getroffen hatten.

Ein paar Stunden später brachte ich Luzia zum Bahnhof.

Neun Monate später wurde deine Mutter geboren.

Luzia hat also doch ein Weihnachtsgeschenk bekommen, dachte ich, als mir meine Mutter Carls Brief vorlas, in dem er die Neuigkeit von der Schwangerschaft berichtete. Das war kurz nach Neujahr, 1927 hatte begonnen. In den Osterferien wurde ich von Luzia und Carl gebeten, die Taufpatin ihres ersten Kindes zu sein. In der ersten Zeit brachte ich meine kleine Nichte Martha immer mit Houdini in Verbindung.

Übrigens starb Gordon Whitehead, der Mann, der ihm die

Schläge versetzt hatte, an Unterernährung, nicht einmal sechzigjährig. Er hatte sich als Boxer mit Müh und Not seinen Lebensunterhalt verdient, in seinen letzten Jahren lebte er als Einsiedler und Bettler. Offenbar hatte ihn das Ereignis ziemlich aus der Bahn geworfen.

12

Weißt du, die Sache war die:
Offiziell war es Eugen Brugger, mit dem Luzia verheiratet war, aber Carl war ihr Ehemann.

Georg und ich waren nicht allein vor den Traualtar getreten, es war eine Doppelhochzeit gewesen, Eugen Brugger und Luzia Eder hatten an dem Tag ebenfalls einander das Jawort gegeben. Dass es eigentlich Carl war und nicht Eugen, der neben seiner Luzia stand, wussten in der überfüllten Kirche – abgesehen natürlich von den Zwillingen selbst – nur vier Leute: unsere Eltern, die Braut und ich. Nicht einmal Georg war von uns eingeweiht worden, das Risiko war uns zu groß. Er erfuhr es erst ein paar Jahre später. Er war ziemlich sauer, als ich es ihm erzählte, und warf mir unschöne Dinge an den Kopf.

Carl war im Jänner 1918 für tot erklärt worden, genauer gesagt hatte er aus bestimmten Gründen seinen eigenen Tod vorgetäuscht. Er diente als Gruppenführer im Infanterieregiment Nummer 59, zuerst in Galizien und später – ab Mai 1916 – an der Südfront. Sein Vorgesetzter, den er sehr schätzte, wurde im Oktober 1917 getötet, eine Granate war über ihnen am Felsen krepiert und hatte eine Wolke von Sprengstücken und Steinen auf sie herabgeschleudert, sie erschlug elf Soldaten, darunter den Zugführer. Der neue Zugführer war jung, knapp über dreißig und kam aus einer guten Familie in Linz. Sein Vater hatte das Richteramt inne, er selbst war kurz vor Kriegsausbruch als Staatsanwalt vereidigt worden. Der Mann hatte einen Schreibtischposten in Meran, ließ sich etwas zuschulden kommen und wurde an die Front strafversetzt, wo er – ausgerechnet – dem Zug zugeteilt wurde, in dem Carls Gruppe diente.

Bei einer Dienstreise vom Lazarett in Asiago nach Meran – ich begleitete einen Versorgungstrupp, der uns Nachschub an Verband, an Medikamenten bringen sollte – erfuhr ich von meinen ehemaligen Arbeitskolleginnen im Krankenhaus, dass eine Pflegerin beinahe Opfer einer Vergewaltigung geworden wäre, sie hatte sich im letzten Moment befreien können. Der Name des Mannes, er war ein höherer Beamter, lautete Siegfried Neupert. Ich kannte den Namen, Carl hatte ihn in einem Brief erwähnt. Und weil ich neugierig war, fragte ich nach Details. Dabei erfuhr ich, dass die junge Frau sich dazu durchgerungen hatte, den Vorfall zu melden, obwohl Neupert sie unter Druck setzte, es nicht zu tun. Und dass auch eine Landsturmdivision und eine Gebirgsbrigade der 10. k. u. k. Armee für die Versetzung zur Auswahl standen, sie hatten Bedarf an Männern. Alles wäre anders verlaufen, wenn Neuperts Vorgesetzter am Ende von dessen Anhörung sich für eines dieser Regimenter entschieden hätte und nicht für das Infanterieregiment Nummer 59. Wir müssen in unserem Leben immer das Element des Zufalls miteinbeziehen, und ich frage mich manchmal, wie groß das durchschnittliche Kontingent von Glücksfällen und Unglücksfällen in einem einzelnen Leben ist.

Abgesehen davon, dass das Leben in Meran natürlich ein wesentlich angenehmeres war als an der Front, muss die Strafversetzung für den ehrgeizigen Neupert äußerst demütigend gewesen sein. Seine Wut ließ er am Gruppenführer Carl Brugger aus. Da nicht nur er schikaniert wurde, sondern auch seine Männer, begann Carl sich offen zu widersetzen. Beim Kampf um den Monte Valbella wurden er und einer seiner Kameraden verletzt. Es war Neupert, der die Suche nach Verwundeten leitete und die beiden in einem Trichter fand, sie jedoch ihrem Schicksal überließ, indem er – Carl in die Augen schauend – das verneinende Handzeichen gab. Der Kamerad starb, und wäre ein Soldat aus Carls Gruppe nicht skeptisch geworden, wäre er nicht zurückgegangen, um die Umgebung um den Trichter und den Trichter selbst noch einmal abzusuchen, wäre auch Carl erfroren. Die Angelegenheit machte im Bataillon die Runde, und Neupert war bewusst, dass, sollte Carl den Vorfall melden, genug Männer gegen ihn aussagen würden, er war zu weit gegangen.

Trotz Lawinengefahr wurde – von Neupert persönlich – der Transport der Verwundeten ins Tal hinunter angeordnet. Dabei kam es zu einem Tumult, und die Kolonne musste anhalten. Als Carl, auf seiner Trage liegend, Neupert auf sich zukommen sah, wusste er, dass dieser die Gelegenheit nutzen würde und er sich in Lebensgefahr befand. Vermutlich war der Tumult sogar von ihm ausgelöst worden, um mit Carl auf dem schmalen Pfad alleine zu sein, ein kleiner Lawinenabgang, ein mitgerissener Verletzter, niemanden würde es interessieren. Und tatsächlich bog der Mann ab und stapfte den Hang hinauf, kurz darauf ging ein Schneebrett auf Carl herab. Als Neupert erkannte, dass er in der Lage gewesen war, sich an einem Gestrüpp festzuhalten, stieg er zu ihm herab. Carl konnte den Angriff abwehren, bei dem Handgemenge, welches dabei entstand, rutschte Neupert aus und stürzte den steilen Abhang hinunter.

Die Wochen im Lazarett in Belluno verbrachte Carl in dem Glauben, einen Mann aus Notwehr getötet zu haben. Beim Besuch eines Kameraden aus seiner Gruppe erfuhr er, dass Neupert mit schweren Erfrierungen an den Gliedmaßen und im Gesicht überlebt hatte und nach ihm suchen ließ. Er war panisch vor Angst. Als bei einem Unfall auf dem Gelände des Lazaretts drei Männer ums Leben kamen – ihre Körper wurden von einem Feuer unkenntlich gemacht –, ergriff er ohne zu zögern die Gelegenheit. Er warf seine Erkennungsmarke ins Feuer, schnappte sich die Habseligkeiten eines der Verunglückten und machte sich auf und davon.

Diese Details erzählte mir Carl erst ein, zwei Jahre nach Kriegsende. Es muss nach Berts Geburt im Sommer 1920 gewesen sein, ich habe in Erinnerung, dass wir auf der schattigen Terrasse saßen, er sich immer wieder Wein nachschenkte – ich keinen trank – und dass er ungewöhnlich viel redete. Übrigens war Carl überglücklich über die Geburt seines Neffen, wohingegen Eugen zurückhaltender war.

»Ich finde ja, du hättest dir mit dem Nachwuchs ruhig ein bisschen Zeit lassen können. Du hast vier Jahre lang bei Amputationen assistiert, jetzt solltest du mindestens vier Jahre lang feiern«, scherzte er.

Wir hatten von den Schikanen eines Vorgesetzten gewusst und vermutet, dass die Furcht vor der Rückkehr an die Front ihn so weit gebracht hatte, zu desertieren. Dass es einen *konkreten*, einen schwerwiegenderen Grund für seine Flucht gab, hatte er vorher nur seinem Zwillingsbruder erzählt. Nächtelang waren die beiden nach Eugens Heimkehr beieinander gesessen. Doch Eugen weigerte sich, etwas von dem zu erzählen, was er von Carl erfahren hatte.

»Es ist einzig und allein Carls Sache«, sagte er, und ich boxte ihn auf den Oberarm: »Hör auf, so gottverdammt verschwiegen zu sein.«

»Das bin ich nicht.«

Aber er war es, ich kannte keinen diskreteren Menschen als deinen Großvater.

Drei Wochen lang war Carl unterwegs, Anfang Februar 1918 erreichte er die Hofmühle. Monatelang lebte er versteckt im Keller, immer wieder wurde die Gegend mit Hunden durchkämmt, das Haus auf den Kopf gestellt. Diese Suchaktionen wurden vom Staatsanwalt Dr. Siegfried Neupert angeordnet und auch begleitet, dieser trug schwarze Lederhandschuhe, und eine Kupfermaske bedeckte sein Gesicht. Die Mutter war entsetzt, als sie ihn zum ersten Mal sah, und auch über seine hasserfüllten Worte über den Gruppenführer Carl Brugger, der – so war der Mann überzeugt – mit Sicherheit seinen Tod vorgetäuscht hatte, um einer Strafverfolgung wegen Mordversuchs zu entgehen.

Die Eltern weihten einzig und allein Luzia Eder ein. Carl hatte die junge Frau in seinem ersten Fronturlaub kennengelernt, im zweiten waren sie sich nähergekommen, daraufhin schrieben die Verliebten einander Briefe. Die Nachricht von Carls Tod hatte sie am Boden zerstört, und weil die Mutter Mitleid mit ihr hatte, nahm sie sie nach der Messe beiseite und sagte ihr die Wahrheit. Luzia war es dann auch, der die rettende Idee kam: Carl benötigte vorübergehend eine andere Identität! Damit wäre die schlimmste Gefahr gebannt.

Im Juni 1918 reiste die Mutter ins Kriegsgebiet – sie war drei Tage lang unterwegs –, wir trafen uns in Trient, wo ich ihr Papiere eines gefallenen Soldaten aushändigte. Und hier kommt der arme Tomás Danek ins Spiel; du nickst, sein Name ist dir bekannt. Ich überlegte damals gut, welche Papiere ich aus der Kartei des Lazaretts entwende. Er war ein Glücksgriff. Vom Alter und Aussehen passte er zu Carl, davon gab es zwar noch andere, aber ich entschied mich für Tomás, weil ich ihn gemocht hatte.

Der Mann war ein paar Wochen zuvor gestorben. Als es dem Ende zuging, ließ er meine Hand nicht los, stundenlang saß ich in der Nacht neben seiner Pritsche. Ich weiß nicht, wie viele hunderte Soldaten ich habe sterben sehen, einige davon bleiben in Erinnerung, auch heute noch passiert es mir manchmal, dass mir einer unterkommt. Gerade letztens saß mir einer am Frühstückstisch gegenüber und wollte partout nicht gehen. Er hieß Anatol und war ein ungarischer Kavallerist, er sah mir beim Kaffeetrinken zu und redete die ganze Zeit in gebrochenem Deutsch von seinem Pferd. Das war bei einer Schlacht in der Nähe von Przemyśl von einem Schrapnell getroffen worden und gestürzt, er geriet darunter und konnte sich nicht befreien. Erst zwei Tage später wurde er von einem Spähtrupp gefunden, er hatte mitansehen müssen, wie das Tier qualvoll starb, während er selbst die ganze Zeit den Tod vor Augen hatte. Er war völlig ausgekühlt und dehydriert, eine Woche nach der Amputation seines Beines ist er gestorben.

Danek war ein einfacher Mann, aber er hatte auch Charme. Er erzählte mir von seiner Kindheit auf einem Bauernhof nördlich von Freistadt, von seinen Jahren als Arbeiter bei den Ringhoffer-Werken in Prag. Nichts lieber als ein Bauer wollte er werden, sein ganzes Geld sparte er für den Kauf eines kleinen Hofes, und als er es beisammenhatte, brach der Krieg aus. Er war ein Niemand, ein lediges Kind einer Kleinhäuslerin, der Vater ein böhmischer Arbeiter aus der Nähe von Krumau. Keine Geschwister, die Eltern tot, keine weitere Familie vorhanden, weshalb die Benachrichtigung über den Tod samt Totenschein nicht abgeschickt werden konnte. Die Scheine solcher Fälle wurden gesammelt und alle drei Monate an das Wohlfahrtsamt in Wien geschickt, dort kümmerte man sich um die Verständigung der jeweiligen Gemeinde. Ich ließ den Totenschein verschwinden und stellte stattdessen einen Entlassungsschein aus, zusammen mit dem Legitimationsblatt gab ich ihn Mutter. Tomás Danek sollte durch meinen Bruder weiterleben, zumindest ein bisschen.

Im Juli wagte sich Carl zum ersten Mal ins Dorf, um die Messe zu besuchen. Er sah verändert aus, seine Haare waren länger, er trug einen Vollbart, ging gebeugt und zog das linke Bein nach. Im Dorf hatten meine Eltern herumerzählt, dass ein entlassener deutschböhmischer Soldat von der Südfront auf dem Weg nach Hause bei ihnen gestrandet war, sie hatten ihn mit hohem Fieber vor der Tür gefunden und aufgenommen. Vermutlich verspürten sogar ein paar Leute – schadenfrohes – Mitleid mit meinen Eltern: Jetzt ist schon so weit, dass sie froh sind um einen abgerissenen Böhmen, zwei Söhne gefallen, der einzige noch lebende treibt sich in Amerika herum, und der Tochter wäre auch geraten, sich um die eigenen Eltern zu kümmern anstatt um fremde Soldaten! Dem Bürgermeister sagten sie, Danek habe den Wunsch geäußert, vorläufig zu bleiben – er halte nichts von einem eigenen tschechoslowakischen Staat –, worüber sie froh waren, sie konnten jede Hilfe gebrauchen. Der Kommentar des Bürgermeisters lautete: »Wir sind froh um jede Arbeitskraft hier in der Gemeinde, um den Heimatschein kann er aber erst in fünf Jahren ansuchen!«

Keiner interessierte sich für den hinkenden Mann, der meistens den Hut tief ins Gesicht gezogen hatte, zahlreiche – untauglich gewordene – Männer kehrten von der Front heim und des Krieges war man ohnehin schon lange müde.

Der Krieg endete und Carl hinkte weiterhin als Tomás durchs Leben, er sah keine Möglichkeit, von den Toten aufzuerstehen. Er befand sich in einem großen, großen Dilemma. Er war nicht nur ein Deserteur – Desertion war der größte Verrat, den es in der Armee gab –, sondern hatte obendrein wissentlich seinen Tod vorgetäuscht. Seitdem es keine Monarchie und keine k. u. k. Armee mehr gab, hatten alle zivilen strafrechtlichen Gesetze auch für Militärpersonen Gültigkeit, und die Staatsanwaltschaft befasste sich besonders mit groben Delikten von ehemaligen Truppenkommandanten. Ihm hätte eine langjährige Gefängnisstrafe gedroht, wenn Vater und Sohn Neupert nicht sogar die Todesstrafe durchgesetzt hätten, diese wurde erst im April 1919 abgeschafft. Für Carl zählte aber vor allem eines: Er, den die Kameraden geliebt und bewundert hatten, der die Große Silberne Tapferkeitsmedaille verliehen bekommen hatte, für den ein Ehrenbegräbnis im Dorf abgehalten worden war, wollte nicht als Verräter dastehen, auch wenn das, wofür er gekämpft hatte, untergegangen war.

Ja, so war das mit Thomas Danek, so ist er in unser Leben getreten.

13

Ende November 1918 – nach genau vier Jahren – kehrte ich nach Hause zurück und bezog mein altes Kinderzimmer. Ich fand vor: glitzernden Neuschnee, zwei permanent kläffende Hunde, eine alte Katze, ein paar Schweine und ein paar mehr Hühner, anstelle des Kaufhauses eine Brandruine, ein verwahrlostes Haus, kein Dienstpersonal, einen stark gealterten Vater, eine verzweifelte Mutter und einen Bruder, der vor lauter Bedrücktheit nur noch Haut und Knochen war.

Das Einzige, was tadellos funktionierte, war die Mühle. Sie hatte in den letzten Kriegsjahren die Familie ernährt, nachdem mein Vater von der Behörde gezwungen worden war, das Kaufhaus zu schließen, und obendrein die Frachtkähne beschlagnahmt worden waren. Vater half Carl in der Mühle. Ich hatte ihn nie als Müller gesehen, keinen einzigen Tag lang, und konnte nur staunen über die Hingabe, mit der er die Arbeit an den Walzenstühlen machte.

»Sie beruhigt mich«, sagte er.

Mein Vater war verbittert über den Untergang der Monarchie. Für ihn war unbegreiflich, dass ein neues Zeitalter anbrechen sollte, das seinem Land von anderen Staaten aufgezwungen worden war. Er glaubte nicht an das Überleben der kleinen Republik, deren Form auf der Karte regelrecht verstümmelt aussah.

»Wie ein Schuh, ein gottverdammter Schuh! Soll uns das auf alle Ewigkeit daran erinnern, dass auf uns herumgetrampelt wurde?«

Ich könnte nicht behaupten, dass ich mich in diesen Wochen durchgehend miserabel gefühlt hätte oder dass ich verzweifelt gewesen wäre. Wenn ich in der Nacht nicht schlafen konnte – und das war oft der Fall –, wickelte ich mich in eine Decke, setzte mich auf die Veranda und starrte zu den verschneiten Wäldern hinüber. Es war unglaublich still, und in mir breitete sich Frieden aus. Ich glaube, es war in diesen hellen Nächten, dass es langsam in mein Bewusstsein sickerte: Es ist vorbei, das Schlachten ist endlich vorbei! Und mit einer Republik hatte ich keine Probleme.

Manchmal setzte sich meine Mutter zu mir, und wir rauchten gemeinsam, dabei redeten wir nicht viel. Sie war eine andere Person als vor dem Krieg, wobei sich die Veränderung nicht nur auf Äußerlichkeiten bezog – sie war vor dem Krieg im wahrsten Sinne des Wortes eine feine Dame gewesen –, sondern vor allem auf ihr Verhalten. Sie erschien mir trotz ihrer Verzweiflung resoluter als früher, irgendwie auch wacher, es war offensichtlich, dass die Herausforderungen der letzten Zeit sie über sich hinauswachsen hatten lassen. In der Familie hatte sie das Ruder übernommen, vor dem Krieg wäre das undenkbar gewesen. Manchmal kamen auch Carl und Luzia dazu, aber meistens verbrachten sie die kurze Zeit, die sie miteinander hatten, in seinem Zimmer. Entgegen allen damaligen Konventionen unterstützte meine Mutter die heimlichen Treffen der beiden Liebenden.

»Ich hoffe nur, er zieht sich gewissenhaft das Ding über«, sagte sie einmal lapidar und zog an ihrer Zigarette, ich schaute sie entgeistert an und dann musste ich grinsen, früher hätte sie nie derart über solche Sachen geredet.

Es war schön zu sehen, wie gut Luzia meinem Bruder tat und wie glücklich meine Eltern darüber waren, dass Carls Wahl auf sie gefallen war oder umgekehrt. Mein Vater und meine Mutter hatten eine besondere Beziehung zu der jungen Frau, sie waren sehr bewegt gewesen, als er sie im Mai 1915 zum ersten Mal mit nach Hause gebracht hatte.

Weil ihre Eltern früh verstorben waren – sie hatte beide nie kennengelernt –, war sie bei Onkel und Tante auf dem Ederhof, dem größten Hof im Dorf, aufgewachsen. Soviel ich wusste, war es keine besonders schöne Kindheit gewesen. Ihre Mutter Hedwig, eine entfernte Verwandte meines Vaters, war eine Vollwaise gewesen, die mit siebzehn Jahren in die Hofmühle gekommen war, wo man sie herzlich aufgenommen hatte. Alle mochten das fröhliche Mädchen, das sich dann ausgerechnet in den ledigen Sohn vom Eder verliebte. Der alte Ederbauer war ein furchtbarer Mensch, der seine Familie, seine Dienstboten und vor allem seinen ledigen Buben tyrannisierte. Und mein gutmütiger Vater nahm natürlich auch noch den Burschen auf! Ich glaube, er hieß Emil. Das Paar lebte ein paar Jahre bei uns, Luzia wurde – zehn Tage nach mir – in der Hofmühle geboren. Nachdem die beiden jungen Leute verunglückt waren, entschied das Gericht, dass das Kind auf dem Ederhof aufwachsen sollte, sehr zum Leidwesen meiner Eltern, die das kleine Mädchen wie eine Tochter liebten.

Luzia war neugierig, was meine Arbeit in den Lazaretten betraf. Ihr Onkel hatten ihr verboten, als Krankenschwester zu arbeiten, sie wurde dringend auf dem Hof benötigt, wo sie für zwei schuftete und dafür kaum einen nennenswerten Lohn erhielt. Wenn sie merkte, dass ich nicht gerne darüber sprach, fragte sie nicht weiter, ich mochte ihre Feinfühligkeit. Einmal setzte sie sich zu uns, zu Mutter und mir, bevor sie sich auf den Heimweg machte, Carl schlief bereits. Als wir so nebeneinander vor dem Haus saßen, in welchem die beiden Männer schliefen – der alte, der vor dem Krieg etwas gegolten hatte und jetzt schwach und kränklich war, und der junge, der jede Nacht Albträume von seinen sterbenden Kameraden hatte –, kam mir die Situation sinnbildlich vor: Es sind die Frauen, die jetzt Wache halten.

Auf die Frage, die wir uns immer wieder stellten, nämlich wie es weitergehen sollte – mit Carl, mit der Hofmühle –, antwortete Luzia: »Ich heirate auch gern einen Böhmen mit dem Namen Tomás Danek. Und ich habe auch nichts dagegen, von hier fortzugehen und das alles« – dabei machte sie eine abwertende Handbewegung in Richtung des Ederhofes – »hinter mir zu lassen, ein völlig neues Leben zu beginnen, vielleicht sogar in Amerika. Es wäre auch das Beste für Carl.«

»Hast du mit ihm darüber gesprochen?«, fragte die Mutter, »denn wenn nicht, kann ich dir im Vorhinein sagen, was er sagen wird. Dass er sich beim besten Willen nicht vorstellen kann, von der Hofmühle wegzugehen.«

»Ja, das waren seine Worte«, seufzte sie.

Sechs Wochen nach mir kehrte Eugen aus den Staaten heim, er war fast sechzehn Jahre lang fortgewesen. Er fand das gleiche vor wie ich, Unmengen von Schnee und Trostlosigkeit an allen Ecken und Enden, nur was Carl betraf, war es anders: Er fand einen totgeglaubten Bruder vor.

Ich hatte ihm nach meiner Heimkehr einen Brief geschrieben, in dem ich bewusst verschwieg, dass Carl am Leben war, nicht nur, weil ich die Zensurstelle fürchtete, sondern weil ich befürchtete, Eugen würde in dem Fall die beschwerliche Heimreise nicht antreten. Auch die Sache mit Tomás Danek erwähnte ich mit keinem Wort. Ich ließ ihn in dem Glauben, die alten Eltern und ich wären allein in dem großen Haus, und bat ihn, er möge heimkommen, um nach dem Rechten zu sehen. Weil ich unbedingt wollte, dass er kam, baute ich flehentliche Zeilen ein, ich schämte mich nicht dafür. Eugen hatte in Saus und Braus gelebt – so stellte ich mir das vor –, während wir in Blut und Dreck gewühlt hatten, es war seine Pflicht, zu kommen und zu helfen. Er schrieb umgehend zurück: *Ich mache mich auf den Weg.*

Kurz vor Weihnachten stand er vor der Tür, und mich befiel tatsächlich ein kleiner Anfall von Nervosität, bevor ich ihm gegenübertrat. Wie würde er sein, der *Amerikaner*?, dachte ich. Wir hatten kaum mehr Briefe von ihm bekommen. Ob er keine geschrieben hatte oder ob sie in einer Behörde hängengeblieben waren – schließlich waren die USA ja Feindesland –, wussten wir nicht. Seit zehn Jahren lebte er an der Ostküste, im Staat Massachusetts, in einer kleinen Stadt namens Petersham, die in alle Himmelsrichtungen von Wäldern umgeben war, Wälder, die er gemeinsam mit einem Tiroler abholzte. Die beiden hatten einen Handel mit Bauholz aufgebaut und waren – soweit wir das beurteilen konnten – ziemlich erfolgreich damit.

Eugen war unendlich glücklich darüber, dass sein Zwillingsbruder am Leben war. Später erzählte er mir einmal, dass diese Freude alles andere überwogen hatte. Seine Anwesenheit tat uns allen gut, er riss Carl aus seiner Lethargie und schmiedete mit ihm Pläne für die Zukunft, er krempelte die Ärmel hoch und begann zu arbeiten. Die zwei beschlossen, den Warenhandel und das Kaufhaus nicht wiederzubeleben, ohnehin war das, was der Vater vor vierzig Jahren aufgebaut hatte – Eugen bezeichnete es als Krämerladen –, mittlerweile überholt, die Transportmöglichkeiten für die Menschen waren bessere, man reiste gerne in die Bezirkshauptstadt, in die Landeshauptstadt, um einzukaufen, und die großen Kaufhäuser begannen sich zu spezialisieren. Sie wollten sich auf den Verkauf von Holz konzentrieren, Schnittholz war – vor allem in den zerstörten Städten – gefragt. Man begann die Brandruine abzutragen, an der Stelle sollte ein großes Sägewerk errichtet werden, außerdem dachte man über den Bau eines neuen Hauses nach. Aber das geschah alles erst im Frühling und Sommer, als ich schon wieder in Wien war.

Was Carls Identität als Tomás Danek betraf, hatte Eugen kein Verständnis, ich weiß noch, dass die beiden mehrmals darüber stritten. Er verlangte – er war eindeutig der Dominantere von beiden und hatte die Führung übernommen –, dass sein Bruder als Carl Brugger eine Rückkehr aus der italienischen Kriegsgefangenschaft inszenieren sollte.

»Du kehrst offiziell heim, du stellst richtig, dass es ein Versehen gewesen ist, dass man dich für tot erklärt hat, und damit hat sich die Sache!«, sagte er.

Carl weigerte sich vehement.

Auf wessen Seite ich stand? Nun ja, im Gegensatz zu Eugen konnte ich Carls Beweggründe gut verstehen, ich wusste um die peniblen Listen der Verletzten, der Gestorbenen, der Gefangenen, die geführt wurden, die Sache war nicht so einfach, wie Eugen sich das vorstellte, Bürokratie war vielleicht in Amerika unbekannt, in good old Europe jedoch erfunden worden. Und: Er war nicht im Krieg gewesen, er konnte mit den Worten Kameradschaft, Ehre, Verrat nichts anfangen und machte sich lustig, wenn Carl sie in den Mund nahm.

Eugen und ich saßen oft beieinander und unterhielten uns, von Anfang an spürten wir eine Seelenverwandtschaft. Er fragte mich viel über meine Jugend in Wien, über die Jahre in den Lazaretten, er wollte wissen, ob es einen jungen Mann in meinem Leben gegeben hatte oder gab. Weil er nicht aufhörte zu drängen, erzählte ich von einem Freund Gustavs, in den ich vor dem Krieg verliebt gewesen war und der als vermisst galt. Ich war nicht bereit, irgendjemandem die Wahrheit zu erzählen.

»Komm mit mir nach Amerika«, sagte er.

»Nie und nimmer. Es gibt hier genug zu tun.«

»Wie der Vater so die Tochter«, erwiderte Eugen.

Anfang Jänner 1919 erhielt ich einen Brief des Chirurgen, unter dem ich im Lazarett in Asiago gearbeitet hatte, er fragte mich, ob ich nicht im Allgemeinen Krankenhaus arbeiten wolle, es wurde händeringend Personal gesucht. Ich wollte mich nützlich machen und entschloss mich, zurück nach Wien zu gehen.

»Das ist löblich«, sagte Eugen, dann bat er mich, länger zu bleiben.

»Ich würde dich gern besser kennenlernen«, gab er als Grund an, und mir gefiel, dass er nicht sagte: Wir können hier jede Arbeitskraft gebrauchen!

Er begleitete mich nach Wien und blieb ein paar Tage, er half mir, die Wohnung auf Vordermann zu bringen und eine Mitbewohnerin zu suchen. Drei Monate später besuchte er mich, um mir etwas mitzuteilen. Er begann mit den Worten, dass eine Lösung gefunden worden war für Carls vertrackte Situation. Aus Carl würde Eugen Brugger werden, wohingegen er, Eugen, die Identität von Tomás Danek annehmen würde. Als der heimgekehrte Sohn Eugen Brugger konnte Carl den elterlichen Besitz übernehmen, heiraten, ein anständiges Leben in der Heimat führen.

»Als Gegenleistung verlangte ich, dass sie deinen Wunsch zu studieren ernst nehmen und dich darin unterstützen. Die Eltern sind einverstanden. Carl hat noch Bedenken, nicht was dein Studium betrifft, sondern seinen neuen Namen, aber ich bin sicher, ich kann sie zerstreuen.«

Die Ankündigung überraschte mich völlig, alles hätte ich erwartet, nur das nicht. Ich konnte seine Entscheidung, sich auf das einzulassen, nicht verstehen, die ganze Sache kam mir leichtsinnig, ja sogar verrückt vor, und ich versuchte sie Eugen auszureden. Mit derselben Lockerheit, mit der er Carl dazu hatte bewegen wollen, von den Toten wieder aufzuerstehen, bestand er nun darauf, die Angelegenheit so zu regeln.

»Was soll schon passieren?«, fragte er, »im Dorf konnte man uns nie auseinanderhalten.«

Es war Luzia, die sich für eine vorgezogene Vermählung im Herbst aussprach, sie wollte nicht noch ein Jahr länger auf dem Ederhof leben. Später dachte ich mir, dass sie sich vielleicht bereits zu Eugen hingezogen gefühlt hatte, gespürt hatte, dass der Zwillingsbruder ihrer Beziehung zu Carl gefährlich werden konnte, und deshalb auf eine rasche Trauung drängte. Im November fand die Doppelhochzeit statt, ein paar Monate darauf, im Februar 1920, starb unser Vater an einer Lungenentzündung, und meine Mutter entschloss sich, zu mir nach Wien zu ziehen, um mich mit Haushalt und Kind tatkräftig zu unterstützen.

Die drei waren im großen Haus allein, denn obwohl Eugen vorgehabt hatte, als Thomas Danek – er hatte bei der Ausstellung der neuen Papiere auf eine deutsche Schreibweise geachtet – zurück in die Staaten zu gehen, zögerte er seine Abreise immer wieder hinaus.

Anfangs zitterten wir natürlich alle bei dem Gedanken, die ganze Sache könnte auffliegen, weil jemand in der Umgebung argwöhnisch wurde. Im Dorf ließen sie sich nicht gemeinsam blicken, Eugen Brugger besuchte gemeinsam mit seiner Frau Luzia die Messe, kehrte anschließend kurz zum Frühschoppen ins Gasthaus ein, während Thomas Danek die meiste Zeit der Kirche und dem Dorfleben fernblieb.

»Das fehlt mir nicht«, sagte er.

Wenn Leute zur Mühle oder zum Sägewerk kamen, blieb er schweigsam und hielt sich im Hintergrund, schwieriger verhielt es sich mit den Angestellten, die täglich anwesend waren. Eugen passte höllisch auf, ich war ja der Meinung, dass er seine Rolle übertrieb. Er zog sein linkes Bein nach, krümmte den Rücken, hatte den Hut tief ins Gesicht gedrückt. Der kurze Vollbart tat sein Übriges, Carl trug nur einen Schnurrbart und achtete darauf, ab und zu sein R amerikanisch zu rollen. Mit den Jahren wurden sie dann nachlässiger.

Manchmal wunderte ich mich darüber, dass nie jemand misstrauisch nachzufragen begann, dass alles reibungslos über die Bühne ging. Ich glaube, es lag an drei Dingen. Erstens: Meine Familie hatte immer eher eine Außenseiterrolle im Dorf inne, man pflegte nie viel Umgang mit den Leuten. Das begann mit meiner Großtante Rosa, die 1848 mit sehr viel Geld aus Wien heimgekehrt war, wo sie in einem Dienstbotenverhältnis gestanden hatte; jeder rätselte, woher das viele Geld kam und ob alles rechtmäßig zugegangen war. Zu tun, als wäre man etwas Besseres, wird nie gern gesehen und schon gar nicht, wenn dem nicht Plagerei vorangegangen ist und man die Mysteriöse spielt. Mit ihrem Geld baute Rosa Mühle und Haus neu, kaufte moderne Walzenstühle. Ich hörte diese Geschichte immer gern von meinem Vater, ich hatte eine Freude daran, dass es eine Frau gewesen war, die den Anfang für den Aufstieg der Familie gesetzt hatte. Und weiter: Rosas Neffe – mein Vater – musste ausgerechnet eine Großstädterin heiraten und keine aus dem Dorf! Mit dieser Wienerin – meiner Mutter – wurde man nie besonders warm, umgekehrt war das auch nicht der Fall.

Zweitens: Es lag vor allem an Eugens unermüdlichem Einsatz, er war es, der nicht aufgab, den Identitätstausch voranzutreiben. Viele Monate lang studierte er die neue Rolle mit Carl ein, er drillte ihn, was Gestik, Mimik, Gang, Sprache betraf. Unserer Ängstlichkeit – wir malten uns alle möglichen Szenarien aus – stand seine Lockerheit gegenüber. Was das betraf, war er ein *Amerikaner.* Regeln, Gesetze? Sie sind dazu da, um umgangen zu werden! Behörden? Walk in like you own the place! Misstrauische, bösartige Leute? Kauf ihnen die Schneid ab, bleib freundlich, lass sie stehen! Zieh dein Ding durch, ganz gleich, was es ist.

»Übrigens solltest du auch dein Leben nach diesen Grundsätzen ausrichten«, er klopfte Carl grinsend auf die Schulter.

Er verstand es immer wieder, unsere Bedenken zu zerstreuen, und vor allem hörte er nicht auf, seinem Bruder Mut zuzusprechen. Die beiden steckten ständig beisammen, und es war schön mitanzusehen, wie Eugen es schaffte, Carl aus seiner Schwermut zu reißen. Glaub mir, dein Großvater war ein besonderer Mensch. Er war *liebenswert.* Wäre er nicht mein Bruder gewesen, ich hätte ihn mir glatt geangelt. Er hätte sich auch einfach aus dem Staub machen können, zurück in die Staaten gehen. Dort wartete ein florierendes Unternehmen auf ihn, ein Geschäftspartner, der ihm ein Freund geworden war, ein großer Bekanntenkreis, ein Haus, zwei Autos, er hatte sich einiges aufgebaut. Dass auch ein Mädchen auf ihn wartete, erfuhr ich erst später.

Und drittens – das Ausschlaggebende –: Nach dem Krieg herrschte im ganzen Land Chaos, zahlreiche Männer kehrten von der Front zurück. Und das war noch nicht alles. Ein Großteil der deutschsprachigen Bevölkerung aus den ehemaligen Kronländern suchte Zuflucht in der kleinen Republik, die Behörden waren überfordert. Thomas Danek war kein Einzelschicksal. Ihm wurden problemlos neue Papiere ausgehändigt, niemand interessierte sich für Genaueres.

Eugen spielte zwar in der Hofmühle und im Dorf gewissenhaft den hinkenden Böhmen, aber nicht, wenn er unterwegs war. Vor allem in den Städten Linz und Wien hielt er sich oft auf. Es überraschte mich immer wieder, wie mühelos er seine Gangart ändern konnte, seine Haltung, seine Art zu sprechen. Wenn er beabsichtigte, länger fortzubleiben, rasierte er sich den Bart ab. Anfangs machte er sich einen Spaß daraus, in den Städten als Eugen Brugger aufzutreten. Er führte ein Doppelleben und genoss dieses Spiel. In Linz traf er sich eine Zeitlang mit einer Frau, Bertha war die Witwe eines gefallenen Kameraden von Carl, sie hatte eine kleine Tochter. Er mochte die beiden, aber nachdem die Hochzeit stattgefunden hatte, wurde das Spiel zu riskant, ich bekam mit, dass er die Finger nicht von ihr lassen konnte, und warnte ihn: »Früher oder später findet sie heraus, dass Eugen Brugger ein verheirateter Mann ist, und taucht gekränkt in der Hofmühle auf, um dich zur Rede zu stellen.«

Er beendete die Liaison und hörte auf, seinen Namen zu verwenden, auch außerhalb des Dorfes. Aus Eugen wurde gänzlich Thomas Danek. Von diesen gab es zwei, einen hinkenden schweigsamen Knecht und einen weltmännischen, redegewandten Geschäftsmann. Vor allem für seine Besuche in Wien legte er sich eine andere Geschichte zu: Er war ein Deutschböhme aus Prag, der lange Zeit in Amerika gelebt hatte und nun, nach dem Krieg, in die Heimat gekommen war, um Geschäfte zu machen. Er sprach seinen Namen englisch aus und rollte sein R: »Mein Name ist Thomas Danek, aber please nennen Sie mich Tom.«

Er kam damit bei den Leuten gut an, vor allem bei den Frauen.

14

Sagt dir der Name Gerard van Swieten etwas?

Ich nehme an, euch hat man in den ersten Vorlesungen von seinem Verdienst um die Medizinische Universität erzählt. Oder ist das heute anders? Bei uns war der Mann in den Einführungen allgegenwärtig, aber mein Studium ist ja fünfzig Jahre her.

Ich erinnere mich gut an meine allererste Vorlesung. Ich war aufgeregt, fühlte mich tatsächlich ein bisschen eingeschüchtert von den heiligen Hallen der Universität, obwohl mir Georg versichert hatte, ich müsse es auf keinen Fall sein. In dieser Vorlesung – in Biologie – ging der Professor eine Weile auf und ab, er wartete darauf, dass völlige Stille eintrat.

»Wissen Sie eigentlich, was Bram Stokers ›Dracula‹ mit unserer Medizinischen Fakultät zu tun hat?«, sagte er und machte erneut eine wirkungsvolle Pause.

Er begann über Habsburger, die viel für die Wissenschaft der Medizin getan hatten, zu reden; ein paar von uns rollten bereits mit den Augen, weil er derart ins Schwärmen geriet. Er war ein eingefleischter Monarchist und immer noch fassungslos über den Untergang der Monarchie. Das war allgemein die Stimmung unter vielen Professoren, denn die Universität war dem Staat unterstellt und viel Vertrauen hatte man in diesen winzigen neuen Staat Österreich noch nicht.

Im Grunde kam diese Stimmung den Studentinnen zugute, weil man mit etwas anderem beschäftigt war. Die Frauen, die vor dem ersten großen Krieg studierten, hatten es wesentlich schwerer als wir, sie hatten uns den Weg geebnet. Den Namen Gabriele Possanner kannten wir alle, sie war unser großes Vorbild, und es gab sogar Professoren, die sie lobend erwähnten. In der ersten Anatomievorlesung nickte der Professor in unsere Richtung und sagte: »Wir wünschen den Damen unter uns, dass sie die nötige Durchhaltekraft aufbringen mögen wie damals Frau Dr. Possanner.«

Sagt dir ihr Name etwas? Kann es sein, dass ihr in den Einführungsvorlesungen von ihr hört und nicht von van Swieten? Ehrlich gesagt fände ich das schön. Gabriele Possanner studierte in der Schweiz Medizin, weil es Frauen in Österreich nicht erlaubt war. Sie hatte zuerst die Matura in der Schweiz nachzuholen und in Wien dann musste sie alle drei Rigorosen wiederholen, sie war siebenunddreißig, als sie endlich als Ärztin zugelassen wurde! Im selben Jahr eröffnete sie eine Ordination als praktische Ärztin mit Schwerpunkt Gynäkologie und Geburtshilfe. Seit 1900 ist es Frauen in Österreich erlaubt, Medizin zu studieren.

Aber zurück zum Niederländer Gerard van Swieten und zu meinem Biologieprofessor, dem Verehrer der Habsburger. Er pries Kaiserin Maria Theresia, die den richtigen Riecher gehabt hatte, als sie den hochgebildeten Mediziner im Jahr 1745 an den Hof holte. Dieser reformierte die Hochschulausbildung und legte somit den Grundstein für die bekannte Wiener Medizinische Schule. Der Studienplan mit den drei Rigorosen, nach dem ich studierte, ging weitgehend auf ihn zurück, aber natürlich waren seit seiner Zeit laufend neue Fächer dazugekommen. Swieten zeigte sich auch im Gesundheitswesen als humaner Reformer, er reorganisierte die heruntergekommenen Spitäler und unterrichtete seine Studenten direkt am Krankenbett, ja, die Einführung des klinischen Unterrichts war sein Verdienst. Darüber hinaus gründete er Hebammenschulen, eine eigene Ausbildungsstätte für Tierärzte, er ließ Findelhäuser bauen und eröffnete eine anatomische Lehranstalt, ein chemisches Labor sowie einen botanischen Garten. Er bekämpfte effizient die Blattern, die Syphilis und wohlgemerkt: den Vampirismus. Du hast richtig gehört!

In der Mitte des 18. Jahrhunderts brach in den südöstlichen Teilen des Habsburgerreichs eine wahre Vampirhysterie aus. Bis an den Hof in Wien drangen die grausigen Geschichten von geöffneten Gräbern und posthum Gepfählten und Verbrannten, denn nur so konnte man – laut Aberglauben – dem Treiben der blutsaugenden Untoten ein Ende bereiten, nicht selten waren lokale Geistliche an solchen Aktionen beteiligt. Die irritierte Kaiserin wollte wissen, was es mit den Schauergeschichten auf sich hatte und beauftragte Swieten mit der Klärung der Angelegenheit. Er reiste nach Mähren, da von dort die meisten gruseligen Erzählungen kamen. In kleinen, abgelegenen Dörfern traf er auf Bewohner, deren Unwissenheit und Rückständigkeit ihn schockierten. Den Beweis für die Existenz von Vampiren sahen die Leute vor allem an der körperlichen Unversehrtheit von Toten und mitunter am Austreten von Blut aus dem Mund. Beim Untersuchen von kaum verwesten Leichen fand Swieten rasch natürliche Erklärungen. Er stellte fest, dass der Verwesungsprozess aufgrund des besonders starken Luftabschlusses massiv verlangsamt wurde. Durch den Mangel an Sauerstoff kam es außerdem zu Gärvorgängen, die das Aufblähen der Körper bedingten und in manchen Fällen sogar zum Austritt von Körperflüssigkeiten wie Blut aus den Gesichtsöffnungen führten. Swieten publizierte einen nüchternen, mit »Vampyrismus« betitelten Abschlussbericht, der mit den abergläubischen Ritualen der Dorfleute scharf ins Gericht ging. Maria Theresia verbot per Gesetz das Köpfen, Pfählen oder Verbrennen exhumierter Leichen im ganzen Reich. Die Vampirprozesse kamen damit allmählich zu einem Ende, der Mythos aber blieb. Lange nach seinem Tod wurde Swieten das Vorbild für eine der berühmtesten Figuren der

Literatur: Er diente Bram Stoker, dem Autor von »Dracula«, als Inspirationsquelle für den Vampirjäger Abraham van Helsing. Übrigens litt der Autor bis zum achten Lebensjahr unter einer mysteriösen Krankheit, er war nicht in der Lage, zu stehen und zu gehen, die Ärzte konnten sich weder seine Krankheit noch seine Heilung erklären. Stoker verarbeitete seine Erfahrungen literarisch, indem er über ewigen Schlaf und Wiederauferstehung der Toten schrieb. Für mich war es ein merkwürdiger Zufall, dass in der ersten Vorlesung ausgerechnet von Dracula und dessen literarischer Überlieferung erzählt wurde. Dieser Zufall wühlte mich auf. Seit meiner Zeit als Lazarettschwester an der Front in Siebenbürgen kannte ich die Sage, damals war mir jedoch ein anderer Aspekt der Geschichte erzählt worden, nämlich der historische: Ein mutiger walachischer Fürst namens Vlad III. lehnte sich gegen die Unterdrückung durch die Osmanen auf und diente Jahrhunderte später als Vorbild für Stokers Roman.

So begann also mein erster Tag an der Universität: mit Maria Theresia, van Swieten, Dracula, Bram Stoker und dem abschließenden Satz des Professors: »Swieten hat in dem Dilemma seiner Zeit zwischen Magie und Medizin, zwischen Aberglaube und Wissenschaft bewiesen, dass es für einen verantwortungsbewussten Christen vereinbar ist, ein fortschrittlicher Kliniker zu sein. Das ist unsere einzig wahre Aufgabe. Nehmen Sie sich ihn zum Vorbild, meine Herren!«

Den Zusatz »meine Damen« vergaß er, so wie die meisten Vortragenden in den nächsten Jahren.

Anfangs zogen mich die Vorlesungen in ihren Bann. Ich empfand die Professoren als charismatisch und eloquent, ich genoss es, im Hörsaal zu sitzen, und sog alles auf wie ein Schwamm. Im Laufe der Zeit nahm die Begeisterung für diese ausschweifenden wortgewaltigen Reden ab, und ich begann die einzelnen

Vortragenden differenzierter wahrzunehmen. Viele von ihnen erschienen mir aufgeblasen und wenig kritisch. Ich muss betonen, dass das mein jetziges Verständnis des damaligen Geschehens ist, beziehungsweise meine heutige Erinnerung an mein damaliges Verständnis des Erlebten. Es kann sein, dass ich sie als junge Studentin ausnahmslos alle bewunderte und ich mich heute darüber wundere. Auf alle Fälle merkte ich, dass ich mir beim Lesen eines Skriptums, eines Lehrbuchs Wissen schneller aneignen konnte und dass ich ungeduldig wurde, ich wollte am Patienten lernen. Ich freute mich auf die praxisbezogenen Kurse und Übungen, die wir – im ersten Rigorosum – in Physik, Chemie, Anatomie, Physiologie, Histologie und Embryologie absolvieren mussten.

Und weil dich das so brennend interessiert: Ja, in diesen Kursen trat der Unterschied in der Behandlung der männlichen und weiblichen Studenten durchaus hervor. Im Hörsaal war es zwar auch so gewesen, dass wir Frauen in einer Gruppe beieinandersaßen, die Professoren zumeist ihre Worte an die Männer richteten und uns – mehr oder weniger bewusst – aus ihrem Blickfeld verbannten. Es hatte keine Bedeutung, auch Unsichtbare können gut zuhören. Aber uns in den praxisbezogenen Kursen und Übungen mit Zusehen begnügen zu müssen, wog schwerer, und oft blieb es nicht bei der Nichtbeachtung, auch anderes trat zutage.

Wie kann ich es dir beschreiben?

Ich kenne zwar keinen Fall – das ist es doch, was du wissen möchtest, oder? –, nach dem ein Professor eine Studentin vergewaltigt hätte oder unsittlich berührt oder geschlagen. Man ließ sich doch um Himmels willen nicht gehen wegen eines Weibsbilds!

Wir wurden nicht ermutigt oder unterstützt, wie es bei vielen Männern der Fall war, bei denen man glaubte, Potential zu erkennen. Bei uns ging man davon aus, dass keines vorhanden war. Dafür wurden uns Empathie und Fürsorglichkeit zugesprochen. Seit dem ersten großen Krieg gab es einen Mangel an Ärzten, und ich glaube, es gab eine stille Übereinkunft unter den männlichen Gelehrten: Wir brauchen dringend die Frauen für den aufopfernden Dienst am Patienten, das ist alternativlos; aber der Rest, die Wissenschaft an sich, Forschung und Ruhm, das bitte bleibt uns vorbehalten, ebenso wie die Lehre, es geht nicht an, dass Frauen Männer unterrichten!

Man duldete die Frauen bei den Kursen und Übungen, um nicht zu sagen: Man ignorierte sie. Und wenn man sie beachtete, schwang oft Geringschätzung mit, Unfreundlichkeit gepaart mit zynischen Kommentaren. Und es passierte nicht selten, dass die Lehrenden offensichtlich ungut zu einer Studentin waren – weil sie ihnen aus irgendeinem Grund nicht zu Gesicht stand –, indem sie sie vor anderen lautstark heruntermachten. Bei den Prüfungen hingegen schenkte man den Frauen plötzlich besonders viel Aufmerksamkeit, sie wurden strenger beurteilt als die männlichen Kommilitonen. Oder aber man legte ihnen kleine Stolpersteine in den Weg, eine benötigte Unterschrift wurde verweigert, ein wichtiges Skriptum war plötzlich nicht mehr erhältlich oder kein passender Prüfungstermin vereinbar. Es tut mir so leid, ich bin wirklich untröstlich, Frau Wie-war-nochmal-Ihr-Name?, hieß es dann mit einem süffisanten Grinsen.

Wobei diese – gröberen – Schikanen nicht alle Frauen trafen, es wurden beim Unterschied Unterschiede gemacht, das Ausschlaggebende dabei war die Herkunft. Eine Frau aus einer angesehenen und wohlhabenden Familie ließ man in Ruhe, vor allem, wenn sie aus Wien stammte. Die Demokratie war jung, der Umgang mit ihr unerfahren und voller Misstrauen, man konnte nie wissen, wer demnächst ein wichtiges Amt bekleidete oder wessen Unterstützung man früher oder später benötigen würde.

Mit einer Tochter aus einer kleinen Handwerkerfamilie aus der Provinz musste man nicht besonders rücksichtsvoll verfahren. Für Bösartigkeiten war es ratsam, die richtige Wahl zu treffen.

Mich ließ man meistens in Ruhe, obwohl ich eine der wenigen verheirateten Frauen war – und das wurde gar nicht gern gesehen – und die einzige, die ein Kind zu Hause hatte. Anfangs bildete ich mir ein, dass es mit meinem Familiennamen zu tun hatte, dass jedermann wusste, dass ich Gustavs Schwester war. Aber natürlich interessierte das niemanden, Gustav war nicht der einzige vielversprechende Student gewesen, den der Krieg verschluckt hatte. Allmählich dämmerte mir, dass es mit Georg und seiner Familie zu tun hatte, der Name Tichy galt etwas in Ärztekreisen und auch an der Universität. Ich befand mich unter der Schirmherrschaft des Onkels, der während des Krieges die Leitung der Otologie übernommen hatte. Wenn er und ich uns bei einem Verwandtschaftstreffen sahen – es passierte selten –, fragte er mich knapp: »Was macht das Studium, junge Dame?« Woraufhin ich ihn auf den neuesten Stand über die besuchten Veranstaltungen und die absolvierten Prüfungen brachte, mehr nicht, er redete nie Privates mit mir. Auf der Universität sprach er mich kein einziges Mal an, aber jeder wusste offenbar, dass ich die Frau des Neffen war, der seinen Arm im Krieg verloren hatte, woran der alte Mann nicht ganz unschuldig war. Wenn mich Georg abholte und wir jemanden trafen, den er kannte, gab es mitleidige Blicke, er tat so, als würde er sie nicht bemerken, und mir zog sich das Herz zusammen.

15

Im Laufe der ersten Semester befreundete ich mich mit einigen Frauen, die meiste Zeit steckte ich mit Elsa und Franzi zusammen. Elsa kannte ich noch von meiner Zeit in Meran, wo sie auch als Krankenschwester gearbeitet hatte. Sie war gebürtige Wienerin, ein Jahr jünger als ich, ihr Vater war Chirurg im Wilhelminenspital. Im Kriegsspital stach Elsa unter den Schwestern hervor, weil sie als einzige Frau zwar nicht rauchte, aber Autofahren konnte, weshalb sie manchmal als Krankenwagenfahrerin eingesetzt wurde. Sie brachte es mir bei. Einmal, als wir durch das schöne Meran fuhren und ich das Fahrzeug lenkte, hatte ich eine Zigarette im Mund, die sie mir kurzerhand wegnahm und einer alten Frau durch das heruntergekurbelte Fenster reichte. Das war typisch für die resolute Elsa. Ich zeigte ihr, wie man aus einem Rock eine Hose machen konnte, wir sagten damals »Beinkleid« dazu. Von meiner Mutter hatte ich ein bisschen nähen gelernt, und schon im ersten Kriegswinter – das war noch in Galizien – schneiderte ich ein paar Röcke zu bequemen Beinkleidern um. Ich schnitt den Rock der Länge nach in der Mitte auseinander, wobei ich am unteren Saum begann, das obere Viertel samt Bund ließ ich wie gehabt. Aus den beiden Hälften konnte man dann mit Druckknöpfen zwei weite Röhren machen, je nachdem, wie die Temperatur war, ließ man mehr oder weniger Knöpfe offen. Ohnehin hatten wir bei der Arbeit über der Kleidung eine lange weiße Schürze zu tragen. Da wir besser damit laufen konnten als mit den knöchellangen Röcken, begannen wir sie auch in der Freizeit zu tragen. Wegen meines Vornamens und meiner – ihrer Meinung nach auffallend – geraden Haltung nannte sie mich manchmal spaßhalber »Kaiserin«. Und weil ich ihr von der toten Elisabeth von Österreich erzählt hatte, deren Sarg ich in einem Bahnwaggon gesehen hatte, als heulende Vierjährige, inmitten von salutierenden Männern; diese Geschichte fand sie zum Schreien komisch. Als ich von Meran nach Asiago ins Lazarett wechselte, war es Elsa, die mich fuhr; beim Abschied drückte sie mich fest und sagte: »Pass auf dich auf.«

Im Jänner 1919, in Wien, nahm ich sofort Kontakt zu ihr auf, und sie lud mich zu sich ein. Ich teilte ihr mit, dass es mein Wunsch war, Medizin zu studieren, ich aber noch unschlüssig war und auch zuerst meine Familie überzeugen musste. Sichtlich erfreut sagte sie: »Tu es, Elisabeth! Ich werde nämlich auch Ärztin!«

Ja, so formulierte sie es: »Ich werde Ärztin!«, sie sagte nicht: »Ich werde studieren!«, so als bestünde kein Zweifel daran, dass sie es tatsächlich bis zur Berufsausübung schaffen würde, das gefiel mir. Sie schenkte – trotz meines Protestes – Brandy in zwei Gläser, und wir stießen an.

Wir besuchten vom ersten Tag an alle Vorlesungen gemeinsam. Franzisca Bruns, vier Jahre jünger, lernten wir in der ersten Sezierübung kennen, sie hatte eine aufgeweckte Art, wir mochten sie auf Anhieb. Sie stammte aus einem kleinen Ort am Attersee, in dem ihr Vater als Bürgermeister amtierte, ihre Mutter war früh an Krebs gestorben. Einer ihrer zahlreichen Cousins – er war wesentlich älter als sie – und dessen Frau nahmen sich ihrer an, die beiden waren kinderlos und Franzi hielt sich tagsüber bei ihnen auf. Der Cousin praktizierte als Hausarzt, seine Frau arbeitete als seine Assistentin, und Franzi durfte in der Ordination spielen, ihre Hausaufgaben machen, dem Doktor zusehen, wie er die Lunge abhörte, den Oberkörper abklopfte.

»Die Perkussion faszinierte mich am meisten. Wie er mit seinen Fingern verschiedene Töne hervorbringen konnte und dadurch feststellen, was dem Patienten fehlte! Er erklärte mir alles geduldig. Beim ersten Mal, ich war acht, fragte ich ihn: Spielst du auf dem Mann Orgel?, und der Patient konnte nicht aufhören zu lachen, er bekam einen regelrechten Lachkrampf. Na, das wär ja was, Herr Doktor, sagte er zu meinem Cousin, vielleicht freut sich ja der Pfarrer, wenn wir zwei nächsten Sonntag in der Kirche auftreten.«

Ich mochte, wie sie von ihrem Heimatort erzählte, es war warmherzig. Ich konnte keine solchen Geschichten von meinem erzählen, vermutlich weil meine Mutter nie dort heimisch geworden war und mir unbewusst vermittelt hatte, dass sie nicht wollte, dass ich es wurde.

Franzi wohnte bei entfernten Verwandten – ich glaube, es war eine Großtante, die in zweiter Ehe einen jüngeren Mann geheiratet hatte –, unter Bedingungen, die ich keinen Monat lang ausgehalten hätte. Sie schlief in einem Kabinett mit nicht einmal vier Quadratmetern, das neben der Küche lag und keine Tür hatte, sie musste jede Nacht ein Brett vor die Türöffnung stellen. Der Mann saß die halbe Nacht in der Küche und rauchte wie ein Schlot.

»Das ist nicht einmal das Schlimmste«, sagte Franzi. »Er sitzt da und« – sie machte die entsprechende Handbewegung – »dabei ist er ziemlich laut.« Elsa und ich verzogen angewidert das Gesicht. Ich verschaffte ihr ein Zimmer in Untermiete bei einer Freundin meiner Mutter, die allein lebte.

Franzi hatte eine auffallend tiefe Stimme, mit der sie die Professoren gut nachahmen konnte, ach, was haben wir gelacht mit ihr! Und wie ich bevorzugte sie Sekt und vertrug kein Bier.

»Endlich habe ich eine Seelenverwandte gefunden!«, sagte sie, woraufhin Elsa erwiderte: »Eher eine Saufkumpanin.«

Auch heute ist es so, dass der Kellner, wenn wir unser Stammcafé betreten, als erstes zwei Gläser Sekt auf den Tisch stellt. Franzi wirft ihm dann eine Kusshand zu.

Es war von Anfang an offensichtlich, dass die Professoren es auf sie abgesehen hatten. Sie war laufend gehässigen Kommentaren ausgesetzt, die unvorstellbar demütigend waren, rückblickend betrachtet ist es für mich kaum nachvollziehbar, dass sie es so lange ausgehalten hat. Es ging ihr zunehmend schlecht, sie magerte ab, war fahrig und nervös. Ob andere ihr zur Hilfe kamen? Nein, eigentlich nicht, ganz einfach, weil man es nicht *wagte.* Weißt du, damals waren Universitätsprofessoren mehr als Autoritätspersonen, das, was sie sagten und taten, stellte man nicht in Frage, man stellte auch ihre Person nicht in Frage, sie waren wie Götter. Ich hoffe, das ist heute ein bisschen anders. Wir unterstützten sie nur zwei Mal – ich schämte mich lange dafür, dass ich mich nicht mehr eingesetzt habe –, und danach bat uns Franzi, es nicht mehr zu tun, sie wollte nicht, dass wir unser Studium gefährdeten. Einmal – nachdem sie angebrüllt worden war – sprang ich Franzi bei, daraufhin bekam ich auch meinen Teil ab; ein zweites Mal – es war wieder eine unerträgliche Situation entstanden – kamen ein junger Mann, Elsa und ich ihr zur Hilfe, kurzerhand warf der Professor uns alle vier aus dem Seziersaal. Ich suchte Georgs Onkel auf – es war übrigens das einzige Mal während des Studiums, dass ich ihn um Hilfe bat – und schilderte ihm die Vorgänge, er reagierte verärgert, ich solle Kollegen nicht denunzieren.

»Vermutlich hat das Fräulein tatsächlich keine Begabung zur Medizinerin, und man tut ihm einen Gefallen, wenn man ihm das zu verstehen gibt«, lautete sein Kommentar.

Er saß mir gegenüber und musterte mich schweigend, er spürte meine Aufgebrachtheit.

»Ich kann es mir nicht leisten, mich in der Sache zugunsten

Ihrer Freundin einzusetzen«, fuhr er dann fort, »ich kann es mir vor allem Ihretwillen nicht leisten. Ihnen ist bewusst, dass ich meine Hand über Sie halte.«

Mit diesen Worten war ich entlassen. Georg hatte seine Hand verloren, weshalb der Onkel seine schützend über mich hielt.

Er dürfte dann doch in der Sache aktiv geworden sein, denn die Bloßstellungen in den Kursen und Übungen wurden nach diesem Gespräch weniger. Aber dann geschahen andere Dinge, man ließ Franzi mutwillig durch die Prüfungen fallen, und plötzlich war ihr Meldungsbuch verschwunden. Dieses graue dünne Büchlein, versehen mit einem Foto und den Daten des Studierenden, war etwas sehr Wichtiges bei uns, jede besuchte Lehrveranstaltung musste darin verzeichnet werden. Dabei bedurfte es vorab einer persönlichen Inskription beim Vortragenden und abschließend dessen Unterschrift, welche den Besuch der Veranstaltung bestätigte. Es dokumentierte den Studienfortgang und musste bei der Rigorosumsanmeldung vorgezeigt werden. Franzi reichte es dem Professor in Physiologie, bat ihn um seine Unterschrift, er gab sich geschäftig und bedeutete ihr, das Buch auf seinen Schreibtisch zu legen und später abzuholen. Am nächsten Tag war es unauffindbar, der Professor habe es seinem Assistenten weitergereicht, dieser habe es wiederum einer Sekretärin gegeben und so weiter; es war eine Farce. Ein neues Meldungsbuch zu beantragen und von den Professoren im Nachhinein zeichnen zu lassen, bedeutete einen wahren und monatelangen Spießrutenlauf. Diese Hürde war für Franzi vor der dritten Anatomieprüfung – die ersten zwei hatte sie nicht bestanden – kaum bewältigbar, und sie gab auf, im siebten Semester verließ sie die Universität. Sie begann in der Verwaltung des Wilhelminenspitals zu arbeiten, die Stelle vermittelte ihr Elsas Vater.

Der junge Mann, der ihretwegen aus dem Seziersaal geworfen worden war, hieß Otto Auersperg, er war der Grund, warum Franzi nicht zurück in ihren Heimatort ging und in Wien blieb. Die beiden heirateten ein paar Jahre darauf. Weil er von Anfang an in sie verliebt gewesen war, hatte er mit Franzi – während sie studierte – mitgelitten, aber danach war er im Grunde erleichtert, dass seine Angebetete keine Ärztin sein würde. Das warf er ihr aber erst nach einigen Ehejahren an den Kopf, als frisch Verliebter hätte er das nie zugegeben – tja, so ist das bei langjährigen Beziehungen.

Georgs Onkel sprach mich einmal auf meine Freundin an, offenbar hatte er von der Heirat erfahren: »Wie schön für deine Freundin« – mittlerweile duzte er mich – »sie hat ihr Glück gefunden. Und wie schön vor allem für ihren Mann, er hat als Arzt eine Gattin, die etwas von seinem Beruf versteht und ihm doch eine gute Frau ist.«

Ich konnte darauf nichts erwidern und ließ ihn stehen. Übrigens gab die Sekretärin des Professors Jahre später gegenüber einer Bekannten zu, dass sie das Meldungsbuch auf Weisung des Vorgesetzten verbrannt und darüber Stillschweigen bewahrt hatte, sie war stark unter Druck gesetzt worden und hatte keine Wahl gehabt.

Otto begann im St. Anna Kinderspital zu arbeiten, Franzi blieb nach der Geburt des ersten Kindes zu Hause. Sie bekamen insgesamt drei Kinder, ich habe sie alle auf die Welt geholt, von der ältesten Tochter bin ich die Taufpatin. Die Sommer verbrachte Franzi mit den Kleinen in ihrem Heimatort am Attersee, und für zwei Wochen kam ich mit meinen Buben zu ihr, wir wanderten, badeten, lagen in der Sonne und sahen den Kindern beim Spielen zu. Wenn Georg uns abholte, sagte er jedes Mal: »Ihr seht so erholt und braungebrannt aus, ich kann mich gar nicht sattsehen an euch!« Er selbst blieb nie länger als zwei Tage, er behauptete, er liebe Wien im Hochsommer. Es lag an etwas anderem: Georg ging nicht schwimmen und mochte nicht am See sitzen, mit seinem langärmeligen Hemd.

Elsa arbeitete nach dem Studium auf der Abteilung für Interne Medizin im Allgemeinen Krankenhaus, sie heiratete einen bekannten Architekten, die beiden bekamen spät einen Sohn. 1940 wanderte die Familie nach Stockholm aus.

»Warum kommt ihr nicht mit?«, fragte sie Georg und mich.

Ich konnte mir eine Auswanderung durchaus vorstellen, aber Georg lehnte ab, er fühlte sich zu alt, um in einem fremden Land von vorne zu beginnen. Monate nach Georgs Tod schrieb sie mir einen Brief, in dem sie mich aufforderte, zu ihr zu kommen, doch dieses Mal lehnte ich ab, ich wollte zu Hause sein, wenn meine Söhne aus Russland und Frankreich heimkehrten. Das war meine tägliche Vorstellung: Dass ich von der Arbeit nach Hause kam und Bert und Julius vor der Wohnungstür saßen, so wie damals nach dem ersten Krieg ihr Vater.

Ende der Fünfziger Jahre besuchten Franzi und ich die Freundin in Stockholm, die Wiedersehensfreude war groß. Wir blieben drei Wochen, Elsa nahm sich Zeit, organisierte Ausflüge in andere Städte und wanderte mit uns durch die Wälder zu einsamen Seen. Ich mochte die weite Landschaft, die Schweden, das Essen weniger, nur die Kanelbullar, die Zimtschnecken, hatten es mir angetan. Eines Abends stand eine Elchkuh mit ihrem Kalb mitten auf dem Wanderweg im Wald, die Sonne tauchte die Tiere in goldenes Licht, und ich fand es wunderschön, dass ich das mit meinen alten Freundinnen erleben durfte.

16

Wir wollten nicht, dass Bert als Einzelkind aufwuchs, und planten ein zweites Kind. Den Geburtstermin wollte ich im Sommer haben, mir war eine Entbindung in der warmen Jahreszeit lieber, und auch dass in der kalten Jahreszeit der Säugling bereits größer und widerstandsfähiger sein würde. Sobald ich von meiner Schwangerschaft wusste, begann ich weite Kleider und Mäntel zu tragen, so als hätte ich die bequemen Reformkleider, die gerade Trend waren in Wien, für mich entdeckt. Außer meinen Freundinnen teilte ich niemandem an der Universität mit, dass ich ein Kind erwartete, wir informierten nicht einmal Georgs Familie. Ich hätte gerne wieder auf dem Land entbunden, in meinem Elternhaus, mit der erfahrenen Hebamme an meiner Seite, Georg bevorzugte eine Entbindung im Krankenhaus. Ja, ich hätte mich durchsetzen können, aber ich ging auf seine Wünsche ein, es ging ihm nicht gut zu der Zeit. Er, ein sehr ehrgeiziger Mensch, hatte in den vier Jahren seit seiner Rückkehr aus Italien realisiert, was seine Invalidität tatsächlich für sein Leben bedeutete. Anfang des 20. Jahrhunderts zählte die Medizin in Wien zur internationalen Spitzenklasse, und er war kein Teil davon. Bernhard Gottlieb – zum Beispiel – wurde als Privatdozent für Zahnheilkunde an der Universität habilitiert und leitete das histologische Labor des Zahnärztlichen Instituts; Karl Landsteiner entdeckte die Blutgruppen; Clemens von Pirquet übernahm die neue Kinderklinik und erforschte weltweit als erster hirnorganische Schädigungen bei Kindern; Ernst Peter Pick habilitierte sich für experimentelle Pharmakologie und Toxikologie; Julius Wagner-Jauregg entdeckte die therapeutische Bedeutung der Malaria-Impfung bei Fieberschüben. Letzterer bezeichnete übrigens das Frauenwahlrecht als »Entartung«. Georg kannte sie alle persönlich. Und während rund um ihn seine ehemaligen Kollegen in der Forschung erfolgreich waren, verschrieb er Hustensaft und Augentropfen. Er begann sich seinem Vater gegenüber feindselig und provokant zu verhalten, mit seinem Bruder stritt er grundlos herum, wochenlang besuchte er seine Eltern nicht, um sich dann wieder deswegen Vorwürfe zu machen. Man sah ihm an, dass er sich in Selbstmitleid verlor – und obendrein verlor er seine Liebenswürdigkeit.

Im August 1923 kam unser Jüngster zur Welt.

Wir entschieden uns für den Namen Julius, das heißt, eigentlich war es Georgs Entscheidung, ich hatte den Namen für unseren Ältesten ausgesucht, dieses Mal war er an der Reihe. Der beste Freund in der Volksschule hatte so geheißen, die beiden waren unzertrennlich gewesen, selbst als Georg mit zehn das Gymnasium besuchte und Julius in der Volksschule verblieb. Die Eltern verbaten ihm mehrmals den Umgang mit ihm, weil der Bub aus keiner guten Familie stammte, wogegen sich – der für gewöhnlich gehorsame – Georg wehrte. Er traf seinen Freund weiterhin, heimlich. Als die Buben zwölf waren, wanderte die Familie nach Amerika aus, Georg hörte nie wieder etwas von seinem Freund. Er war überzeugt, dass seine Eltern die Briefe, welche dieser sicherlich anfangs schrieb, nicht ausgehändigt hatten.

Das Ganze war wohl eine kleine Revolution dem Vater gegenüber. Ich hatte nichts dagegen, ich mochte den Namen, und zwei Georgs in der Familie zu haben, stellte ich mir ohnehin schwierig vor. Meine Bemerkung, dass seine Eltern sicherlich enttäuscht sein würden, weil wir mit der Namenstradition brachen, quittierte er lediglich mit einem Schulterzucken.

»Aber warum denn Julius?«, fragte seine Mutter ehrlich erstaunt bei ihrem ersten Besuch nach der Geburt bei uns, sie hatte überwältigt den Kleinen in Empfang genommen und hielt ihn auf dem Arm. »Ich nehme an, das war Elisabeths Idee?« Sie sah mich lächelnd an. »Wir wissen ja, wie sehr du die Arbeit des guten Julius Tandler bewunderst.«

»Der Name war meine Idee«, erwiderte Georg. »In Erinnerung an Julius Ebinger.«

»War das ein Kamerad von dir?«, fragte der Schwiegervater irritiert, der Schwiegermutter sah ich an, dass sie nicht hatte überlegen müssen, wer damit gemeint war.

»Ein Freund aus Kindheitstagen. Weißt du noch? Der blonde Bub. Dessen Mutter Wäscherin war.«

»Ah«, machte mein Schwiegervater, seine Frau warf ihm einen kurzen prüfenden Blick zu, den er aber nicht bemerkte.

Der Schweinsbraten mit Kraut und Semmelknödeln wurde aufgetragen, meine Mutter hatte die Portion für Georg in der Küche klein geschnitten, als sie ihm den Teller servierte, wandte er sich ihr lächelnd zu und sagte: »Das sieht köstlich aus. Ich wette, du hast dich wieder selbst übertroffen, Anna«, und sie legte kurz die Hand auf seine Schulter, bevor sie sich setzte. Ich seufzte innerlich und signalisierte meinem Mann und meiner Mutter ein stummes augenrollendes: Musste das sein?

Die Schwiegereltern reagierten unterschiedlich auf diese Demonstration des innig gelebten und harmonischen Familienlebens. Während die Frau schluckte und sich über ihren Teller beugte, starrte der Mann offen seinen Sohn an, um schließlich leicht den Kopf zu schütteln, sein Gesichtsausdruck zeigte bittere Belustigung.

Er schenkte sich zweimal Rotwein nach, ich spürte das Gewitter aufziehen. Ich versuchte ihn in ein Gespräch zu verwickeln über die Bestellung des neuen Chefarztes der Tuberkulosefürsorge, bei der Schwiegermutter erkundigte ich mich nach der Entwicklung der Enkeltöchter, meine Schwägerin Dorothea hatte drei kleine Mädchen.

»Es ist mir gleichgültig, dass dein Sohn nicht meinen Namen trägt«, sagte der alte Mann unvermittelt. »Wenn du glaubst, du kannst mich damit kränken, irrst du dich.«

»Dann bin ich ja beruhigt«, sagte Georg.

»Aber es wäre nicht notwendig gewesen, vor deiner Mutter zu sagen, dass dies im Andenken an den Sohn einer Hure geschehen ist. Sie war nicht nur Wäscherin. Die Mutter des Jungen. Sie ist anschaffen gegangen.«

»Die arme Frau hatte keine andere Wahl«, konterte Georg. »Ihre Kinder wären sonst verhungert. Du kannst dich vielleicht nicht daran erinnern, aber der Mann versoff regelmäßig seinen Lohn.«

»Ich kann mich sehr gut an diese Familie erinnern.«

»Sie war in deinen Augen Abschaum, nicht wahr?«

»Dein sozialistisches Getue, das du neuerlich an den Tag legst, geht mir auf die Nerven! Stell uns bitte nicht als kalte gefühllose Menschen hin, wir haben diese Familie lange Zeit finanziell unterstützt. Ach, das wusstest du nicht? Du wusstest auch nicht, worum es wirklich ging, als wir dir den Umgang mit dem Burschen verboten haben. Er war ein Widernatürlicher, er legte sittenwidriges Verhalten an den Tag, er war ein Schwuler!« Georg wurde weiß. »Er hat dich immer wieder befummelt, wir wollten dich vor ihm beschützen. Du warst so ein naives Kind! So wie auch heute noch. Dein Verhalten ist kindisch und unreif!«

Sein Vater stand auf, schmiss die Serviette auf den Tisch und bedeutete seiner Frau mit den Augen, es ihm gleichzutun, sie erhob sich, und die beiden verließen die Wohnung.

Was der alte Tichy über Georgs Kindheitsfreund gesagt hatte, entsprach nicht der Wahrheit. Er war gekränkt, mehr als er zugeben wollte. Für ihn war die Sache mit der Namensgebung unseres Jüngsten der Gipfel an Unverschämtheiten, die er sich von seinem Sohn jahrelang hatte gefallen lassen müssen, weshalb er den Drang verspürte, ihm eins auszuwischen. Mich kränkte die Angelegenheit nicht, aber ich spürte, dass es Georg lange beschäftigte. Ich war wütend auf den alten Mann, ich fragte mich, warum er nicht einfach darüberstehen und den Mund halten konnte. Das erwartete ich mir nämlich damals von alten, lebenserfahrenen Menschen: Größe, Weisheit und Liebe. Aber vielleicht war das ja auch naiv. Von diesem Tag an sprach mein Mann mit seinem Vater nur noch das Nötigste, und auch dieser suchte nie das versöhnende Gespräch. Meine Schwiegermutter litt sehr darunter.

In den Tagen darauf entschloss ich mich, das Studium für zwei Semester zu unterbrechen. Meine Mutter war überrascht über diese spontane Entscheidung, sie kannte mich als Person, die alles sorgfältig plante, Georgs Reaktion lautete: »Für mich musst du das nicht tun.«

Ich wollte ihm nicht sagen, dass ich es seinetwegen tat, und erwiderte: »Ich brauche eine Pause.«

Seit vier Jahren studierte ich – ich hatte das erste Rigorosum erfolgreich hinter mich gebracht, bereits einige Prüfungen des zweiten Rigorosums absolviert –, ich fühlte mich tatsächlich erschöpft. Außerdem hatte ich kein Verlangen mehr danach, mit schmerzenden Brüsten in den Vorlesungen zu sitzen, und ich wollte mein letztes Kind länger stillen.

Georg war in diesem Jahr entspannter als sonst. Mir fehlte schnell eine andere – geistige – Beschäftigung außerhalb der Wohnung, aber nach dem Universitätsbetrieb sehnte ich mich nicht. Ich begann mich vorzubereiten auf das dritte Rigorosum, Georg unterstützte mich beim Lernen, wir genossen es beide, über den Büchern zu sitzen und zu diskutieren. Wir waren einander sehr nahe in dieser Zeit, und meine Mutter gab sich noch mehr Mühe, uns beide zu verwöhnen.

Ich wollte endlich als Ärztin arbeiten, gemeinsam mit meinem Mann, ich war überzeugt davon, dass unsere Zusammenarbeit viele seiner Probleme lösen würde. Ich sollte mich täuschen.

17

Mit dem Sommersemester 1925 beendete ich mein Studium, anschließend arbeitete ich ein Jahr lang auf der Station für Frauenheilkunde und Geburtshilfe im Sophienspital. Ich brachte in diesem Jahr an die hundert Kinder zur Welt und assistierte im Operationssaal bei Kaiserschnitten und Gebärmutterentfernungen. Und immer wieder landeten Frauen bei uns, die bei einer Engelmacherin eine Abtreibung hatten vornehmen lassen. Nicht wenige starben nach einem solchen Eingriff, weil sie zu spät zu uns gekommen waren.

Der Leiter der Station, Dr. Heinrich Blankenstein, war ein begnadeter Chirurg und bekannt dafür, er war der Grund gewesen, warum ich im Sophienspital hatte arbeiten wollen. Er war Mitte vierzig, ein ernsthafter ruhiger Mann, streng und scharfzüngig mit den Angestellten und Patienten, aber doch wertschätzend und gerecht. Seine Ehe war kinderlos, was ihn nicht zu belasten schien, vermutlich hatte er genug an schwierigen Geburten mitbekommen und wollte seine Frau dem nicht ausgesetzt wissen. Auf einem Fest lernte ich diese kennen, sie war das Gegenteil von mir, und trotzdem fand ich sie sympathisch, weil sie einfach *reizend* war, klein und zart und rührend um ihren Heinrich bemüht, den sie anhimmelte.

Mehrmals bot man ihm eine Stelle an der Universitätsklinik an, was er jedes Mal ablehnte, ihn mache die Schar gackernder Studenten nervös, sagte er dazu. Er nahm aber jedes Jahr drei Universitätsabgänger auf, die bei ihm praktizieren durften und denen er alles beibrachte, was er wusste. Er führte Gespräche mit den zahlreichen Bewerbern und wählte dann aus. Als ich sein

Zimmer betrat, sah er hoch und begrüßte mich mit den Worten: »Sie müssen Dr. Georg Tichys Frau sein.«

Ich glaube, er sah mir in dem Moment meine Irritation an. Vor dem Krieg war Georg beliebt gewesen und zwar über die Universität hinaus, er war aus gutem Hause, attraktiv, sportlich, mit einnehmendem Wesen, und vor allem hatte er das Zeug zu einem hervorragenden Mediziner gehabt. Mich kannte man aufgrund seiner Tragödie und man fasste mich deshalb mit Samthandschuhen an. Ich war es leid, als die Ehefrau des Arztes wahrgenommen zu werden, der versehrt aus dem Krieg heimgekehrt war. Blankenstein stand auf und sagte: »Im OP wird gerade ein Kaiserschnitt vorbereitet. Wenn Sie wollen, Frau Dr. Tichy, dürfen Sie mir assistieren.«

Er ließ mich den Pfannenstielschnitt – benannt nach Hermann Johannes Pfannenstiel –, den er ansetzte, fortführen und zum Schluss die Wunde vernähen. Ich bekam die Stelle aufgrund meiner sicheren Hand und aufgrund meiner Freude beim Entgegennehmen des Säuglings, den ich untersuchen und waschen durfte.

»Sie scheinen nicht nur eine ruhige Hand zu haben, sondern auch Empathie«, sagte Blankenstein.

Ich lernte viel von ihm. Bei den Operationen verwendete er ausschließlich Chloroform und nicht Äther, weil es besser verträglich war, den Patientinnen nicht übel war, die Bronchien nicht gereizt wurden und er besser mit der Dosierung umgehen konnte. Er führte immer den transversalen Kaiserschnitt durch, wobei er auch die Faszien der Bauchmuskeln transversal öffnete, achtete sorgfältig auf Sterilisation und Asepsis und vernähte stets – mit einem zweischichtigen Nahtverschluss – die Gebärmutter fest mit dem Bauchfellüberzug. Die Sterberate bei den Kaiserschnitten lag unter zehn Prozent, damals war das sensationell! Wenn eine Frau nach einem schiefgegangenen Abbruch zu uns kam – meistens kamen die Frauen nicht selbst, sondern wurden von Leuten vor dem Krankenhaus abgeladen, die sich rasch wieder aus dem Staub machten –, wies er sie nicht ab, wie andere Krankenhäuser es taten, er tat alles, um das Leben der Frau zu retten. Und wenn die Patientin es nicht selbst getan hatte und den Namen der Abtreiberin preisgab – was nicht oft der Fall war –, meldete er ihn der Polizei, den der Patientin jedoch gab er nie an.

»Das müssen widerwärtige Geschöpfe sein«, sagte Blankenstein, »denen es nur ums Geld geht, das Leid, das sie verursachen, ist ihnen gleichgültig.«

Ich dachte: Ist das so? Wenn es Ärzten erlaubt wäre, den Abbruch durchzuführen, würde es die widerwärtigen Geschöpfe nicht geben. Aber ich traute mich nicht, das zu sagen.

Was die Abtreibungsmethoden betraf, bekam ich ein breites Spektrum mit. Die Frauen tranken einen aus Blättern der Aloepflanze gewonnenen Saft, der zu niedrig dosiert nicht wirkte, zu hoch dosiert tödlich war, sie versuchten es mit Chinin, Rizinusöl, das selten die erwünschte Wirkung brachte. Sie führten sich mit Metallkathetern Substanzen ein – Seifenlauge, Petroleum, Quecksilber, Terpentin und andere – und vergifteten sich dabei selbst. Sie versuchten es mit der Einführung von Stricknadeln, Kleiderbügeln oder starkem Draht in den Uterus, mit der Absicht, die Fruchtblase zu öffnen, was natürlich ohne Spekulum schwer durchführbar war, und es hätte die Hilfe einer zweiten Person vorausgesetzt. Dabei konnte versehentlich die Uterusmuskulatur durchstoßen und die angrenzenden Bauchorgane verletzt werden, die Folgen waren innere Blutungen, Infektionen, Bauchfellentzündungen, Sepsis und nicht selten der Tod. Wenn die Frauen fremde Hilfe in Anspruch nahmen, kamen auch andere – zum Teil professionellere – Methoden zur Anwendung. Mit einem Schlauch oder einem Katheter wurde unter Druck Flüssigkeit in den Uterus gepumpt mit dem Ziel, die Fruchtblase zu sprengen, weder die Geräte noch das Wasser waren steril. Andere verwendeten einen Saugnapf und eine simple Fußpumpe, die abgesaugte Luft hatte die Kraft, einen Abgang auszulösen, konnte aber selten richtig dosiert werden, und die Gefahr, das zarte Gewebe zu verletzen, war groß. Manche dehnten den Muttermund und kratzten mit einer Kürette den Uterus aus, dabei gab es wieder das Problem der fehlenden Sterilität. Keine Engelmacherin verfügte über ein passendes Anästhesiemittel, wie verzweifelt mussten die Frauen sein, um solche Prozeduren über sich ergehen zu lassen.

Ich versuchte mir vorzustellen, wie es mir in einer derartigen Notlage erginge, und konnte es nicht. Georg verwendete gewissenhaft Kondome – wobei ich ihm helfen musste, sie überzuziehen –, und wenn ich trotzdem schwanger geworden wäre, weil ein Kondom schadhaft war oder riss, wären wir in der Lage gewesen, ein drittes, auch ein viertes Kind großzuziehen. Auch wenn ich absolut keine Freude mit einer weiteren Schwangerschaft gehabt hätte! Wir waren privilegiert, wir hatten genug Geld, um ein Kindermädchen einzustellen. Nicht selten ertappte ich mich bei dem Gedanken, wie schön es wäre, eine Tochter zu bekommen.

Und heute kann ich sagen: Ich habe zwar keine Tochter bekommen, dafür aber dich. Ich kann gar nicht ausdrücken, wie glücklich ich darüber bin, dich hier bei mir zu haben, liebe Christina.

Einer Engelmacherin wurde der Prozess gemacht, eine junge Hausgehilfin war nach einem Besuch bei ihr an einer eitrigen Bauchfellentzündung gestorben. Im Laufe des Verfahrens tauchte ein anonymer Brief auf, in dem die Angeklagte weiterer Abtreibungen beschuldigt wurde, es waren über zwanzig. Ich fragte mich, ob der Brief von einem Mann oder einer Frau stammte und wer sich an der Angeklagten rächen wollte und aus welchem Grund. Ich verfolgte den Fall in den Zeitungen und wurde regelrecht besessen davon, Georg beäugte mich misstrauisch. Es war etwas an der Sache, das mich gleichzeitig beeindruckte und doch anwiderte, ich kann es heute noch nicht beschreiben.

Die Frau hielt mit ihrer Meinung nicht zurück, als man ihr das Wort verbieten wollte, wurde sie ausfällig. Wie mutig sie ist, dachte ich, sie traut sich, einem Richter mehr ins Gesicht zu sagen als ich meinem Vorgesetzten, dem ich vertraute.

Blankenstein mochte mich und arbeitete gern mit mir zusammen, obwohl er es nie in irgendeiner Form andeutete. Als ich mich von ihm verabschiedete, gab er mir keinen Rat mit, sondern er war es, der mich um Rat fragte.

»Meine Frau möchte ein Waisenkind adoptieren«, sagte er unvermittelt. »Wir waren schon einige Male in verschiedenen Waisenhäusern.«

»Ich denke, das ist eine gute Idee«, sagte ich.

»Meine Frau wäre gerne Mutter eines Mädchens, und ich muss ehrlich sagen, dass ich einen Buben bevorzugen würde. Wenn Sie wählen müssten, wie würden Sie entscheiden?«

»Nehmen Sie beides, am besten ein Geschwisterpaar«, antwortete ich, und er lachte.

Die Blankensteins adoptierten tatsächlich ein Geschwisterpaar. Die beiden waren nach dem Tod der Eltern getrennt worden, der Bub, acht Monate alt, wurde im Waisenhaus für israelitische Knaben und das Mädchen, eineinhalbjährig, im Waisenhaus für israelitische Mädchen untergebracht. Jahre später sah ich das Ehepaar mit den beiden Kindern bei einem Picknick im

Park, die vier wirkten glücklich, und wieder Jahre später erfuhr ich, dass die Kinder nach London geschickt worden waren, die Eltern wollten nachkommen, aber sie schafften es nicht mehr auszureisen, sie starben in Dachau.

18

Georg forderte seinen Bruder auf, die Praxis zu verlassen, Hermann wehrte sich vehement dagegen, hatte aber aufgrund des vom Vater unterzeichneten Übergabevertrags keine Chance. Die Streitereien, die vor allem mein Mann ausfechten musste, zogen sich monatelang dahin und waren unschön. Schließlich eröffnete Hermann eine eigene Praxis, zurück in ein Krankenhaus wollte er auf keinen Fall. Er nahm den Ordinationsgehilfen mit und obendrein viele Patienten, was Georg mehr Sorgen machte als mir.

Im September 1926 begann ich in der Ordination zu arbeiten, die vor einem Jahrhundert Georg der Erste eröffnet hatte, ich war einunddreißig Jahre alt. Ich gestaltete die Räume neu und krempelte einiges um, ich wollte nicht, dass Georg und ich in einem Raum gemeinsam praktizierten, so wie es die beiden Brüder getan hatten. Es hatte ständig für Reibereien gesorgt, denn im Grunde war mein Mann der Assistent seines Bruders gewesen. Diese Dynamik wollte ich auf keinen Fall zwischen uns haben, ich wollte vermeiden, dass einer dem anderen zu assistieren hatte. Zuerst wehrte sich Georg dagegen, er berief sich auf den Brief, den er von der Ärztekammer erhalten hatte: Er hatte nur eine eingeschränkte Berufsberechtigung, es war ihm untersagt, eigenständig als Arzt zu praktizieren.

»Regeln sind dazu da, um einen Weg zu finden, wie man sie umgehen kann«, erwiderte ich, den Spruch hatte ich von Eugen, Georg rollte mit den Augen, musste aber dann doch lachen.

Ich glaube, es spielten auch andere Dinge eine Rolle. Er hatte Angst um mich und wollte mir eine Enttäuschung ersparen, denn natürlich stellte die Sache für mich ein Risiko dar, ich war die Neue, die am Anfang kaum Patienten haben würde. Und vielleicht hatte er auch ein klein wenig die Hoffnung, dass ich mich gerne als seine Helferin unterordnen würde. Ich glaube, sein Idealbild unserer Zusammenarbeit war, dass ich ihm stillschweigend und bewundernd zur Hand ging. Ich sprach das Thema gar nicht an, und letztendlich war Georg froh darüber, dass ich die meisten Entscheidungen traf. Manchmal muss man tun, was man für richtig hält, ruhig, beharrlich und liebevoll lenkend, ohne lang zu fragen und zu diskutieren, wer weiß, was ansonsten alles losgetreten wird. Merk dir das. Natürlich war es ein Drahtseilakt, ich wollte nicht, dass Georg sich bevormundet fühlte von einer dominanten Frau, die obendrein die seine war, das wäre schlimm für ihn gewesen. Ich wünschte mir, dass er Frieden schließen konnte mit seiner Situation, dass er sich geborgen fühlte und doch stark, dass es ihm gut ging.

Ich lud eine gelernte und erfahrene Krankenschwester, die ich sehr schätzte, zum Vorstellungsgespräch ein, ich hatte sie im Sophienspital kennengelernt, dort hatte sie auf der Chirurgischen Abteilung gearbeitet. Ich war überzeugt – sagte das aber nicht im Vorfeld –, dass Georg gut mit ihr auskommen würde.

»Ich weiß nicht so recht«, sagte ich am Abend nach dem Gespräch und gab mich skeptisch.

»Ich finde, sie passt gut zu uns«, erwiderte Georg.

Ihr Name war Margarete Framoser, sie war sechsunddreißig Jahre alt und unverheiratet, sie hatte im Krieg ihren Verlobten verloren. Sie war für die Anmeldung der Patienten zuständig, notierte in einer Liste Namen und den Grund für den Arztbesuch, suchte die Karteikarte heraus oder legte eine an. Und sie unterstützte Georg bei den Untersuchungen, die er nicht alleine durchführen konnte. Sie war ein Ausbund an Tüchtigkeit,

Freundlichkeit, Ausdauer und an Antizipation, sie war in jeder Hinsicht ein Glücksgriff.

Sogar die Kinder mochten sie, sie konnte gut mit ihnen umgehen. Als Bert in der ersten Volksschulklasse war, malte er ein Bild, es stellte sie in ihrer Krankenschwestertracht dar, in einer Hand hielt sie das Stethoskop, in der anderen eine Karteikarte. Darunter war in krakeliger Schrift vermerkt: Frau Framoser ist famos! Sie ließ die Zeichnung rahmen und hängte sie im Anmeldebereich auf, dort blieb sie hängen, bis sie uns verließ, zum Schluss war sie schon ziemlich vergilbt. Für die Kinder war Frau Framoser ein Zungenbrecher, sie sagten Frau Fraumoser oder Fra Framoser zu ihr, es sorgte für Gelächter, sie bot uns schließlich an, Grete zu sagen. Mir war das nicht recht. Sie strahlte etwas aus, nämlich Einsamkeit, weshalb ich ein klein wenig auf Distanz bleiben wollte. Aber Georg ging darauf ein, er sprach sie mit dem Vornamen an, siezte sie aber weiterhin, und nach einer Weile machte ich es auch so.

Zu Elsa und Franzi sagte ich einmal über Grete: »Es ist unglaublich, was alleinstehende Frauen, die sich vom Leben etwas anderes erträumt haben, leisten können, um ihrer Einsamkeit zu entfliehen und Anschluss zu finden.«

Auf dem oberen Türschild aus Messing stand geschrieben »Dr. Georg Tichy, Allgemeinmedizin und Kehlkopferkrankungen« und auf dem unteren »Dr. Elisabeth Tichy, Allgemeinmedizin und Geburtshilfe«. Ich war es, welche die alten Schilder – auch Georgs – hatte abmontieren lassen, die neuen in Auftrag gab und dabei penibel aufpasste, dass sie gleich aussahen, was Schrift, Größe, Abstand betraf. Das erste Mal reklamierte ich, weil auf meinem Schild »Allgemeinmediziner und Geburtshilfe« stand, Georg fiel auf den ersten Blick nicht einmal auf, was daran nicht stimmen sollte, dann lachte er und warf mir vor, perfektionistisch zu sein. Ich war es, die die Schilder eigenhändig anschraubte, während er sie festhielt.

Ich organisierte ein Eröffnungsfest – mir war es wichtig zu feiern –, zu dem ich die Familie einlud, meine Freundinnen von der Universität, Bekannte, langjährige Patienten. Carl, Luzia und Eugen reisten aus dem Mühlviertel an, sogar mein Schwiegervater tauchte auf, ich schaffte es tatsächlich, ihn zu überreden, wofür mir meine Schwiegermutter dankbar war, meine Mutter kam mit einer Freundin, Dippi hatte unsere Buben herausgeputzt und passte auf, dass Julius nicht zu viel anstellte, er war zu dem Zeitpunkt drei Jahre alt, Bert war sechs. Hermann kam nicht, dafür aber Georgs Onkel, er schlenderte durch die renovierten Räume, stieß mit mir und Georg an, gratulierte uns und verschwand wieder. Die Ordination war gesteckt voll mit Leuten, und es wurde eine schöne Feier. Georg hielt eine humorvolle Rede, in der er seinen Stolz auf seine geliebte Frau und die Freude auf die Zusammenarbeit ausdrückte.

Es gibt zwei Fotos, die an diesem Tag entstanden sind, sie waren ein Geschenk von Franzi und ihrem Otto; sie kannten einen Fotografen, den sie kurzerhand zum Fest mitbrachten. Diese zwei Bilder hingen in meinem Behandlungszimmer, bis ich Anfang der sechziger Jahre in Pension ging.

»Ihr seid das erste Ehepaar in ganz Wien, das gemeinsam eine Praxis führt. Das muss doch festgehalten werden«, sagte meine Freundin.

Eines zeigt Georg und mich mit unseren zwei Söhnen, sie sehen entzückend aus in ihren Matrosenanzügen, ich halte Julius im Arm, Bert steht vor Georg und dieser hat seine rechte Hand auf seiner Schulter liegen. Dass sein linker Arm fehlt, ist nicht zu erkennen, weil er ganz nah bei mir steht. Vor Kurzem habe ich alte Fotos durchgeschaut, und mir ist aufgefallen, dass es nur Fotos von Georg gibt, auf denen man seine Versehrtheit nicht sieht, weil er immer nah bei jemandem steht oder sich leicht zur Seite dreht. Während sie gemacht wurden, habe ich nicht bemerkt, dass er darauf geachtet hat.

Das andere Foto zeigt uns vier mit unseren Familien, neben mir stehen meine Mutter, Eugen, Carl und zwischen ihnen Luzia, neben Georg dessen Eltern. Seine Mutter schaut nicht in die Kamera, sondern sieht ihren Sohn an, und es ist ein trauriger, irgendwie mitleidvoller Blick. Damals, als der Fotograf die Bilder brachte, ärgerte ich mich darüber, ich bezog den Blick auf mich, ich dachte mir, sie hat Mitleid mit ihrem Sohn, weil dieser eine berufstätige und ehrgeizige Frau abbekommen hat, die ihm nicht das geben kann, was er braucht. Heute sehe ich das anders. Sie musste schrecklich mit ihm mitgelitten haben, seitdem er aus dem Krieg heimgekehrt war, der Blick hatte nichts mit mir zu tun. Sie wusste, was die Versehrtheit für ihn bedeutete, er war ihr Sohn, sie kannte ihn besser als ich, obwohl ich das als junge Ehefrau nicht wahrhaben wollte. Übrigens war es das letzte Bild von ihr, sie starb zwei Jahre später, unerwartet, an einem Schlaganfall. Ihr Mann wurde im Alter liebevoll von Dorothea versorgt, dafür bewunderte ich sie, sie hatte ja selbst einen großen Haushalt und kleine Kinder. Ich wünschte, Georg hätte sie in der Angelegenheit mehr unterstützt, aber er lehnte alles vehement ab, was mit seinem Vater zu tun hatte. Mein Schwiegervater starb 1931.

Heute noch könnte ich mich blind durch die Praxis bewegen und heute noch habe ich, wenn ich an sie denke, den angenehmen Geruch in der Nase, der einem beim Betreten entgegenschlug, es roch nach Kräutern, nach Medikamenten, nach Zitrone und Essig, ein bisschen nach Phenol. Sie befand sich in einer guten Lage, in der Sechsschimmelgasse im neunten Bezirk, im Erdgeschoss eines fünfstöckigen Mehrfamilienhauses. Sie hatte einen kleinen begrünten Innenhof, der vom Wartezimmer aus begehbar war, an warmen Tagen ließen wir die Tür ins Freie offenstehen, sodass sich die Patienten, sofern es ihnen möglich war, in die Sonne setzen konnten. Grete kümmerte sich hingebungsvoll um die Pflanzen.

Der lange breite Flur war zentral in der Ordination, die Wände waren vollbehängt mit gerahmten Drucken, die lichte idyllische Szenerien darstellten. Auf der rechten Seite des Flurs lag Georgs Behandlungszimmer, auf der linken meines, er war früher der Abstellraum gewesen mit einer Unmenge von Schränken vollgestopft mit Arzneien und altem Gerümpel, im Laufe von Jahrzehnten angesammelt. In meinem Raum standen mein Schreibtisch – er war schmal und zierlich, ich konnte monströse Tische nicht leiden, hinter denen sich die Gelehrten verschanzten –, zwei Stühle davor, eine Behandlungsliege, ein Schrank für die Medikamente und Geräte, mehr nicht. Später kaufte ich einen modernen Gynäkologenstuhl, er stand in der linke Ecke des Raumes, ein von der Decke hängender schwerer Vorhang, den man auf- und zuziehen konnte, verdeckte ihn. Wir hatten auch eine Küche mit einer Bassena samt fließendem Wasser, ich hatte Rohre dafür verlegen lassen, das war mir wichtig gewesen. Das Wasserklosett befand sich auf dem Gang, erst nach dem zweiten großen Krieg bekam die Praxis eine eigene Toilette.

Das Wartezimmer lag am Ende des Flurs, ich hatte die Flügeltür entfernen lassen, damit man ein Auge auf die Leute haben konnte und sich diese wiederum nicht abgeschottet vorkamen. Du glaubst nicht, wie viel das bewirken kann, wenn man – auch nur für kurze Zeit – seinem Alltag entfliehen kann und sich eingebunden fühlt in fürsorgliche Geschäftigkeit. Wir achteten darauf, dass es warm und gemütlich war, dass genug Tee in einer

Kanne bereitstand und auf einem Teller aufgeschnittenes Brot lag oder Obst, je nach Saison.

Ich liebte meine Arbeit. Das klingt vermutlich wie eine platte Redewendung, aber es war wirklich so: Ich fühlte mich von Anfang an wohl mit den Patienten. Ich begann mit wenigen – es waren nur Frauen und Kinder –, in den ersten Wochen kam es vor, dass drei, vier am Tag zu mir kamen, meistens waren es Bekannte von mir. Es machte mir nichts aus, so konnte ich mir Zeit nehmen für die Einzelnen und mich langsam einarbeiten. Ich legte meine Broschüre in sozialen Einrichtungen auf, in Schulen, Apotheken, bei den Arbeitereingängen von Fabriken. Auf manchen Stationen in Krankenhäusern ließ ich sie von Schwestern, mit denen ich befreundet war, an die Patienten verteilen, sie mussten es heimlich machen.

Wenn ein neuer – männlicher – Patient in die Ordination kam und ihn Grete fragte, ob er zum Herrn oder zur Frau Doktor wollte, entschied er sich für den Herrn. Es kam vor, dass – wenn Grete den Patienten nicht nach seinem Wunsch fragte und ihn einfach mir zuteilte, weil Georg genug zu tun hatte – der Mann mich ansah, unverzüglich den Raum verließ und zu Grete sagte, er sei aber schon der Meinung gewesen, dass ihn der Herr Doktor behandeln werde! Und dabei hatte ich Glück, wenn ich nicht vorher von ihm beschimpft wurde, sondern er nur schnaubte: »Ich soll mich von einer Frau behandeln lassen? Das ist ja lächerlich!«

Es gab Vorfälle und Aussagen, die würdest du vermutlich nicht glauben. Wenn es ungebildete Menschen waren, konnte ich leichter Verständnis aufbringen, am wenigsten mochte ich Leute, die ihren Platz in der Gesellschaft hatten, die sich wichtig und deshalb bemüßigt fühlten, mir die Leviten zu lesen. Einmal saß ein älterer Mann vor mir – er und seine Familie waren langjährige Patienten meines Schwiegervaters gewesen – und hielt mir einen Vortrag. Er spickte seine Rede mit zahlreichen Bezügen, die meisten hatte er offenbar aus dem Essay des Neurologen Paul Möbius »Über den physiologischen Schwachsinn des Weibes«. Er war ein Vierteljahrhundert zuvor erschienen, auf dem Höhepunkt der hitzigen Debatte, ob die Frau zum Medizinstudium zugelassen werden sollte oder nicht. Die Frauen hätten von Natur aus eine geringere geistige Begabung als Männer, dozierte der Mann, das sei physiologisch bedingt und erwiesen, und auf keinen Fall sollte das Festhalten dieser Tatsache eine Abwertung des weiblichen Geschlechts sein, im Gegenteil, dieses hätte ja andere – wunderbare – Fähigkeiten! Er ging darüber hinaus, indem er behauptete: »Das weibliche Geschlecht ist zart, und eine umfangreichere Hirntätigkeit laugt die anderen Organe aus. Am meisten ermüdet die Überanstrengung des weiblichen Gehirns die Fortpflanzungsorgane.«

Auch diese Theorie kannte ich. Meine Mutter hatte mir von einem französischen Gelehrten mit dem Namen Paul-Victor de Sèze erzählt, welcher geschrieben hatte, dass alle Menschen mit »Geist« gesegnet sind, aber dessen tätiger Gebrauch für die Frauen nicht geeignet sei, da er die Eierstöcke schrumpfen lasse. Ich sei ein schlechtes Vorbild für junge Frauen, fuhr der Mann fort, diese hätten zu gebären, besonders jetzt in dieser harten Zeit nach dem Krieg, es fehlte überall an Männern, an fähigen Männern, mir blieb die Luft weg. Selbst als ich ihn mehrmals dazu aufforderte, verließ er den Raum nicht, schließlich stand ich auf und schloss ihn ein, und dann tobte er! Ich hätte ihn gerne den ganzen Tag eingesperrt, aber Georg wurde fuchsteufelswild, als er es hörte, und schloss die Tür auf.

»Der ruft ja noch die Polizei!«, sagte er, das war immer seine Angst, etwas Unrechtmäßiges zu tun und Sanktionen der Behörden auf sich zu ziehen. Er öffnete die Tür, setzte an, sich zu entschuldigen – ich stand hinter ihm –, als uns der Geruch entgegenschlug, der Mann hatte auf den Gynäkologenstuhl uriniert. Daraufhin warf Georg ihn hinaus, und ich hörte den Mann leise zu ihm sagen: »Sie tun mir leid.«

Von Seiten der Männer war ich Vorurteile und Widerstände gewohnt, aber es gab auch Frauen, die skeptisch waren und wenig Vertrauen in eine Ärztin hatten. Ich lernte mit solchen Reaktionen umzugehen, anfangs berichtete ich geduldig von meinem Studium, erklärte meine Qualifikationen. Es war ein Kampf um jedes bisschen Respekt. Später tat ich das nicht mehr, wenn ein Patient, männlich oder weiblich, gehen wollte, ließ ich ihn gehen, ich stand auf und öffnete ihm die Tür. Ob es mich wütend machte? Nein, eher traurig.

Mit welchen Krankheiten waren wir Allgemeinmediziner konfrontiert? Mit allen. Wir waren die erste Anlaufstelle, und das Wichtigste war, dass man im Auge behielt, ob man in der Lage war, dem Patienten zu helfen, oder ob – und wann – man ihn an ein spezialisiertes Ambulatorium in einem Krankenhaus verwies. Ein unverzeihlicher Fehler eines Hausarztes ist die Selbstüberschätzung. Es gab einen Kollegen, der das Geschwulst eines Mannes am Oberbauch als Eiterbeule abtat und es aufschnitt, es stellte sich dann als Tumor heraus. Aber natürlich war der Ruf, zu schnell an das Krankenhaus zu verweisen, auch nicht anstrebenswert. In bestimmten Fällen war es natürlich ein Drahtseilakt, der Patient war das Seil, auf dem der Arzt zu tanzen hatte, und wehe, er stürzte ab.

An uns lag es, viele Gespräche zu führen und auch – in gewisser Weise – Erziehungsarbeit zu leisten, was für mich wieder einen Drahtseilakt darstellte, Ratschläge nahm man von einer Frau nicht gerne an. Ich mochte es, wenn ich den Patienten jahrelang oder auch jahrzehntelang begleiten durfte, es machte vieles einfacher, wenn man ihn und seine Geschichte kannte.

Ich fand es schön, die Entwicklung eines Menschen verfolgen zu können, vor allem, wenn ich ihn auf die Welt geholt hatte.

19

Vertrauen erarbeitete ich mir vor allem bei den Krankenbesuchen und bei den Hausgeburten, die ich betreute. Ich entband im Laufe meiner Berufszeit an die dreitausend Kinder. Die meisten werdenden Mütter betreute ich in der Ordination, sie wurden von mir untersucht und auf die Geburt vorbereitet, wobei mittellose Frauen seltener kamen als privilegierte und gebildete. Ich verzichtete auf einen Gebärhocker, auch ließ ich die Frauen nicht knien oder stehen – es sei denn, die Gebärende wählte selbst diese Position –, die beste und sicherste Art der Geburt findet im Bett statt. Am besten unterstützt man die Frau, wenn man ihre Beine frei lässt oder ein Bein der Frau auf die eigene Hüfte platziert, und wenn man mit ihr tief ein- und ausatmet, ein besseres Atmen fördert die Durchblutung und verringert das Schmerzempfinden. Einen Blutsturz kann man stoppen, indem man das Neugeborene an die Brust der Mutter legt. Aber ich beginne abzuschweifen.

Nach der Entbindung stattete ich der Wöchnerin noch mehrere Besuche ab; ich mochte diese Hausbesuche, dabei hatte ich das Gefühl, am meisten bewirken zu können. Ich sah mir die anderen Familienmitglieder an, bei Auffälligkeiten untersuchte ich sie, wenn die finanzielle Situation prekär war, stellte ich beim Wohlfahrtsamt einen Antrag auf Unterstützung. Den Eltern gab ich Ratschläge, was die Gesundheit ihrer Kinder betraf, und manchmal auch – wenn sie mir zugänglich erschienen – hinsichtlich Erziehung und Schulbildung.

Übrigens war es Eugens Lieblingsspruch, den ich mir anfangs zu Herzen nahm: Walk in like you own the place! Ich legte ein sicheres Auftreten an den Tag, obwohl es in mir oft ganz anders aussah, aber das war nur am Anfang so. Ansonsten konnte ich nichts anderes tun, als mich völlig auf die Sache zu konzentrieren.

Den schwangeren Frauen händigte ich meine Privatadresse aus, was meiner Mutter und meinem Mann gar nicht gefiel. Vom Boten wurde drei Mal hintereinander kurz die Klingel betätigt, dann wusste ich, dass es sich um eine Geburt handelte, und machte mich rasch fertig. Eine Schwierigkeit stellte oft die Entfernung dar; wenn kein Taxi aufzutreiben war, mussten wir die Wegstrecke zu Fuß zurücklegen, es sei denn, der Bote – meistens der Ehemann, ein Nachbar, eine Freundin – war mit einem Fahrzeug gekommen, doch das war selten der Fall. Ich war in einer guten körperlichen Verfassung damals, das kam vom vielen Laufen, aber dann hatte ich es doch satt, abgehetzt bei der Gebärenden anzukommen. Ich kaufte mir ein Auto, Eugen unterstützte mich dabei. Georg war zuerst dagegen, aber nach einer Weile schätzte auch er die Vorteile; wenn wir am Sonntag einen Ausflug ins Grüne machten, waren wir nicht mehr auf die Straßenbahn angewiesen, die er ohnehin nicht leiden konnte.

Ich bot meine Dienste als Geburtshelferin in den Gemeindebauten, die in den Jahren nach dem Krieg entstanden waren, an und auch in den Arbeitersiedlungen. Die Nachfrage war groß und so mancher Arzt, so manche Hebamme weigerte sich, Familien in diesen Siedlungen zu betreuen. Ich sah Wohnverhältnisse und Zustände, die mir die Haare zu Berge stehen ließen, und damit meine ich auch *Seelenzustände,* in so vielen Familien schlugen mir Gefühllosigkeit, Brutalität, Verzweiflung, Angst und vor allem Trostlosigkeit entgegen. Beängstigend fand ich Kinder, deren Verhalten eine Mischung aus Rohheit und Abgestumpftheit ausdrückte, gepaart mit einem Blick, als hätten sie schon jetzt nichts mehr zu verlieren. Das ging nicht immer mit Armut einher. Ich lernte Familien kennen, die nicht viel besaßen, aber dennoch liebevoll miteinander umgingen, aber ehrlich gesagt waren sie in der Minderheit.

Es war diese Spirale aus Unbildung, Not und Gewalt, unter der am meisten die Frauen und Kinder litten und die mich oft rasend machte, so wie früher schon meinen Vater. Das tägliche Elend wurde verschärft, weil ein Kind nach dem anderen zur Welt gebracht wurde. Es gab nicht selten einen Moment, in dem ich am liebsten den Mann angeherrscht hätte: »Nach der Geburt rühren Sie sie monatelang nicht an, am besten überhaupt nicht mehr!«

In jeder Familie, in der es mir nötig erschien, erzählte ich von dem Verhütungsmittel, das es günstig in Drogerien und Apotheken zu kaufen gab und das man neuerdings auch aus Automaten beziehen konnte, die in Wien aufgestellt worden waren: dem sogenannten Gummikondom.

Julius Fromm, ein Berliner Gummifabrikant, stellte sie seit dem ersten Krieg aus Naturkautschuk her. Er stammte aus einer sehr armen Familie, neben seiner Arbeit als Zigarettenverkäufer studierte er in Abendkursen Chemie. Im Zuge seiner Experimente mit Gummi erfand er das nahtlose Kondom aus Naturkautschuk, ein Glaskolben wurde in eine Rohgummilösung getaucht und dann unter Schwefeldämpfen widerstandsfähig gemacht. Diese Gummischläuche waren besser als die damals gebräuchlichen Kondomarten, die aus Tierdärmen oder Fischblasen genäht waren. Sein Produkt hieß *Fromms Act*, den Namen fand ich passend, in meinen Augen war es tatsächlich ein *frommer* Akt, nämlich gläubig im Sinne der Menschlichkeit. Die Kirche hätte dem natürlich widersprochen.

Weißt du, schon mein Vater hat sich mit Kondomen beschäftigt. Elend mitansehen zu müssen, das vor allem auf Unwissenheit beruhte, war ihm ein Gräuel, und die Sache mit der Verhütung wurde zu seinem persönlichen Kampf. In seinem Kaufhaus bot er Kondome aus Schafsdarm an, sie trugen den Namen *Ludwig*, weil der erste Hammel, der für den Zweck geschlachtet worden war, so geheißen hatte. Er begann damit in den 1880er Jahren und das in der tiefsten Provinz, wir verstanden erst als Erwachsene die Fortschrittlichkeit seines Handelns – und seinen ausgeprägten Geschäftssinn.

Ich war sieben, als ich zum ersten Mal einen *Ludwig* zu Gesicht bekam. Ich erwischte Gustav dabei, wie er etwas genauestens inspizierte, das aussah wie ein dünner durchsichtiger Schlauch, er hatte eine Schatulle mit der bedruckten Aufschrift *Ludwig* heimlich aus dem Bureau des Warenhauses entwendet. Diese Schatullen lagen nicht in einem Regal, offen zugänglich für jeden, sondern wurden demjenigen ausgehändigt, der danach fragte.

»Wozu ist das gut?«, fragte ich.

»Das ziehen sich die Männer über, wenn sie keine Kinder haben wollen«, sagte er.

»Wo?«

»Über den Penis.«

Was ein Penis war, wusste ich bereits. Ich hatte Gustav beim Pinkeln im Freien zugesehen, und er hatte mir den Namen des Körperteils genannt, den ich bei mir vermisste. Er erzählte von winzigsten Menschlein, die in der Blase des Mannes herumschwammen und in die Frau hineingeschossen wurden, wenn er ihr den Penis hineinsteckte.

»Wo?«, fragte ich wieder.

»In ihre Vagina«, sagte er.

»Wo ist die?«, fragte ich, und er zeigte es mir.

Das geschah nicht ganz ein Jahr nach dem Vorfall mit meinem

Cousin im Wohnzimmer. Gustav schob mir den Rock in die Höhe, zog meine Unterhose bis zum Knie und brauchte dann eine Weile, bis er besagten Körperteil fand, dabei war er höchst konzentriert. Ich lag auf dem Waldboden und ließ sein zaghaftes Herumtasten zu, ich hatte großes Vertrauen in meinen älteren Bruder und war glücklich, dass er sich mit mir abgab, ohne mich zu hänseln. Danach saßen wir nebeneinander im Moos und aßen die mitgebrachten Kirschen.

»Über die Vagina gelangen diese kleinen Menschlein in den Bauch der Frau. Es sind viele, sie kämpfen miteinander ums Überleben, einer gewinnt oder auch zwei, wie man bei Carl und Eugen sehen kann«, erzählte Gustav. »Der Sieger wächst neun Monate lang im Bauch der Frau, und dann bringt sie ein ausgewachsenes Kind zur Welt. Wenn aber Mann und Frau kein Kind haben wollen, zieht sich der Mann den *Ludwig* über. Die kleinen Menschlein landen im Gummi und nicht im Bauch der Frau.«

»Und was passiert mit ihnen im Gummi?«

»Sie ersticken.«

Ob Gustav es mit seinen zwölf Jahren tatsächlich nicht besser wusste oder ob er mir einfach nur ein Schauermärchen erzählen wollte, weiß ich nicht. Auf alle Fälle wurde er ausgeschimpft, weil er mir mit seiner Geschichte einen Schrecken eingejagt hatte. Als der Vater uns ausfragte, ob wir *herumgespielt* hätten – als würde er etwas ahnen –, wurde mein Bruder rot, und ich spürte, dass er etwas Verbotenes getan hatte. Ich verneinte auf der Stelle, weil ich ihn schützen wollte. Er verlor nie ein Wort darüber, aber er hörte fortan mit seiner Sekkiererei auf. Der Vater klärte Gustav auf und mir wurde erlaubt, dabei zuzuhören – zum Entsetzen meiner Mutter. Ich hörte also bereits mit sieben von der Samenzelle des Mannes, die die Eizelle der Frau befruchtete und in der Gebärmutterhöhle zu einem Kind heranwuchs, das die Mutter unter Schmerzen durch die Vagina aus sich pressen musste.

Übrigens wurde der Berliner Gummiproduzent – zu Recht – sehr erfolgreich mit seinem frommen Akt. Er war Jude, 1938 zwangen ihn die Nazis, sein Werk für einen Spottpreis abzugeben und nach England auszuwandern. Die Käuferin war Hermann Görings Patentante Elisabeth von Epenstein, zum Dank für das Einfädeln des Geschäfts erhielt Göring von der Baronin zwei gut erhaltene Ritterburgen, Burg Veldenstein und Burg Mauterndorf.

Ach, du kannst dir nicht vorstellen, wie oft und wie eindringlich ich in kinderreichen Familien predigte, einen Frommser zu verwenden! Ich führte den Kampf meines Vaters fort. In manche – besonders bedürftige Familien – brachte ich eine Dreierpackung mit und erklärte der Frau, wie er zu verwenden war. Es war mir unerklärlich, dass ein derart effizientes und günstiges Verhütungsmittel so wenig genutzt wurde, es war zum Aus-der-Haut-Fahren! Ich fragte mich, was sich Menschen dabei dachten, ein – unerwünschtes – Kind nach dem anderen zur Welt zu bringen, für das sie dann nicht sorgen konnten. Als wären sie Tiere, dachte ich manchmal.

Ich erlebte so viel Wunderbares, aber auch Erschreckendes als Geburtshelferin. Ein Fall ist mir besonders in Erinnerung geblieben, und zwar deshalb, weil der Mann mir gegenüber handgreiflich wurde und ich gar nichts dagegen tun konnte, dieses Ohnmachtsgefühl machte mich wütend. Ich betreute eine Familie, da bekam die Frau – sie hatte bereits mehrere Kinder – neun Monate nach der Geburt das nächste Kind, und weitere neun Monate später war es wieder so weit. Der Mann wartete das Wochenbett nicht ab, obwohl ich es ihm einschärfte, einen Gummi zog er sich auch nicht über. Als ich ihn zur Rede stellte, sagte er abfällig: »Dazu ist sie ja da. Und eins mehr oder weniger macht das Kraut auch nicht fett.«

Ich konnte mich nicht zurückhalten und machte eine scharfe Bemerkung, daraufhin schlug er mir ins Gesicht. Ich spürte Hass auf ihn, ich hätte ihn totschlagen können, und es ängstigte mich, diese Seite an mir zu entdecken.

»Wenn es doch den Trieb nicht gäbe!«, sagte ich einmal verzweifelt zu meinem Bruder.

»Würden Männer Frauen immer noch bezaubernd finden, wenn die Anziehung keine Rolle spielt? Und umgekehrt? Würden sich Männer verantwortlich fühlen für Frauen, wenn die Liebe keine Rolle spielt?«, antwortete Eugen. »Meine kleine ernsthafte Schwester kann sich doch nicht allen Ernstes eine Welt ohne Liebe vorstellen, ohne Begehren? Das ist es doch, was das Leben lebenswert macht!«

Zu dem Zeitpunkt konnte ich nur innerlich stöhnen über eine solche Aussage, aber da kannte ich Rudolph noch nicht.

20

Die erste, die eine Abtreibung von mir verlangte, war eine Arbeiterin in der Porzellanmanufaktur.

Sie war um die vierzig und hatte bereits mehrere Kinder, ich glaube, es waren an die zehn, die sie seit dem Unfalltod ihres Mannes allein versorgen musste. Sie kannte mich vom Sophienspital, wo sie ihr letztes Kind entbunden hatte, während der Schwangerschaft war ihr Mann verunglückt. Ihr Name war Elfriede Maier, ja ihren Namen weiß ich noch genau.

Ohne sich bei Grete anzumelden, tauchte sie in meinem Behandlungszimmer auf, schloss die Tür hinter sich und forderte eine Abtreibung, dabei war sie in ihrer Wortwahl nicht gerade geschickt.

»Ich bin im dritten Monat, und Sie werden es mir wegmachen«, sagte sie geradeheraus. »Ich mache Ihnen keine Schwierigkeiten, ich komme an einem Abend, wenn Sie allein sind, oder in der Nacht, und bin im Nu wieder draußen. Und ich zahle Sie gut. Wenn es Ihnen bei der Entscheidung hilft: Ich wurde vergewaltigt. Von meinem Vater oder von meinem Sohn, das können Sie sich aussuchen.« Den letzten Satz sagte sie spöttisch grinsend.

Als sie meinen fassungslosen Gesichtsausdruck sah, fügte sie hinzu: »Tun Sie nicht so schockiert. Ich weiß, wie Sie zu der Sache stehen.«

»Gar nichts wissen Sie!«, fuhr ich sie an, die Frau war mir zu dreist.

»Ich habe im Spital ein Gespräch zwischen Ihnen und dem Doktor gehört. Eine Frau wurde eingeliefert, sie hat selbst abgetrieben, mit irgendeinem spitzen Gegenstand. Sie konnten sie nicht retten. Sie waren zornig und dann haben Sie geweint.«

Ich wusste, worauf sie sich bezog. Es war keine Frau gewesen, sondern ein Mädchen von fünfzehn Jahren, und es hatte nicht selbst abgetrieben, sondern es war die Mutter gewesen, die mit einem verbogenen Kleiderhaken im Uterus der Tochter herumgestochen und dabei zweimal die Uteruswand perforiert hatte, und es war der Vater gewesen, der sie geschwängert hatte. Das Mädchen trug denselben Namen wie ich. Dr. Blankenstein und ich operierten Elisabeth, ein Embryo ohne Herzschlag war in ihren starr krampfenden Uterus eingeschlossen, zwei Tage später starb sie, die Entzündung der Bauchhöhle war zu weit fortgeschritten. Ich arbeitete erst seit wenigen Wochen auf der Station, ihr Tod ging mir nahe. Sie hatte einiges von sich erzählt, weil sie wohl spürte, dass sie sterben würde. Dr. Blankenstein fand mich auf dem Gang, als ich mit den Tränen kämpfte, und fasste mich ziemlich hart an.

»Wenn Sie vorhaben, nach jedem Todesfall zu flennen, kann ich Sie hier nicht gebrauchen«, sagte er.

Ich hatte einen Nachtdienst hinter mir, war übermüdet, und meine Nerven lagen blank. Ich warf ihm Gefühllosigkeit vor und begann mich über das Gesetz zu beklagen, das in solch harten Fällen den Ärzten nicht erlaubte, einen Abbruch vorzunehmen.

»Wir sind Mediziner und tun, was uns möglich ist, den Patienten zu heilen, zu retten, aber im Rahmen des Erlaubten. Gesetz ist Gesetz. Es ist obsolet, darüber zu diskutieren. Genauso wie es obsolet ist, sich über das Wetter zu beschweren.«

Mir blieb die Luft weg; ich konnte nicht glauben, dass er dieses von Menschen verfasste Gesetz, das so vielen Frauen Leid brachte, mit dem Wetter verglich.

»Ihr Vergleich verhöhnt die Frauen. Das wissen Sie.«

»Wenn Sie glauben, mit einer Lockerung des Gesetzes der Unsittlichkeit Einhalt zu gebieten oder irgendjemandes Leid verringern zu können, irren Sie sich. Das Gegenteil wäre der Fall. Welche Frau würde dann nicht behaupten, es sei ihr Vater gewesen, der sie geschwängert hat, oder sie sei vergewaltigt worden? Oder ihre Not sei so groß, sie könne kein weiteres Kind mehr versorgen? Und wo ziehen Sie dann die Grenze? Sie sind naiv, Elisabeth. Gibt man dem Teufel den kleinen Finger, will er die ganze Hand. Merken Sie sich das.«

Er ließ mich stehen und ging kopfschüttelnd davon. Ich bemerkte zu spät, dass die Tür zum Krankensaal einen Spalt offen stand, acht Frauen, die ein Kind entbunden hatten oder wegen Unterleibskrankheiten behandelt wurden, hatten unser Gespräch belauscht.

»Ich habe nicht geweint«, schnauzte ich Frau Maier an. »Ich war entsetzt über das, was dem Mädchen von den eigenen Eltern angetan wurde.«

Ich bat sie eindringlich zu gehen, sie ignorierte meine Aufforderung und blieb sitzen, schließlich packte ich sie am Oberarm und wurde laut. Sie stand auf und spuckte mir vor die Füße: »Ihr Ärzte macht es euch so leicht.«

Mit durchgestrecktem Rücken rauschte sie aus der Ordination.

Als ich es Georg erzählte, war er außer sich.

»Ich hoffe, du hast die Frau mit dem nötigen Nachdruck vor die Tür gesetzt! Wenn sie irgendein Zögern an dir gemerkt haben sollte, wirst du keine Ruhe mehr haben«, sagte er.

Er behielt Recht; danach kamen immer wieder Frauen, nicht viele, aber doch zwei bis drei im Monat. Georg erzählte ich es nicht mehr, wenn mich eine Frau gebeten hatte, ihr zu helfen. Er wäre entsetzt gewesen über die Tatsache, dass mein Name in bestimmten Kreisen bekannt war und, wenn von Engelmacherinnen die Rede war, offenbar in einem Atemzug genannt wurde. Sie betraten die Ordination, marschierten schnurstracks – ohne sich bei Grete anzumelden – in mein Behandlungszimmer und brachten ihre Bitte vor, dabei legten sie ein Kuvert mit Geldscheinen auf den Tisch. Offenbar hatte meine Einstellung zur *Sache* die Runde gemacht. Vielleicht war es ihnen aber auch ein Anliegen, mich kleinzubekommen, mich im Laufe der Zeit mürbe zu machen, weil sie es als *meine* Pflicht ansahen, mich der Sache zu verschreiben. Ich wies ihnen alle die Tür, es war mir zu riskant. Und es war nicht nur Feigheit, die mich davon abhielt, es gab auch andere Gründe.

Eine Leibesfrucht abzutreiben war ein Verbrechen und wurde mit einem halben Jahr bis zu fünf Jahren Kerker bestraft. Denk von mir, was du willst, aber im Kerker wollte ich nicht landen. Es gab einige Frauenbewegungen in der Zeit, die sich dafür einsetzten, den Schwangerschaftsabbruch zu entkriminalisieren, nicht einmal dafür engagierte ich mich, in diesem Fall war es tatsächlich Feigheit und Bequemlichkeit. Ich befürchtete, dass bestimmte Patientinnen nicht mehr zu mir kommen würden, dass die Justiz auf mich aufmerksam werden und mir das Leben schwer machen könnte, dass man mir die Berufsberechtigung entziehen würde.

In der Monarchie war ein Schwangerschaftsabbruch immer schon ein Verbrechen gewesen und nicht erst, wie viele glauben, seit Kaiserin Maria Theresias Erlass im Jahr 1768. Wenn die Frauen zu einem Zeitpunkt abgetrieben hatten, zu dem die Leibesfrucht bereits *beseelt* war – das war der Fall nach vierzig Tagen beziehungsweise im fortgeschrittenen Stadium, denn die Anzahl der Tage war nie genau feststellbar –, wurden sie grausam getötet, indem man sie ertränkte oder vierteilte. Es galt als Milderungsgrund, war jedoch nicht straffrei, wenn sich die Frau am Anfang der Schwangerschaft befand, denn dann war die Leibesfrucht noch *unbeseelt*. Die Kirche machte einen weiteren Unterschied: Eine männliche Leibesfrucht war vierzig Tage nach Empfängnis beseelt, eine weibliche nach achtzig Tagen. Was ohnehin nicht festgestellt werden konnte. Der Irrsinn der kirchlichen Lehre in der Angelegenheit der Fortpflanzung kannte jahrhundertelang keine Grenzen und tut es heute noch nicht. Maria Theresia war also nicht diejenige, die den Abbruch als erste unter Todesstrafe stellte, sie war diejenige, die Gleichheit und Abmilderung schaffte. Sie vereinheitlichte das Strafrecht für alle Habsburgerländer mit der Constitutio Criminalis Theresiana. Hier wurde festgehalten, dass Abtreibung mit dem Tod durch das Schwert bestraft wurde. Kein Vierteilen oder Ertränken mehr, was für ein Fortschritt, ja natürlich bin ich zynisch! Die gute Katholikin, die sich gerne mit ihren sechzehn Kindern darstellen ließ, als liebende und sorgende Mutter preisen ließ, auch eine *ihre Völker* liebende Mutter, die vermutlich für jedes ihrer Kinder eine eigene Amme hatte, brachte wenig Verständnis für Frauen in Not auf. Es war ihr Sohn, Joseph II., der zumindest die Todesstrafe abschaffte. Im Strafgesetz über Verbrechen, Vergehen und Übertretungen, vom zweiundzwanzigjährigen Kaiser Franz Joseph im Jahr 1852 erlassen, änderte sich auch nicht viel, es basierte auf der Theresiana. Das Verbot des Schwangerschaftsabbruchs wurde mit den Paragraphen 144 bis 148 weiterhin absolut formuliert, er war ein Verbrechen, das mit einem bis fünf Jahren Kerkerhaft geahndet wurde. Dieselbe Strafandrohung galt für Abtreibung einer fremden Leibesfrucht, wenn dabei das Leben und die Gesundheit der Mutter gefährdet worden war, stieg das Strafausmaß auf fünf bis zehn Jahre. Nach dem Krieg, in der Ersten Republik, gab es immer wieder ernsthafte Diskussionen darüber, die Paragraphen nicht mehr so streng zu handhaben, bestimmte – harte – Umstände zu berücksichtigen, aber nie wurde irgendetwas davon umgesetzt, ein Schwangerschaftsabbruch blieb strafbar.

Weil er als eine verbrecherische, schmutzige Sache gesehen wurde, waren diejenigen, die ihn ausführten, ob bei sich oder bei anderen, stigmatisiert. Abtreiberinnen galten – vor allem in privilegierten Kreisen – als geldgierige, verdammenswerte Verbrecherinnen, welche Frauen ins Unglück stürzten, sicherlich handelten sie nicht aus Nächstenliebe. Warum ich dir das so genau erzähle? Weil mich das Thema ein Leben lang beschäftigt hat. Und weil ich doch schließlich im Gefängnis gelandet bin.

21

Eines Abends betrat eine junge Frau die Ordination, sie wirkte verstört. Ich war allein, Georg empfing seine Patienten vormittags, Grete hatte ich kurz zuvor nach Hause geschickt. Die Frau brachte kein Wort heraus und ich musterte sie, obwohl es warm war, trug sie einen langen Mantel.

»Ich nehme an, Sie wollen etwas Bestimmtes«, sagte ich, »aber das muss ich Ihnen verweigern, ich mache keine Abtreibungen.«

Die Frau konnte nur mit Mühe sprechen, ich merkte, dass sie starke Schmerzen litt. Sie öffnete ihren Mantel, ihr Rock war voller Blut, und ich verstand, dass sie keine Abtreibung benötigte, sie hatte eine hinter sich. Mir war bewusst, ich musste rasch handeln. Da ich weder Chloroform noch Äther in der Ordination hatte, auch keine dazugehörigen Masken, spritzte ich ihr eine geringe Dosis Morphin. Während ich meine Hände desinfizierte und sie untersuchte, sprach ich die ganze Zeit mit ihr, um sie wach zu halten. Sie nannte mir ihr Alter, sie war vierundzwanzig Jahre alt, und ihren Vornamen, Hermine. Zwei Tage zuvor hatte sie bei einer ehemaligen Hebamme einen Abbruch durchführen lassen, sie nannte mir sogar die Adresse. Sie kam aus gutem Hause, das sagte sie zwar nicht, aber ich sah es ihr an, aufgrund ihrer Kleidung, ihrer Frisur, ihrer Art zu sprechen, sie musste gebildet sein. Ich weiß noch, dass ich dachte: Herrgott, jetzt helfe ich ausgerechnet einer privilegierten Frau! Ja, es stürzte mich in einen Gewissenskonflikt, wenn ich schon Heldin spielen musste, dann wollte ich es für die Ärmsten der Armen sein, das war immer meine Vorstellung gewesen.

Ihre Gebärmutter war voller Blut, ich saugte es ab und stellte fest, dass embryonale Gewebereste zurückgeblieben waren – nicht wenige –, ich schabte sie mit einer kleinen Kürette vorsichtig aus. Ich stellte fest, dass es sich um zwei Föten gehandelt hatte, entschied mich aber dafür, es der Frau nicht mitzuteilen. In der Uteruswand gab es weder eine Ruptur noch eine Perforation, nur das Endometrium war verletzt, es würde mit der Zeit heilen, vermutlich war die Engelmacherin beim Einführen des Katheters zu grob vorgegangen. Ich spülte kurz mit einer verdünnten Eusapyllösung, um einer Infektion vorzubeugen, und zum Schluss blieb mir nichts anderes übrig, als zu warten, dass sich die Blutung verringerte und der Kreislauf stabilisierte. Sie lag mittlerweile auf der Behandlungsliege, unter ihrem unteren Rücken ein Kissen, ihre Beine hochgelagert. Die ganze Zeit überlegte ich fieberhaft, ob ich nicht doch einen Boten losschicken sollte, um die Rettung zu holen, denn im Krankenhaus war man in der Lage, eine Bluttransfusion vorzunehmen. In dem Fall werde sie davonlaufen, sagte sie, das sei Erpressung, erwiderte ich, und sie wieder, es sei ihr Leben, das sie gefährde. So ging es hin und her. Ich blieb neben ihr sitzen, drängte ihr ein Glas Wasser nach dem anderen auf, und sie trank gehorsam. Zu Hause wartete man auf mich, vielleicht machte sich Georg Sorgen und begann nach mir zu suchen. Ich saß wie auf Nadeln, lauschte immer wieder zur Tür hin. Währenddessen hörte ich nicht auf, mit ihr zu reden, damit sie nicht einschlief. Sie schien erleichtert, dass alles gut gegangen war, gab bereitwillig Auskunft. Ich erfuhr einiges über sie, sie kam aus einer bekannten Musikerfamilie, aus welcher, das sagte sie nicht. Sie spielte selbst Klavier und trat mit einer Jazzband, die sie gegründet hatte, in Tanzlokalen auf. Es gab einen Mann, aber sie war nicht verheiratet mit ihm, die Frage, ob er von der Schwangerschaft gewusst habe, beantwortete sie nicht.

Ich fragte die Frau, warum sie ausgerechnet zu mir gekommen war, und sie erwiderte, dass mein Name von der Engelmacherin genannt worden war.

»Während sie mich« – sie zögerte, bevor sie das Wort aussprach – »behandelte, sprach sie in einem fort. Vermutlich, um mich abzulenken. Von ihrem Beruf als Hebamme, den sie nicht mehr ausübte, weil man ihr die Berufsberechtigung entzogen hatte. Von Frauen, die ihr in Erinnerung geblieben waren, weil es sich um besonders harte Schicksale handelte. Dann sagte sie auf einmal: Es gibt eine Ärztin, die das Zeug dazu hätte, den Frauen zu helfen, aber sie ist sich zu fein dafür. Sie nannte sogar Ihren Namen.«

Ich bat sie, mehr zu erzählen.

»Die Frau empfängt Kundinnen nur samstagnachts. Um halb elf hat man sich vor der Tür einzufinden. Ihrer Meinung nach besteht an den Samstagen weniger Gefahr. Die Polizei ist mit anderen Dingen beschäftigt, weil die Bars voll sind und getrunken und randaliert wird. Sie operiert im Hinterzimmer einer Bestattungsfirma, ich glaube, der Bestatter ist ein Cousin von ihr. Die Firma befindet sich in einem Stöcklgebäude in einem Innenhof, überall stehen Särge herum.«

Wie passend, dachte ich.

Sie waren zu dritt. Und da sie als Letzte an der Reihe war, bekam sie im winzigen Vorzimmer alles mit, was im angrenzenden Operationsraum vor sich ging, das Stöhnen der Frauen, das Klirren der Gerätschaften auf dem Tablett, das leise Klatschen des ausgeschabten Gewebes in die Metallschale.

Der Zustand der Frau besserte sich in den folgenden Stunden, ihr Puls stabilisierte sich, ihre Gesichtsfarbe kehrte zurück. Ich verordnete ihr für die kommenden Tage strenge Bettruhe. Wir verließen die Ordination, und ich brachte sie in meinem Auto zu einer Straßenecke, die sie mir nannte. Als sie ausstieg, sah ich einen Mann aus einem Haus kommen, er blieb stehen und zündete sich eine Zigarette an. Der Frau entfuhr ein »Oh Gott nein«, wollte wieder ins Auto klettern, aber der Mann hatte sie bereits gesehen und eilte auf sie zu. Er nahm sie am Oberarm und redete eindringlich auf sie ein: »Wo bist du die letzten Tage gewesen, Manon? Warum lässt du dich verleugnen? Ich habe mir große Sorgen gemacht!«

Ihr Name war also Manon, nicht Hermine. Sie erkannte, dass sie der Situation nicht mehr entkommen konnte, und wandte sich dem Mann zu, der jetzt mich anblickte. Rasch schloss sie die Autotür und deutete mir mit einer leichten Kopfbewegung wegzufahren, und das tat ich, im Rückspiegel sah ich, dass er sie in seine Arme schloss. Sie ist nicht nur aus wohlhabendem Hause und gebildet, es gibt zudem einen liebevollen Mann, dachte ich, aber der Gedanke wühlte mich nicht mehr auf, ich war zu erschöpft dafür. Und ein anderes – befriedigendes – Gefühl machte sich breit in mir: Wie leicht mir die kleine Operation gefallen war, dachte ich, wie sicher ich mich bei jedem Handgriff gefühlt hatte.

In einer Samstagnacht, um kurz nach halb elf, suchte ich das Bestattungsunternehmen auf, in einer Tasche trug ich alles bei mir, was für fünf Eingriffe benötigt wurde. Im Warteraum standen vier Frauen, darunter Mutter und Tochter, in einem Halbkreis um die Engelmacherin herum, diese war gerade dabei, ihre Bezahlung entgegenzunehmen. Jedes Bündel, das man ihr in die Hand drückte, zählte sie sorgfältig nach, bevor es in ihrer Rockschürze verschwand. Die – sehr vornehme – Mutter gab ihr einen Schein mehr, dass sie daraufhin freundlicher, beinahe schon unterwürfig, behandelt wurde, stieß mich ab. Die ehemalige Hebamme wusste augenblicklich, wer ich war, und begrüßte mich mit den spöttischen Worten: »Sieh mal einer an, was für eine Ehre!«

Als ich ihr sagte, ich würde an ihren Kundinnen einen Schwangerschaftsabbruch durchführen, damit sie bei meiner Demonstration lernen könne, erklärte sie sich auf der Stelle einverstanden. Ich bat das Mädchen, das mit ihrer Mutter gekommen war, als erstes in den Operationsraum. Dieser war eine heruntergekommene Kammer mit einem abgewetzten Gynäkologenstuhl, immerhin war alles sauber, dennoch spürte ich ein Gefühl des Ekels, auch gegenüber der Frau. Ich fragte mich: Ist es nur das Milieu, das dich anwidert – die widerwärtigen geldgierigen Geschöpfe, wie Blankenstein sie bezeichnet hatte und wie sie vielfach in der Gesellschaft wahrgenommen wurden –, oder ist es auch die Sache an sich? Zu Beginn hielt ich eine Moralpredigt, in der ich ihr die Notwendigkeit der vorangehenden Untersuchung und Befragung, aber vor allem der sorgfältigen Desinfektion der Hände und der Gerätschaften drastisch vor Augen führte.

»Sie sind geschwätzig und erzählen mir nichts Neues«, sagte sie lapidar.

Mir ging die Galle über, und ich herrschte sie an: »Dann tun Sie es! Und tun Sie es gewissenhaft und konzentriert! Jede Frau, deren Geld Sie nehmen, hat das Recht darauf, dass Sie Ihr Bestes geben!«

Daraufhin war sie still und schaute mir kommentarlos zu, doch der Gesichtsausdruck blieb leicht spöttisch. Ich hatte Morphinspritzen mitgebracht und zeigte ihr, wie man sie dosierte und setzte. Ich beschwor sie, keine weitere Operation durchzuführen, ohne zumindest ein Schmerzmittel zu verabreichen. Ich zeigte ihr jedes Detail: wie man den Muttermund mit den Hegarstiften dehnte, wie man die Küretten einsetzte, die große, dann die kleine, mit welchen Bewegungen man schabte, wie sich das Geräusch der – unverletzten – Uteruswand beim Schaben anzuhören hatte, wie man kontrollierte, ob alles entfernt worden war. Ich schärfte ihr ein, keinen Metallkatheter in die Gebärmutter einzuführen, weil es nicht notwendig war und nur viel Schaden anrichten konnte. Ebenso schärfte ich ihr ein, die Frau nach dem Eingriff zwei Stunden mit hochgelagerten Beinen ruhen zu lassen und sie nicht sofort auf die Straße zu stellen. Auch bei der zweiten Frau führte ich den Abbruch durch, bei der dritten wies ich sie an, es zu tun, und gab ihr Instruktionen. Zum Schluss, nachdem wir die Frauen verabschiedet hatten, überreichte ich ihr die mitgebrachten Utensilien: verschiedene Desinfektionslösungen, Hegarstifte, Küretten, Spritzen. Sie bedankte sich – wobei sie eine Verbeugung andeutete – für den »veranschaulichenden Unterricht und die neue Ausstattung«.

»Rauch eine mit mir«, sagte sie und bot mir eine Zigarette an.

Sie siezte mich nicht mehr. Ich wusste, dass ich die Frau stehen lassen und gehen sollte, aber ich war neugierig auf ihre Geschichte. Im Geiste hörte ich Georg beschwörend sagen: Pass auf, was du tust, sie bietet dir die Friedenspfeife an, du solltest sie ausschlagen, du wirst dich in diesem Sumpf verlieren! Das passierte mir oft, dass ich die Welt mit Georgs Augen sah und dachte, wie würde er in der Situation reagieren? Ich verbannte seine Stimme aus meinem Kopf.

Wir standen im Innenhof zwischen den Särgen, rauchten und unterhielten uns. Es war unverkennbar, dass sie aus anderem Holz geschnitzt war. Mich hätte interessiert, ob die Arbeit als Abtreiberin sie so gemacht hatte, nämlich grob und kalt, oder ob sie bereits als Mädchen so gewesen war. Oder war es das Bild, das ich hatte, nämlich dass eine Engelmacherin herzlos zu sein hatte, und sie war es gar nicht, war sie einfach nur verlegen mir gegenüber und überspielte das mit derber Scharfzüngigkeit? Aus heutiger Sicht würde ich sagen, es war Letzteres.

Ihr Name war Marie Dworsky, sie war knapp vierzig und

stammte aus einem Dorf in der Nähe von Pressburg. Sie habe zu viel elende Fälle mitbekommen, sagte sie, allen voran das Schicksal ihrer Mutter, die bei der Geburt des vierzehnten Kindes erbärmlich zugrunde gegangen war. Sie absolvierte die Hebammenausbildung in Wien, heiratete einen Zimmerer, bekam drei Kinder, der Mann fiel in Frankreich. Schon während des Krieges baten sie ab und zu Frauen, ihnen zu helfen, sie blieb lange standhaft, obwohl sie das Geld bitter nötig gehabt hätte. Schließlich ließ sie sich doch erweichen, wobei sie sorgfältig auswählte, wen sie behandelte und wen nicht.

»Wie?«, fragte ich.

»Ich frage sie nach ihrem Schicksal. Einer Fünfzehnjährigen, die vom Onkel vergewaltigt wurde, gebe ich den Vorzug. Eine verheiratete Fünfunddreißigjährige, deren Mann eine gute Arbeit hat und die das vierte Kind nicht haben will, lehne ich ab.«

»Sie könnten dir Lügen auftischen«, sagte ich.

Sie zuckte mit den Schultern. »Das könnten sie. Aber Verzweiflung sieht man einer Frau an, egal ob Details ihrer Geschichte stimmen. Und im Grunde macht es immer weniger Unterschied für mich. Keiner sollte das Recht haben, jemanden zu zwingen, ein ungewolltes Kind zur Welt zu bringen.«

Die Polizei sehe oft weg, man wisse ja vom Elend der Frauen. Nur wenn Anzeige erstattet wurde, musste der Sache nachgegangen werden. Sie wurde anonym von einer Nachbarin angezeigt, mit der sie zerstritten war, sie kam nicht ins Gefängnis, verlor aber die Berufsberechtigung, erzählte sie weiter, um ihre Kinder zu ernähren, habe sie nun ohnehin keine andere Wahl mehr.

»Du hättest das Zeug zu einer guten Engelmacherin«, sagte sie.

Sie bot mir eine Zusammenarbeit an, ich würde gut verdienen, meinte sie, ich lehnte vehement ab.

»Du bist dir zu gut dafür.«

»Ich hole die Kinder lieber auf die Welt.«

»Und die Schmutzarbeit überlässt du anderen.«

Darauf sagte ich nichts. Ich wollte mich nicht wortreich rechtfertigen dafür, dass, selbst wenn ein Abbruch gesetzlich erlaubt gewesen wäre, mir diese Tätigkeit widerstrebt hätte und ich meine Aufgabe woanders sah. Dass ich mir aber dennoch ein klein wenig Respekt ihrem Mut gegenüber eingestehen musste.

Die Dworsky nannte mir den Namen einer Frau, die ebenfalls in einschlägigen Kreisen bekannt war und der ein bisschen professionelle Hilfe nicht schaden würde, so drückte sie es aus. Ich rang lange mit mir und entschied mich dann dafür, ich weiß nicht, was mich trieb, ich glaube, ich war überzeugt davon, es sei das Mindeste, was ich beitragen konnte. Ich stattete der Frau, sie hieß Berger, einen Besuch ab und war entsetzt über die schmutzigen Zustände, die in ihrem *Etablissement* – so bezeichnete sie es selbst – herrschten. Auch hatte sie weniger Kenntnisse als die Dworsky, anschließend musste ich mich übergeben.

In den Jahren darauf tauchte die Dworsky ab und zu bei mir in der Ordination auf und forderte Nachschub an Geräten und an Spritzen für sich und andere.

»Wir wissen nicht, wo wir es sonst beziehen könnten, ohne dass jemand Verdacht schöpft«, sagte sie.

Als sie das erste Mal kam, dachte ich an die Bemerkung, die Dr. Blankenstein gemacht hatte, vom Teufel, der die ganze Hand nahm, nachdem man ihm den kleinen Finger gereicht hatte. Ich wollte sie hinauswerfen, sie drohte mir mit einer Anzeige, ich drohte ihr auch mit einer solchen.

»Wir sitzen im selben Boot«, sagte sie.

Ich versprach ihr, die Sachen zu besorgen und sie ihr auszuhändigen, sie versprach mir, an bestimmten Abenden zu kommen, an denen Georg und Grete nicht anwesend sein würden. Sie schärfte mir ein, im Falle einer Ermittlung alles abzustreiten, nichts zuzugeben und vor allem keine Namen zu nennen.

»Weißt du, wie man dich nennt?«, fügte sie hinzu, wieder mit diesem spöttischen Grinsen, das ich nicht ausstehen konnte. »Den Engel der Engelmacherinnen.«

Sie zog die Tür hinter sich zu, und ich war schweißgebadet.

22

Im Oktober 1934 betraten zwei Polizisten am helllichten Vormittag die Ordination und verhafteten mich. Seit sich im Jahr zuvor die politische Richtung in Wien geändert hatte – die Staatsgeschäfte wurden autoritär und diktatorisch geführt und die Demokratie war auf dem Weg, gänzlich ausgehebelt zu werden –, hatte sich vieles verändert. Die Leichtigkeit, die sich in vielen Lebensbereichen ausgebreitet hatte, verschwand, die Behörden sahen nicht mehr weg, was bestimmte Freiheiten betraf. Und: Schwangerschaftsabbrüche wurden streng geahndet.

In einem Verhör war mein Name gefallen, mehr bekam ich aus dem vernehmenden Beamten, der mich wie eine Schwerverbrecherin behandelte, nicht heraus. Mir wurde vorgeworfen, mehrere Engelmacherinnen über Jahre hinweg mit medizinischen Gerätschaften versorgt und selbst auch immer wieder in meiner Ordination Abbrüche vorgenommen zu haben. Ich erfuhr nicht, wer mich verraten und obendrein verleumdet hatte, ob es die Dworsky gewesen war oder die Berger oder eine mir gänzlich unbekannte Frau, die aus irgendeinem Grund etwas mitbekommen hatte. Ich hielt mich an die Anweisung der Dworsky, ich stellte mich dumm und gab nichts zu. Als der Mann wiederholt behauptete, es gäbe Beweise und eine Zeugin, die vor Gericht gegen mich aussagen würde, war ich panisch vor Angst.

Ich wurde zusammen mit zwei Frauen in eine Zelle gesperrt, in der ich zwei Nächte verbrachte. Eine hatte ihre Kinder verprügelt, wovon eines schwer verletzt im Krankenhaus gelandet war, die andere, eine Zahntechnikerin, war wegen »Ausübung unkontrollierter Prostitution« verhaftet worden. Ich wusste nicht, wie viele Tage oder Wochen es dauerte, bis ich dem Richter vorgeführt werden sollte. Das grauenhafte Essen wurde in einer Metallschüssel gebracht, es gab keine Waschgelegenheit, unsere Notdurft mussten wir in einen Kübel verrichten, der Gestank war unerträglich. Ich dachte an Eugen und wie er sich als Häftling gefühlt haben musste, achtzehn Monate lang.

Ich wagte mir nicht vorzustellen, wie es Georg ging. Er hatte nicht aufgehört zu beteuern, dass es sich um ein Missverständnis handeln musste, während ihm Entsetzen und Wut ins Gesicht geschrieben standen. Was hatte er meiner Mutter erzählt und den Buben, die bestimmt fragten, warum ich nicht nach Hause kam? Was wusste seine Familie? Es war eine Katastrophe. Die Scham war erdrückend, ebenso die Angst vor einem Prozess und vor dem Skandal. Damals dachte ich, es sei das Schlimmste, das ich je erlebt hatte; ja, so ist das, wenn Demütigung hinzukommt, das Gefühl der Ohnmacht und des Ausgeliefertseins. Heute weiß ich, dass ich während beider Kriege wesentlich Schlimmeres erlebt habe. Die Zeit hat es für mich in die richtige Relation gesetzt.

Am Abend des dritten Tages holte mich Georg ab. Er kannte einen höheren Beamten in der Präfektur und zahlte einen Geldbetrag, er sagte mir nie, wie hoch die Summe war. Ich kam frei, und die Anklage wurde stillschweigend fallengelassen.

Er fragte mich, was genau ich getan hatte, und drohte mir mit Scheidung und damit, dass ich meine Kinder nie wieder zu Gesicht bekäme, falls ich lügen sollte. Ich erzählte ihm die Wahrheit, hätte es auch ohne Androhungen getan. Er fragte weder nach Einzelheiten noch nach Beweggründen, nur nach den Fakten, dabei blieb er eiskalt und ruhig, aber ich spürte, wie außer sich vor Zorn er war.

Zum Schluss sagte er: »Sag mir bitte, dass du ausgenutzt wurdest, dass es deine Gutmütigkeit war, Elisabeth, die dich da hineingeritten hat, und nicht, dass es dir ein Anliegen war, diesen Frauen zu helfen!«

Darauf konnte ich nichts erwidern.

An dem Tag, an dem er mich vom Gefängnis abholte, veränderte er sich. Sein Verhalten mir gegenüber wurde anders, er legte eine schneidende Kälte an den Tag und war zynisch und übellaunig. Wir sprachen nicht mehr miteinander, weil er mir jedes Gespräch verweigerte, in den ersten Wochen erwiderte er nicht einmal mehr meinen Morgengruß. Er machte mir keine Vorwürfe – was mir lieber gewesen wäre –, sondern beobachtete mich wie einen Feind, und manchmal fand er Gelegenheit, mich zu demütigen. In der Ordination mischte er sich in meine Angelegenheiten ein, stellte vor Patienten meine Diagnose in Frage und verschrieb ein anderes Medikament, als ich es noch vor wenigen Minuten getan hatte, er machte die Beschwerden einer Patientin lächerlich und schickte sie nach Hause, obwohl ich sie gerne genauer untersucht hätte. Zu Hause aß er schweigend, er ließ das benützte Geschirr stehen, trug nicht wie früher seinen Teller in die Küche, ohne ein Wort zu sagen, stand er vom Tisch auf und verließ das Esszimmer. Er ließ die Unterwäsche einfach auf den Boden fallen, wo ich sie aufsammeln musste, damit meine Mutter es nicht tat, er fragte nicht mehr, ob ich müde sei, sondern las im Bett, solange er Lust hatte. Wenn wir in Gesellschaft waren, benahm er sich beinahe unverändert, niemand schien etwas zu bemerken, nur ich sah seine starren Augen, nur ich sah, dass er jedes Wort von mir mit Argwohn registrierte. Es dauerte lange, bis wir wieder zueinander fanden.

Die Dworsky kam noch ein einziges Mal zu mir in die Ordination. Als ich sie vor meinem Schreibtisch stehen sah, zischte ich sie an, sie solle augenblicklich verschwinden. Sie beschwor mich, ihr zu glauben, dass sie nichts mit meiner Verhaftung zu tun hatte, sie sei nur gekommen, um mir das zu sagen, es sei ihr wichtig. Sie bedankte sich dafür, dass ich ihren Namen bei den Verhören nicht genannt hatte, und ging.

Übrigens wurde Marie Dworsky im Juli 1939 wegen eines Schwangerschaftsabbruchs, bei dem es Komplikationen gegeben hatte, angezeigt und verhaftet. Ich las davon in der Zeitung. Der Gerichtsprozess dauerte fünfzehn Minuten, nach ihrer Haft überstellte man sie in das Konzentrationslager Ravensbrück. Sie überlebte das Lager nicht.

23

Im Dezember 1936 geschahen zwei Dinge: Wir gaben dem Drängen der Mutter nach, sie in die Hofmühle zu bringen, und Eugen kehrte aus den Staaten in die Heimat zurück.

Es war der Wunsch meiner Mutter, auf dem Land zu sterben, im Heimatdorf ihres Mannes, in dem Haus, in dem sie eine verheiratete Frau gewesen war. Die Vorstellung gefiel mir nicht, sie war siebzehn Jahre lang die große Stütze meiner Familie gewesen und nun, da das Ende nahte, sollte ich sie abschieben zu Bruder und Schwägerin? Es kam mir schäbig vor. Ich wollte sie in meiner Nähe wissen, ihr beistehen, alles Erdenkliche tun, sollte sie Schmerzen haben, und versuchte es ihr auszureden, aber sie bestand darauf.

»Ich möchte euch so wenig Umstände wie möglich machen«, sagte sie, »die Vorstellung, dass ihr meine Leiche von Wien ins Dorf transportieren müsst, ist eine grauenhafte.«

Es ging ihr bereits eine Weile schlecht. Sie hatte Schwierigkeiten, sich zurechtzufinden, vergaß Dinge, die sie gerade gesagt oder getan hatte, redete – wenn überhaupt – von Erlebnissen, die lange zurücklagen. Dann kam hinzu, dass sie kaum mehr essen konnte, sie hatte einen grippalen Infekt nach dem anderen, an manchen Tagen verließ sie das Bett nicht. Sie hörte nicht auf, mich zu bitten, sie *nach Hause* zu bringen.

»Aber hier ist doch dein Zuhause«, sagte ich.

Eugen stand eines Tages vor unserer Tür, er hatte sein Kommen nicht angekündigt. Als ich von der Arbeit nach Hause kam, saß er mit meiner Familie beim Abendessen, ich war fassungslos vor

Freude. Sogar meine Mutter war aus ihrem Zimmer gekommen, sie waren alle um den Tisch versammelt und strahlten mir entgegen: mein Mann, meine Söhne, meine Mutter und mein Bruder. Ich brach in Tränen aus, weil ich so überrascht und glücklich war, ihn zu sehen.

Ich muss etwas vorausschicken: Georg wusste, dass Tom Danek mein Bruder Eugen war. Ich hatte es ihm erzählt, da waren wir ungefähr zwei oder drei Jahre verheiratet, weil er nicht aufgehört hatte zu bohren. Die Tatsache, dass ein lediger Knecht aus Böhmen und seine Frau einen derart innigen Umgang hatten, irritierte ihn natürlich. Nein, es war keine Eifersucht, Georg ahnte die Wahrheit und konfrontierte mich damit, er fand, er habe ein Recht, es zu wissen.

»Ich bin ein Teil eurer Familie, also hört bitte mit der Geheimniskrämerei auf«, sagte er.

Den Buben vermittelten wir von klein auf, dass Thomas Danek ein entfernter Verwandter war, der verletzt aus dem Krieg gekommen war, der nicht in der neu gegründeten Tschechoslowakischen Republik leben wollte und der keine Familie hatte. Er war froh, in der Hofmühle eine Heimat zu finden, und wir waren froh, ihn bei uns zu haben, wir liebten diesen Cousin dritten Grades, der es im Leben schwer gehabt hatte, wie einen Bruder. So meine erklärenden Worte. Bert und Julius nahmen es ungefragt hin, ich glaube, es interessierte sie nicht sonderlich, wer genau der Mann war. Er war ein Teil der Familie, das genügte ihnen. Erst nachdem Eugen aus den Staaten zurückgekehrt war und meine Mutter im Sterben lag, sagten wir ihnen die Wahrheit. Ihre Oma sprach Onkel Tom mit dem Namen Eugen an, und dieser wich kaum von ihrem Sterbebett. Dieses Mal waren es die Kinder, die nicht aufhörten zu bohren. Weil ich völlig am Ende war, überließ ich es Georg, alles aufzuklären, ich saß dabei und rauchte eine Zigarette nach der anderen.

In den folgenden Tagen blieb Eugen bei uns. Es war ihm anzusehen, dass es ihm nicht gut ging. Er war dreiundfünfzig Jahre alt, in Amerika hatte er nicht mehr richtig Fuß fassen können, er war gescheitert. Anfangs hatte er mir regelmäßig geschrieben, aber dann waren keine Briefe mehr gekommen. Ich erkannte ihn kaum wieder, er war verändert, redete wenig. Es stellte sich heraus, dass Mutter ihm einen Brief geschrieben und ihn flehentlich gebeten hatte, in die Heimat zu kommen, sie könne sonst nicht in Frieden gehen, sie wünsche sich Verzeihung. Vor mir hatte sie es verheimlicht. Der Brief sei reichlich wirr gewesen, sagte Eugen, er zeigte ihn mir.

Fast zwanzig Jahre zuvor hatten dramatische Zeilen von mir ihn dazu bewogen, in die Heimat zurückzukehren – ich hatte übertrieben, was den Gesundheitszustand des Vaters betraf und über Carls Tod gelogen –, nun war es ein verwirrter Brief der Mutter gewesen. Ich fragte meinen Bruder nicht, warum er sich umgehend auf den Weg in die Heimat gemacht hatte, ohne sich zuerst mit mir in Verbindung zu setzen. Ich wollte ihn nicht beschämen. Ich dachte: Vielleicht war er froh, einen Grund zu haben, um sich endlich auf den Weg in die Heimat machen zu können. In einem Telegramm verständigte ich Carl und Luzia über seine Rückkehr und wollte mir nicht vorstellen, was die Nachricht bei ihnen auslöste.

Mutter hörte nicht auf zu drängen, sie wolle *heim* in die Hofmühle. Schließlich gab ich nach, auch weil Eugen meinte, es sei das Beste, wenn meine Buben das Sterben ihrer geliebten Mamie nicht aus unmittelbarer Nähe mitbekämen. Ich war zwar anderer Meinung – der Tod gehört zum Leben und jungen Menschen etwas anderes zu vermitteln, halte ich für falsch –, aber Georg war derselben Meinung. Wir führten ein langes Gespräch, in dem er mich überzeugte.

Zu dem Zeitpunkt war unser sensibler, verträumter Julius erst dreizehn und er hing besonders an seiner Großmutter. Er hatte die Gabe, auf Menschen in seiner Umgebung zu achten, er wollte immer, dass es den anderen gut ging. Wenn er spürte, dass dicke Luft zwischen seinen Eltern herrschte, hielt er es nicht aus, wenn ein Mitschüler gehänselt wurde, ging er dazwischen. In der Schule war er nicht besonders ehrgeizig, nur in Französisch, Literatur und Geschichte strengte er sich ein bisschen an. Er besuchte die vierte Klasse eines humanistischen Gymnasiums. Ich hatte ihn in der zweiten Klasse aus der naturwissenschaftlichen Schule genommen – wogegen Georg protestiert hatte –, weil er nicht zurechtgekommen war, er, der Schwierigkeiten in Mathematik, Chemie und Physik hatte, war ständig mit seinem Bruder verglichen worden.

Bert war sechzehn, er besuchte die vorletzte Schulstufe des naturwissenschaftlichen Gymnasiums, er war einer der Klassenbesten, in seiner Freizeit betrieb er viel Sport. Er war ein verantwortungsbewusster, ehrgeiziger Junge, ruhig, reflektiert und liebenswürdig. Die Wohnung verließ er nie, ohne mir einen Kuss zu geben. Nach der Matura wollte er Medizin studieren, sehr zur Freude seines Vaters, und auch meiner, wie du dir vorstellen kannst. Ach, die beiden verstanden sich so gut! Sie gingen gemeinsam laufen, spielten Schach, diskutierten über alles Mögliche. Je älter die Buben geworden waren, umso mehr genoss Georg es, Zeit mit ihnen zu verbringen. Er blühte auf – so als ob er durch sie seine eigene Jugend noch einmal erleben durfte.

Bert und Julius liebten ihre Großmutter innig. Solange es ihr gut gegangen war, waren sie lieber mit ihren Problemen zu ihr als zu mir oder zu ihrem Vater gegangen. Meine Mutter hatte im Umgang mit den Buben eine unendliche Gelassenheit, Weisheit, aber auch eine liebevolle Geradlinigkeit und Bestimmheit. Als sie klein waren, gehorchten sie ihr und hingen an ihren Lippen, als sie größer waren, beherzigten sie ihren Rat, wandten sich aber – was das Intellektuelle betraf – mehr dem Vater zu.

Wer mir näherstand? Ich hatte kein Lieblingskind, wenn es das ist, was du wissen willst, aber ich muss zugeben, dass ich ab einem gewissen Alter mit Bert mehr anfangen konnte. Er war mir ähnlich. Er begann sich für die Medizin zu interessieren und suchte das Gespräch mit mir. Bei unseren Diskussionen staunte ich über seinen messerscharfen Verstand, über sein klares analytisches Denken.

Später wurde Julius lässiger, er hatte einen draufgängerischen Charme an sich, der Bert völlig fehlte. Wie oft brachte er uns mit seinen Späßen zum Lachen! Mit vierzehn erwischte ich ihn mit einer Zigarette, als er sechzehn war, teilten mir die Lehrer mit, dass er manchmal die Schule schwänzte. Als ich ihn zur Rede stellte, sagte er, den Lärm, den Trott und den Drill in der Schule könne er manchmal nicht ertragen, er müsse dann in einem Park oder einem Café sitzen, um zu beobachten. Seine langen Haare fielen ihm ständig ins Gesicht, er hatte einen schlendernden Gang, Georg zog ihn damit auf. Er war kreativ, interessierte sich für Fotografie, er war impulsiv und empfindsam, das erinnerte mich an mich selbst als Kind.

24

Kurz vor Weihnachten brachten wir unsere Mutter in die Hofmühle. Georg und Bert fuhren mit dem Zug, sie nahmen das Schachbrett mit. Eugen und ich fuhren mit dem Auto, wir wechselten uns beim Fahren ab, Julius saß neben seiner Großmutter auf der Rückbank. Er spielte mit ihr auf Französisch das Spiel »Alle Vögel fliegen hoch!«, wobei er sich daran orientierte, was er vorbeiziehen sah: ça vole, ça vole – un pigeon, une ferme, une voiture, une grange, un arbre! Mutter ermüdete schnell, sie verschlief den Rest der Fahrt, und ich beobachtete im Rückspiegel, wie mein Jüngster darauf achtete, dass ihr Kopf nicht heftig hin und her fiel.

Ich merkte Eugen an, dass er nervös war, als wir vor der Hofmühle hielten. Ehrlich gesagt: Ich war es auch, mein Herz raste. Ich wusste nicht, was man den beiden Kindern erzählt hatte, aber nahm an, dass es die Version vom entfernten Verwandten Tom Danek war, der sein Glück in den Staaten versucht hatte.

Carl, Luzia, Martha und Arthur kamen aus dem Haus, um uns zu begrüßen, es gab ein großes, lautes Hallo. Ich beobachtete Carl, er schien sich ehrlich zu freuen, seinen Zwillingsbruder wiederzusehen, er umarmte ihn, ohne zu zögern. Luzia wirkte überfordert und angespannt, sie reichte ihm nur die Hand. Ich weiß nicht, was in Eugen vorging, als er zum ersten Mal seinen Kindern gegenüberstand, er hat es mir nie erzählt. Deine Mutter Martha war damals zehn Jahre alt, dein Onkel Arthur neun, er war acht Monate nach Eugens Fortgehen geboren worden, dieser hatte erst aus meinem Brief erfahren, dass Luzia erneut ein Kind erwartete. Du kannst dir nicht vorstellen, wie eigenartig die ganze Situation war. Martha und Arthur standen ihrem Vater gegenüber und durften nicht einmal wissen, dass es der Onkel war. Sie reichten ihm artig die Hand und nannten ihn Onkel Tom, dabei starrten sie ihn neugierig an.

»Erzählst du mir von Amerika?«, fragte Arthur ihn mit leuchtenden Augen.

Zum Glück stand unsere Mutter im Mittelpunkt, jeder gab sich besonders um sie bemüht. Wir richteten uns ein, die Geschäftigkeit tat gut. Die Mutter bezog das Zimmer, das früher ihr Nähzimmer gewesen war, Luzia hatte es für sie hergerichtet. Sie betrat langsam das Zimmer und setzte sich auf das Bett, das in der Mitte des Raumes stand. Ich spürte förmlich ihren Gedanken: Das ist also das Bett, in dem ich sterben werde. Ich setzte mich neben sie und musste meine Tränen zurückhalten; und als ob sie es ahnte, streichelte sie mein Gesicht, und dann war es erst recht um mich geschehen, ich begann zu weinen. Sie hielt mich im Arm und machte *sch, sch,* als wäre ich ein kleines Kind. Eugen bezog seine alte Kammer, in der er bereits früher als Knecht gewohnt hatte, neun Jahre lang. Georg und ich schliefen im Gästezimmer, und die Buben richteten sich wie immer ein Matratzenlager in Arthurs Zimmer ein.

Wir blieben bis zum Dreikönigstag, und es war – trotz der Spannung, die in der Luft lag – auch eine schöne Zeit. Du wirst dir vermutlich denken, wie konnte es eine schöne Zeit sein, wenn doch die Mutter im Sterben lag? Glaub mir, die Zeit des Abschiednehmens von einem geliebten Menschen kann durchaus eine schöne sein, und sie ist auch wichtig und wertvoll, vorausgesetzt der Mensch wird nicht früh aus dem Leben gerissen. Meine Mutter hatte ihr Leben gelebt, sie war bereit zu gehen. Sie hatte all ihre Kinder und Enkelkinder um sich und wirkte gelöster, als sie es in den letzten Monaten in Wien gewesen war. In den ersten

Tagen spazierte sie im Haus und auf der Veranda umher und sah sich staunend um, so als ob ihr alles fremd wäre. Und doch musste ihr alles vertraut sein, denn sie schien sich wohlzufühlen. Es kam vor, dass sie in der Küche stand, mit einem Teller in der Hand, den sie minutenlang mit großen Augen inspizierte.

Und was die Spannung betraf, die in der Luft lag, glaube ich, dass nur ich sie spürte, und offenbar Luzia. Eugen war ruhig – zu ruhig –, er wirkte nicht aufgewühlt wie Luzia, im Gegenteil, er strahlte Müdigkeit aus. Spürte er Erleichterung darüber, zu Hause zu sein? Er würde die Kinder aufwachsen sehen, seine Ruhe haben, beruflich nicht mehr kämpfen müssen, war es das, was er dachte? Carls Freude über die Anwesenheit seines Bruders war ansteckend, er marschierte mit ihm immer wieder über den riesigen überdachten Holzlagerplatz und hörte nicht auf zu erklären, zu reden, Georg begleitete sie. Um die Mutter wurde ein großes Aufheben gemacht, und sie genoss es. Luzia war eine aufmerksame Gastgeberin und ging in ihrer Rolle auf, das war bei unseren Besuchen immer so gewesen. Sie putzte, dekorierte wie eine Verrückte vor unserer Ankunft, kochte, backte wie eine Verrückte während unserer Anwesenheit, manchmal kam mir vor, sie wollte mir – der schlechten Hausfrau – etwas beweisen, aber ich nahm es ihr nicht übel. Die Kinder verstanden sich prächtig, Julius und Bert liebten den kleinen Cousin, die kleine Cousine. Diese himmelten die Großen an, und die Großen freuten sich darüber, von den Kleinen angehimmelt zu werden, und gaben sich lässig und gescheit, aber nie überheblich. Julius gab Martha und Arthur Nachhilfeunterricht in Mathematik und Deutsch, und Bert bestand darauf, seinem Onkel Carl im Sägewerk auszuhelfen. Ich hatte kein gutes Gefühl dabei, er war handwerklich nicht besonders geschickt, aber ich wollte ihn nicht bloßstellen und hielt den Mund. Wir gingen viel spazieren, und wie schon damals, im Sommer 1919, in unserer Verlobungszeit, tat Georg die Natur sichtlich gut. Wenn ich als Letzte hinter den Leuten her durch den verschneiten Wald ging – durch die Bäume sah man bereits die Hofmühle – und das Stimmengewirr, das Gelächter hörte, dachte ich: Wie ich das vermisst habe, dieses Gefühl von Vertrautheit und Geborgenheit, von Familie und Heimat!

Eugen hatte einmal die Bemerkung gemacht, dass nur ein Mensch, der sich seiner Familienbande und Wurzeln entledigt, vollkommen frei sei.

»Dieses Gedöns, das um die Familie gemacht wird, kann ich nicht nachvollziehen. Meiner Meinung nach dient es nur dazu, starken Einfluss auf die Menschen zu nehmen, sie zu bremsen, zu knechten«, hatte er gesagt.

Ich hatte immer anders empfunden. Ich war in vielen Dingen eine Individualistin, aber ich fühlte mich verloren ohne Familie. In den letzten Jahren – Eugen war in den Staaten, mit Carl und Luzia hatte ich kaum Kontakt –, war einzig meine Mutter meine Familie gewesen, meine Hilfe, mein Rückhalt.

Beim Besuch der Messe merkte man den Dorfleuten an, dass sie rätselten, wer der fremde Mann an unserer Seite war. Wir ließen durchsickern, dass Thomas Danek, der ehemalige langjährige Knecht, sein Glück in Amerika versucht hatte und gescheitert war. Kaum jemand interessierte sich für ihn, so war es schon immer gewesen, dass Knechte und Mägde weniger im Mittelpunkt des Interesses standen als andere. Warum sollte man sich für ein Schattendasein voller Mühsal und Plage interessieren? Gerede gab es nur, wenn eine ledige Magd eine Schwangerschaft nicht mehr verbergen konnte.

Dann das erste gemeinsame Weihnachtsfest seit Jahren! Ein Höhepunkt! Es herrschte eine ausgelassene fröhliche Stimmung. Im Gegensatz zu früher waren nicht Eugen und ich die Stimmungsmacher, sondern die vier Kinder. Bert und Julius hatten zu Ehren ihrer Großmutter ein kleines Theaterstück geschrieben, das sie zu viert aufführten, es war rührend.

Nach Heiligabend legte sich unsere Mutter ins Bett und stand nicht mehr auf, wenn wir sie am Morgen dazu motivieren wollten, weigerte sie sich eisern. Sie baute rasch ab. Es war von Anfang an Eugen, der sich hauptsächlich um sie kümmerte, und sie ließ es geschehen. Ich hoffe, er konnte ihr das vergeben, was er ihr zeitlebens vorgeworfen hatte, und umgekehrt, dass auch sie in der Lage war, ihm seine Distanziertheit zu verzeihen. Was war er kalt gewesen mit ihr, in den Jahren vor seiner ersten Auswanderung, als er noch ein Bursche gewesen war! Nach seiner Heimkehr nach dem Krieg war die Kälte ihr gegenüber anders, milder, bis sie schließlich ganz wich, aber nie wurde sein Verhalten der Mutter gegenüber liebevoll und anerkennend, er ignorierte sie. In seinen Briefen, die er mir aus den Staaten geschrieben hatte, fragte er nie nach ihr, auch ließ er sie nie grüßen.

Ich verabschiedete mich von meiner Mutter in dem Glauben, sie nicht wiederzusehen. Es tat mir verdammt weh, sie zurückzulassen. Julius begann zu weinen, woraufhin Bert ihn verärgert aus dem Zimmer zog.

»Mach es ihr nicht noch schwerer«, wies er seinen Bruder zurecht – ach, mein vernünftiger, vernünftiger Junge! Im Auto begann ich Rotz und Wasser zu heulen und musste schließlich am Straßenrand halten. Die Wohnung in Wien kam uns schrecklich leer vor ohne sie. Jedes zweite Wochenende fuhr ich in mein Heimatdorf, meine Söhne begleiteten mich, so oft es ihnen möglich war.

In der Karwoche bestand die Mutter nur noch aus Haut und Knochen. Eugen versuchte ihr immer wieder ein paar Löffel Suppe einzuflößen. Ihre Augen blickten gequält, ihre Finger bewegten sich rastlos auf der Bettdecke, als wollte sie nach etwas greifen, sie konnte kaum mehr sprechen. Julius wich untertags nicht von der Seite seiner Großmutter. Entweder saß er am Bettrand und las ihr etwas vor oder er spielte mit seinem Cousin und seiner Cousine, wobei er aufpasste, dass sie sich im Blickfeld der Großmutter befanden. Bert schaute immer wieder vorbei und verbrachte die Abende bei ihr, dann scheuchte ich Julius an die frische Luft. Von Luzia wusste ich, dass Eugen in den letzten Nächten kaum von ihrem Bett gewichen war. Ich löste ihn ab. Ich saß bei ihr, hielt ihre Hand, streichelte sie, manchmal legte ich mich neben sie und schlief ein. Am frühen Morgen, bevor wir nach Wien abreisen mussten – es war noch dunkel –, weckte mich Eugen, er war neben dem Bett in die Hocke gegangen, sein Gesicht war meinem ganz nah. Er teilte mir mit, dass die Mutter in der Nacht endlich gehen konnte, und hielt mich fest, als ich zu weinen begann.

Georg kam aus Wien, Dorothea begleitete ihn mit ihren Töchtern, ich freute mich darüber. Obwohl unsere Mutter nie richtig heimisch geworden war im Dorf und obwohl wir das Begräbnis klein halten wollten, war die Kirche gesteckt voll. Auf dem Land waren Begräbnisse nicht nur eine willkommene Abwechslung, sondern auch eine gute Gelegenheit, eine Familie genauer unter die Lupe zu nehmen. Das kennst du auch, nicht wahr? Es war eine würdevolle Feier, Julius las einen Text vor, den er über seine Großmutter geschrieben hatte, Bert hatte ihm dabei geholfen. Anschließend saßen wir in dem Gasthof, in dem wir geheiratet hatten, beim Totenmahl.

Eugen nahm sein altes Leben wieder auf, er arbeitete abwechselnd in der Mühle und im Sägewerk. Carl teilte er mit, er habe nicht vor, wieder in die Staaten zurückzugehen, er wolle in der Heimat zu bleiben, er sehe keine andere Möglichkeit für sich. Nach Wien kam er kaum. Er führte das Leben eines alternden Knechts, dem nichts anderes übrig blieb, als bescheiden zu sein und zu hoffen, dass er bis zu seinem Ende eine warme Ofenbank haben würde.

Er blieb verschlossen, ich weiß nicht, wie es ihm wirklich ging in der Zeit. Ich weiß auch nicht, ob es Luzia leicht fiel, mit der neuen Situation umzugehen, sie war – durch die Kinder, die ihr Ein und Alles waren – über Eugen hinweggekommen.

25

Hier sind Eugens Briefe, ich habe sie alle aufgehoben, sie sollen dir, seiner Enkelin, gehören.

Er war im Jänner 1928 nach Genua gereist und hatte dort den Passagierdampfer »Conte Rosso« nach New York bestiegen, zu dem Zeitpunkt war Luzias Tochter – deine Mutter – fünf Monate alt. Acht Monate später kam dein Onkel Arthur zur Welt. Eugens Aufbruch war überraschend und auch schmerzhaft für mich. Er schrieb mir anfangs oft, später kaum mehr. Ich glaube, das hatte auch mit Scham zu tun, denn er stürzte völlig ab, nachdem er den Mut gehabt hatte, einen Neubeginn als Unternehmer zu wagen. Was in seinem Alter ja keine Kleinigkeit war! Aber das war typisch für Eugen, Trübsinn blasen und aufgeben kam für ihn nicht in Frage. Die Wirtschaftskrise nach dem Börsenkrach im Oktober 1929 verurteilte ihn zum Scheitern und davon erholte er sich nicht mehr. Was für eine schöne schwungvolle Handschrift er hatte, wir werden uns gegenseitig Passagen vorlesen, ja? In den Briefen erzählte er erstaunlich offen von sich, so als ob es ihm leichter fiele, sich seine Gefühle von der Seele zu schreiben, als zu reden.

Vielleicht war er aber einfach nur schrecklich einsam.

Diesen Brief schreibe ich aus einem Hotel in Brooklyn, in dem ich seit gestern wohne. Es ist dasselbe, in dem ich vor einem Vierteljahrhundert, im Juni 1903, als Zwanzigjähriger abgestiegen bin. Ich werde eine Weile in New York bleiben, bis ich weiß, was aus Tom Danek in Amerika werden soll.
Ich entschuldige mich aufrichtig bei Dir, dass ich mich nicht ver-

abschiedet habe. Es war mir nicht möglich, mir war das Herz schon schwer genug. Ich habe Angst gehabt, dass Du Dich weinend an mich klammerst (so wie damals die achtjährige Elisabeth). Ich habe auch Carl und Luzia nicht Lebewohl gesagt, habe nur ein paar Zeilen auf einem Blatt Papier hinterlassen und bin in der Nacht aufgebrochen.
Glaub mir, es ist auch für Dich besser, wenn ich fort bin. Du hängst zu sehr an mir. Jedes Mal, wenn ich nach Wien gekommen bin, hast Du alles stehen und liegen gelassen, um mich zu sehen. Um Dir mit mir die Nächte um die Ohren zu schlagen. Obwohl Du weiß Gott Deine Kraft für etwas anderes nötig gehabt hättest. Du hast Deinen Beruf, Deine Familie, es ist höchste Zeit, dass Du Dich ausschließlich darauf konzentrierst! Sei nicht zu traurig. Ich gebe zu, ich fühle mich traurig, aber ich bin überzeugt, dass alles gut wird. Ich werde mir hier in den Staaten ein neues Leben aufbauen, und eines Tages kommst Du mich besuchen. Bis dahin schreiben wir uns. Gib Luzia auf keinen Fall meine Adresse, erzähl auch nicht von mir. Die Zeit heilt alle Wunden. Ich bitte Dich darum, mir gelegentlich zu berichten, wie die Dinge in der Hofmühle stehen.

Februar 1928

—

Du willst den Grund für mein Fortgehen wissen? Liegt er nicht auf der Hand?
Der große, schändliche Verrat am eigenen Bruder. Nachdem Luzia mein Kind zur Welt gebracht hat, nahmen meine Schuldgefühle ein Ausmaß an, das ich nicht mehr aushielt. Sie wurden erdrückend. Luzia war nach der Geburt so wahnsinnig glücklich! Sie hat nichts hinterfragt. Versteh mich nicht falsch, das soll kein Vorwurf sein. Aber irgendwie ist sie mir in ihrem Glück ein bisschen abgebrüht vorgekommen. Rechtfertigt denn die Sehnsucht

nach einem Kind alles? Die Mutterschaft stand ihr gut. Sie war noch schöner als zuvor, und ich konnte die Finger nicht von ihr lassen. Wir sind dreister geworden. Wir trieben es im Haus miteinander, neben uns das schlafende Kind, während Carl im Sägewerk, auf dem Holzplatz, in der Mühle war. Das war vorher immer ein Tabu gewesen. Man kann doch einen Menschen in seinem eigenen Haus nicht derart zum Narren machen! Und gleichzeitig ist Carl tatsächlich in meinen Augen ein Narr gewesen. Schon länger sind mir seine Bedächtigkeit und Religiosität zunehmend auf die Nerven gegangen. Wir haben ihn lächerlich gemacht, und ich habe seine Lächerlichkeit nicht mehr ertragen. Deshalb bin ich gegangen.

Mittlerweile bin ich in Boston. Es geht mir etwas besser, vielleicht liegt es an dem herrlichen Frühling, den wir hier haben. Ich habe in der Nähe des Hafens eine kleine Wohnung gefunden. Du würdest nicht glauben, was Du hier siehst! Viele Autos auf den Straßen, die Leute schick gekleidet, an jeder Ecke ein neues Restaurant, überall Werbeplakate für alle möglichen Dinge, für Haushaltsgeräte, Schmuck, Mode, Urlaube. Auch in New York war es so. Es hat sich einiges verändert.

Was ich arbeiten werde, darüber bin ich noch unschlüssig. Zurzeit mache ich für ein paar Stunden die Auslieferung für eine Bäckerei. Vor vielen Jahren wohnte ich einmal über dieser, zusammen mit einem Freund. Wir sind mit dem Duft von warmem Brot am Morgen aufgewacht. Jetzt fahre ich in einem Kleinlaster mit diesem Duft in der Nase durch das erwachende Boston. Ich sehe Deinen vorwurfsvollen Blick. Keine Sorge, ich werde nicht leichtsinnig sein! Aber meine Neugier ist zu groß. Der abgerissene Mittvierziger Tom Danek wandert auf den Spuren seines früheren Ichs, dem erfolgreichen Holzunternehmer mit dem Namen Eugen Brugger. Das kann durchaus lustig werden. Letztens war ich in einer italienischen Kneipe eines Bekannten. Sie gehört dem

Mann immer noch, und alles sieht aus wie damals! Als wäre die Zeit stehengeblieben. Ich verstellte meine Stimme und redete kurz mit ihm. Er erkannte mich nicht. Es fühlte sich so vertraut an, als wäre ich nicht neun Jahre lang fortgewesen. Vielleicht war ja alles nur ein Traum, meine Reise nach Europa, dachte ich, und trank zu viel.

April 1928

~

Ich habe mir einen Ford Modell A gekauft. Und zwar in Weinrot, weil ich weiß, Luzia und Dir würde die Farbe gut gefallen. Die erste Spritztour machte ich nach Concord, die kleine Stadt liegt zwanzig Meilen nordwestlich von Boston. Dort besitzt mein ehemaliger Geschäftspartner Frank Tabelander ein Haus. Darin wohnten wir, wenn wir in Boston zu tun hatten. Frank hatte es damals für seine Frau gekauft, seine Tochter Mary kam dort zur Welt. Seine Frau starb bei der Geburt. Und dort, an der Tür, machte ich Frank das Angebot, bei ihm in den Holzhandel einzusteigen, und er schlug ein. Das war im Dezember 1908. Es war der Beginn einer aufregenden und doch beständigen Zeit. Fünf Jahre lang war ich in den Staaten herumvagabundiert, hatte als Müller, Hausmeister, Kellner, Bauarbeiter an den verschiedensten Orten gearbeitet. Im Dezember 1908 begann meine Erfolgsgeschichte und auch die von Frank. Mary war so alt wie unsere Geschäftsbeziehung und unsere Freundschaft. Das war immer der gängige Witz zwischen uns.
Ich blieb im Auto sitzen und beobachtete mit einem Fernglas das Haus. Ich weiß, Du hältst mich für verrückt. Es ist wie ein Zwang. Ich muss wissen, was aus den Menschen wurde, die mir einmal so nahestanden.
Das Haus war anders, größer, ein Zubau war gemacht worden. Ein älterer Mann arbeitete im Garten, er schwitzte. Es war ein

warmer Sommertag. Später parkte ein Auto schwungvoll vor dem Haus, und zwei junge Frauen stiegen aus. Die Fahrerin war Mary, ich erkannte sie sofort wieder. Ich war ganz aus dem Häuschen. Aus der kleinen Mary, die wie eine Tochter für mich gewesen war, war eine junge Frau geworden! Am liebsten wäre ich zu ihr gegangen und hätte sie fest in die Arme genommen. Die jungen Frauen, offenbar Freundinnen, ließen sich am Gartentisch nieder. Sie kramten Bücher aus ihren Taschen heraus, plauderten, lachten. Eine ältere Frau kam mit einem Tablett aus dem Haus. Sie setzte sich zu den Mädchen. Frank konnte ich nirgendwo entdecken. Ich schaute den dreien noch eine Weile zu, dann fuhr ich weg. Auf dem Stadtplatz setzte ich mich in ein Kaffeehaus, es war neu, ich kannte es nicht. Ich fragte den Besitzer ein bisschen aus und erfuhr, dass Miss Tabelander das College in Boston besuchte. Sie hatte ihrem Vater gegenüber durchgesetzt, in Concord wohnen zu dürfen, sie hatte nicht in einem Internat wohnen wollen. Sie studierte Sprachen, mehr wusste der Mann nicht, sie würde wohl einmal reich heiraten, meinte er. Ein älteres Ehepaar wohnte bei ihr, versorgte Haus und Garten, die beiden waren Bekannte ihrer Stiefmutter. Er kam ins Schwärmen über Miss Tabelander, sie sei so ein liebes tüchtiges Mädchen, engagierte sich im Ort für notleidende Familien. Frank hatte also wieder geheiratet.

Eine Woche später fuhr ich nach Petersham. Die kleine Stadt liegt siebzig Meilen westlich von Boston, inmitten von Wäldern. Wälder, die so groß und schön sind, dass Du sie Dir nicht vorstellen kannst. Sie können Dich ohne Mühe verschlucken. Ich kannte sie immer noch auswendig, diese Strecke. Wie oft war ich sie gefahren! Ich fuhr langsam, wollte die Fahrt genießen und zwang mich, keine Wehmut aufkommen zu lassen. Mein Haus gab es nicht mehr. Es war ein kleines Cottage gewesen, mit Apfelbäumen im Garten. Ich hatte Frank in einem Brief gebeten, es

an Caitlin zu verkaufen. Für sehr, sehr wenig Geld. Im Grunde war es ein Symbolbetrag gewesen, denn es sollte ein Geschenk sein. Den Kaufvertrag mit Caitlins Namen als Käuferin schickte ich ihm zu. Ein großer protziger Bau stand nun an der Stelle des geliebten Cottages. An wen hatte Caitlin es verkauft?
Ich saß lange im Auto und starrte die Villa an. Mir war elend zumute. Zwei kleine Kinder spielten im Garten in einer Sandkiste, ich schätzte sie auf drei, zwei Jahre. Eine Frau beaufsichtigte sie, es war nicht Caitlin. Ein Auto fuhr in die Einfahrt, eine Frau stieg aus, sie war schick und auffallend modern gekleidet. Gegen Abend parkte ein weiteres Auto vor dem Haus. Frank stieg aus, mir klopfte das Herz bis zum Hals. Er sah gut aus, zwar älter, aber gut. Trotzdem hatte er mir früher besser gefallen, sein Anblick war ungewohnt. Seine Haare waren an den Seiten graumeliert und zurückgegelt. Er trug eine weite Anzugshose, ein weißes Hemd, die Ärmel hochgekrempelt, das Sakko trug er in der Hand. Früher hatte er nicht gern Anzug getragen. Ich hatte ihn dazu zwingen müssen, wenn wir eine wichtige geschäftliche Besprechung hatten. Die Kinder liefen ihm im Garten entgegen und umarmten ihn.
Ich nahm ein Zimmer im einzigen Hotel. Gab mich als New Yorker Geschäftsmann aus, der in Massachusetts auf der Suche nach einem Ferienhaus für seine Familie war. Wenn ich an den Abenden an der Hotelbar saß oder im Pub und mich mit Leuten unterhielt, streute ich immer wieder wie beiläufig Fragen ein. Fragen nach den Stadtbewohnern, nach den Tabelanders. Untertags schlenderte ich im Ort herum und blieb oft in der Nähe von Franks Haus. Ich erfuhr, dass er die Tochter eines Reeders geheiratet hatte, dieser war der Enkelsohn eines italienischen Einwanderers. Im Krieg war er mit Transportdiensten für die Armee zu Reichtum gekommen. Franks Schwiegervater besaß riesige Frachter, die vor allem Automobile verschifften, in den USA und

bis nach Europa. Und wenn etwas zurzeit boomt in den Staaten, dann ist es die Automobilindustrie, das kannst Du mir glauben! Franks Frau stammte also aus einer neureichen Bostoner Familie. Der Vater hätte lieber gesehen, dass seine Tochter in eine angesehene Familie eingeheiratet hätte. Aber die junge Frau setzte sich durch. Ihr war diese alte privilegierte Gesellschaft zuwider, sie wollte auf dem Land leben. Und es war eine Liebesheirat. Das erzählte mir eine ältere Frau, sie kannte Mrs. Julia Tabelander persönlich von einem Wohltätigkeitsverein.

Frank selbst war nicht untätig gewesen. Er gab großen Waldbesitz an die Massachusetts State Forest Commission ab. Es hatte allgemein nach dem Krieg ein Umdenken stattgefunden, in der Öffentlichkeit und in der Politik. Man wollte Wälder erhalten, nicht abholzen. In vielen Bundesstaaten entstanden Nationalpark-Komitees, und es gab viele Waldbesitzer, die mit wenigen Dollars abgespeist, praktisch enteignet, wurden. Nicht so Tabelander, erzählte mir jemand. Frank erwies sich als geschickter Verhandler. Früher waren Verhandlungen immer meine Sache gewesen, er hatte sich in diesen Dingen schwer getan. Seine Frau tat ihm offensichtlich gut. Die Entschädigungssumme, die er erhielt, war nicht klein. Im Gegenteil. Zusätzlich erhielt er Wälder westlich von Petersham zugesprochen, in der Nähe von New Salem, die sich nicht als Erholungsstätte eigneten. Offensichtlich waren ihm einige Politiker wohlgesonnen gewesen. Es hieß, sein Schwiegervater, der Reeder, hatte gute Beziehungen zu einem Senator. Viele Leute waren darüber verärgert. In der Presse wurde es totgeschwiegen.

Mir hatte Frank meinen Anteil des Unternehmens um eine Summe abgegolten, die nicht einmal annähernd dem Wert entsprach. Wir einigten uns auf jahrelange Ratenzahlungen. Ich ging darauf ein, weil ich mich schuldig fühlte. Ich war gegangen und hatte ihn im Stich gelassen. Lange Zeit bekam ich meinen Freund nicht aus

dem Kopf, stellte mir seine Überforderung vor. Und jetzt erfuhr ich, dass er den Coup seines Lebens gelandet hatte.
Ich fragte auch nach dem Haus des Ehepaares. Wann es gebaut worden war. Tabelander kaufte seinem ehemaligen Geschäftspartner ein kleines Cottage ab, erzählte mir ein Kellner im Pub. Dieser war nach dem Krieg in seine Heimat gereist und nicht wiedergekommen. Er ärgerte sich sehr über den Mann. Er ließ das Cottage sofort abreißen. Lange lag das Grundstück brach, nach der Verlobung baute er eine Villa auf dem Grundstück.
So, da hatte ich es.
Nach ein paar Tagen fuhr ich zurück nach Boston und lieferte wieder Brot aus.
Ich weiß jetzt, dass aus Mary eine selbstbewusste Collegestudentin wurde, die gut Auto fahren kann, die sich ihrem Vater gegenüber durchsetzt. Dass aus Frank doch ein geschickter Verhandler wurde. Dass er glücklich verheiratet ist und Familienvater. Dass seine Enttäuschung und Wut über mich, seinen langjährigen Geschäftspartner und Freund, so groß war, dass er mich betrog. Und Caitlin. Die Tatsache, dass er sich mit unlauteren Mitteln mein Haus unter den Nagel riss, nur um es niederzureißen, wiegt für mich schwerer, als dass er mir nicht meinen vollen Anteil am Unternehmen ausbezahlte. Ich stellte mir in den letzten Jahren oft vor, dass Caitlin im Cottage wohnt, dass sie sich wohl darin fühlt, dass sie vielleicht nicht ihr Glück, aber zumindest ihren inneren Frieden gefunden hat.
Von ihr weiß ich immer noch nichts. Ob ihr etwas zugestoßen ist? Ist sie überhaupt noch am Leben?

Juni 1928

Da hast Du recht, ich habe Dir nie von Caitlin erzählt, deshalb verzeihe ich Dir Deine übermäßige Neugier, Schwesterherz.
Ich lernte sie als Vierzehnjährige in einem Waisenheim in St. Louis kennen. St. Louis war damals, nach Milwaukee, meine zweite Station in den Staaten, ich arbeitete ein halbes Jahr als Hausmeister in diesem Waisenhaus. Ich war zwanzig Jahre alt.
Caitlin O'Flaherty stammte aus Montana. Das Leben war hart in diesem dünnbesiedelten Bundesstaat im Nordwesten Amerikas, in dem es noch wesentlich rauer zuging als im Osten.
Nachdem ihre Familie ums Leben gekommen war, suchte eine kirchliche Organisation Verwandte von ihr in St. Louis, fand diese aber nicht. Weshalb sie im Waisenhaus der Benediktinerinnen landete.
Sie war die älteste Tochter eines irischen Einwanderers, den es nach Montana verschlagen hatte. Er betrieb nördlich der Stadt Kalispell ein kleines Sägewerk, laut Caitlins Erzählungen muss es die pure Idylle gewesen sein. Sie wuchs in einer Flussbiegung auf, inmitten der gewaltigen Natur, umgeben von Wäldern. Im städtischen Heim vermisste sie das freie naturverbundene Leben und fühlte sich eingesperrt und unglücklich. Die Mutter stammte von Métis ab, Nachfahren der europäischen Pelzhändler und ihren indianischen Frauen. Caitlin hatte das irische Aussehen ihres Vaters geerbt, groß, helle Haut, blaue Augen, Sommersprossen, ihre dicken schwarzen Haare hatte sie von ihrer Mutter.
Bei einem Überfall wurden die Eltern und die drei Geschwister ermordet. Mehrere Männer drangen in der Nacht in das Wohnhaus ein, Caitlin musste mitansehen, wie ihre Brüder, ihre Schwester erschlagen wurden. Sie sprang schwer verletzt aus dem Fenster, verkroch sich in einem Haufen Sägespäne und überlebte als Einzige. Am nächsten Tag schleppte sie sich meilenweit bis zum nächsten Farmhaus. Die Wochen darauf verbrachte sie in der Krankenstation in Kalispell. Der Sheriff machte eine Gruppe

junger Kutenai für den Überfall verantwortlich. Seit Jahren machten die Kutenai Schwierigkeiten, wiederholt hatte es kleinere Überfälle auf Holzfäller gegeben. Sie waren gegen die Rodungen ihrer Wälder. Gegen die Öffnung ihres Reservats für weiße Siedler, gegen den Bau einer Eisenbahnstrecke durch ihr Gebiet. Sie fühlten sich betrogen vom weißen Mann. Man wollte ein Exempel statuieren und hängte diese jungen Indianer ohne ein Gerichtsverfahren. Einer von ihnen war erst fünfzehn. Die verzweifelte Caitlin konnte die Hinrichtung durch das Fenster aus dem Krankenzimmer verfolgen.

Und jetzt pass auf.

Sie hatte nicht aufgehört zu betonen, dass es keine Indianer gewesen waren, sondern Männer, die ihren Vater von früher kannten. Die sich wegen einer alten Geschichte rächen wollten. Ihr Vater hatte angeblich einem dieser Männer einen Goldklumpen gestohlen. Und nicht nur das. Er hatte dessen Versteck und das weiterer Mitglieder einer Bande an eine Bürgerwehr verraten. Diese skrupellose Bande nannte sich The Innocents und war für zahlreiche Morde und Raubüberfälle in den Goldfeldern verantwortlich. Das Ganze geschah in der Stadt Bannack im Südwesten Montanas, in die sich Caitlins Vater als Dreizehnjähriger abgesetzt hatte. Die Stadt war dem Goldrausch verfallen. Daraufhin wurden über zwanzig Mann von der Bürgerwehr geschnappt und gehängt, darunter Henry Plummer, der Sheriff. Ihm wurde vorgeworfen, der Anführer der Bande zu sein. Plummer hatte Caitlins Vater halbverhungert gefunden, ihn wie einen Ziehsohn behandelt und ihn in die Bande eingeführt. Nur wenige Bandenmitglieder konnten entkommen, sie schworen Rache und hörten nicht auf, den Verräter und Dieb zu suchen.

So etwas kann nur in Amerika passieren, wirst Du Dir denken. Ich bin mir nicht sicher, ob die Sache tatsächlich so gewesen ist. Ja, es gab diesen Sheriff Plummer in Bannack, diese Bande

Innocents, sie wurde lange verfolgt, und die meisten von ihnen wurden hingerichtet. Caitlin hörte diese Geschichte vielleicht in ihrer Kindheit und brachte sie in ihren Fieberträumen durcheinander. Weil sie sich durch ihre indianische Mutter den Kutenai verbunden fühlte. Aber es kann durchaus sein, dass sie stimmt! Eine Witwe, ehrenamtlich tätig für die Kirche, machte sich mit ihr auf den Weg nach St. Louis, wo angeblich eine Schwester ihres Vaters wohnte. Diese wurde nicht gefunden. Weil die Frau krank wurde, lieferte sie das Mädchen kurzerhand bei den Benediktinerinnen ab.

Als ich im Waisenhaus zu arbeiten begann, lebte Caitlin gerade ein paar Wochen dort. Sie war in sich gekehrt, tat alles, was ihr aufgetragen wurde. Bevor ich gekommen war, hatte sie nicht gesprochen. Sie begann mit mir zu reden, wenn auch nicht viel. Man spürte, dass sie vor dem Überfall ein aufgewecktes Mädchen gewesen sein musste. Manche Antworten verblüfften in ihrer Schlagfertigkeit, in der Schule tat sie sich leicht. Sobald sie großjährig war, wollte sie nach Montana zurückkehren, als Grundschullehrerin in einem Farmerdorf arbeiten. Gegen Weihnachten entzündete sich ihre Wunde am Bauch. Sie hatte schreckliche Schmerzen und bekam hohes Fieber. Ich überzeugte schließlich die Nonnen, dass das Mädchen dringend in ein Krankenhaus gehörte, und brachte sie dorthin. In der Nacht schneite es stark, das weiß ich noch. Ich musste sie den ganzen Weg tragen, so schwach war sie. Sie wurde notoperiert, wochenlang musste sie im Krankenhaus bleiben. Ich besuchte sie manchmal mit ein paar Kindern, die sie ins Herz geschlossen hatte. Ich war auch derjenige, der sie abholen durfte. An Caitlins fünfzehntem Geburtstag bekamen wir von den Nonnen die Erlaubnis, einen Ausflug in einen Wald zu machen und ein Picknick zu veranstalten.

Kurz darauf, es war Anfang Juni 1904, verließ ich das Waisenheim, der Abschied von den Kindern fiel mir schwer. Ich ging nach Cincinnati, wo ich in einem Hotelrestaurant arbeitete. In Boston war ich Kellner in einem italienischen Restaurant, dort lernte ich Frank kennen. In Cozad, Nebraska, half ich einem Farmer. In San Francisco war ich Bauarbeiter. Zurück in Boston bot ich Frank an, bei ihm einzusteigen, er schlug ein. Und gemeinsam schrieben wir Caitlin einen Brief und boten ihr eine Stelle als Kindermädchen an. Für ein Baby mit dem Namen Mary Tabelander, dessen Mutter bei der Geburt gestorben war und das von einer Amme gestillt wurde. Umgehend kam ein Telegramm aus St. Louis mit der Zusage.

Ich holte sie am Bahnhof in Boston ab, mittlerweile war sie zwanzig Jahre alt. Von den Benediktinerinnen war sie ziemlich unter Druck gesetzt worden, in den Orden einzutreten. Später erzählte sie mir einmal, wie überglücklich sie über meinen Brief gewesen war.

Caitlin bestand darauf, mit Mary im Lumber Camp zu wohnen, damit der Vater etwas von seiner Tochter mitbekam. Alle im Camp liebten sie. Sie tat viel für die Arbeiter und ihre Familien, sie half in der Schule, in der Krankenstation, immer die kleine Mary an ihrer Seite. Sie war wie ein Engel, verzeih mir den pathetischen Ausdruck. Er stammt übrigens von Gustav. Er war es, der sie bei seinem Besuch im Sommer 1913 so bezeichnete und der mir die Augen öffnete: Du musst blind sein, wenn du nicht merkst, dass sie dich liebt!

Kurz nach seiner Abreise wurden wir ein Liebespaar. In unserer ersten gemeinsamen Nacht gestand sie mir, dass sie mich nicht hatte vergessen können. Meinen Heiratsantrag lehnte sie ab, sie könne keine Kinder bekommen, ich solle mich nicht gebunden fühlen. Genau das liebte ich aber an ihr. Ist das ein schändlicher Gedanke? Glaube mir, ich schreibe Dir diese ehrlichen Worte nur, weil Du meine Schwester und obendrein Ärztin bist! Ich wollte keine Kinder, und das Wissen, dass sie keine bekommen konnte,

war eine große Erleichterung für mich. Ich liebte es auch, dass sie nicht mochte, dass ich mich gebunden fühlte. Dass sie nie versuchte, mich einzuschränken. Dass sie gut zuhören konnte, dass sie ruhig und zurückhaltend war, eine Einzelgängerin, die das einfache Leben im Wald liebte, dass sie anders war als sämtliche Frauen, die ich kannte. Das Gegenteil von prätentiös.
Ich hätte sie heiraten sollen. Wenn sie meine Frau gewesen wäre, hätte ich sie im Dezember 1918 in die Heimat mitgenommen, um sie den Eltern vorzustellen. Und alles wäre ganz anders gekommen.
Jetzt kennst Du Caitlins Geschichte.

August 1928

—

Kürzlich machte ich einen Ausflug nach New Salem, elf Meilen westlich von Petersham. Franks größtes Lumber Camp befindet sich in der Nähe. Ich parkte abseits und ging die letzte Meile zu Fuß, wie ein Wanderer streifte ich durch das Camp, den Hut tief ins Gesicht gezogen. Ich suchte mir die Stunde zwischen sechs und sieben aus. Denn am Abend kehren die Arbeiter aus dem Wald zurück, waschen sich, man kommt zusammen und unterhält sich, wenn es warm ist, sitzt man draußen.
Ich sah tatsächlich Caitlin. Ich sehe Deinen neugierigen Blick vor mir, nein, ich sprach nicht mit ihr, gab mich nicht zu erkennen, natürlich nicht. Sie hat sich nicht verändert. Sie saß auf der Veranda einer Blockhütte, mit einem Mann (groß, stämmig, helle Haut, blonder Vollbart, ist sicher ein Schwede oder Norweger oder Isländer) und vier Kindern, drei davon schon älter, das Jüngste noch klein, vielleicht zwei Jahre alt, auch alle blond. Der Mann war mir unbekannt, er dürfte aber eine höhere Position innehaben, seine Blockhütte war die drittgrößte im Camp. Sie arbeitet also als Haushälterin und Kindermädchen, vielleicht

ist der Mann Witwer, wie es Frank war, oder seine Frau ist schwer krank.

September 1928

Luzia hat also einen gesunden Sohn geboren. Ich danke Dir für diese Nachricht. Spricht sie von mir? Fragt sie Dich über mich aus? Nein, es ist besser, Du antwortest nicht darauf! Schreib mir nur kurz, wie es ihr geht. Und unserem Bruder. Und der kleinen Martha. Kann sie schon laufen?

Auch ich habe Neuigkeiten für Dich. Ich trage mich ernsthaft mit dem Gedanken, ein Hotel zu kaufen. Es befindet sich im Hafengelände, vom Speisesaal sieht man auf das Wasser hinaus. Der Besitzer, ein Ire, ist alt und hat keinen Nachfolger, er möchte zu seiner verwitweten Schwester aufs Land ziehen. Es ist kein Luxushotel, außerdem in die Jahre gekommen, hat nur vierundzwanzig Zimmer, einiges wäre zu richten. Ich könnte die meisten der Angestellten übernehmen. Vorwiegend übernachten Dienstreisende hier, auch Angestellte von auswärtigen Firmen, die länger in Boston zu tun haben. Es sind bodenständige Leute, die ihr Geld mit ehrlicher Arbeit verdienen, keine schwerreichen. Bei der Behörde ist alles beantragt. Wie leicht das hier alles geht! Meine Ersparnisse reichen nicht aus, die Bank sicherte mir einen Kredit zu. Zusätzlich wollte der Bankberater mir Aktien von einem Investmentfonds (Goldman Sachs Trading Corp.) andrehen. Jeder kauft Aktien, sagte er, es ist das sicherste Geschäft. Ich entschied mich dagegen.

Ich fühle mich zuversichtlich, in meinem Inneren herrscht sozusagen Aufbruchsstimmung. Mir gefällt die Idee, Hotelier zu sein. Es erinnert mich an meine Zeit in Cincinnati, da arbeitete ich als Kellner im Hotel eines Ungarn. Seine Frau führte mich in die Liebe ein. Ich glaube, das habe ich Dir einmal erzählt? Eine

Ewigkeit her. Dass ich nicht mehr der Jüngste bin, sagt mir auch mein Rücken. Die Arbeit in einem Sägewerk würde ich ohnehin nicht mehr schaffen. Mir gefällt die Vorstellung, unter Leuten zu sein, mich aber nicht sonderlich viel oder freundschaftlich mit ihnen abgeben zu müssen. Außer ich habe das Bedürfnis danach. Und weißt Du, wie der Name des Hotels lauten wird? Elisabeth!

Oktober 1928

~

Es nimmt allmählich Gestalt an. Die Böden sind abgeschliffen, die Tapeten angebracht, die kaputten Möbel ausgetauscht. In der nächsten Woche kommen die Samtvorhänge, die Teppiche, die Ölbilder. Ich gebe zu, ich habe mich finanziell etwas verausgabt. Der Kreditrahmen musste von der Bank erhöht werden.
Ich wünschte, Du könntest es sehen!
Ich fuhr wieder nach New Salem, streifte wieder durch das Camp. Es lässt mir keine Ruhe, ich muss wissen, wer der Mann ist, wie es ihr geht. Sie war nicht zu sehen.

November 1928

~

Gestern Nacht Eröffnungsfeier im Hotel Elisabeth.
Meine liebe, liebe Schwester, in Gedanken habe ich mit Dir angestoßen. Mit einem Glas Sekt. (Ist Alkohol nicht verboten in den Staaten?, wirst Du Dich jetzt fragen. Das ist richtig, aber glaub mir, es gibt Mittel und Wege, sich alles zu besorgen, was das Herz begehrt, und es ist nicht einmal schwierig.)
Ich wünsche Dir und Deiner Familie ein gesegnetes Fest!

Dezember 1928

~

Das Hotel Elisabeth ist seit dem ersten Monat gut gefüllt, ich bin mehr als zufrieden. Viele sind Stammgäste von früher, die sich freuen, dass das Hotel wieder offen hat, kleine Geschäftsleute und Handlungsreisende auf Dienstreisen, aber auch Familien, die Verwandte hier in Boston besuchen und ein bisschen Urlaub machen. Es ist eine bunte Mischung, die mir gefällt. Auch bei den Angestellten ist das so, sie kommen aus den verschiedensten Ländern, haben die unterschiedlichsten Ansichten über Gott und die Welt. Du würdest jeden einzelnen von ihnen mögen, vor allem aber unseren Koch Jamie. Er ist zweiunddreißig, ein muskulöser Hüne, Schwierigkeiten mit randalierenden Gästen haben wir keine, denn wenn er auftaucht, sind alle mucksmäuschenstill. Seine Vorfahren wurden vor über hundertfünfzig Jahren von Sklavenhändlern aus Gambia in die Staaten gebracht. Seine Großeltern waren vor dem Bürgerkrieg noch versklavt, auf einer Baumwollplantage in South Carolina. Nach dem Bürgerkrieg blieben sie dort und arbeiteten für sehr wenig Geld, sie hatten keinen Mut, etwas zu ändern. Ihre Kinder aber schon, Jamies Vater und Tante gingen nach New York, dort wurde er geboren und dort machte er eine Ausbildung zum Koch, später zog er nach Boston. Er ist ein lustiger Vogel, ich sitze gerne mit ihm zusammen.

Wie ich aber meine neugierige Schwester kenne, interessiert sie sich mehr für andere Belange, nicht wahr?

Ja, ich habe Caitlin gesehen und mit ihr gesprochen. Als ich letztens beim Camp war, folgte sie mir. Es war mittlerweile das vierte Mal, dass ich durch die Blockhütten schlenderte, getarnt als Wanderer, auch im Februar war ich dort, als der Schnee etwas weniger geworden war. Obwohl ich darauf achtete, jedes Mal andere Kleidung, einen anderen Hut zu tragen, fiel ich einigen Leuten auf. Zwei Männer packten mich und stellten mich zur Rede: Wer bist du, für wen spionierst du? Sie beförderten mich aus dem Camp. Unsanft, wie Du Dir vorstellen kannst. Sie drohten mir: Wehe du lässt dich wieder blicken, dann verfahren wir mit dir nicht mehr so glimpflich! Es war keine schöne Erfahrung, aus einem Lumber Camp geworfen zu werden, das zu dem großen Unternehmen gehört, das früher dein eigenes war. Einige der Männer, die das Ganze beobachteten, kannte ich gut. Auch Caitlin schaute zu, mit verschränkten Armen. Ich ahnte, dass sie mich erkannt hatte.

Sie nahm eine Abkürzung und wartete an einen Baum gelehnt auf mich, in der Nähe meines Fords. Ich sah sie von der Ferne und nahm mir vor, ich schaue ihr nicht in die Augen, leugne alles, steige schnell ins Auto und fahre weg. Natürlich kam es ganz anders. Sie trat entschlossen auf mich zu, legte eine Hand auf meinen Oberarm und mit der anderen nahm sie meinen Hut ab. Sie sagte meinen Namen: Gene! Mit einem Ausdruck in den Augen, der mir verdammt wehtat und meinen Vorsatz abzuhauen auf der Stelle schwinden ließ. Wir fuhren ein Stück, damit uns niemand vom Camp entdecken konnte, und unterhielten uns dann lange. Ja, mit Tränen, auch von mir. Die ganze Zeit fragte sie mich: Warum, warum? Ich schildere Dir das alles so ehrlich, liebe Schwester, weil ich ein bisschen zu viel Bier getrunken habe. Es ist Nacht, ich sitze am Schreibtisch in meinem Zimmer im obersten Stock und schaue auf die Lichter des Hafens. Ich hätte ewig mit ihr im Auto sitzen können, sie ansehen und mit ihr reden, ich war so neugierig, alles zu erfahren, und sie noch mehr. Aber es war zu gefährlich, sie musste zurück ins Camp, es wäre sonst aufgefallen. Ich erfuhr von ihr, dass sie, seitdem Mary sechzehn ist, wieder im Camp lebt. Sie wollte es so, und ohnehin hätte es keine andere Möglichkeit für sie gegeben. Im Camp war man froh über ihre Rückkehr, sie half überall aus, in der Schule, in der Küche, auf der Krankenstation. Seit fast einem Jahr ist sie mit diesem Mann zusammen, er heißt Eilif Johansson, seine Eltern stammen

aus Schweden. Er ist die rechte Hand des Vorstehers, zuständig für die Fäller. Seine Frau starb an Unterleibskrebs, da war das jüngste Kind ein halbes Jahr alt.
Wir vereinbarten einen Zeitpunkt und einen Ort, an dem wir uns wiedersehen werden. Ich weiß, Du machst Dir Sorgen, dass ich zu unvorsichtig bin, dass ich alles ausplaudere über Carl als Eugen Brugger, mich als Tom Danek. Dass Caitlin es Frank Tabelander erzählt, aus Rache, aus verletztem Stolz, und dass dieser die Behörden in Österreich über unseren Betrug informiert, ebenfalls aus Rache und verletztem Stolz. Ein Telegramm an die richtige Stelle würde genügen! Und dass daraufhin Carl verhaftet wird. Obwohl, Herrgott, wen würde die ganze Sache mittlerweile noch interessieren? Die Welt, in der Carl seinen Tod vortäuschte, ist untergegangen. Und (aus der Distanz betrachtet) ob ein Carl oder Eugen Brugger eine Mühle in einem gottverlassenen Dorf betreibt und obendrein ein anständiges Leben führt, wird den meisten gleichgültig sein. Ich höre Deine vernünftigen Argumente, immer bist Du die Vernünftigere von uns beiden gewesen. Aber eben nur den meisten, wirst Du sagen, und Du hast recht. Es würde sehr wohl einige Beamte interessieren. Beamte haben es im Blut, den Menschen das Leben schwer zu machen, sonst hätten sie einen anderen Beruf ergriffen. Und da gibt es ja noch Richter Neupert und seinen Sohn, den Staatsanwalt. Sie würde es stark interessieren, würden Nachforschungen anstellen und nicht aufhören zu schnüffeln, bis alles ans Tageslicht gekommen ist. Und die Sensationsgier, die Schadenfreude, die Gehässigkeit mancher Leute im Dorf würden ihn dabei unterstützen: Ja, wir haben uns von Anfang an gedacht, dass da etwas nicht stimmt!
Ich verspreche Dir, ich werde schweigen wie ein Grab.

März 1929

Du löcherst mich mit Fragen, liebe Elisabeth.
Um auf Deine ersten einzugehen: Es geht mir gut, und das Hotel läuft hervorragend. Wir haben neuerdings auch manchmal Gäste aus Europa, sie kommen mit dem Schiff an, bleiben ein paar Nächte, bis sie nach Cape Cod weiterfahren oder nach New York oder sonst wohin. Letztens war eine Familie aus Wien bei uns, der Mann war ein höherer Angestellter der Bierbrauerei Liesing.
Und ja, ich traf Caitlin einige Male. Ungefähr alle drei Wochen fahre ich nach New Salem, zu einer abgelegenen Stelle im Wald, die sie mir beim vorangegangenen Treffen genannt hat. Ich weiß, Du rügst mich in Gedanken. Es ist mir nicht anders möglich.
Ich muss sie sehen! Wir saßen anfangs nur im Auto und redeten und redeten, seit einer Weile nehme ich eine Decke mit, etwas zu essen und zu trinken. Wir liegen auf der Decke und sehen den Himmel, die Wolken, die mächtigen Bäume über uns, so wie früher. Ich wollte von ihr wissen, ob die Beziehung mit Eilif eine Zweckgemeinschaft ist. Ob sie nicht mehr allein sein wollte, ob er sie vor allem für die Kinder braucht. Von diesen übrigens spricht sie sehr liebevoll, es sind zwei Jungen und zwei Mädchen, elf, neun, sechs und eineinhalb Jahre alt, ihre Namen habe ich vergessen. Sie konnte meine Frage nicht beantworten.
Caitlin kennt die Wahrheit. Ich musste sie ihr sagen, ich war es ihr schuldig. Sie hat sehr gelitten, nachdem ich weggegangen bin. Und noch mehr, als sie erfuhr, dass ich, nicht einmal ein Jahr nach meinem Fortgehen, in meinem Heimatdorf geheiratet hatte. Sie weiß von Carls inszeniertem Tod und dass er meine Identität annahm, dass er es war, der geheiratet hat, dass aus mir Tom Danek wurde. Sie kennt die ganze Geschichte.
Sei ohne Angst, liebe Elisabeth, ich vertraue ihr vollends.

Juli 1929

Ich habe Caitlin gebeten, Eilif zu verlassen und mit mir zu leben. Wir müssten aus Massachusetts weggehen, an einen Ort, wo uns niemand kennt, und völlig neu beginnen, in ihrer Heimat Montana oder irgendwo im Mittleren Westen. Das würde mir nicht schwerfallen. Für das renovierte Hotel kann ich sicherlich einen guten Preis erzielen.
Ihre erste Reaktion war Verzweiflung. Wäre ich ein Jahr früher gekommen, sagte sie, nur ein Jahr, dann wäre alles gut.

September 1929

Es ist die Hölle los in den Zeitungen!
Am 24. Oktober kam es zu massiven Kursverlusten an der New Yorker Börse, und in der Folge brach sie zusammen. Mehrere Millionen Aktionäre in den Staaten erlitten Verluste, die insgesamt mehrere Milliarden Dollar hoch sind. Eine gewaltige Spekulationsblase ist zerplatzt. Immer mehr Details kommen ans Tageslicht, es vergeht kein Tag, an dem Zeitungen und Radiosender nicht davon berichten. Ist das bei Euch auch der Fall? Das würde mich interessieren. Die Sache beschäftigt mich.
In den letzten Jahren begannen viele Kleinanleger an der Börse zu spekulieren, einfache Leute wie Du und ich, wie der Autoverkäufer, der mir den Ford verkaufte, oder der Bäckermeister, für den ich Brot auslieferte, oder der Schneider, der für mich einen Anzug nähte, oder der alte Mann, der mir das Hotel verkaufte. Leute, die wenig verstehen vom Börsengeschäft, von Aktienkursen. Weil alle das Spekulationsfieber erwischt hat! Und die Gier. Spekulanten an den Börsen sorgten dafür, dass eine enorme Blase entstand und Aktien zu einem immer höheren Wert gehandelt wurden. Schätzungsweise jeder vierte Haushalt in den Staaten besaß Aktien, oft auch durch Kreditaufnahme finan-

ziert. Das musst Du Dir vorstellen! Ehrlich gesagt dachte ich in den letzten Monaten auch manchmal darüber nach, Aktien zu kaufen, weil jeder darüber spricht und es fast zum guten Ton gehört. (Welch große Erleichterung, dass ich es nicht getan habe!) Das Kreditwesen nahm bizarre Ausmaße an, zuletzt fasste ein Journalist im Boston Globe zusammen: Während die Kredite für Konsumzwecke im Jahr 1919 noch hundert Millionen Dollar betrugen, stieg dieser Betrag bis 1929 auf über sieben Milliarden Dollar. Dazu kamen Betrügereien wie Bilanzfälschungen und Kettengeschäfte. Und jetzt ist es so, dass manche Aktien bis zu 99 Prozent ihres Wertes verloren! Investoren verkauften seit Mitte Oktober eilig ihre Aktien, weil sie befürchteten, viel Geld zu verlieren und die aufgenommenen Schulden nicht zurückzahlen zu können. Die Kleinanleger sind panisch und nicht nur sie.
Ich bin gespannt, wie es weitergeht.

November 1929

Nein, liebe Schwester, auch wenn es Dich noch so brennend interessiert, ich kann Dir von keinem Happy End berichten, was Caitlin betrifft. Es liegt zu viel Schnee, ich kann nicht nach New Salem fahren. Und ja, ich vermisse unsere Treffen sehr.
Dir und Deiner Familie wünsche ich ein Gesegnetes Fest!

Dezember 1929

Vielen Dank auch für Deinen originellen Brief, er kam heute an. Du füllst geduldig zwei Seiten mit den zwei Sätzen »Wie geht es Dir? Spann mich bitte nicht weiter auf die Folter!« Wie lange hast Du dafür gebraucht? Oder sollte ich fragen, wie viele Gläser Sekt Du vorher getrunken hast? Sehr informativ! Mein lieber

Witzbold, wenigstens in ein paar abschließenden Zeilen hättest Du über Dich und Dein Befinden schreiben können. Auf alle Fälle genehmige ich mir jetzt zwei bis drei Bier! Ansonsten wäre ich nicht in der Lage, Dir zu antworten, und würde lediglich zwei Seiten füllen mit den Sätzen »Es geht mir nicht gut! Sei nicht so neugierig!«

Also: Es geht mir nicht besonders gut. Die Bank macht Schwierigkeiten, sie will die monatliche Kreditrate erhöhen. Das ist mir beim besten Willen nicht möglich.

Es gab vor ein paar Wochen ein langes Gespräch mit Caitlin, sie entschied sich für den Schweden. Ich hatte das Gefühl, es sind die vier Kinder, für die sie sich entscheidet, rein aus Verantwortungsgefühl, und ich sagte ihr das auch so. Meine Enttäuschung war so groß, ich konnte nicht anders, als auf sie einzureden. Vielleicht war ich dabei zu heftig. Sie wurde laut. Und wenn es so ist?, sagte sie, nein, es war mehr ein Schluchzen. Sie ist schließlich weinend aus dem Auto gestiegen und weggeeilt. Ich wollte sie aufhalten, sie schlug nach mir. So kenne ich die ruhige, zurückhaltende Caitlin gar nicht. Hör auf, mich unter Druck zu setzen, sagte sie, diese Kinder brauchen mich, dieser Mann braucht mich, und wer gibt mir die Garantie, dass du nicht wieder verschwindest? Ich blieb noch lange im Auto sitzen. Es war der schönste Frühlingstag und mir war so verdammt elend zumute.

Jetzt weißt Du Bescheid.

Mai 1930

Die Dinge stehen schlecht. Die Gäste werden immer weniger und die Bank wird immer lästiger. Ich kratze jeden Monat alles zusammen, nur um die Kreditrate zu zahlen. Neuerdings sind Banken schnell mit Enteignungsverfahren.

Seit Ende des Sommers gibt es Zeiten, in denen nur ein Stockwerk belegt ist. Ich musste Leute kündigen, schweren Herzens, ich mache das meiste selbst. Nur Jamie und ich halten die Stellung. Jamie erweist sich als wahrer Freund, er hat sich bereit erklärt, bis auf Weiteres für die Hälfte des Lohnes zu arbeiten. Ich putze Zimmer und ziehe Bettwäsche ab. Nicht, dass mich das stört, ich arbeite gerne in meinem kleinen Hotel. Das Schlimme ist die Angst, sie raubt mir den Schlaf. Wenn die Situation noch länger so bleibt, weiß ich nicht, was werden soll. Jeder schaut, dass er mit dem Nötigsten über die Runden kommt, kaum einer kann sich ein Auto leisten, einen Urlaub oder teure Restaurantbesuche. Wie erleichtert ich vor einem Jahr war, weil ich keine Aktien gekauft habe! Weiter habe ich nicht gedacht.

November 1930

Die Stimmung ist miserabel in Boston. Firmen schließen, Arbeitslose stehen auf der Straße und halten ein Schild in die Höhe: Ich suche Arbeit jeglicher Art! Ein bisschen erinnert mich diese düstere Stimmung an Wien, an die Zeit nach dem Krieg, obwohl damals war es natürlich schlimmer. Aber wer weiß, was noch auf uns zukommt.
Ich weigere mich, den Ford zu verkaufen, obwohl mir die Bank dazu rät. Das Wort »raten« ist kaum angebracht, sie setzt mich enorm unter Druck. Aber mit dem Auto bin ich in der Lage, Taxifahrten und Auslieferungsdienste zu machen und etwas zu verdienen, auch wenn es nicht viel ist. Ich versuche vorerst mit allen Mitteln, das Hotel zu halten, bis sich die wirtschaftliche Situation beruhigt. Ohnehin würde ich jetzt kaum etwas dafür bekommen.
Mittlerweile ist es so, dass Jamie und ich mit höchstens drei, vier Gästen im Hotel wohnen, und diese zahlen nur wenige Dollar für eine Übernachtung. Manchmal sind wir auch ganz allein. Wenn

Prostituierte mit ihren Freiern für ein paar Stunden kommen, weise ich sie nicht ab, ich weiß, dass Du jetzt entsetzt Deine hübschen Brauen in die Höhe ziehst. Immerhin passen wir auf die Frauen auf, weshalb sie gerne zu uns kommen. Jamie besteht darauf, dass die Tür einen Spalt offen bleibt, sodass er hören kann, wenn ein Mann beginnt, sich schlecht zu benehmen. Mit der Springfield auf dem Schoß sitzt er im Gang und liest ein Buch. Glaub mir, sie alle befriedigen ihre Bedürfnisse brav wie Lämmer. Und so leise wie möglich. Ja, so tief sind wir gesunken im Hotel Elisabeth. Die Sache ist riskant, Prostitution wird streng geahndet in den Staaten. Und noch ein Risiko gehen wir ein: Seit dem letzten Winter brennen wir in der hinteren Garage Schnaps. Zuerst nur für uns (ich gestehe, wir trinken viel), jetzt schenken wir ihn auch an Gäste aus (der exzellente Ruf unseres Getränks hat sich in Windeseile verbreitet). Um unsere Rechnungen zu bezahlen, haben wir keine andere Wahl. Den Strom hat man uns bereits einmal abgedreht, auch geheizt muss werden, sonst laufen uns die letzten Gäste davon. Kürzlich verlangte ein Mann zwei Kisten und bat mich, sie ihm zu liefern, er gab mir eine hohe Summe dafür. Ich war natürlich in der Nacht unterwegs, trotzdem schwitzte ich mein Hemd nass vor lauter Angst, die Polizei würde mich aufhalten.

April 1931

~

Ich befürchte, die Sache nimmt ein böses Ende. In den Nächten übermannt mich entweder die Angst, oder ich bin sturzbetrunken. Manchmal muss Jamie mich ins Zimmer bringen, auf das Bett legen und mir die Schuhe ausziehen.

August 1931

~

Im letzten Oktober schrieb ich Caitlin einen Brief, in dem ich sie bat, mich noch einmal zu treffen. Bei diesem Treffen sagte ich zu ihr: Ich werde in einer Woche nach Montana gehen und neu beginnen. Früher oder später enteignet mich die Bank. Früher oder später werde ich wegen Alkoholschmuggels verhaftet (das sagte ich nicht). Ich bat sie (flehentlich ist die richtige Bezeichnung) mit mir zu kommen. Ich möchte dich heiraten, das sagte ich auch. Ich hatte etwas Geld vom Schnapsverkauf zur Seite gelegt (das sagte ich nicht), wir würden die ersten Wochen über die Runden kommen, ich fühlte mich zuversichtlich. Das Hotel wollte ich Jamie überlassen, die Schenkungsurkunde war vorbereitet, er sollte damit tun und lassen, was er wollte. Caitlin war ruhiger als beim letzten Mal und erklärte sich einverstanden. In dem Moment war ich der glücklichste Mensch auf Erden. Die Dinge zwischen ihr und Eilif liefen nicht besonders gut, erzählte sie, er war grob mit den Kindern, auch mit ihr, sie stritten oft, gerade hatte sie wieder einen großen Streit mit ihm hinter sich. Wir vereinbarten einen Treffpunkt und eine Uhrzeit. Ich schärfte ihr ein, niemandem etwas zu sagen, nur das Nötigste zu packen und sich heimlich auf den Weg zu machen.

In der besagten Nacht wartete ich wie abgemacht bei dieser großen alten Ulme an der Lichtungskreuzung, an der es westlich zum Camp geht.

Sie tauchte nicht auf. Es dauerte eine Weile, bis ich die Schatulle auf der Bank neben dem Baum entdeckte. Sie hatte gewusst, ich würde aussteigen, um zu rauchen. Die Schatulle hatte ich ihr einmal geschenkt, vor vielen Jahren, sie war aus Wurzelholz, ich hatte sie selbst gemacht. Sie musste also kurz vor dem vereinbarten Zeitpunkt bei der Ulme gewesen sein, vielleicht hatte sie mich sogar, zwischen den Bäumen versteckt, noch ankommen sehen und mich beobachtet. Ich war mir dessen sicher. In der Schatulle lag ein beschriebenes Blatt Papier. Den Wortlaut der Zeilen kann

ich Dir wiedergeben (ich weiß, dass Du neugierig bist und mich in Deinem nächsten Brief ohnehin danach fragen wirst). Sie entschuldigte sich aus tiefstem Herzen für ihr nicht Erscheinen, es sei ihr nach langem Überlegen nicht möglich fortzugehen. Die Dinge zwischen ihr und Eilif würde sie sich oft anders wünschen, doch die Kinder hätten ihr Herz an sie gehängt und wären verloren ohne sie, sie könne sie nicht verlassen. Es gehe im Leben nicht immer nur um das eigene persönliche Glück. Sie schrieb weiter: Es gibt dieses indianische Sprichwort bei uns, Du kennst es. »Geh aufrecht wie die Bäume. Lebe dein Leben so stark wie die Berge. Sei sanft wie der Frühlingswind. Bewahre die Wärme der Sonne im Herzen, und der Große Geist wird immer mit dir sein und du wirst immer frei sein.« Aber wie kann ich das? Wie kann ich frei sein, wenn ich weiß, diese vier sind allein und haben eine traurige Kindheit, weil ich sie im Stich gelassen habe? Ich kann nicht frei sein, weil ich in Gedanken bei ihnen sein werde. Es ist mir vom Großen Geist oder Gott, wie Du ihn nennst, das Schicksal auferlegt worden, keine Kinder zu bekommen. Aber das Schicksal hat diese vier auf meinen Weg geführt, und ich nehme es an. Ich liebe Dich sehr, Gene, seit dem ersten Tag, an dem ich Dich kennengelernt habe, und ich hoffe, Du kannst mich verstehen und mir verzeihen. Ich hätte Dich damals nach Europa begleiten sollen, Du hättest früher zurückkehren sollen. Was auch immer. Wir haben uns verpasst. Ich wünsche Dir alles Liebe, Caitlin.
Ich hatte in dieser Nacht keine Kraft mehr, mich allein auf den Weg zu machen, und kehrte ins Hotel zurück. Ich entschloss mich, in ein paar Tagen aufzubrechen. In der Nacht stürmte die Polizei unser Hotel, es stellte sich heraus, dass uns ein Gast angezeigt hatte. Wir wurden verhaftet und in das Gerichtsgebäude gebracht. Jamie und ich wurden sofort getrennt, Schwarze sind in einem eigenen Trakt untergebracht. Ich wagte mir nicht aus-

zumalen, was sie ihm alles antun würden, ich wage es immer noch nicht. Bei der Gerichtsverhandlung sah er furchtbar aus. Seitdem habe ich ihn nicht mehr gesehen.
Das Hotel wurde von der Bank für wenig Geld an einen Stadtpolitiker verkauft. Es steht leer, sagte mir mein Anwalt. Der Politiker wartet das Ende der schlechten wirtschaftlichen Situation und das Ende der Prohibition ab (sie wird gerade diskutiert), um es für gutes Geld weiterzuverkaufen.
Diesen Brief übergebe ich meinem Anwalt (er ist ein verlässlicher Mann) mit der Bitte, ihn Dir zu senden. Er brachte mir Deine Briefe, die Du in der letzten Zeit an das Hotel geschickt hast. Wie oft Du mir schreibst, dafür danke ich Dir! Es tut mir leid, dass ich keine besseren Nachrichten habe. Diese Zeilen sind nur für Dich, liebe Elisabeth. Ich bitte Dich, der Familie nichts davon zu erzählen, ich möchte auf keinen Fall, dass Mutter, Carl und Luzia wissen, dass aus mir der Häftling mit der Nummer 3327 wurde, der sich mit drei Verbrechern eine Zelle auf Deer Island teilt. Sie sollen keinen Kummer haben.

Februar 1932

Danach kamen kaum mehr Briefe.

Jedes Jahr zu Weihnachten sandte Eugen Grüße und schrieb kurz und nüchtern, wo er war, was er tat – weil er wusste, ich sorgte mich –, aber er schrieb nicht mehr, was er empfand.

Vierzehn Monate später wurde er entlassen. Er fand eine Arbeit im Hafen als Verlader und hauste in einem winzigen Zimmer. Er machte sich auf die Suche nach seinem Freund Jamie, der wie vom Erdboden verschluckt schien. Es dauerte eine Weile, bis er herausfand – sein Anwalt half ihm dabei –, dass Jamie auf der Krankenstation des Gefängnisses gestorben war, wenige Tage zuvor hatten ihn Wärter mit Eisenstangen verprügelt.

Daraufhin verließ er Boston und ging nach Milwaukee, wo er

eine Arbeit in einer Mühle fand. Es war die Mühle, in der er als Zwanzigjähriger im Sommer 1903 gearbeitet hatte, es war seine erste Arbeitsstelle in den Staaten gewesen, sie gehörte mittlerweile einem anderen Besitzer. Dein Großvater ging zur Arbeit, trank vielleicht ein, zwei Bier auf dem Nachhauseweg und verkroch sich ansonsten in seinem Zimmer, wo er viel las. Er hatte keine Freunde. An den freien Tagen verließ er mit seinem Fahrrad die Stadt und wanderte in den Wäldern.

Ich glaube, er hatte mehr oder weniger mit einem erfolgreichen, glücklichen Leben abgeschlossen.

26

In letzter Zeit ist mir meine Mutter oft in den Sinn gekommen.

Ich frage mich, ob sich ein Charakter im Laufe der Zeit entwickelt. In Romanen natürlich schon, sonst würde vermutlich die Geschichte wenig hergeben, aber ist das auch im richtigen Leben so? Natürlich ändern sich unsere Ansichten, unsere Einstellungen zu bestimmten Dingen, wir legen uns neue Gewohnheiten zu, neue Marotten, doch das ist etwas anderes, eher eine Art Dekoration. Aber der Charakter selbst?

Vor ein paar Jahren las ich in einem Buch, dass die Intelligenz der Menschen ihren Höhepunkt im Alter von zwanzig erreicht und dann wieder abnimmt, was man mit mehreren Studien belegen konnte. Der Autor kam dann ins Sinnieren über den Charakter. Er vertrat die These, dass die Grundzüge unseres Wesens bereits im Vorschulalter vorhanden waren, der Charakter dann geformt wurde – dabei waren bestimmte Einflüsse ausschlaggebend – und gegen Ende zwanzig seinen Höhepunkt erreichte. Anschließend müssten wir uns damit begnügen, was wir hatten. Das sollte in der Kriminalpsychologie beachtet werden.

Auf meine Mutter trifft die These des Autors mit Sicherheit nicht zu. Je älter sie wurde, umso mehr gewann sie an Persönlichkeit. Aber vielleicht sehe das nur ich so, weil ich sie von allen Familienmitgliedern am besten kannte.

Wenn dir die Verwandtschaft von deiner Urgroßmutter erzählt hat: Die ersten Worte über sie waren, dass sie eine schöne Frau war, die viel Sorgfalt auf ihr Äußeres legte, ist es nicht so? Und dann kam meistens nicht mehr viel, nicht wahr? Vielleicht sagte der eine oder andere, dass sie wunderschöne Kleider entwarf und gut nähen konnte, dass sie im Alter der Tochter – mir – selbstlos und vorbildlich unter die Arme griff. Und wenn über deinen Urgroßvater, Albert Theodor Brugger, geredet wurde, was wurde da nicht alles gesagt über ihn? Der einfache Müllersohn, der die Welt umsegelte, zum erfolgreichen Kaufmann wurde – aus eigener Kraft! –, der eloquente Erzähler, karitative Menschenfreund, der Visionär!

Mein Vater führte ein Leben, meine Mutter einen Haushalt.

Vermutlich klingen diese Worte in deinen Ohren platt, sie sind schon oft gefallen – von Frauen – im Kampf für mehr Rechte. Und du fragst dich, warum ich sie überhaupt erwähne, wenn es doch allen Frauen so ging!

Ich betone sie deshalb, weil die Situation bei meinen Eltern doch eine etwas andere war. Das Leben meiner Mutter hätte durchaus anders verlaufen können, denn was die Stellung der Frau betraf, war mein Vater kein Kind seiner Zeit. Er wünschte sich eine starke Partnerin an seiner Seite, eine, die sich für das Weltgeschehen interessierte, die sich ihre eigene Meinung bildete. Er hätte auch nichts dagegen gehabt, wenn sie ihr eigenes Geld verdient hätte, in der ersten Zeit ihrer Ehe unterstützte er sie darin, einen Schneidersalon zu eröffnen. Es war meine Mutter, die das nicht vorantrieb. Er hätte sich gewünscht, dass sie ihn auf Dienstreisen begleitete, das Sortiment des Warenhauses mit ihm entschied. Mein Vater wollte eine Gefährtin und keine Frau, die ihm den Haushalt führte, dafür hatte er Personal. Aber meine Mutter hielt sich von Anfang an im Hintergrund, mein Vater akzeptierte das und drängte sie zu nichts mehr. Sie lebten nebeneinanderher. Als Kind warf ich meiner Mutter vor – ohne dass ich je gewagt hätte, es auszusprechen –, ein *Mäuschen* zu sein, zwar ein schön ausstaffiertes, aber doch ein Mäuschen. Aber später – nach Vaters Tod – fragte ich mich: Warum gab er auf? Warum bestärkte er sie nicht weiter darin, ihren Weg zu finden? Erkannte er mit der Zeit doch die Vorzüge einer ruhigen, sich unterordnenden Frau? Mir wurde klar, dass ich nicht viel über die Liebesgeschichte und die Beziehung meiner Eltern wusste, aber eines stand fest: Wir hatten immer dazu geneigt, unseren Vater auf ein Podest zu stellen und die Mutter nicht besonders ernst zu nehmen. Dass wir sie unterschätzt hatten, hatte sich im Krieg gezeigt.

Mein Vater wünschte sich sehr, sein erstes Enkelkind noch erleben zu dürfen, aber drei Monate nach unserer Hochzeit erwischte ihn eine starke Lungenentzündung, von der er sich nicht mehr erholte. Er starb Ende Februar 1920 mit einundsiebzig Jahren, meine Mutter war ihm zuletzt nicht von der Seite gewichen. Den Sommer darauf verbrachte ich in meinem Elternhaus. Bert wurde dort geboren, ich hatte mehr Vertrauen in die alte Hebamme des Dorfes als in die Ärzte der Entbindungsstationen, außerdem waren die Krankenhäuser zu der Zeit eine Brutstätte für alle möglichen Krankheiten. Die Mutter und ich nützten die Zeit, um die Hinterlassenschaft meines Vaters zu sortieren, die meisten Kleidungsstücke gingen an ein Heim für Obdachlose in Linz, es war sein Wunsch gewesen, die Bücher behielt Carl.

»Wart ihr glücklich miteinander?«, fragte ich sie. Wir machten eine Pause und saßen im Garten auf einer Decke, neben uns im Korb schlief mein kleiner Bub.

»Du weißt doch, dass wir glücklich waren«, erwiderte sie.

»Ich bin mir dessen nicht sicher. Ihr wart verschieden, sehr verschieden. Alles, was Vater wichtig war, seine Arbeit, das Interesse für Politik, für den Fortschritt der Wissenschaften, um nur einiges zu nennen, hast du abgelehnt. Du hattest für das, was ihn ausmachte, nichts übrig, und diese Distanz, die du an den Tag gelegt hast, ist mir manchmal sogar leicht spöttisch vorgekommen. Und es lag nicht an Vater! Er wollte dich in sein Leben, in seinen Beruf miteinbeziehen.«

»Glaub mir, es war mit Sicherheit nicht Spott, den ich an den Tag gelegt habe, es tut mir sehr leid, wenn das auf dich jemals so gewirkt haben sollte.«

»Du warst privilegiert, weil dein Mann weltoffen war und dir viele Möglichkeiten geboten hat. Du hast sie nicht ergriffen. Warum? Ich glaube, das muss für ihn enttäuschend und traurig gewesen sein.«

»Es waren Möglichkeiten, die er mir geboten hat, und keine, die ich mir selber ausgesucht habe.«

»Du hast dir deinen Ehemann ausgesucht.«

Daraufhin lachte sie kurz auf, es klang bitter.

»Ich war sehr jung bei unserer Hochzeit, er wollte mich lenken und auch formen nach seinen Vorstellungen. Dein Vater konnte sehr manipulativ sein. Ich konnte mich dem nur entziehen, indem ich mich in mich selbst zurückzog, etwas anderes war mir aus bestimmten Gründen nicht möglich.«

Sie fügte hinzu: »Dein Vater, Elisabeth, war ein guter Mann, ich hätte mir keinen besseren wünschen können. Deine Frage, die du am Anfang gestellt hast, war im Grunde eine ganz andere, nicht wahr? Nämlich ob dein Vater mit mir glücklich war. Ich kann sie dir nicht beantworten. Ich kann nur sagen, ich hoffe, er war es zumindest annähernd.«

Ungefähr ein Jahr, bevor sie den Wunsch äußerte, auf dem Land zu sterben, erzählte mir meine Mutter von einem Ereignis in ihrer Jugend, das mich völlig überraschte. Später ließ es mich vieles verstehen: ihr zurückgezogenes, aufopferndes Leben, ihre Kirchgänge, ihre einfache Mode in den letzten Jahren, als würde sie in Sack und Asche gehen.

Sie hatte am Morgen über Kopfschmerzen geklagt und sich

schon vor dem Abendessen in ihr Zimmer zurückgezogen, weshalb ich in der Nacht noch einmal nach ihr sah. Sie saß in Nachthemd und Schlafmantel auf ihrem Sofa, hatte die Arme um die mageren Knie geschlungen, sie wirkte winzig und zerbrechlich. Das Alter hat sie geschrumpft, dachte ich, und verdichtet, als hätte der Mangel an Zeit bewirkt, alles Fett abzubauen, körperlich und auch geistig.

»Mach dir keine Sorgen«, sagte sie, »es geht mir besser.«

Ich setzte mich zu ihr, das Buch, das neben ihr auf dem Sofa lag, hob ich hoch. Meine Mutter war ohne Bücher nicht denkbar, sie las gerne Romane, sie verschlang sie geradezu, sie liebte es, in einer fremden Geschichte zu versinken.

»Für mich hat es etwas Tröstliches, wenn man für kurze Zeit die eigene Geschichte vergessen kann«, hatte sie mir einmal vor Jahren erklärt, damals dachte ich, sie bezog sich damit auf den frühen Tod ihres Sohnes und den ihres Mannes. Dass es etwas anderes geben könnte, das sie hätte vergessen wollen, kam mir nicht in den Sinn.

Ich mochte Romane – mit wenigen Ausnahmen – nicht besonders. Mir erschien die Konstruiertheit einer fiktiven Welt erbärmlich und darüber zu lesen eine Vergeudung der Zeit. Tröstliches konnte ich schon gar nicht darin finden. Tröstlich fand ich, wenn eine kranke Patientin von einem liebevollen Ehemann begleitet wurde, wenn ich am Markt eine Bäuerin sah, die hungernden Kindern etwas zusteckte. Ich bevorzugte Fachbücher über den Körper, über Krankheiten, über fremde Länder und Lebensweisen, die Naturwissenschaften. Ich wollte Daten, Zahlen, Fakten, um den Menschen, die Welt *begreifen* zu können.

Mutter zog sich an den meisten Abenden früh in ihr Zimmer zurück, um zu lesen, sie wolle unser Familienleben nicht stören, behauptete sie. Sie las und kurz vor Mitternacht begab sie sich zu Bett, selbst wenn ihr die Augen vor Müdigkeit bereits früher zufielen oder sie sich noch nicht schläfrig fühlte, Selbstdisziplin war ihr wichtig. Nur wenn wir Gäste hatten, blieb sie länger bei uns sitzen, sie war diejenige, die Dippi – und später die Saller – nach Hause schickte, servierte und abräumte, die Gläser füllte. Sie ließ es sich nicht nehmen, und vor bestimmten Gästen war es mir unangenehm, dass meine Mutter sich wie eine Hausangestellte verhielt.

An dem Abend begann sie – wie schon öfter in den vergangenen Monaten – unvermittelt von ihrer Jugend zu reden. Sie erzählte von den guten Konditionen, die ihr Vater für sie in einer bekannten Schneiderei ausgehandelt hatte. Diese Geschichte kannte ich natürlich: Meine Mutter träumte davon, einen Beruf erlernen zu dürfen, und ihr Vater – ein Tischlermeister – unterstützte den Wunsch seines Lieblingskindes. Sie hatte das Glück, vom Salon Grünbaum aufgenommen zu werden. Zwei Jahre darauf lernte sie Albert Brugger kennen, es war Liebe auf den ersten Blick, ein halbes Jahr später fanden der Umzug ins Mühlviertel und die Hochzeit statt.

»Ich sollte nicht als einfache Näherin im Hinterzimmer enden, sondern eine solide Ausbildung zur Schneiderin bekommen, Schnitte entwerfen, Stoffkunde, Anprobe. Acht Stunden an vier Tagen die Woche im Geschäft, für zwei weitere Tage bekam ich Stücke mit nach Hause, die abzuändern waren. Das war eine Seltenheit, üblicherweise arbeiteten die Mädchen sechs Tage lang zwölf Stunden am Tag. Und der Lohn war auch nicht schlecht, ich erhielt alle zwei Wochen acht Gulden. Mein Vater war ein Fuchs, was Verhandlungen betraf.«

Sie kam ins Schwärmen über ihren Vater, ich legte den Arm um ihre Schultern und sagte: »Du hast ihn sehr geliebt, hm?«

Sie nickte und erwiderte seufzend: »Und ich dummes Ding hatte nichts anderes zu tun, als ihn bitter zu enttäuschen.«

Ich fragte mich, was sie damit meinen konnte, doch nicht die Heirat mit dem Sohn eines einfachen Müllers in der Provinz? Soweit ich wusste, hatte mein Großvater mütterlicherseits – er starb, als ich sieben war – seinen Schwiegersohn sehr geschätzt.

»Ich verliebte mich in eine Kundin«, sagte meine Mutter, »und man erwischte uns zusammen in ihrem Haus. Nackt.«

Ich nahm den Arm von ihrer Schulter und atmete hörbar aus.

Die Frau war Witwe, knapp über dreißig, sie bewohnte ein kleines Palais in der Innenstadt, welches ihr Ehemann, ein wohlhabender Graf, ihr vererbt hatte, so meine Mutter weiter. Sie war Stammkundin im Salon, hatte aufgrund ihrer extravaganten Garderobe zahlreiche ausgefallene Wünsche und verlangte, nachdem sie Anna bei Grünbaum kennengelernt hatte, immer öfter, von der jungen Frau persönlich bedient zu werden. Sie bestellte sie für die Anprobe zu sich nach Hause, um sie anschließend zu bewirten, sie nahm sie mit zu Theatervorstellungen, machte ihr Geschenke. Es war offensichtlich, dass die Witwe von ihr angetan war. Anna wurde umgarnt. Sie stürzte nicht nur in eine große Konfusion der Gefühle, die sanften Berührungen, Küsse, die nach und nach zwischen ihnen passierten, taten ihr Übriges. Ihr ganzer Körper befand sich in Aufruhr. Die Gräfin begann von der Liebe zwischen Frauen zu sprechen und deutete an, sie wolle auswandern, gemeinsam mit Anna, nach Paris oder gar nach New York, wo die Sitten lockerer waren. Niemand würde sie dort kennen, und Anna könne ihren eigenen kleinen Schneidersalon eröffnen.

»Im Juni 1881 brachte ich wieder einmal ein paar abgeänderte Kleider zu ihr nach Hause. Ich trank zu viel Wein, und schließlich begann die Gräfin mich auszuziehen. Wir waren beide nackt, als mein Schwager in den Raum platzte. Er war auf der Suche nach mir, weil ich zu Hause dringend benötigt wurde. Mein

Vater hatte sich in der Werkstatt zwei Finger abgetrennt, und meine Schwester lag in den Wehen. Wie du dir vorstellen kannst, war die Sache sehr schlimm für meine Eltern, sie befürchteten einen Skandal, mein Vater hatte gerade begonnen, den kaiserlichen Hof zu beliefern. Er sperrte mich ein und achtete penibel darauf, dass die Sache totgeschwiegen wurde. Gerüchte gab es trotzdem zur Genüge. Dein Vater kam zur richtigen Zeit, ich wäre fast wahnsinnig geworden in meinem winzigen stickigen Zimmer unter dem Dach.«

Ich fragte sie nach dem Namen der Frau und nach der Adresse des Palais, meine Mutter wollte sie zuerst nicht nennen, dann tat sie es doch.

»Was wurde aus ihr?«

»Soviel ich weiß, ist sie nach Kriegsbeginn nach New York gegangen, gemeinsam mit einem jüngeren Theaterschauspieler. Sie ist kurze Zeit darauf dort gestorben, eine Tram hat sie erfasst und schwer verletzt. Angeblich war sie zum Schluss ziemlich verarmt.«

»Und vorher war sie die ganze Zeit in Wien?«

»Abgesehen von ihren Reisen, ja. Sie führte lange ein ausschweifendes Leben, verspekulierte sich dann aber böse mit ausländischen Wertpapieren, die ihr ein Bekannter eingeredet hatte. Für einen Regisseur übernahm sie die Bürgschaft, und als er aus Wien verschwand, wandte sich die Bank an sie. Sie war in der Theaterszene bekannt, sie unterstützte viele Leute und war angesehen, aber mit der Zeit belächelte man sie zunehmend, weil es ihr nicht um das Theater an sich ging, sondern darum, ob ihr eine Person gefiel und ihr diese auch genügend den Hof machte. Auf alle Fälle musste sie ihr Palais verkaufen und in eine Wohnung ziehen.«

»War das für dich eine Genugtuung?«

»Genugtuung.« Sie zuckte mit den Schultern. »Das würde bedeuten, dass ich ihr die alleinige Schuld gebe an dem, was passiert ist.«

»Sie war älter als du und kam aus einer privilegierten, reichen Gesellschaftsschicht. Du warst die minderjährige Tochter eines Handwerkers. Wie hättest du dich ihrem Einfluss entziehen können?«

»Es wäre schwierig gewesen, das ist richtig. Aber niemand zwang mich dazu, ihren Einladungen zu folgen, und sie hätte mir nichts anhaben können, wenn ich ihnen nicht gefolgt wäre. Ich hatte keinen gefestigten Charakter, ich war schwach, naiv, und deshalb trage ich allein die Schuld an diesen Ereignissen.«

Ich sah die Sache ein bisschen anders, sprach es aber nicht aus: Du konntest nicht aus deiner Haut, weshalb du auch nie hättest anders handeln können, es ist obsolet, darüber nachzudenken. Und weil du so warst, wie du warst, naiv und verträumt, ist die Wahl der Person auf dich gefallen.

»Vielleicht hätte ich Genugtuung empfunden, wenn das Ganze ein bis zwei Jahre darauf geschehen wäre. Als junge Ehefrau auf dem Land war ich voller Bitterkeit, wenn ich an sie dachte. Als ich davon hörte, nach dem Krieg, da lag die Sache ja vierzig Jahre zurück. Ich spürte nichts, vielleicht ein wenig Mitleid. Heute weiß ich, dass trotz allem mein Leben ein gutes war, vermutlich ein besseres als ihres.«

Sie hatte gebüßt in einer Ehe mit einem Mann, der zwar ein guter Mann gewesen war, aber den sie nicht geliebt hatte, und dieses jahrzehntelange Büßen bezeichnete sie rückblickend als erfülltes Leben. Es beruhigte mich zu wissen, dass meine Mutter versöhnlich auf ihr Leben zurückschaute. Ja, es war kein schlechtes gewesen, erfüllt von Pflichten gegenüber ihrem Mann, ihren Kindern, ihren Enkelkindern, aber war meine Mutter jemals richtig glücklich gewesen, hatte sie Momente gehabt, in denen sie meinte, pures Glück zu empfinden? Sie hatte nie erfahren, was es heißt, leidenschaftlich zu lieben, zu begehren, ich fand das unendlich traurig. Ich betrachtete sie, ihr gedankenverlorenes schmales Gesicht, von Falten durchzogen. Vermutlich entspricht nichts weniger der Wahrheit als der äußere, distanzierte Blick auf die Dinge viele Jahre später, der Blick auf das eigene Leben, wenn man dem Tod entgegensieht.

Sie zitierte ausgerechnet meinen Vater: »Man muss für jede Handlung in seinem Leben Verantwortung übernehmen.«

»Wusste er davon?«

Sie nickte.

»Du hast sie nie wiedergesehen?«

»Ich sah sie zwei-, dreimal von der Ferne. Nur einmal standen wir uns direkt gegenüber, im Volkstheater, im Jänner 1911. Sie bog um die Ecke, und wir rannten ineinander. Sie starrte mich an, ich sah an ihrem Gesicht, dass sie mich wiedererkannte, und eilte dann weiter, ohne ein Wort zu sagen. Ihr wart bei mir, Gustav und zwei seiner Freunde, du und deine Freundin Emma, ihr wart laut und unbeschwert, ich weiß noch, dass wir alle gerade über etwas lachten. Sie war allein und wirkte verhärmt, es kann aber auch sein, dass ich mir das einbildete. Weil, weißt du, in dem Moment fühlte ich tatsächlich so etwas wie Freude darüber, dass sie mich so wiedersah: schön gekleidet, fröhlich, umringt von einer Schar junger gutaussehender Leute. Oder nenn es Genugtuung, wenn du willst.«

Meine Mutter hörte auf zu sprechen, sie wirkte erschöpft.

In den folgenden Wochen und Monaten versuchte ich mit ihr noch weitere Gespräche darüber zu führen, aber viel mehr erfuhr ich nicht. Auf die meisten Fragen reagierte sie, indem sie das Thema wechselte, ich spürte, dass es sie belastete, und ließ es bleiben. Vielleicht bereute sie auch, dass sie mir ihr Geheimnis anvertraut hatte, und war nicht in der Lage, sich und mir das einzugestehen, sie wirkte unruhig und verloren.

Ich war neugierig und suchte das Palais, es war ein dreistöckiges, schmuckes Haus mit hohen Fenstern, in der Nähe des Schlosses Belvedere. Ich fand heraus, dass es ein Druckereibesitzer gewesen war, der es der Gräfin einige Jahre vor dem Krieg abgekauft hatte, nach Kriegsende war dieser gezwungen, es an einen Seifen- und Hygieneartikel-Fabrikanten zu verkaufen. Ich stellte mir vor, wie meine neunzehnjährige Mutter von ihrem Schwager aus dem Haus gezerrt wurde. Vermutlich war der junge Mann genauso aufgelöst und verwirrt wie die In-Flagranti-Ertappte. Ich fragte mich, ob Abscheu, Wut, Empörung in der Familie eine Spur kleiner gewesen wären – oder zumindest doch schneller verraucht –, wenn Anna mit einem Mann, zum Beispiel mit einem fleißigen, bescheidenen Handwerker, erwischt worden wäre.

Wäre man nicht eher geneigt gewesen, die Angelegenheit als natürlich und menschlich zu betrachten, auch wenn man dies – der Gefallenen gegenüber – nie zugegeben hätte? Die Tatsache, dass es eine Frau war, hatte der ganzen Angelegenheit die perfide Krone aufgesetzt, darüber hinaus eine, die tat, was sie wollte, die durch ihre unkonventionelle Lebensweise die Leute vor den Kopf stieß. Das wurde einer Frau schon gar nicht verziehen. Diese Hexe, hatte sich vermutlich mein Großvater gedacht, diese gottvermaledeite Hexe hat mit meiner Tochter gespielt und sie ins Verderben gestürzt. Wohingegen er für einen Mann vielleicht sogar leises Verständnis aufgebracht hätte, immerhin war die Tochter ja ein äußerst begehrenswertes Wesen. Ach, wer weiß, vielleicht tat ich dem alten Herrn mit meinen Gedanken auch Unrecht.

Dein Vater kam zur richtigen Zeit.

Den Mann, den sich meine Mutter ausgesucht hatte, hatte sie nicht aus Liebe gewählt, nicht einmal geschwärmt hatte sie für ihn. Sie täuschte meinem Vater Gefühle vor und heiratete ihn nur aus einem Grund: weil sie keinen anderen Ausweg mehr sah. Wie schwer musste es für meine Mutter gewesen sein, neben einem moralisch vorbildlichen Mann zu leben! Hätte sie mir von ihrer *Entgleisung* zu Lebzeiten meines Vaters erzählt, ich glaube, ich hätte mich intuitiv innerlich von ihr abgewandt, sie für ihr Verhalten verurteilt. Ich hätte ihr Berechnung vorgeworfen und die Verzweiflung dahinter nicht erkennen können. Aber mein Vater war seit vielen Jahren tot, und ich stand mittlerweile meiner Mutter sehr nahe. Ich war nicht mehr jung und unerfahren, ich hatte vieles gesehen, dem Frauen ausgesetzt waren und was ihnen angetan wurde, an körperlichem und seelischem Leid. Die Welt war grausam und mit den Frauen verfuhr sie noch grausamer als mit den Männern. Das war zu diesem Zeitpunkt, im Jahr 1935, immer noch so, und das, was meiner Mutter geschehen war, war damals über fünfzig Jahre her.

Was für eine Anstrengung es sie gekostet haben musste, dieses Spiel der Täuschung, während sie sich zutiefst hoffnungslos fühlte. Erschüttert in ihrem ganzen Wesen, fand sie sich – zwanzigjährig! – in der Provinz wieder, verheiratet mit einem gesetzten, um dreizehn Jahre älteren Mann. Ich dachte an die Distanziertheit, die meine Mutter stets den Zwillingen entgegengebracht hatte, so als würde sie die zwei weniger lieben als Gustav und mich. Wie sehr hatte mich das in der Kindheit und Jugend irritiert! Nun verstand ich: Ihre Ältesten erinnerten sie an diese ersten Ehejahre. Später arrangierte sie sich mit der Situation, überwand ihre Verzweiflung, lernte meinen Vater schätzen – da war ich mir sicher –, weshalb sie ihre beiden letztgeborenen Kinder in einem anderen Licht sah.

Nach ihrem Tod fand ich beim Ausräumen ihres Zimmers in einer Schublade zwei alte vollgeschriebene Hefte. Sie enthielten vor allem Schilderungen über die Entwicklung der Enkelsöhne, als ich sie las, war ich gerührt, so viel Liebe schwang in den Zeilen mit!

Aber manchmal hatte sie von etwas komplett anderem geschrieben, von Gedanken, die mir eine Ahnung gaben von ihren erdrückenden Schuldgefühlen.

Zum Beispiel diese Zeilen, das war im Oktober 1922, ich lese sie dir vor:

Letztens passierte es mir, dass ich mich bei meinen nächtlichen Lesestunden zurückversetzt fühlte in die Zeit meiner ersten Jahre in der Hofmühle. Ich musste einen Spaziergang machen, um mich zu beruhigen. Damals fing ich an den Abenden zu lesen an, ansonsten hätte ich diese langen Stunden nicht ertragen. Ich hatte nie viel gelesen, dazu war neben der Schule und später neben meiner Arbeit bei Grünbaum zu wenig Zeit, außerdem interessierte ich mich nicht sonderlich für Geschriebenes. Ich begann mich durch die Bücher zu fressen, welche sich im Haus meines Mannes im Laufe der Zeit angesammelt hatten. Ich unterschied nicht, ob gut oder schlecht, es war etwas Anspruchsloses in meinem Lesen, wie im Äsen von Tieren. Ich betäubte mich regelrecht damit. Mein Mann versuchte meine Lektüre zu beeinflussen, er gab mir Bücher, die ihn beeindruckt hatten und über deren Inhalt er mit mir diskutieren wollte. Jedes Mal begann er früher oder später zu dozieren, und meine Gedanken schweiften ab. Ich setzte eine neutrale Miene auf – oh, darin war ich gut! – und prägte mir einige Schlagworte ein, um für kontrollierende Fragen gewappnet zu sein. In der Nacht wälzte ich mich dann im Bett herum, ich hatte Angst, dass ich mich bloßgestellt hatte und er mir auf die Schliche gekommen war.

Ein paar Monate später:

Albert konnte gut reden, über alles konnte er monologisieren. Er redete, ich saß da, eingeschüchtert und stumm, und gab vor, ihm zuzuhören. Wie anders ist das zwischen Georg und Elisabeth! Sie diskutieren viel miteinander, lebhaft und einander geistig ebenbürtig. Wobei ich behaupten würde, dass meine Tochter ihrem Mann sogar ein wenig überlegen ist, was Scharfsinnigkeit betrifft. Es ist eine Freude, den beiden zuzuhören.
Manchmal hasste ich meinen Mann dafür, weil er so reden konnte, so überzeugt von seinen Einstellungen, so frei von Zweifeln. Im Laufe der vielen Jahre wurde er mir gegenüber schweigsam, vermutlich, weil er merkte, dass ich seiner Reden überdrüssig war. Entweder war mein Bemühen um die neutrale Miene nicht mehr so groß wie zu Beginn unserer Ehe, oder aber er kannte mich mittlerweile gut genug, sodass ich ihn nicht mehr täuschen konnte. So genau kann ich das heute nicht sagen. Als junge Ehefrau wünschte ich mir manchmal, er wäre ein charakterloses egoistisches Schwein, um mich selbst nicht derart ungenügend neben ihm fühlen zu müssen. Heute wünsche ich mir nichts mehr, als die Zeit zurückdrehen zu können und seine Ausführungen mit ehrlichem Interesse anzuhören. Ihm eine gute Gattin zu sein, mit Liebe zugewandt.

Im April 1925:

Mein Mann war unglücklich mit mir. Das kann ich heute mit Gewissheit behaupten, und der Gedanke daran schnürt mir in manchen Augenblicken die Kehle zu.
Niemandem gegenüber hätte er es zugegeben, Albert war kein Mensch gewesen, der über Gegebenheiten jammerte. Ich weiß nicht, ob er selbst es sich je eingestanden hat, wir sprachen nicht

darüber. Er hatte sich für mich entschieden, ich war seine Frau, die Dinge waren, wie sie waren.

Im Oktober 1928, sie war siebenundsechzig Jahre alt:

Mein Körper schrumpelt vor sich hin, und ich beobachte es mit Vergnügen.

27

Ich habe Carl, Eugen und Luzia nie von der Lebensbeichte erzählt, die meine Mutter mir gegenüber abgelegt hat. Nur meiner Freundin Franzi. Das war lange danach, Anfang der Fünfziger Jahre, ja, es muss kurz nach Berts Rückkehr aus Russland gewesen sein.

Franzi hatte meinen Vater nur einmal gesehen, zu Weihnachten 1919, er war schwer krank gewesen damals; meine Mutter hingegen hatte sie gut gekannt, die beiden hatten sich gemocht. Trotzdem ergriff sie Partei für meinen Vater, sie war schockiert, dass er von seiner Frau derart getäuscht worden war, und fand es befremdlich, dass ich Verständnis für das Handeln meiner Mutter aufbrachte.

»Ich empfand Mitgefühl mit ihr, das ist etwas anderes«, sagte ich. »Aus zwingenden Umständen verbrachte sie ebenso ihr ganzes Leben mit einem Menschen, den sie nicht geliebt hat. Und auch nicht begehrt, nicht einmal in der ersten Zeit. Der Liebesakt war ihr verhasst und widerwärtig. Umgekehrt war das sicherlich nicht der Fall.«

Ich muss ehrlich zu dir sein: Vielleicht hätte ich die Geschichte meiner Mutter auch ein wenig anders aufgenommen – immerhin war ich stets ein Papamädel gewesen –, wenn die Sache mit Rudolph nicht gewesen wäre. Kurz bevor sie mir alles erzählte, verbrachte ich zwei Wochen in Italien, ich sah Ferrara, Bologna, Ravenna, auf der Rückfahrt Venedig und in den Tagen dazwischen genoss ich das Meer vor Cervia. Es war September, die Sommergäste waren bereits abgereist, der Strand war leer. Diese

Tage waren nicht nur schön, sie waren geradezu paradiesisch. Ich war nicht allein dort, ein Mann hatte mich aufgefordert, ihn zu begleiten.

Verzeih mir, wenn ich ein bisschen ins Schwärmen gerate und von dieser Reise ausführlicher erzähle. Weißt du, ich war noch nie mit einem Mann einen ganzen Tag im Bett gelegen, nichts anderes im Sinn, als zu reden und zu lieben. Ich war noch nie in einem Restaurant gesessen, den Mund wundgeküsst, ein Glas Rotwein in der Hand, vor einem Teller voll mit herrlichen Garnelen, die ich vor lauter Verliebtheit nicht essen konnte. Ich hatte noch nie in einem Hotelzimmer Champagner getrunken, ich hatte noch nie am helllichten Tag getanzt, zur Musik eines Straßenmusikanten, ich war noch nie mit einem Mann baden gewesen, nackt im nächtlichen Meer.

Der Mann hieß Rudolph und war Instrumentenbauer.

»Ich habe nächste Woche in Ravenna zu tun. Komm doch mit«, sagte er eines Abends zu mir, das war im September 1935.

»Das meinst du nicht ernst«, sagte ich.

»Es ist mein voller Ernst. Es würde mich sehr freuen, wenn du mitkommst.«

»Wie soll das gehen? Was soll ich meinem Mann sagen?«

»Lass dir etwas einfallen.«

Wir saßen auf seinem Bett und rauchten. Er erzählte mir von dem antiken Cello, das er im Auftrag seines alten Lehrmeisters einem Musiker in Wien abgekauft hatte, angeblich war das Instrument im Besitz von Johann Sebastian Bachs Familie gewesen. Es war in Wien aufgetaucht, weil der Musiker es aus finanzieller Not verkaufen musste. Rudolph schilderte mir den Zustand des Instruments und was alles zu tun war, dabei wurde er enthusiastisch, ich mochte das an ihm, dann sprach er über Bachs Musik.

»Ich kann dir nur von Bachs Augen erzählen«, sagte ich und küsste Rudolphs Augen.

»Kennst du das bekannte Porträt von Bach? Es wurde zwei Jahre vor seinem Tod von einem Maler namens Hausmann gemalt. In einer Vorlesung in Augenheilkunde brachte der Professor einen Druck davon mit und ließ ihn durch die Reihen gehen. Das Thema an dem Tag war die Operation des Grauen Stars. Auf dem Bild ist die typische Faltenbildung zwischen den Brauen zu sehen, die Folge von jahrelangem Zusammenkneifen der Augen. Bach war kurzsichtig und mit zunehmendem Alter nahm sein Sehvermögen weiter ab. Zu viel Komponieren bei zu schlechten Lichtverhältnissen. Zum Schluss war er fast blind.«

Vier Monate vor seinem Tod wurde der Komponist dem Engländer John Taylor vorgestellt, dieser hatte sich auf Augenbehandlungen spezialisiert. Taylor war das Musterbeispiel eines Quacksalbers, von dessen dreistem Auftreten man sich blenden ließ. Jahrzehntelang reiste er als selbsternannter Chevalier durch Europa und ließ Wundergeschichten über seine Heilerfolge als Chirurg verbreiten. In der Schweiz allein, das gab er im Alter zu, machte er einige Hundert Leute blind. Er praktizierte den klassischen »Starstich«, der damals bereits in Europa überholt war: Er drückte die getrübte Linse mit einer Nadel in den Glaskörper des Auges. Dass dabei die aus ihrer Verankerung gehebelte Linse im Auge belassen wurde, führte zu schweren Komplikationen. Die bestenfalls abgewischten Starnadeln verursachten eine das Auge zerstörende Infektion. Vor seinen Operationen, die er wie einen jahrmarktähnlichen Auftritt inszenierte, hielt Taylor eine lange sich selbst rühmende Rede, danach kassierte er die Bezahlung und machte sich schnell aus der Stadt davon.

»Taylor operierte Bach Ende März 1750 zweimal an den Augen, wobei nicht bekannt ist, ob der zweite Eingriff am gleichen oder anderen Auge erfolgte. Übrigens soll der Mann bevorzugt linke Augen operiert haben und das unabhängig vom Befund. Weil es kein Krankenhaus in der Nähe gab, wurde Bach im Gasthaus ›Drei Schwanen‹ ohne Narkose, ohne Betäubung, ohne Desinfektion operiert. Nach den zwei Operationen verschlechterte sich sein Gesundheitszustand stark, er konnte nur noch liegen. Er starb an einer schleichenden Infektion, die auf den gesamten Organismus übergriff, die zeitgenössische Angabe der Todesursache lautete ›hitziges Fieber‹. Vielleicht geriet auch zusätzlich seine Zuckerkrankheit außer Kontrolle, von Diabetes wusste man damals noch nichts.«

Ich schloss mit den Worten: »Unser Professor ereiferte sich in der Vorlesung furchtbar über diesen Engländer. Er sagte über ihn: Er war ein Scharlatan, den es in dieser Form und Reichweite wohl nur selten auf der Welt gegeben hat!«

Rudolph zog an seiner Zigarette, blies den Rauch langsam aus und schaute zur Decke.

»Dein Professor wusste eine Menge über diesen Taylor, das heißt, es gibt viele Aufzeichnungen aus der Zeit. Wer hat sie niedergeschrieben? Vermutlich Kollegen, oder? Der Mann war erfolgreich und auch noch ein Engländer! England wurde immer misstrauisch beäugt. Er hatte mit Sicherheit viele Neider. Ich würde der Ärzteschaft unterstellen, dass sie zu der eher neidvolleren Spezies gehört.«

Ich boxte ihn in die Seite.

»Spaß beiseite. Ich will damit nur sagen, dass es vielleicht mit der Geschichte des Geschichteschreibers zu tun hat, warum uns eine bestimmte Version unterbreitet wird.«

»Natürlich. Geschichtsschreibung ist nie objektiv. Wie auch? Die Unvollkommenheit der Erinnerung und die Unzulänglichkeit der Dokumentation treffen aufeinander«, sagte ich.

»Du interessierst dich sehr für die Historie. Ich wette, du hattest einmal einen Geschichtelehrer, in den du verliebt warst.«

Ich nickte.

»Und jetzt siehst du ihn alle zehn Jahre bei einem Klassentreffen, erschrickst und denkst dir, ach du meine Güte, wie konnte ich damals für den Mann schwärmen!«

»Er ist 1916 in Siebenbürgen gefallen.«

»Hm«, machte Rudolph, er wandte sich mir zu. »Objektiv oder nicht. Ich danke dir für diesen Einblick in die Geschichte der Medizin.«

»Du bist spöttisch.«

»Nein, im Gegenteil, das war sehr interessant. Der arme Johann Sebastian. Ich befürchte, ich werde künftig beim Spielen seiner Cellosuiten nicht aus dem Kopf bekommen, wie er im Gasthof sitzt und, anstatt dass er Schweinsbraten mit Knödel serviert bekommt, festgehalten wird und ihm ein Geck mit einer verdreckten Nadel ins Auge sticht.«

Rudolph war zwei Jahre jünger als ich, ich hatte ihn im Café Herrenhof kennengelernt, wo er an den Samstagabenden mit seiner Band spielte. Ich traf mich im Herrenhof manchmal mit ein paar Freundinnen, Franzi, Elsa und anderen, die ich seit der Studienzeit kannte. Zu Hause hielt ich es an den Wochenenden schwer aus, seit meinen Nächten im Gefängnis war Georg mir gegenüber kühl und distanziert. Diese Treffen waren nicht immer befriedigend für mich, aber doch erfrischend, ich mochte diese alte Runde. Die Frauen vertrauten einander so vieles an, kleine Techtelmechtel, geheime Sorgen, oder wie sie versuchten, von ihrem Mann doch den Pelz zu bekommen, der ihnen beharrlich verweigert wurde, weil bereits einer im Schrank hing. Ich hatte nichts dergleichen zu erzählen, ich hatte kein Verlangen nach einem Pelzmantel und wenn, dann hätte ich ihn mir selber kaufen können. Oder Georg hätte ihn mir anstandslos geschenkt, das heißt, *bevor* ich diese Schwierigkeiten mit der Polizeibehörde hatte. Nachdem meine Freundinnen aufgebrochen waren, blieb ich oft noch am Tisch sitzen, hörte den Musikern zu, rauchte und trank ein letztes Glas Rotwein, es war der Teil des Abends, der mir am meisten behagte. Eines Abends setzte sich der Kontrabassist zu mir.

»Wir kennen uns«, sagte er.

Etwas zog mich sofort zu ihm hin, obwohl es mich auch misstrauisch machte: Es war sein geschmeidiger Gang, seine Gewandtheit, seine lebhafte Mimik und Gestik, alles erschien leicht in seiner Umgebung. Wir unterhielten uns angeregt, während die Kellner rings um uns begannen aufzuräumen. Schließlich warfen sie uns hinaus, und er begleitete mich ein Stück auf meinem Heimweg, er trug das schwere Instrument auf dem Rücken. Bevor wir auseinandergingen, blieb ich unter einer Straßenlaterne stehen und zündete ihm und mir eine Zigarette an, weil ich sein Gesicht noch einmal sehen wollte.

Am Samstag darauf verbot ich mir selbst, ins Herrenhof zu gehen.

»Darf ich mir die Hoffnung machen, dass Sie nächste Woche wieder da sind?«, hatte er gefragt.

Aber eine Woche später saß ich mit Franzi wieder im Café, ich hatte sie darum gebeten, ich müsse mir etwas von der Seele reden, sagte ich. Das tat ich dann auch. Franzi war die Einzige, die von meiner Verhaftung wusste, von meinen Streitereien mit Georg, davon, dass meine Mutter in der Vergangenheit zu leben begann. Aber den wahren Grund, nämlich dass ich mich wegen des Kontrabassisten mit ihr im Herrenhof treffen wollte, erzählte ich ihr – an dem Abend – nicht. Allein dort zu sitzen, wäre mir auffällig vorgekommen. Doch es war dem Mann anzusehen, dass er Bescheid wusste.

»Du hast einen Samstag ausgelassen, aber nur einen, das bedeutet, du hast mit dir gerungen«, sagte er ein paar Wochen später in seiner Wohnung, »und du bist nur mit einer Freundin aufgetaucht, das heißt, du hast nicht den Nerv gehabt, dich stundenlang mit mehreren Leuten abzugeben. Weil du auf etwas anderes konzentriert warst.«

Wir gingen nebeneinanderher, länger als beim ersten Mal, sein Instrument hatte er im Café zurückgelassen, er wollte es am nächsten Tag abholen. Wir sprachen über seine Arbeit, zwei Wochen zuvor hatten wir hauptsächlich über meine geredet. Er baute Kontrabässe, sein Hauptgeschäft bestand aber darin, alte Bässe, Cellos und Geigen zu restaurieren, das alte oder gar antike Instrument wie neu aussehen und neu erklingen zu lassen. Er hatte bei seinem Onkel gelernt und zwei Jahre lang in Ravenna bei einem europaweit bekannten Instrumentenbauer gearbeitet. Seine Werkstatt befand sich in der Hirschengasse, die Räumlichkeiten waren nicht klein, aber er beschäftigte nicht mehr als einen Mitarbeiter.

»Ich nehme nur eine bestimmte Anzahl von Aufträgen im Monat an«, sagte er, »mir ist das lieber. Ich mag mich nicht verantwortlich fühlen für eine Menge Leute. Den Gedanken, dass mein Geschäft unzählige Mäuler stopfen muss, finde ich nicht berauschend, die Sorgen würden mich nicht schlafen lassen. Mein Onkel hatte zeitweise bis zu acht Angestellte, im Krieg musste er die meisten auf die Straße stellen. Das war schlimm für ihn.«

Erst nach Mitternacht kam ich zu Hause an und als erstes schenkte ich mir ein Glas kubanischen Rum ein, ich wusste, ich würde noch lange nicht einschlafen können.

»Ich mag Ihr Parfum«, hatte er an meinem Ohr gesagt, als wir uns verabschiedeten. Ich errötete, denn ich hatte keines verwendet, was er sicherlich wusste, er zwinkerte mir verschwörerisch zu. Sein Händedruck war fest und warm, beim Weggehen hob er grüßend seinen Arm in die Höhe, es sah lässig aus. Ich spürte tatsächlich mein Herz klopfen, als ich ihm nachschaute.

Beim dritten nächtlichen Spaziergang lud er mich ein, ihn in seiner Werkstatt zu besuchen, er wolle mir seine Arbeit zeigen. Erst elf Tage später – ich wollte mir Zeit lassen – folgte ich seiner Einladung, ohne mich vorher anzukündigen. Er freute sich sichtlich und machte eine ausgedehnte Führung für mich, zum Schluss zog er mich in einen Hinterraum und küsste mich, er roch nach Holz. Als ich auf die Straße trat, hatte ich weiche Knie. Ich nahm mir vor, ihn nicht wiederzusehen. Fünf Tage darauf tauchte er in der Ordination auf, es war an einem Donnerstag, er wusste, dass ich an diesem Tag mit der Helferin allein war. Er habe seit Tagen starke Schmerzen im Bauch, sagte er, der auch noch verhärtet sei, bei dem Wort grinste er unverschämt. Er hoffe, es sei keine Blinddarmentzündung, er müsse unbedingt gründlich abgetastet werden. Ohne Aufforderung machte er seinen Oberkörper frei – Grete schaute verdutzt – und legte sich auf die Liege, die Arme unter dem Kopf verschränkt. Er bestand auf einen Hausbesuch, falls sich die Sache verschlechtere, er würde es die Ärztin wissen lassen.

Ich war aufgeregt, als ich zum ersten Mal Rudolphs Zuhause betrat, und versuchte es mir nicht anmerken zu lassen. Er bewohnte eine geräumige Zweizimmerwohnung in der Ziegelofengasse, mit einem langen schmalen Flur und einer – für einen Junggesellen – gut ausgestatteten Küche. Ich nahm an, dass es die Wohnung war, in die seine Verlobte nach der Heirat hätte einziehen sollen. Ihm gefiel, dass ich mich nicht mit Schmuck, Make-up und hohen Schuhen herausgeputzt hatte und ein schlichtes dunkelblaues Kleid trug, das zwar meine Figur betonte, aber ohne jeden Tand war. Ich hatte tatsächlich überlegt, wie ich mich präsentieren sollte, aber mich dann gegen alles entschieden, ich wäre mir sonst lächerlich vorgekommen. Der Strudel der Gefühle und Gedanken war ohnehin bedrückend genug gewesen, ich war völlig ungeübt in solchen Dingen. Seine Worte verunsicherten mich, sie sagten mir, dass er Erfahrung in solchen Dingen haben musste. Wie viele Frauen, die sich für ihn aufgebrezelt hatten, waren wohl bereits in seine Wohnung eingeladen worden? Ich sagte ihm das auch so. Für einen Moment dachte ich, es wäre besser, auf der Stelle zu gehen, aber da machte ich mir etwas vor, es wäre mir nicht mehr möglich gewesen. Auf meine Frage antwortete er freimütig, dass es bisher sieben gewesen waren, ich war die achte, und mir blieb kurz die Luft weg.

»Mutter, Tante, Cousine, Schwester, Nichte, ehemalige Verlobte«, zählte er auf.

»Das waren sechs.«

»Ich habe die Diva vergessen«, sagte er und deutete auf eine rote, fette Katze, die auf dem Sofa lag, »sie hat mich immer wieder besucht, bis ich mich ihrer erbarmt habe. Ich habe ihr Asyl gewährt, und seit einem Jahr ist sie meine Mitbewohnerin.«

Ich hob das Tier hoch, begutachtete es und sagte: »Das ist ein Kater.«

»Dann bist du Nummer sieben«, erwiderte Rudolph.

Er umarmte mich von hinten und hielt mich fest. Ich dachte: Wie gut fühlt es sich an, von zwei Armen gehalten zu werden!, und augenblicklich schämte ich mich für diesen Gedanken.

Rudolph und ich trafen uns jede Woche in seiner Wohnung, anfangs zwei- bis dreimal, dann reduzierten wir es auf den Donnerstag. Es ging von mir aus. Ich war nur noch ein Nervenbündel gewesen; mich für die Treffen freizumachen, ohne Argwohn in meiner Umgebung zu erzeugen, war schwierig für mich. Das wollte ich nicht mehr, ich wollte ausschließlich genießen, die Vorfreude, die gemeinsame Zeit, die Erinnerung daran. Jeden Donnerstag verbrachte Georg den Abend bis spät in die Nacht hinein mit Freunden aus seiner Laufrunde, auch ehemalige Kommilitonen waren dabei, sie aßen in einem Restaurant und gingen anschließend in einen Club. Ich machte ab dem Nachmittag Patientenbesuche, die ich nun zu Mittag begann – ich verzichtete auf meine Pause –, um am frühen Abend bei Rudolph sein zu können. Allmählich bürgerte sich ein, dass er mit einer gefüllten Badewanne und einem Abendessen auf mich wartete, er war ein ausgezeichneter Koch.

Er begann mir Briefe zu schreiben, meist waren es nur kurze Zeilen, in denen er seine Sehnsucht, mich wiederzusehen – oder eher sein Begehren –, ausdrückte und in denen er beschrieb, was er mit meinem Körper anzustellen gedenke, wenn ich wieder bei ihm war. Weil es uns weniger riskant erschien, adressierte er sie an die Ordination, es gab einige Patientinnen, die mir Dankesbriefe schrieben. Als Absender verwendete er den Namen Stephanie Bach, der Vorname stand für Kronprinz Rudolphs unglückliche Ehefrau aus Belgien, der Nachname für den berühmten Komponisten.

Beim Liebesakt war ich zwar lebhaft, aber nie besonders leidenschaftlich, vermutlich litt mein Mann darunter, ich weiß es nicht. Ich löste mich manchmal von mir, sah mir von oben selbst zu, als würde ich an der Decke schweben. Ich sah eine attraktive Frau – ich wusste um meine Schönheit –, die jedoch kühl und nüchtern war. Das hatte sicherlich auch damit zu tun, dass mein Mann es nicht zelebrieren konnte, wenn wir miteinander schliefen, und dem Ganzen immer etwas Verstohlenes anhaftete. Da waren Bedürfnisse, die befriedigt werden mussten, seine und meine, aber das war auch schon alles. Dass es mit seiner Versehrtheit zu tun hatte, begriff ich als junge Frau nicht, ich war selbst zu unerfahren.

Mit Rudolph war es anders. Obwohl nur zwei Jahr jünger, war es, als ob er einer anderen Generation angehörte. Ich war beschäftigt, bloß nichts falsch zu machen bei den ersten Treffen, später wurde es schöner und ich fand Gefallen an den Dingen, die er mir zeigte. Er hatte dichtes dunkles Haar, das er etwas länger trug und das ich gerne anfasste, wenn er sich zu mir in die Badewanne setzte, wusch ich es ihm. Seitdem es schütter geworden war, trug Georg sein Haar millimeterkurz, er ließ es von seinem Friseur zweimal im Monat mit der elektrischen Schneidemaschine scheren. Am liebsten mochte ich, wenn Rudolph über mir war, sich dabei auf seine Unterarme stützte, sodass ich das Gewicht des Oberkörpers nicht spürte und seine muskulösen Oberarme sehen konnte. Er schaffte es, in mir zu sein, ohne sich zu bewegen, und sah mich dabei unverwandt an.

Ob jemand misstrauisch wurde?

Ich glaube, niemand traute mir eine Affäre zu, weil ich all die Jahre nie geklagt und nie mit anderen geflirtet hatte. In mir sahen die meisten die aufopfernde Ärztin, die nur für ihre Patienten lebte, die Arbeitswütige. Georg und ich galten als harmonisches Paar, wir stritten uns nicht vor anderen, das blieb auch nach meiner Verhaftung so, mein Mann ließ niemanden hinter die Fassade blicken, und ich war froh darüber. Wir wurden wohl beide ein bisschen beneidet – der einarmige Georg immer noch dafür, dass er die schöne Elisabeth bekommen hatte, ich für seine Gutmütigkeit und dafür, dass er mir Freiheiten zugestand, von denen andere Frauen nur träumen konnten. Meine Meinung war ihm wichtig, er wies mich nie zurecht, fuhr mir nie über den Mund, machte nie Witze auf meine Kosten. Wenn ich den Raum betrat, stand er immer noch auf und rückte mir den Stuhl zurecht, er hielt mir die Tür auf und mäkelte nicht daran herum, weil ich Haushalt und Kinder meiner Mutter überließ, weil ich rauchte und trank.

Ob Georg etwas ahnte? Ich glaube nicht. Mein Mann war zu der Zeit beschäftigt mit dem Verfassen eines Fachbuches über Hals-, Nasen- und Ohrenerkrankungen. Es war das Projekt seines Onkels, der – an die achtzig – es nicht mehr alleine bewältigte und schließlich gänzlich in die Hände seines Neffen legte. Georg tat es gut. Außerdem ging er völlig in der Rolle als Vater auf, seitdem die Buben älter geworden waren, verbrachte er viel Zeit mit ihnen.

28

Ich war – mit fünfzehn – ein einziges Mal in Italien gewesen, zusammen mit meinem Bruder und mit meinen Eltern, ich hatte damals Grado gesehen und einen Tag lang Venedig. Ich sehnte mich oft nach der Wärme, nach dem Meer, einige meiner Bekannten schwärmten von den Urlauben in der Toskana oder an der Oberen Adria. Der Krieg war vergessen, man liebte die Strände, die guten Weine, die Muscheln und Spaghetti, den Charme der dunkeläugigen Kellner. Aber mein Mann weigerte sich vehement, im ehemaligen Feindesland den Urlaub zu verbringen.

Ich wollte diese Reise mit Rudolph machen, ich *musste* diese Reise machen, koste es mich, was es wolle. Ich organisierte meine Abwesenheit in der Ordination, zu Georg sagte ich, dass ich mich krank und erschöpft fühlte, dass ich für mich sein musste. Es war nicht einmal gelogen. Seit dem *Vorfall* legte Georg mir gegenüber eine Kälte an den Tag, an der ich sehr litt. Ich fackelte nicht lange herum, formulierte es mit wenigen Sätzen, der letzte lautete: »Ich muss an die Sonne, mir ist es hier zu frostig.«

Da uns eine Zugfahrt zu riskant war – mir wegen der Fahrgäste, Rudolph hatte Angst um das wertvolle Instrument –, fuhren wir mit meinem Auto und wechselten uns am Steuer ab. In einem kleinen Landgasthof, in der Nähe des Wörthersees, verbrachten wir die erste Nacht. Als wir nach dem Abendessen das kleine Zimmer betraten, machte ich mir kurz Sorgen darüber, wie es sich anfühlen würde, eine ganze Nacht mit ihm zu verbringen und am Morgen gemeinsam aufzuwachen. Nachdem wir uns geliebt hatten, schlief er ein, ich setzte mich auf den Balkon, rauchte und sah auf den dunklen See hinunter. Als ich zurück ins Bett kroch, schnarchte er leise, es klang wie ein sanftes tröstliches Schnurren, ich empfand es als hinreißend. Wäre ich seine Frau, dachte ich, würde ich mich jede Nacht an ihn klammern und mich von diesem gleichmäßigen Geräusch einschläfern lassen.

In den Städten Ferrara und Bologna blieben wir jeweils eine Nacht. In Ferrara saßen wir in der Basilica Cattedrale di San Giorgio und hörten einem Orgelspieler zu, der die Passacaglia von Händel für ein Konzert übte. Die Musik berührte mich im tiefsten Inneren, sie übte eine Macht auf mich aus, der ich mich nicht entziehen konnte, Rudolph spürte meine Bewegtheit und zog mich fest an sich. In Bologna aßen wir in einer kleinen Trattoria in einer Seitengasse der Piazza Maggiore zu Abend und betranken uns anschließend mit Grappa – der Wirt hörte nicht auf, unsere Gläser nachzufüllen –, sodass wir beinahe den Weg ins Hotel nicht fanden und uns im Hotel an der Zimmertür irrten. Wir probierten lange mit dem Schlüssel herum, kichernd und übermütig, bis ein alter Mann polternd die Tür aufriss und uns verjagte.

In Ravenna übernachteten wir bei einem Freund Rudolphs, dieser wohnte zusammen mit seinen alten Eltern und seiner hochschwangeren Frau in einem kleinen, mit Wein bewachsenen Haus. Als wir ankamen, saß die Familie beim Mittagessen im Innenhof und lud uns spontan ein mitzuessen. Die Begrüßung war herzlich und eine Spur zu laut, anstatt sich die Hand zu reichen, umarmten sich die beiden Männer, für mich ein ungewohnter Anblick. Ich beobachtete Rudolph: Hatte er gewusst, dass die Frau hochschwanger war?

Am späten Nachmittag spazierten wir zur Werkstatt des Instrumentenbauers. Rudolph nannte ihn Maestro, er war über siebzig, ein kleiner, dicklicher Mann mit buschigen Augenbrauen.

Rudolph überragte ihn um beinahe zwei Köpfe. Ich wurde nach meinem Namen gefragt, als ich ihn nannte, breitete der Mann die Arme aus und sagte, zu Rudolph gewandt: »Elisabetta! Hast du deine Freundin deshalb mitgebracht?«

Die beiden widmeten sich dem mitgebrachten Cello. Währenddessen schlenderte ich durch die Innenstadt, ich wollte nicht zur jungen Familie zurückgehen, so wie es Rudolph mir vorgeschlagen hatte. Mir wäre eine Unterbringung in einer Pension lieber gewesen. Ich saß auf der Piazza del Popolo und trank einen Eiskaffee, ich beobachtete das Treiben, wie schick die jungen Italienerinnen waren! Ein junger Mann setzte sich zu mir und wollte wissen, woher ich kam, was ich in Ravenna tat. Wir unterhielten uns in gebrochenem Englisch, eine Zigarette nach der anderen schnorrte er mir ab, er versuchte zu flirten. Er behauptete, er wäre zwanzig, ich schätzte ihn auf sechzehn, höchstens siebzehn, ein Kind, das sich abmühte, wie ein lässiger Erwachsener zu wirken. Er war dünn und schlaksig, ordnete ständig seine Arme und Beine, der Oberlippenbart ein Flaum oder nur die Andeutung eines Flaums. Vom Krieg wusste er nichts oder wollte nicht darüber reden.

»War!«, sagte er verächtlich auf meine Frage, ob sein Vater gedient hatte und was er über den Krieg dachte, »only old men want war, because they are old. They send the young stupid me to the battlefield because they envy them. The powerful are jealous old men who like to give orders, because they cannot do much more. They let the young soldiers die or be crippled. But the young want to live! We want to have fun and meet beautiful women.« Den letzten Satz sagte er mit einem Augenaufschlag.

Ein unechtes Fluidum von Männlichkeit umgab ihn, das hauptsächlich in einer Affektiertheit zum Ausdruck kam, nämlich der Stimme, die er sonorer klingen lassen wollte, als sie war, und mit der er versuchte, kluge Dinge zu sagen, um mich zu beeindrucken. Er amüsierte mich, und ich musste mich zurückhalten, um nicht lauthals herauszulachen, ich wollte ihn nicht kränken. Ich dachte an Bert, der so ganz anders war, und ich fragte mich, ob es an meinem Sohn eine Seite gab, die ich nicht kannte. Ich brach auf, dem Jungen überließ ich meine restlichen Zigaretten.

Beim Weg zurück zur Werkstatt betrat ich spontan ein Modegeschäft, dessen Schaufenster mir vorher bereits aufgefallen war, ich wollte mich ablenken, die Gedanken an Bert, an meine Familie, verscheuchen. Ich kaufte mir ein dunkelrotes Sommerkleid, das knapp die Knie bedeckte, in Wien trug man die Kleider bis zu den Waden, ich wollte es am Meer, wenn ich mit Rudolph allein war, anziehen.

Der Maestro lud uns zum Abendessen ein und duldete keinen Widerspruch, seine Frau habe nämlich bereits gekocht. Die Wohnung befand sich über der Werkstatt, sie war vollgestopft mit Büchern, Noten und Instrumenten, und die Fenster standen offen, weil es so warm war. Die Frau war noch kleiner und rundlicher als ihr Mann, sie trug eine schwarze Kochschürze, die ihr bis zu den Knöcheln reichte. Ihr Gesicht strahlte herzlich, als sie meines in ihre Hände nahm, es zu sich zog – ich musste mich bücken – und mich küsste, sie roch nach Schweiß und Olivenöl. Die Köchin traf die allerletzten Vorbereitungen, wir tranken süßen Wermut und plauderten, das Paar erzählte von den zwei Töchtern und dass ein langjähriger Mitarbeiter die Werkstatt übernehmen werde.

Ich war erleichtert, dass ich nicht ausgefragt wurde, ich wusste nicht, was Rudolph über mich erzählt hatte. Die drei bestanden darauf, dass ich das neu erworbene Kleid auf der Stelle vorführte, die Frau zeigte mir das Schlafzimmer, und ich zog mich um, es war mir etwas peinlich. Rudolph rief »Oh lala!«, trat vor mich, reichte mir die Hand und machte Tanzschritte mit mir, wobei er mich schwungvoll drehte.

Uns wurde selbstgemachte Pasta mit Trüffel kredenzt, dazu ein Rotwein, dunkel und schwer. Der Maestro begann die Geschichte des Cellos zu erzählen: Johann Sebastian Bach hatte es im Jahr 1749 seiner Tochter Elisabeth zu deren Hochzeit geschenkt. Er hatte es viele Jahre zuvor, als er an den Cellosuiten arbeitete, für sich anfertigen lassen und überreichte das ehrwürdige Stück nun voller Stolz an sein Kind. Sie war die einzige seiner Töchter, die er verheiraten konnte, und es war eine Liebesheirat, Elisabeth hatte sich in einen Schüler ihres Vaters, Johann Christoph Altnicol, verliebt. Bach verhalf ihm zu einer Stelle als Organist, er schätzte Altnicol sehr. Ein Jahr nach der Hochzeit starb der alte Bach, der in den letzten Monaten schwer krank gewesen war – bei dem Satz deutete Rudolph auf seine Augen und grinste mir zu –, die junge Ehefrau besuchte ihren Vater oft und spielte ihm auf dem Cello vor. Nach Bachs Tod nahm das Ehepaar den älteren Bruder Elisabeths, er war geistig behindert, bei sich auf. Nach zehn Jahren Ehe starb ihr Mann, und die verwitwete Elisabeth zog mit ihren Kindern zurück nach Leipzig, zu ihren drei ledigen Schwestern. Eine posthume Tantiemenregelung gab es noch nicht, die vier Frauen befanden sich bald in einer prekären finanziellen Lage. Sie waren gezwungen, ihr Erbe zu verflüssigen, unter anderem durch den Verkauf von Manuskripten und Instrumenten, darunter Elisabeths Cello, es kam in den Besitz einer wohlhabenden Kaufmannsfamilie. Danach waren alle vier Frauen auf verwandtschaftliche Unterstützung und wohltätige Hilfe vom Almosenamt angewiesen, sie führten ein zurückgezogenes, sehr ärmliches Leben.

Nach der Trüffelpasta aßen wir frische Feigen und Panna Cotta.

Weißt du, mit dem Essen hat es eine seltsame Bewandtnis: Es war mir nicht wichtig, aber trotzdem hatte ich schon immer gern gegessen, und bekocht zu werden, noch dazu in einer anregenden Umgebung, empfand ich als erotisch.

Ich aß langsam, jeden Bissen genießend, ich trank zu viel und dachte an nichts, ich ließ mich einlullen von den leisen, vor sich hinplätschernden Stimmen von Rudolph und dem Paar, er hatte aufgehört zu übersetzten, und mir war es recht. Ich versank in absolutes Wohlbehagen, verursacht durch das köstliche Essen, den Wermut, den Wein, das abgedunkelte gemütliche Wohnzimmer und Rudolphs Fuß zwischen meinen Oberschenkeln. Nach zwei Stunden war ich in ein ganz und gar vor Ekstase trunkenes Geschöpf verwandelt und als wir – endlich! – unser Zimmer erreichten – ich hoffte sehr, dass die Familie schlief –, geschah es auf dem zu weichen Bett, dass ich in lodernde Stücke zerbrach und dreimal hintereinander ins Paradies katapultiert wurde.

Du musst nicht rot werden, mein Kind. Es ist eine Tatsache, dass äußerste Entspannung und die Abwesenheit jedes Gedankens lustförderlich sind. Ich fragte mich in der Nacht, ob es Leute gab, die ihr Leben überwiegend locker, leicht und ohne allzu viel zu denken verbringen, ob es da draußen Menschen in einer Art Dauersinnenrausch gab. Die Vorstellung kam mir aberwitzig vor, ich musste lachen, Rudolph zuckte im Schlaf, ich fühlte mich matt und berauscht in einem, und dann schlief ich ein. Ein Traum ließ mich im Morgengrauen aus dem Schlaf fahren: Georgs linker Arm bewegte sich auf dem Bett, kroch unter die Decke, seine Finger streichelten die Innenseiten meiner Oberschenkel, diesen Traum hatte ich schon lange nicht mehr gehabt.

Wir reisten weiter nach Cervia, wo wir fünf faule Tage in einem kleinen Strandhotel verbrachten. Wir verließen unser Zimmer oft erst am Nachmittag, um barfuß am Wasser entlang zu schlendern oder uns auf den Liegen zu räkeln und zu lesen, am Abend aßen wir am Stadtplatz oder im Fischerhafen.

Eine junge Familie aus Mailand wohnte ebenfalls im Hotel, wir grüßten uns, winkten uns zu, wenn wir uns über den Weg liefen, am letzten Tag kamen wir auf der Terrasse nebeneinander zu sitzen, und Rudolph begann sich mit dem Mann zu unterhalten. Ich saß neben der Frau, die Erschöpfung der jungen Mutter war ihrem weichen runden Gesicht abzulesen. Sie reichte mir ihren zweimonatigen Sohn, ein Wesen in der von visuellen Reizen überwältigten, mit Armen und Füßen strampelnden, grunzenden, grimassierenden Lebensphase. Wie sehr hatte ich dieses Stadium bei meinen Söhnen geliebt! Ich sah, dass Rudolph mich beobachtete, dass der Mann ihn lächelnd etwas fragte. Die Mutter setzte sich abseits und stillte das Baby – ihre Erfahrung darin war sichtlich –, als wäre es das Natürlichste der Welt, sich dafür nicht zurückziehen. Sie erwehrte sich der gespielt fürsorglichen Einmischungen ihrer dreijährigen Tochter, die den Mund des kleinen Bruders von der Brustwarze zu lösen drohten, Rudolph lenkte sie ab – sie zeigte keine Scheu vor ihm –, indem er sie hochhob und in die Luft warf, immer wieder, sie quietschte vor Vergnügen.

»Was hast du ihm über uns gesagt?«, fragte ich Rudolph, als wir allein waren.

»Die Wahrheit. Dass wir aus Wien sind, dass wir eine leidenschaftliche Affäre haben« – dabei küsste er mich – »ich ein armer Instrumentenbauer bin und du eine verheiratete, bekannte Ärztin.«

»Bin ich das? Bekannt?«

»Ich würde sagen, in bestimmten Kreisen ja.«

Ich atmete hörbar aus.

»Natürlich habe ich das so nicht gesagt. Ich habe gesagt, dass wir keine Kinder haben, dass uns dieses Glück leider verwehrt geblieben ist.«

»Was hat er geantwortet?«

»Man soll die Hoffnung nicht aufgeben.«

Ich sagte Rudolph nicht, dass es mir lieber gewesen wäre, wenn er dem Mann tatsächlich die Wahrheit gesagt hätte. Ich *habe* Kinder, dachte ich, mit ihnen sollte ich hier sein und das Meer genießen, sie haben es noch nie gesehen, und ja, Rudolph sollte die Hoffnung auf das Glück der Vaterschaft nicht aufgeben. Ich fühlte mich auf einmal müde. Aber im Grunde war es gleichgültig, was er gesagt hatte, wir würden den Mann ja nicht mehr wiedersehen.

Ich glaube, ich habe vergessen zu erzählen, wo wir uns das erste Mal begegnet sind.

»Wir kennen uns«, hatte Rudolph an diesem ersten Abend im Café Herrenhof zu mir gesagt, als er sich zu mir gesetzt hatte.

»Ich muss Sie enttäuschen, ich wüsste nicht woher«, erwiderte ich.

»Februar 1929. Sie haben meine Verlobte nach Hause gebracht«, sagte er und nannte die Straßenecke.

Ich wusste sofort, wovon er sprach: die junge Frau, die stark blutend nach einer Abtreibung zu mir gekommen war. Er war der Mann gewesen, der sie in den Arm genommen hatte, nachdem sie aus meinem Auto gestiegen war.

»Das Wort ›kennen‹ trifft nicht ganz zu«, sagte ich schließlich im Café Herrenhof. Der Kellner brachte ihm ein Glas Rotwein, mit dem er mir prompt zuprostete.

»Das mag sein. Aber Manon erzählte mir damals viel von Ihnen, sodass ich das Gefühl hatte, Sie zu kennen.«

»Ah«, machte ich, mir fiel nichts Besseres ein, ich fragte mich, was die junge Frau über mich erzählt hatte.

»Ich muss mich bei Ihnen bedanken, dass Sie ihr damals das Leben gerettet haben.«

Ich hoffte, dass er kein launiges »Es war mir ein Vergnügen!« oder »Jederzeit wieder!« erwartete, und erkundigte mich nach dem Befinden der jungen Frau, weil ich neugierig war. Hatten die beiden geheiratet, gab es mittlerweile ein Kind? Ich erfuhr, dass sie sich kurz darauf getrennt hatten, was von ihr ausgegangen war, dass er nichts von ihr wusste, da sie in Berlin lebte, mit ihrer Band viel reiste, sie war sogar schon ein paar Mal in New York aufgetreten.

»Ich wusste nichts von dem Kind«, sagte er.

»Und wenn Sie es gewusst hätten?«

»Hätte ich nicht gewollt, dass sie es wegmachen lässt. Ich wollte sie heiraten, eine Familie gründen.«

»Was wollte sie?«

»Freiheit. Und die bedeutete für sie ein vagabundierendes Musikerleben.«

Auf der Rückfahrt blieben wir für zwei Nächte in Venedig. Rudolph bestand auf all die Dinge, die man in dieser Stadt machte, wir tranken Cappuccino auf dem Markusplatz, besichtigten den Markusdom, sahen uns das Teatro La Fenice an, standen auf der Rialto-Brücke, besuchten eine Glasbläserei, saßen zu zweit in einer Gondel.

Die Entscheidung, die Stadt der Liebe auf dem Heimweg zu besichtigen, war die falsche gewesen, ich fühlte mich traurig. Bald würden wir in Wien ankommen und getrennte Wege gehen, jeder hatte sein Leben weiterzuleben, als wären diese Tage nicht passiert. Rudolph würde in der Werkstatt seine Instrumente bauen, an den Abenden und freien Tagen sein Junggesellenleben aufnehmen, und ich würde meinen Patienten gegenüberstehen, meiner Mutter, meinen Söhnen – und meinem Mann. Ich fühlte Wehmut, dass diese Reise bald vorbei sein würde, aber da war auch ein anderes irritierendes Gefühl in mir, das ich nicht benennen konnte.

Die Erinnerung an meinen ersten Besuch in Venedig überkam mich mit einem Mal. Rudolph und ich gingen an einer Trattoria vorbei, ich glaubte sie wiederzuerkennen, ich sah mich, die Fünfzehnjährige, mit meinem zwanzigjährigen Bruder und den Eltern an einem Tisch beim schattigen Eingang sitzen. Mein Bruder überzeugte die Eltern, dass es unbedingt erforderlich war, dass seine kleine Schwester italienischen Rotwein probierte, dabei zwinkerte er mir zu. Die Mutter protestierte zuerst – ich hatte noch nie Alkohol getrunken –, schließlich bestellte der Vater ein Glas. Niemand konnte Gustavs Charme widerstehen, am wenigsten die Eltern! Ich nippte, viel zu schnell, der Wein begann mir zu Kopf zu steigen. Ich beobachtete meinen Vater, wie er bewundernd seinem Sohn zuhörte, der von einer Vorlesung erzählte, und dachte mir, werde ich auch einmal so liebevoll und weise sein wie er? Ich betrachtete meine Mutter, die ihre Augen ebenfalls nicht von Gustav lassen konnte, und dachte, werde ich einmal so schön sein wie sie? Ich hörte meinem Bruder zu – wobei ich nicht genau verstand, was er sagte, ich war tatsächlich ein bisschen beschwipst – und dachte mir, werde ich auch einmal so klug und redegewandt sein?

Rudolph wollte das Lokal betreten, ich zog ihn weiter, und als ich mich noch einmal umdrehte, sah mir mein Vater direkt ins Gesicht, er fragte: »Was machst du hier, Elisabeth?«

Am Abend stellte ich mir die Frage, was gewesen wäre, wenn Gustav nicht gefallen wäre.

Das war früher eine Marotte von mir gewesen – und auch beim Ausgehen ein beliebtes Spiel zwischen Eugen und mir –, sich zu bestimmten Themen die spekulative Frage zu stellen: Was wäre gewesen, wenn? Einmal, ich weiß noch, es war in der Eden Bar, kamen wir auf Napoleon zu sprechen, weil Eugen eine Biographie über den ehemaligen Kaiser gelesen hatte. Ich warf die Frage in die Runde: »Was wäre gewesen, wenn Napoleon bei der entscheidenden Schlacht von Waterloo nicht derart von Hämorrhoidenschmerzen geplagt gewesen wäre und die Schlacht gewonnen hätte?« Es sorgte für großes Gelächter, und dann wurde lange herumfantasiert, wie Europa in dem Fall aussehen würde, politisch, gesellschaftlich, auf dem Gebiet der Kunst, Baguette in Wien anstatt der Kaisersemmel? Die besten Einfälle wurden mit einem Glas Sekt prämiert.

Natürlich wäre aus Gustav ein Arzt geworden. Aber wäre er ein guter gewesen, den Patienten mit echter Fürsorge zugewandt, oder einer, dem die Wissenschaft an sich wichtiger war und sein Ansehen? Und wäre dann aus mir eine Ärztin geworden? Vermutlich nicht. Im Gedenken an den Lieblingssohn hatten mir die Eltern die Erlaubnis gegeben. Was wäre gewesen, wenn Georg heil zurückgekehrt wäre? Wären wir verheiratet? Ich war mir nicht sicher, und wenn doch, wie wäre unser Liebesleben gewesen? Ach, Georg.

Beim Abendessen sprach ich mit Rudolph über meine Gedanken, wobei ich Letzteres natürlich wegließ. Wir dachten uns eine Geschichte für Gustav aus, ich ließ ihn einen erfolgreichen Chirurgen sein, der auch an der Universität unterrichtete, beliebt bei Patienten und Studenten, erzählten uns Anekdoten über seinen Alltag, Rudolph verheiratete ihn mit einer Dichterin und schenkte ihnen zwei Kinder, einen Sohn und eine Tochter. Ich beendete das Spiel, und wir brachen ins Hotel auf. Sein verlorener Blick für wenige Sekunden, als er sich unbeobachtet fühlte, ging mir nicht aus dem Kopf, hatte er an seine kontrafaktische Biographie gedacht? Was wäre gewesen, wenn Manon das Kind nicht hätte wegmachen lassen, würde er dann hier mit ihr sitzen anstatt mit mir, ein sechsjähriger Junge oder ein sechsjähriges Mädchen an ihrer Seite? Oder beides? Mir fiel ein, dass es sich um zwei Föten gehandelt hatte.

Wir starteten am Morgen, um den Weg nach Wien an einem Tag zu schaffen. Ich bevorzugte es, in der Nacht anzukommen, ich würde Zeit für mich haben, um in Ruhe auszupacken und Rudolphs Geruch von meiner Haut abzuwaschen. Möglicherweise würde meine Mutter aufwachen oder noch wach sein, aber Georg und meine zwei Buben würden tief und fest schlafen. Als wir in die Stadt hineinfuhren – er saß am Steuer –, bahnte sich ein Schluchzen tief unten in meiner Brust seinen Weg nach oben, mächtig und gewaltig, und als er vor seiner Wohnung anhielt, konnte ich es nicht mehr unterdrücken, so sehr ich auch dagegen ankämpfte. Rudolph hielt mich lange fest, dann stieg er aus, und ich fuhr zu meiner Familie.

Wir sahen uns noch einige Male regelmäßig, dann ging es meiner Mutter schlechter, und ich besuchte ihn seltener, bis ich gar nicht mehr kam. Anfangs wollte er es nicht verstehen. Er wartete an einem Donnerstag auf mich, ich kam aus der Ordination, und er versuchte mich zu einem Treffen zu überreden, seine Traurigkeit rührte mich, und es fiel mir schwer, standhaft zu bleiben. Einen Monat darauf passte er mich wieder ab, er hatte ein bisschen etwas getrunken und flehte mich an, ich solle mich scheiden lassen und bei ihm bleiben, ich sagte ihm, es sei sicherlich nicht das, was er sich wirklich für sein Leben wünsche, und dann war er es, der weinte.

Du fragst mich, ob es eine Zeit gab, in der ich die Affäre bereut habe. Ach, meine Liebe, das ist nicht einfach zu beantworten.

Es ist unmöglich, den Verlauf einer Geschichte vorherzusagen, während man sie erlebt. Ja, es gab diese Momente der Reue, aber erst viel später, als sich Verklärung in die Erinnerung an meine Ehe einzuschleichen begann. Damals fühlte ich: Wenn ich mein Leben noch einmal leben könnte, mit dem Wissen, das ich jetzt habe, würde ich die Affäre nicht beginnen. Ich würde Rudolph an diesem Tisch im Café Herrenhof unmissverständlich klarmachen, dass ich nicht daran interessiert war, ihn wiederzusehen.

Andererseits war die Erinnerung daran noch nicht verblasst, wie sehr mich die Gedanken an die Stunden mit ihm über Wasser gehalten haben. Einmal, es war ein warmer Sommerabend, die Balkontür stand offen, saß er nackt neben mir im Bett und las mir begeistert etwas über einen italienischen Komponisten und Kontrabassisten vor. Ich konnte mich von dem Anblick nicht losreißen, zu Hause wurde ich erwartet, aber eigentlich wollte ich nur bleiben und beobachten, wie die Abendsonne über ihn hinwegkroch. Ich prägte mir den Augenblick ein, ich wusste, ich würde tagelang davon zehren. Es war mir nicht möglich, ihn nicht mehr zu treffen, es war wie ein Zwang, der mein ganzes Sein und Tun beherrschte, ich kannte mich selbst nicht mehr.

Die Gegenwart schert sich nicht um Befindlichkeiten, die du in der Zukunft haben wirst, in der Gegenwart steckst du fest, wie du auch in deiner Haut feststeckst. Eine Eigenschaft der Zeit ist Erbarmungslosigkeit, in jeder Hinsicht.

Das Leben ging weiter. Georg und ich kamen uns wieder nahe.

Nein, meine Liebe, ich mache mir nichts vor.

Weißt du, eine Ehe bekommt im Laufe der Zeit eine komplexe, aber sehr vertraute und wohltuende Rhythmik von Gefühlen, Gesprächen, Gedankengängen. Wir dachten das Gleiche, wenn wir bei Freunden eine Anekdote hörten; wir brauchten uns nur anzusehen und wussten, was dem anderen durch den Kopf ging. Auch unsere Erinnerungen hatten sich allmählich vermischt. Georg schwor Stein und Bein, dass er es gewesen war, der bei einem unserer sommerlichen Besuche in der Hofmühle auf das verletzte Reh am Waldrand stieß, und ich bin genauso sicher, dass ich das verängstigte Tier sah und ihm davon erzählte. Es gab keinen Beweis, keine Antwort auf das Rätsel, nur den dünnen Stoff aus Vorstellungskraft und Erinnerung. Einer von uns beiden hatte den anderen die Geschichte erzählen hören, hatte sich in der Fantasie die Begegnung mit dem Reh ausgemalt und aus den geistigen Bildern, die mit der Erzählung einhergingen, eine Erinnerung geschaffen.

Und da gibt es noch einen Aspekt einer langjährigen Ehe, über den nie gesprochen wird. Der Anblick des begehrten Geliebten wandelt sich mit der Zeit, man sieht einander nicht mehr, man spürt einander. Die Partner werden gemeinsam alt und gewöhnen sich so an die Gegenwart des anderen, dass das Sehen aufhört, der wichtigste Sinn zu sein. Das ist die vertraute Blindheit einer durch viele Jahre gemeinsamen Lebens gewachsenen Intimität. Wenn ich morgens aufwachte und sah, dass Georgs Seite des Bettes leer war, horchte ich auf seine Schritte. Ich spürte die harten Knochen seiner Schultern, wenn ich die Hände in einem wortlosen Gruß drauflegte, während er Zeitung las, ehe ich zur Arbeit ging. Dabei sah ich ihm weder ins Gesicht noch musterte ich seinen Körper, ich fühlte einfach, dass er da war, genauso wie ich ihn nachts im Dunkeln roch. Der Geruch seines warmen Körpers war Teil des Zimmers geworden. Und wenn wir unsere Gespräche führten, waren es seine Sätze, auf die ich achtete, es kam selten vor, dass ich ihn prüfend anschaute.

Das lange Sterben meiner Mutter nahm mich in Anspruch, Georg stand mir zur Seite, er hatte zu seiner Schwiegermutter immer einen guten Draht gehabt. Die Zeit nach dem Tod meiner Mutter im April 1937 bis zum September 1939 war – privat – eine ruhige. Bert maturierte mit Auszeichnung im Juni 1938 und begann Medizin zu studieren, Julius absolvierte mit Ach und Krach die neunte Schulstufe, zum Glück nahm Georg es mit Humor. Politisch war diese Zeit natürlich sehr unruhig, wir verfolgten das Geschehen mit großer Sorge.

29

Wir hatten uns schon immer dafür interessiert, was in der Welt vor sich ging, wir lasen viel Zeitung, vor allem Georg. Er saß am Frühstückstisch und kommentierte bestimmte Artikel, später, als der Rundfunk immer populärer wurde, hörten wir gerne die Nachrichten im Radio.

Die Jahre nach dem Krieg waren bewegt, aber mir gefiel die Richtung, welche die Politik in der neu gegründeten Republik Österreich, vor allem jene Wiens, einschlug. Diese stabile, friedliche Zeit dauerte etwas länger als ein Jahrzehnt, 1933 war damit Schluss. Schritt für Schritt erfolgte die Demontage der Sozialdemokratie, bis 1938 ein kleiner schnauzbärtiger Österreicher unter tosendem Jubel in Wien einmarschierte und vom Balkon der Hofburg den Eintritt seiner Heimat in das Deutsche Reich verkündete.

Nach dem ersten großen Krieg hatten sich die Völker in Europa, vor allem wir Österreicher, mit den neuen Gegebenheiten abzufinden. Im europäischen Mächtespiel spielte die Politik der kleinen Republik kaum eine Rolle, diese war zum Bittsteller bei den Siegermächten geworden. Das war es, was die Männer häufig in Diskussionen beklagten, ich glaube rückblickend sagen zu können, dass die meisten Frauen schneller mit dieser neuen Situation zurechtkamen.

Aus der einstigen kaiserlichen Metropole wurde das »Rote Wien«. Die Stadt diente den Sozialdemokraten als gesellschaftspolitisches Experimentierfeld, was von vielen als »Steuerbolschewismus« verteufelt wurde.

Auch Georg betrachtete diese politische Richtung skeptisch, mich beeindruckte sie von Anfang an.

Die Wiener Stadtverwaltung begann in den zwanziger Jahren ein beispielloses Programm an Reformen umzusetzen, ausgedehnte Gemeindebauten mit grünen Innenhöfen entstanden, Krankenhäuser, Altenheime, Kindergärten, Bibliotheken und Volkshochschulen gehörten zur neuen sozialen Infrastruktur. Ich fühlte mich wohl in diesem neuen Wien, ich mochte es zu beobachten, wie sich alles veränderte, so vieles entstand und wuchs. Die Stadt war gemächlich, aber kosmopolitisch und stand in vielen Bereichen, wie zum Beispiel in der Medizin und in der Kunst, in regem internationalen Austausch. Und: Für Frauen – sie hatten 1918 endlich das Wahlrecht erlangt – traten so unverhüllt moderne Lebensformen in Erscheinung, es gab eine ungeahnte neue Freiheit! Viele arbeiteten als Verkäuferinnen, Lehrerinnen, Telefonistinnen oder Stenotypistinnen, und viele begannen zu studieren.

Die Welt vergaß eine Pandemie, man nannte sie die Spanische Grippe. Später erst stellte sich heraus, dass sie ihren Anfang nicht in Spanien genommen hatte, sondern in den USA. Sie forderte in Europa über zwanzig Millionen Menschenleben, mehr als im ersten großen Krieg, darunter auch unseren letzten Kaiser Karl. Er starb 1922 an den Folgen der Grippe auf Madeira, dorthin war er mitsamt seiner Familie verbannt worden. Er galt als ruhig und sanftmütig, es wurde oft betont – durchaus auch gehässig –, seine Frau Zita hätte mehr Durchsetzungsvermögen gehabt als er. Tja, so ist das mit starken Frauen, umgekehrt hätte eine solche Charakterverteilung wohl keinen Eingang in die Geschichtsschreibung gefunden. Er war wesentlich beliebter als der Thronanwärter Franz Ferdinand, bei den Menschen auf der Straße und am Hof selbst. Vielleicht wäre Karl im Juni 1914 vom Hof nicht nach Sarajevo geschickt worden, um die Serben zu provozieren, und das ganze Elend wäre uns erspart geblieben.

Im Jahr 1924 fand die Hyperinflation allmählich ihr Ende. Die alte Krone löste der Schilling ab, den nannte man bald wegen seiner Stabilität den »Alpendollar«, er war an den Goldwert gebunden. In Deutschland strich man zwölf Nullen auf den Geldscheinen, die Rentenmark ersetzte eine Billion Mark.

In der Medizin passierte auch so vieles! Die ersten Mikroskope wurden entwickelt, die moderne Bakteriologie entstand. Mit der eisernen Lunge wurden nicht arbeitende Lungen von gelähmten Patienten beatmet, die Elektroenzephalographie ermöglichte die Aufzeichnung von Gehirnströmen mittels eines Oszillographen, die weltweit erste Blutwäsche wurde durchgeführt, das Insulin und verschiedene Vitamine konnten isoliert werden. Aber das Bahnbrechendste war natürlich die Entdeckung des Penicillins durch Alexander Fleming.

Große Fortschritte in der Technik, besonders in der Autoindustrie, kurbelten die Wirtschaft an. Die »Goldenen Zwanziger« standen im Zeichen von Genuss und Konsum, aber glaub mir, sie waren nicht golden für alle. Wir imitierten Mode, Musik und Tanz aus den Vereinigten Staaten, Bubikopf, kürzere Röcke, Jazz, Charleston, Shimmy, auf Prohibition wurde Gottseidank bei uns verzichtet! Den Schlager aber erfanden die Deutschen, der kam nicht aus Amerika, »Veronika, der Lenz ist da«, »Mein kleiner grüner Kaktus«, »Ich bin von Kopf bis Fuß auf Liebe eingestellt«, »Wir versaufen unser Oma ihr kleines Häuschen», »Schöne Frau im Mond«, ach wie oft haben wir sie gehört! Georg schenkte mir zum Abschluss des Studiums ein Grammophon. Ich habe sicherlich noch ein paar Schallplatten da, wenn du willst, kannst du sie haben.

Das Radio kam auf. Zu verdanken hatten wir es den Erfindern Heinrich Hertz, Nikola Tesla und Guglielmo Marconi, die Namen weiß ich deshalb noch, weil sich Bert viel damit beschäftigte. Vor allem meine Mutter liebte es. In ihren späteren Jahren, als sie nicht mehr so viel lesen konnte, weil die Augen nicht mehr mitmachten, schaltete sie gern an den Abenden das Radio ein.

Die Filmindustrie boomte. Ich stand auf Rudolph Valentino, es passierte mir einmal, dass ich bei einem Film die Tränen nicht zurückhalten konnte, ich glaube, es war »Die Kameliendame«, Georg nahm mich dann lachend in den Arm. »So kenne ich dich gar nicht«, sagte er. Er selbst mochte Greta Garbo und Buster Keaton, meine Söhne liebten die Charlie-Chaplin-Filme, andere bekannte Schauspieler waren zu der Zeit Marlene Dietrich, Gloria Swanson, Emil Jannings, Douglas Fairbanks. Kinobesuche wurden zelebriert! Wir brezelten uns auf, gingen vorher gut essen – meistens waren Freunde dabei –, nachher wurde in einer Bar der Film lang und breit diskutiert. Zu Emil Jannings fällt mir etwas ein: In »Quo Vadis« gab er den Kaiser Nero. Bei den Dreharbeiten in Italien kam es zu einem furchtbaren Unfall, eine Löwin zerfleischte einen Statisten vor der Kamera. Das wurde natürlich in den Zeitungen ziemlich breitgetreten, es war die beste Werbung für den Film. Übrigens verspottete die *New York Times* Jannings für seine Schauspielkunst als Nero, aber ein paar Jahre darauf gaben ihm die Amerikaner den allerersten Oscar.

Was geschah sonst noch in dieser Zeit zwischen den beiden Kriegen?

In Chamonix fanden 1924 die ersten Olympischen Winterspiele statt, das interessierte besonders Georg. Alle vier österreichischen Teilnehmer kamen aus Wien und alle vier kehrten mit einer Medaille heim. Deutsche Sportler durften immer noch nicht teilnehmen, Deutschland galt als Verursacher des Krieges. Das sorgte für hitzige Diskussionen, weil Österreich und Ungarn nicht als Überbleibsel der ehemaligen Doppelmonarchie gesehen wurden. Bei den Sommerspielen in Paris holte der Schwimmer Johnny Weissmüller für die USA etliche Medaillen, er wurde später als Tarzan berühmt, und der finnische Läufer Paavo Nurmi brach olympische Rekorde, wir haben lange gesagt: Laufen wie ein Nurmi!

Der Engländer George Mallory scheiterte beim Versuch, erstmals den Mount Everest zu besteigen, und galt dann eine Zeitlang als verschollen. Er war ein fescher Bursche, die Presse liebte ihn. Georg las alles über ihn. Die Frage, warum er den Berg unbedingt besteigen wolle, beantwortete er für die *New York Times* mit den knappen Worten: »Weil er da ist.« Ein Jahr später stürzte er ab, die Leiche wurde nie gefunden. Viel wurde über ihn geschrieben, über seine arme Frau, welche die drei Kinder nun allein großziehen musste, kaum etwas. Er hätte besser den Berg Berg sein lassen sollen und die Worte gesagt: »Weil sie da sind.«

Der erste Roman des Schriftstellers Franz Werfel, »Verdi. Roman der Oper«, erschien in dem neu gegründeten Verlag Zsolnay, auch das verfolgte meine Mutter mit Interesse, sie liebte Werfels Bühnenstücke.

Der Schriftsteller Thomas Mann erhielt im Jahr 1929 für seinen Roman »Buddenbrooks« den Literaturnobelpreis. Meiner Mutter zuliebe begann ich ihn zu lesen, scheiterte aber bei der Hälfte, mit dem »Zauberberg« konnte ich mehr anfangen, den habe ich tatsächlich verschlungen.

Für das Ballett »Schlagobers« von Richard Strauss hagelte es Kritik, das machte mich neugierig, ich schaute mir das Stück mit meiner Mutter und Georg an. Es ging um eine Völlerei in einer Konditorei, das kam nicht so gut an bei den Leuten, denen das Kriegsleid noch gut in Erinnerung war. Zum Schluss ging ich zur Bühne vor und packte ein paar Süßigkeiten ein, meiner Mutter war es peinlich, Georg fand es lustig, er hätte am liebsten eine Tortenschlacht mit mir angefangen. Der alte Strauss wurde ausgebuht, das ertrug er nicht. Er verließ schließlich die Staatsoper, was viele bedauerten, sie befürchteten, mit seinem Weggang werde Wien zur kulturellen Provinz, sie lagen falsch.

Der Theatermacher Max Reinhardt kehrte aus Berlin nach Wien zurück, meine Mutter war ganz aufgeregt, als sie die Nachricht las, sie verehrte den Mann geradezu. Camillo Castiglione, Großspekulant und Kunstliebhaber, kaufte für Reinhardt das alte Theater in der Josefstadt und bezahlte obendrein den großzügigen Umbau mit viel Gold, rotem Damast und venezianischem Prunk. Meiner Meinung nach hätte es ja dezenter sein können, dann wären sich eine Säuglingsstation oder ein Waisenheim auch noch ausgegangen.

Die drei jungen Tänzerinnen Grete Wiesenthal, Gertrud Bodenwieser und Gertrud Kraus erhielten internationale Anerkennung, sie zählten zu den renommiertesten Reformerinnen des modernen Tanzes. Sie waren so mutig, tanzten teilweise nackt, das gefiel uns Frauen, ein kleiner Skandal in bestimmten Kreisen war es aber dennoch.

Arthur Schnitzler, der Lieblingsschriftsteller meiner Freundin Franzi, starb an einer Hirnblutung. In einer Verfügung hatte er für den Fall seines Todes bestimmt: »Begräbnis letzter Klasse! Das durch Befolgung dieser Bestimmungen erübrigte Geld ist Spitalzwecken zuzuwenden. Keine Trauer tragen nach meinem Tod, absolut keine!« Das nahm mich für ihn zum Schluss doch noch ein. Franzi trug trotzdem drei Tage lang Schwarz, wie kindisch.

Die Fotografie war im Vormarsch. Beliebt wurden große Fotobildbände berühmter Fotografen, in solchen Bänden hätte ich stundenlang schmökern können! Die Fotografie wurde als neues Studienfach an den Kunsthochschulen eingeführt. Die Kleinbildkamera wurde erschwinglich, und das Fotografieren wurde für viele das neue Freizeitvergnügen. Wir kauften auch eine Kamera, um das Aufwachsen der Buben festzuhalten, anfangs fotografierten wir viel, dann lag sie viel herum. Später, als Julius zwölf, dreizehn war, begann er sich dafür zu interessieren, da war die Kamera mittlerweile veraltet, Georg schenkte ihm zum Geburtstag eine neue. Ein paar Jahre später nahm er, der Neunzehnjährige, sie mit nach Paris, und viele Jahre später entdeckte ich in seiner Wohnung Fotos von dieser Zeit, er hatte die Menschen auf den Straßen, in den Cafés, in den Parks fotografiert, die Fotos waren in ihrer Klarheit beängstigend schön.

1929 kam es in New York zum Börsenkrach, und es folgte in den Jahren danach die sogenannte Depression, die Arbeitslosigkeit war enorm hoch, großes Elend herrschte. Diese Wirtschaftskrise schwappte ebenso auf Europa über wie vorher die Musik, die Tänze und die Flappermode und hielt jahrelang an.

Vor diesem Hintergrund überstürzten sich in den dreißiger Jahren die politischen Ereignisse. In der Sowjetunion hatte Lenin schon 1924 in seinem Testament vor seinem Nachfolger Stalin gewarnt, man hätte besser auf ihn hören sollen. Josef Stalin ersetzte den marxistischen Sozialismus durch eine stark zentralisierte Kommandowirtschaft, diese wiederum wurde Mitte der dreißiger Jahre von einem Terrorregime abgelöst, den Säuberungen fielen Millionen Menschen zum Opfer.

1933 wurde in Deutschland Adolf Hitler zum Reichskanzler ernannt, die Nationalsozialisten feierten mit einem Fackelzug durch Berlin. Meine Mutter konnte ihn von Anfang an nicht leiden. Als sie erfuhr, dass es zu Verbrennungen von Büchern von Döblin, Kästner, Brecht, Tucholsky gekommen war, war sie entsetzt.

In Österreich begannen zur gleichen Zeit politische Unruhen. Die Regierung – unter Bundeskanzler Engelbert Dollfuß – schaltete das Parlament aus, Schritt für Schritt erfolgte der Abbau der demokratischen Institutionen und des Sozialstaates, die Aushebelung des Roten Wien. Ein autoritärer Staat, in dem es keine politischen Parteien und kein demokratisch gewähltes Parlament gab, wurde errichtet. Georg, er war ein Anhänger der Christlichsozialen Partei, hatte viel von Dollfuß gehalten und war enttäuscht. Er hielt dem Mann allerdings zugute, dass es seine Intention gewesen war, mit diesem Staatsstreich die politische Unabhängigkeit Österreichs zu wahren gegenüber dem nationalsozialistisch regierten Deutschland. Denn die Nationalsozialisten wurden auch in Österreich immer stärker, sie forderten den Anschluss an den großen Nachbarn. Im Sommer 1934 verübten sie einen Putsch gegen die österreichische Regierung, dabei kam Dollfuß ums Leben. Aber eine Machtübernahme durch die Nationalsozialisten und der Anschluss an Deutschland scheiterten damals noch.

Im März 1938 wurde Österreich gewaltsam an das nationalsozialistische Deutschland angeschlossen, aber es gab bei uns viele Menschen, die diesen »Anschluss« wollten. Für uns war es ein schwarzer Tag. Georg, der in Zeitungen und Radio alles verfolgte, was Hitler tat und sagte, konnte förmlich riechen, dass Krieg vor der Tür stand. Er erinnerte sich an einen Satz aus einer Rede von 1936: »Zur Lösung der deutschen Frage kann es nur den Weg der Gewalt geben.«

Am 1. September marschierte Hitler in Polen ein, und zwei Tage später erklärten Frankreich und Großbritannien dem Deutschen Reich den Krieg. Du hast das sicherlich alles in der Schule gelernt.

In diesem zweiten großen Krieg kämpften die Männer an der Front mit feindlichen Staaten, die Daheimgebliebenen mit dem Terror, den der eigene Staat ihnen auferlegte.

30

Bei Kriegsbeginn war Bert neunzehn und Julius sechzehn Jahre alt; Angst und Sorge um unsere Söhne waren nervenaufreibend.

Bert wurde im September 1940 einberufen, ein Jahr später erhielten wir die offizielle Nachricht, dass er vermisst wurde, ein Kamerad schrieb uns, dass unser Sohn in Kriegsgefangenschaft geraten war, das Lager hatte er nicht in Erfahrung bringen können. Von Bert selbst erhielt ich – sein Vater war zu dem Zeitpunkt schon tot – nur einen einzigen Brief im Frühling 1944, in dem er schrieb, dass er in einem großen Lager in der Kohlestadt Stalinsk im westlichen Sibirien untergebracht war. Er schilderte unfassbares Elend. Und doch hatte er Glück im Unglück; da er in der Krankenstation eingeteilt war, waren für ihn die Bedingungen, vor allem was die Versorgung betraf, nicht ganz so furchtbar wie für die anderen Häftlinge. Nach seiner Heimkehr im Jahr 1949 erzählte er, dass er in den ersten Jahren viele Briefe an seine Familie geschrieben hatte, jeden Monat einen. Ich fragte mich, ob es in der Sowjetunion ein Amt für Briefverkehr von Lagerinsassen gab, dessen Beamten sich einen sadistischen Spaß daraus gemacht hatten, sämtliche Briefe aller Kriegsgefangenen zu verheizen, oder hatten sie gefroren und nichts anderes gehabt, um den kleinen Ofen in der Schreibstube zu befeuern?

Um der Einberufung an die Front zu entgehen, suchte Julius – ohne mein Wissen – im Frühling 1942 um einen Posten als Übersetzer in Frankreich an. Er marschierte zur Gestapo-Leitstelle ins Hotel Métropole am Morzinplatz und sprach dort vor. Später gestand er mir, dass es ein spontaner Einfall gewesen war, er hatte panische Angst vor der Front, bekam seinen Bruder nicht aus dem Kopf, der mittlerweile vermutlich in einem grauenhaften Lager verhungert oder erfroren war. Offenbar dürfte mein gutaussehender charmanter Junge Eindruck bei den SS-Leuten gemacht haben, sie bewirteten ihn, fragten ihn aus, ließen ihn einiges auf Französisch übersetzen und bezeichneten ihn beim Abschied mit einem Schlag auf die Schulter als »gewitztes Bürschchen«.

Zwei Wochen später bekam Julius einen Brief: Er solle sich an einem bestimmten Tag am Bahnhof einfinden, er würde einen hochrangigen Beamten auf einer Dienstreise nach Paris begleiten, wo man ihn für eine Probezeit als Dolmetscher einsetzen würde. Ich gebe zu, ich fühlte Erleichterung, es war mir lieber, meinen Sohn in einem sicheren Büro in Paris zu wissen als an der Front in der Sowjetunion. Ich hoffte, man würde ihn in einer unwichtigen Verwaltungsstelle einsetzen. Ich dachte an meine Mutter: Vielleicht hatte sie ihm tatsächlich mit ihrer Liebe zur französischen Sprache das Leben gerettet? Zu dem Zeitpunkt befand ich mich in einem Ausnahmezustand, mein Mann hatte sich im November 1941 das Leben genommen, und ich wusste nicht, ob mein ältester Sohn noch lebte. Ich wollte nichts mehr, als dass mein zweites Kind überlebte – und ja, das war Julius in diesem Frühling 1942: ein Kind.

Als ich ihn zum Bahnhof begleitete, wurde er in der Halle in Empfang genommen, mich hielt man zurück. Ich spähte hinaus auf den Bahnsteig und unter den SS-Männern, die ich in einer Gruppe beisammenstehen sah, glaubte ich Alois Brunner zu erkennen. Während Julius mit großem Hallo von den Männern begrüßt wurde, stand ich da und wusste nicht, was ich tun sollte, mir war übel, ich musste mich festhalten. Brunner war kein Unbekannter in Wien, er war der Leiter der SS-Dienststelle, die den offiziellen Namen »Zentralstelle für jüdische Auswanderung« trug, sie war verantwortlich für den Abtransport der Juden. Uns Wienern wurde vorgemacht, dass diese *lediglich* unter Druck gesetzt wurden, damit sie emigrierten, weil man sie im Deutschen Reich nicht haben wollte. Aber im letzten Jahr war durchgesickert, dass sie in Arbeitslager gesteckt wurden, die viele nicht überlebten. Julius war in die höchsten Kreise der SS-Mörderbande geraten; mit zittrigen Knien verließ ich das Bahnhofsgebäude.

Nach dem Krieg erfuhr ich mehr über Brunner. Er war 1939 vom SS-Obersturmbannführer Adolf Eichmann persönlich nach Wien geholt worden, weil die Deportation der Juden in der Hauptstadt der Ostmark ins Stocken geraten war. Nachdem Wien von ihm »judenfrei« gemacht worden war – damit rühmte er sich –, führte er verschiedene Gestapo-Sonderkommandos zur Deportation von Juden in ganz Europa an, so auch in Paris, dort war er von 1943 bis 1944 Leiter des Judenreferats und verantwortlich für zahlreiche Transporte nach Ausschwitz. Er tauchte in den Nachkriegswirren unter und wurde nie gefasst.

Julius schrieb, dass Brunner sich nur zehn Tage in Paris aufgehalten hatte und nach Wien zurückgereist sei. Ihm wurde erlaubt, in der französischen Metropole zu bleiben, wo er im Büro des »Service du travail obligatoire« eingesetzt wurde. Es war eine Organisation zur Aushebung französischer Arbeiter zum Einsatz in der deutschen Kriegswirtschaft, ihr stand der SS-Offizier Julius Ritter vor.

Wir aßen im Clubraum des Hotel Majestics zu Abend. Nach dem Essen wechselten alle in das Kaminzimmer, Brunner forderte mich auf mitzukommen. Er zündete sich eine Zigarre an, legte die Hand auf meine Schulter und fragte in die Runde, ob jemand einen guten Übersetzer benötige. »Dieser junge Wiener heißt Julius Tichy. Sein Französisch ist hervorragend, er hat mir in den letzten Tagen gute Dienste geleistet. Er würde gerne in Paris bleiben. Wer braucht ihn? Wenn ich zurückkomme, will ich ihn aber wiederhaben, ich mag seinen Wiener Schmäh!« Alle lachten. Ein Mann hob seine Hand und meinte launig, da wir denselben Vornamen hätten, wäre es wohl gut und richtig, wenn ich in seine Dienste trete, wir wären dann Jules der Erste und Jules der Zweite. Wieder lachten alle. Er heißt Julius Ritter und steht dem Büro für Pflichtarbeitsdienst vor. Ich war erleichtert, als er den Namen seiner Stelle nannte und seinen Posten beschrieb.

Warum er erleichtert war, in diesem Büro eingesetzt zu werden, schrieb er nicht. Nach dem Krieg sprach er einmal bei einer gemeinsamen Bergwanderung über seine Zeit in Paris und auch darüber, was er an der Seite Brunners in Drancy gesehen hatte. Vom Sammel- und Durchgangslager Drancy wurden die Juden mit der französischen SNCF oder der deutschen Reichsbahn nach Ausschwitz-Birkenau transportiert. Brunner hatte das Lager inspiziert, sich einen Überblick verschafft und Richtlinien vorgegeben, es war vorgesehen, dass er zu einem späteren Zeitpunkt die Leitung übernehmen sollte.

»Diese ersten Tage in Frankreich, an der Seite Brunners, waren das Furchtbarste, was ich je erlebt habe«, erzählte Julius. »Es gab Momente, in denen ich mich einfach nur an die Front wünschte. Ich sah Dinge, die ich dir nicht schreiben konnte. Ständig beobachtete Brunner aus den Augenwinkeln meinen Gesichtsausdruck, meine Reaktion, er machte sich einen Spaß daraus. An den Abenden, in den Nächten saßen sie beieinander und feierten, Brunner bestand darauf, dass ich mit dabei war. Sie mochten mich, nicht wenige haben meine Wangen gekniffen, sie waren so widerlich, und ich musste so tun, als ob ich ihre Gesellschaft interessant fand. Du kannst dir nicht vorstellen, was gesoffen und gehurt wurde, untertags haben sie Listen für den nächsten Transport zusammengestellt. Das Schlimmste war mitanzusehen, wenn die Kinder in die Waggons kletterten. Einmal kam es zu einem Tumult, ein Vater wollte nicht getrennt werden von seiner Frau und den drei kleinen Kindern. Ich versuchte die Familie zu beruhigen und sie zu überreden einzusteigen, dabei klopfte mein Herz wie verrückt, ich wusste nicht, was ich tun sollte. Brunner zog seine Pistole und schoss die ganze Familie nieder, der Vater stand nur einen Meter von mir entfernt, sein Jüngstes hatte sich an sein Bein geklammert. Das Blut der beiden war überall auf mir. Im Waschraum musste ich erbrechen, ich hatte einen Nervenzusammenbruch, und als ich wieder hinaustrat, durfte ich mir nichts anmerken lassen.«

Julius Ritter wurde im September 1943 von einer Gruppe der Résistance-Bewegung erschossen. Für das Attentat selektierte und erschoss man fünfzig Geiseln aus dem Gefangenenlager Fort de Romainville. Zum nachfolgenden Leiter des »Service du travail obligatoire« wurde SS-Brigadeführer Alfons Glatzel ernannt, Julius ging nahtlos in seine Dienste über.

»Jedes Mal, wenn sich eine Runde von führenden SS-Leuten traf, in einem Café oder Restaurant, und Ritter – später Glatzel – darauf bestand, dass ich anwesend war, hatte ich große Angst, dass Brunner dabei war und dass er mich zurückfordern würde.«

Das war nicht der Fall, Julius diente bis zum Sommer 1944 im Büro des Pflichtarbeitsdienstes. Er war bei der Befragung der Arbeiter für die Übersetzung zuständig, musste aber oft seine Vorgesetzten begleiten, wenn sich diese mit Beamten und Politikern des Vichy-Regimes trafen. Die Ausbeutung von Arbeitskräften stand lange Zeit im Mittelpunkt der Verhandlungen zwischen dem Deutschen Reich und der Vichy-Regierung. Alle jungen Franzosen, zwischen 1920 und 1922 geboren, waren zu einem Zwangsarbeitsdienst im Deutschen Reich verpflichtet, diejenigen, die sich weigerten zu gehen, wurden zu Gesetzlosen.

Im Büro waren Französinnen für die Schreibarbeiten angestellt, eine davon hieß Anne. Sie war vierundzwanzig und konnte leidlich Deutsch, weshalb sie dem Posten zugeteilt worden war, vor dem Krieg war sie Sekretärin in einer Anwaltskanzlei gewesen. Sie saß neben Julius hinter dem mächtigen Schreibtisch, vor ihnen der junge Mann – die meisten Zwangsrekrutierten waren Männer –, den sie gemeinsam nach Berufserfahrung, Kenntnissen, Familienstand befragten. Anne notierte in einem französischen Formular die Antworten des Befragten, Julius wiederum notierte die Antworten auf Deutsch in einem anderen – ausführlicheren – Formular, wovon dem Rekrutierten für seinen künftigen Arbeitgeber in Deutschland ein Durchschlag mitgegeben wurde.

Anne war Julius gegenüber nicht derart abweisend, wie es die meisten anderen Frauen waren. Er sagte ihr, dass sie denselben Namen trug wie seine Großmutter, die er sehr geliebt habe, dass er nur wegen dieser so gut Französisch konnte. Sie sah ihm an, dass er mit der Situation kämpfte und dass er versuchte, Gründe für eine Untauglichkeit zu finden oder die Leute dort unterzubringen, wo er glaubte, dass es humaner zugehen würde.

Manchmal wurde Anne nach Arbeitsschluss von ihrer jüngeren Schwester abgeholt, die einundzwanzigjährige Louise war seit Kurzem Volksschullehrerin. Die beiden Schwestern stammten aus Octeville-sur-Mer in der Normandie, Anne war fünf Jahre zuvor nach Paris gezogen, in der kleinen Heimatgemeinde gab es kaum Arbeitsmöglichkeiten. Louise war ihr ein Jahr später gefolgt, um die Ausbildung zur Stenotypistin in der Hauptstadt zu machen. Als Louise das erste Mal mit ihrem Fahrrad vor dem Büro stand und durchs Fenster Anne zuwinkte, wusste Julius sofort, dass er sich in sie verlieben würde.

Zwei Wochen darauf luden Anne und Louise ihn spontan ein, mit ins Kino zu kommen, und als sie in der Sitzreihe Platz nahmen, kam er zwischen den beiden zu sitzen. Später hätte er nicht mehr sagen können, welchen Film sie gesehen hatten, so angespannt war er gewesen, und noch später zogen die zwei Schwestern ihn damit auf.

31

Wenige Monate nach dem Tod der Mutter ging Eugen nach Linz.

Er bewarb sich im Mädchengymnasium in der Körnerstraße als Hausmeister und trotz seines fortgeschrittenen Alters erhielt er die Stelle. Eine Rolle spielte die Tatsache, dass er im Besitz eines eigenen Autos war, Carl hatte ihm das alte zur Verfügung gestellt, das, welches Eugen nach dem Krieg für die Familie gekauft hatte. Ausschlaggebend aber war, dass Carl sich für den entfernten Verwandten Thomas Danek einsetzte. Seit Kurzem war Martha Schülerin im Gymnasium, sie wollte Volksschullehrerin werden und nach der vierten Klasse in die Lehrerbildungsanstalt wechseln. Carl und Luzia kannten den Direktor und seine Familie gut, Alfred Moser hatte mit seiner Frau und seinen Kindern mehrmals die Sommerfrische im Dorf verbracht. Bei einer Wanderung verletzte sich der Jüngste am Fuß, und der Vater trug ihn zur nahegelegenen Hofmühle. Luzia versorgte die Wunde, Carl brachte die Familie zum Arzt, und am Tag darauf aß man gemeinsam zu Abend. Dass Luzia früher die Schule besucht hatte, in der Moser kürzlich Direktor geworden war, hielten alle für einen schönen Zufall. Dieser interessierte sich für alle Belange der Mühle, er war selbst in einer aufgewachsen. In der Folge lieferte Carl Holz für einen Umbau an der Schule, und nicht nur das: Eine Freundschaft zwischen den Familien entstand.

Eugen bekam in dem Gebäude eine Wohnung zur Verfügung gestellt und war von früh bis spät auf den Beinen. Ich erfuhr es mehrere Wochen später und war enttäuscht, dass er sich nicht für Wien entschieden hatte. Vielleicht nahm ich es auch ein bisschen persönlich. Ich hätte meinen Bruder gerne in der Nähe gehabt, ihm gerne geholfen, eine bessere, eine ruhigere Stelle zu finden.

Bei meinem Besuch saßen wir auf seiner kleinen Terrasse, es war ein milder Tag im Oktober. Die Wohnung gefiel mir, sie war gemütlich und hatte Charme. Sie befand sich im Erdgeschoss und lag gegen Westen, in den warmen Monaten konnte er an den Abenden die Sonne genießen. Auch machte mein Bruder keinen unglücklichen Eindruck, er wirkte zufrieden, in manchen Momenten sogar heiter.

»Die Stelle ist nicht schlecht, ich mag sie. Man respektiert mich, und die Kinder stören mich nicht, im Gegenteil«, sagte er. »Manchmal fühle ich mich zurückversetzt in meine Zeit im Waisenheim.«

Er habe sich deshalb für Linz entschieden, weil es sich näher zur Familie befand, er wolle an den Feiertagen nach Hause fahren – er sagte tatsächlich »nach Hause« –, um von den zwei Kindern doch ein bisschen etwas mitzubekommen, auch wenn er seine Vaterrolle nicht wahrnehmen konnte. Außerdem konnte er Martha, die in Linz in einem Mädchenwohnheim untergebracht war, an den Wochenenden mitnehmen.

»Ich hielt die Situation in der Hofmühle nicht mehr aus, und als ich merkte, dass Verbitterung in mir hochkam, wusste ich, es war höchste Zeit, mir eine andere Bleibe für meinen Lebensabend zu suchen.«

Mit einem Augenzwinkern fügte er hinzu: »Ich mag verbitterte alte Menschen nicht.« Es war das erste Mal seit seiner Heimkehr, dass Eugen darüber sprach, was in ihm vorging.

Es sei ihm unmöglich gewesen, weiterhin das harmonische Familienleben der vier aus unmittelbarer Nähe mitzubekommen, es *mitleben* zu dürfen, als einer, der am Rande stand.

»Sie sind glücklich miteinander«, sagte er weiter. »Luzia ist die beste Mutter, die man sich vorstellen kann, warmherzig, voller Liebe. Den ganzen Tag umsorgt sie ihre Familie, ohne zu jammern. Ich hätte mir eine solche Mutter gewünscht, als ich ein Kind war.«

»Ach Eugen«, warf ich seufzend ein.

Er ging nicht darauf ein. »Die Kinder sind lieb miteinander und mit anderen, sie sind gut erzogen, auf eine natürliche Art. Ich habe selten eine Familie erlebt, die so im Reinen mit sich ist. Weißt du, was ich meine? Es gibt viele Familien, in denen eine vergiftete Atmosphäre herrscht.«

Ich nickte.

»Und was Carl betrifft: Er ist anders als damals, als ich wegging. Irgendwie lebendiger. Als wäre er aufgeblüht. Als hätte meine Anwesenheit ihn daran gehindert, das Beste aus sich hervorzuholen.«

Ich hatte in den ersten Jahren nach Eugens Weggehen Ähnliches gedacht: Carl war im Schatten seines Zwillingsbruders gestanden.

»Er ist weder ein langweiliger Spießer, so hatte ich ihn nämlich in Erinnerung, noch ein kleiner überforderter Müller, der sich mit dem Holzhandel gründlich überschätzt hat. Er macht seine Sache bewundernswert gut, in jeder Hinsicht. Er ist beliebt im Ort, bei seinen Angestellten, bei den Kunden. Auf sein Wort kann man sich verlassen. Mit den Kindern geht er liebevoll um. Martha und Arthur hängen sehr an ihm.«

»Das ist ganz schön viel Lob.«

»Wenn ich meinen Bruder ansah, ertappte ich mich bei dem Gedanken: Das könnte dein Leben sein! Deine Familie, dein Besitz, dein Zuhause. Ich verspürte Neid auf Carls geglücktes Leben als Eugen Brugger. Du bist Eugen Brugger, sagte ich mir. Du! Nicht Carl! Er lebt dein Leben! Ich hätte nach dem Krieg mutig sein sollen, mich zu Luzia bekennen, ich wusste ja, dass sie sich in mich verliebt hatte. Es war nicht meine Schuld, dass Carl im Krieg seinen Tod vorgetäuscht hatte, dass er desertiert war. Er hätte als Tom Danek nach Amerika gehen können oder als Knecht in meinem Haus leben.«

Nein, es war nicht deine Schuld und niemand zwang dich dazu, deinem Bruder deine Identität zu geben, dachte ich. Es war deine Idee, du tatest es freiwillig, aus Liebe zu deinem Zwillingsbruder hast du dich dazu verpflichtet gefühlt. Ich wollte Eugen nicht daran erinnern, dass ich ihn davor gewarnt hatte. Was hatte er bei dieser Diskussion zu mir gesagt? »Ich möchte, dass Carl und Luzia glücklich sind, das ist alles.«

»Und was ist mit deinem Glück?«, hatte ich ihn gefragt.

»Vielleicht finde ich es ja als Thomas Danek«, hatte er gelacht.

Mir fiel mein Schwager Hermann ein, der sich nach dem Krieg euphorisch bereit erklärt hatte, seinen Platz in der Ordination für seinen versehrten Bruder zu räumen. Später fühlte er sich übervorteilt und haderte mit der Entscheidung, die er getroffen hatte. Er konnte sich nicht mehr an die Stimmung erinnern, in der er sie getroffen hatte: an die überschwängliche Freude, dass sein Bruder am Leben war, an das schlechte Gewissen, weil er selbst nicht gedient hatte. Seine Erinnerung verfälschte sich, er behauptete, er wäre unter Druck gesetzt worden. Aus dem Akt der Brüderlichkeit, der Liebe, wurde etwas Schweres, eine Last, die man nicht ertragen konnte oder wollte.

»Diese Gedanken wurden massiv, ich konnte sie nicht mehr verdrängen. Ich verhielt mich feindselig, begann oft ohne Grund mit Carl zu streiten. Ich wurde zum Gift der Familie. Mir wurde bewusst, dass es besser war zu gehen, aber ich war zu bequem dafür. Und dann sah uns Martha miteinander. Luzia war mir von Anfang an aus dem Weg gegangen, es verletzte mich. Sie verhielt sich, als wäre nie etwas zwischen uns geschehen. Natürlich tat sie es, um sich selbst zu schützen, aber dennoch! Eines Abends warf ich ihr vor, dass sie mich nie geliebt hatte, sondern nur benutzt. Ich war betrunken, packte sie grob am Handgelenk. In dem Moment, als sie weinend vor mir stand und bettelte, ich soll aufhören, sah uns Martha. Wie du dir denken kannst, war die Situation eine brisante.«

Carl stellte ihn zur Rede, er wollte wissen, was zwischen Luzia und ihm vorgefallen war, was das Kind derart verstörte, und gebrauchte scharfe Worte. Eugen starrte ihn an und erwiderte: »Warum sagst du ›das Kind‹? Warum sagst du nicht ›dein Kind‹?«

Daraufhin packte Carl ihn am Kragen und das mit einer Heftigkeit, die Eugen überraschte, er drückte ihn gegen die Wand und zischte ihm drohend ins Gesicht: »Treib es bloß nicht zu weit.«

Carls Gesichtsausdruck war voller Zorn, und Eugen glaubte, auch Hass darin zu erkennen, und ihn beschlich plötzlich die Ahnung, dass Carl vielleicht mehr wusste, als er vorgab. Kurz darauf teilte Eugen ihm mit, dass er nach Linz gehen werde. Es kam zu einer Versöhnung, es war Carl, der die Hand nach seinem Bruder ausstreckte, er entschuldigte sich für sein Verhalten und sagte, er wolle auf keinen Fall, dass der Kontakt abbreche, Eugen sei jederzeit willkommen. In diesem Gespräch bedankte er sich unbeholfen für alles, was Eugen in den Jahren nach dem Krieg für die Familie getan hatte, vor allem aber dafür, dass er ihm seinen Namen überlassen hatte.

»Ich weiß, dass die Situation auch für Carl keine leichte ist«, sprach Eugen weiter. »Meine Anwesenheit in der Hofmühle war ihm sicherlich zuwider.«

Ja, dachte ich, wer will schon jeden Tag daran erinnert werden, wem man seine ganze Existenz verdankt?

»Ich bin froh, dass ich nach Linz ging. Weißt du, in der Hofmühle haderte ich mit mir und mit meiner falschen Entscheidung. Was warst du für ein Idiot!, sagte ich mir. Hier schaffe ich es, den Börsenkrach für mein Scheitern verantwortlich zu machen«, sagte er grinsend. »Ich könnte heute ein wohlhabender Hotelier in Boston sein. Du hättest das Hotel Elisabeth geliebt!«

Der Gedanke an das kleine Hotel im Hafen Bostons und dass alles hätte anders kommen können, beschäftigte ihn also immer noch. Er hatte es nach mir benannt, sein zweiter Versuch, in den Staaten Fuß zu fassen, wirtschaftlich erfolgreich zu sein, hatte meinen Namen getragen. Mir standen Tränen in den Augen, ich wischte sie weg. Seit der Trennung von Rudolph und seit dem Tod der Mutter passierte es mir häufiger, dass ich schnell melancholisch wurde, ich mochte das nicht an mir.

Beim Abschied umarmte mich Eugen fest. Er versicherte mir, dass er Glück gehabt habe mit dieser Schule und dass es ihm gut gehe.

»Mach dir keine Sorgen um mich«, sagte er.

Ich ging mit dem Gefühl, dass alles gut werden würde. Lass es mich anders formulieren: Ich zwang mich dazu zu *glauben,* dass Eugen seinen Frieden gefunden hatte, vielleicht wollte ich mich mit dem Gedanken beruhigen.

Ich bin überzeugt davon, dass es in jeder Sippschaft einen Menschen gibt, der – für das Wohl der Familie – mehr auf sich nimmt als die anderen. In unserer war das dein Großvater gewesen, und er selbst war daran zerbrochen.

32

Ein halbes Jahr später marschierte Hitler in Österreich ein. Die kleine Republik wurde Teil des Deutschen Reiches und erhielt den Namen »Ostmark«.

Es wäre gelogen zu behaupten, wir hätten nicht mitbekommen, was vor sich ging, die Leute auf dem Land vielleicht, diejenigen, die abgelegen wohnten, ja, die konnten das vielleicht in den ersten Jahren behaupten. Aber in Wien sah man von Anfang an, was passierte. Allein im ersten Monat nach dem »Anschluss« gab es mehrere hundert Festnahmen, immer wieder sah man auf offener Straße jemanden, der in Handschellen von SS-Leuten in ein Auto verfrachtet wurde. Die Verhafteten wurden in das ehemalige Hotel Métropole am Morzinplatz gebracht, es war von Reinhard Heydrich, dem General der Polizei, beschlagnahmt worden und diente als Staatspolizeileitstelle. Wir hörten von Folterungen, die dort vor sich gingen. Viele prominente Juden verschwanden in den ersten Wochen, niemand wusste, wo sie waren. Bis Mitte April gab es über neunzig Suizide in Wien. Die jüdischen Geschäfte wurden mit »Raus!« oder Hakenkreuzen beschmiert, man ließ Juden, bevorzugt ältere, Gehsteige schrubben. Oft wurde bei einer solchen Putzaktion ein Kübel voller Schmutzwasser über das Opfer gegossen, dabei johlte die Menge vor Vergnügen auf: »Arbeit für die Juden! Wir danken unserem Führer, dass er endlich Arbeit für sie beschafft hat!« Man sperrte die Juden in den Keller, bedrohte sie mit dem Erschießen, sodass sie anschließend froh waren, dass man ihnen lediglich den Kopf mit Teer einschmierte. Das Gleiche passierte Kommunisten und Sozialdemokraten, die gegen den »Anschluss« gewesen waren und gegen die Nationalsozialisten gewettert hatten. Aus einem Betlokal wurden betende Juden herausgezerrt und blutig geschlagen. In ganzen Straßen leerten Plünderer die jüdischen Geschäfte vollständig, aus Privathäusern wurden Geld und Schmuck weggeschleppt.

Ich verabscheute sie zutiefst, diese nationalsozialistische Regierung und ihre Ideologie, die unseren Alltag durchdrang: die Verfolgung der Juden und aller Andersdenkenden; die Rolle, die sie der Frau zugedacht hatten, welch ein Rückschritt! Die Erziehung der Jugend, die plötzlich Sache des Staates war und in der es nur um körperliche Ertüchtigung, Unterwerfung, Gehorsam ging; die Künstler, die schikaniert wurden, wenn sie nicht konforme Kunst produzierten; die Wissenschaft, die vielfach reduziert wurde auf das, was der rein arischen Rasse diente oder darauf, diese zu legitimieren.

Und ihre uniformierten Männer, die man überall in den Straßen Wiens sah, sie waren so roh! Diese Großspurigkeit, diese Arroganz in ihrem Verhalten, ganz gleich ob sie zur SS, zum SD oder zur Gestapo gehörten oder einfach nur kleine Beamte in gleichgeschalteten Verwaltungsstellen waren, sie waren nur verabscheuungswürdig. Ja, wir wussten in Wien von Anfang an, was da geschah, und ich muss dich enttäuschen, ich kann dir von keinen Heldentaten meinerseits berichten. Nenn es instinktiven Überlebenswillen, Selbsterhaltungstrieb, der sich auf meine Lieben erstreckte, oder meinetwegen auch Feigheit. Ein einziges Mal, es war im Mai 1938, griff ich ein, als grölende SS-Männer ein vierzehn-, fünfzehnjähriges Mädchen aus einem Café zerrten.

»Hast du da drin etwas verloren?«, wurde sie wiederholt gefragt, laut und drohend. »Hat die Judenfotze darin etwas verloren? Kann sie uns das sagen?«

Sie schubsten das Mädchen hin und her, griffen ihm dabei unters Kleid, bis sie es ihm vom Leib rissen, sodass es in der Unterwäsche dastand. Ich war mit Julius – nach einer Elternsprechstunde – am Weg von der Schule nach Hause und konnte nicht wegsehen, ich hätte mich für immer vor meinem Sohn geschämt. Ich bahnte mir einen Weg durch die Menschenansammlung und spuckte vor den Männern auf den Boden. Sie ließen von dem Mädchen ab, und einige Zuschauer murmelten zustimmend. Als ich mich bückte, um das Kleid aufzuheben, trat mir ein Mann mit seinem Stiefel in die Seite. Ich krümmte mich, er riss mich am Oberarm in die Höhe und verpasste mir einen so heftigen Schlag ins Gesicht, dass ich gegen die Mauer des Geschäftes taumelte, ich begann aus Nase und Mund zu bluten. Julius stürzte auf mich zu, und der Mann knurrte ihn an, mich von hier wegzuschaffen. Beim Weggehen sah ich, dass die Männer lachend von dem Mädchen abließen, zwei ältere Frauen halfen ihm in das Kleid.

Während Georg mich verarztete, schimpfte er vor sich hin, es bringe niemanden etwas, wenn ich versuchte, Heldin zu spielen, worauf ich erwiderte, dass auf einem Gehsteig Spucke zu hinterlassen noch lange keine Heldentat war. Obwohl ich die Sache herunterspielte, um meinen Mann und meine Buben zu beruhigen, veränderte sich etwas in mir. Bisher waren sie mir zuwider gewesen, diese uniformierten Schergen der neuen Regierung, nun kam Angst dazu. Die Atmosphäre des Schreckens, die sie verbreiteten, machte mir zu schaffen. Ich gewöhnte mir eine schnelle Gangart an, wenn ich in der Stadt zu tun hatte, den Blick zu Boden gerichtet, ich war fahrig und nervös, ich konnte noch weniger schlafen als zuvor und litt unter Herzrasen. Ich konzentrierte mich auf meine Arbeit, versuchte nicht aufzufallen und trichterte das auch meinen Buben ein. Wir gingen nicht mehr aus, lebten zurückgezogen. Julius wurde in der Schule unter

Druck gesetzt, weil er nicht der Hitlerjugend beigetreten war, wir bestärkten ihn, standhaft zu bleiben. Bert hörte an der Uni immer öfter von Rassenreinheit und bekam mit, dass jüdische Professoren zunehmend Repressalien ausgesetzt waren. An den Abenden diskutierten wir mit ihnen über das Weltbild der neuen Machthaber, wir wollten ihnen aufzeigen, wie widerwärtig es war, um zu verhindern, dass sie in den Einfluss von Nazis gerieten. Wir hofften, dass Hitler und seine engsten Vertrauten einem Attentat zum Opfer fielen, oder irgendetwas anderes passierte, um dem Regime ein rasches Ende zu setzen, und gleichzeitig wussten wir, dass es irrationale Hoffnungen waren. Ich kann mich an einen Morgen erinnern. Ich wachte auf, die Sonnenstrahlen fielen auf das Bett, ich hörte Georg in der Küche rumoren, nebenbei unterhielt er sich leise mit Bert, der sich bereit machte für seine Laufrunde. Alles wirkte friedlich und vertraut, und ich dachte für den Bruchteil einer Sekunde: Vielleicht war alles nur ein Albtraum gewesen?

Im September 1939 marschierte die Wehrmacht in Polen ein, und England und Frankreich erklärten Hitler den Krieg.

Rudolph war bei den ersten Jahrgängen, die eingezogen wurden. Er suchte mich überraschend in der Ordination auf, um sich zu verabschieden. Ich fragte ihn, ob es mittlerweile jemanden gab, der auf ihn warten würde, er verneinte und bat mich, mir schreiben zu dürfen.

»Versprich mir, dass du ab und zu an mich denkst, wenn du Bach hörst«, sagte er, als er mich umarmte, »oder wenn du in der Badewanne sitzt.«

Er schrieb mir dann tatsächlich einen Brief aus Polen und später einen zweiten aus Russland, wie früher adressierte er ihn an die Ordination und verwendete als Absender den Namen Stephanie Bach. Aber im Gegensatz zu seinen früheren Briefen fanden sich in ihnen keine erotischen Anzüglichkeiten, Rudolph schrieb über seinen Alltag als Gefreiter, über seine Einsamkeit und Verzweiflung, dass er viel an mich dachte und dass es diese Gedanken waren, die ihn über Wasser hielten.

Bert erhielt im Frühling 1940 seinen Einberufungsbefehl in die 62. Infanterie-Division. Da er erst im dritten Semester Medizin studierte, wurde ihm der Eintritt in den Sanitätsdienst verwehrt. Georg bemühte sich, von einem befreundeten Kardiologen ein Attest über eine – seit der Geburt vorhandene – Herzschwäche zu bekommen, doch das Dokument wurde bei der Gesundenuntersuchung nur belächelt und zur Seite gelegt. Am 12. Juni 1940 begleiteten wir Bert zum Bahnhof, an dem Tag sah Georg seinen Ältesten zum letzten Mal.

Im Juni 1941 maturierte Julius, im Oktober begann er das Studium der Germanistik und Romanistik. Im November 1941 erhielten wir die Nachricht, dass Bert vermisst wurde. Der Nachricht war ein kurzer Brief eines Kameraden beigelegt, in dem er schrieb, dass er gesehen hatte, wie unser Sohn und viele andere von sowjetischen Soldaten abgeführt worden waren, und dass sich Bert in einem sehr schlechten Gesundheitszustand befunden hatte. Der Kamerad befürchtete das Schlimmste und endete mit dem Satz: »Ich bete für Ihren Sohn.«

Ich habe dir das bereits erzählt? Vermutlich wiederhole ich mich, weil sich in mir alles sträubt, vom Folgenden zu berichten. Zur gleichen Zeit – es lagen nur wenige Tage Abstand zwischen den beiden Verständigungen – bekam Julius seine Aufforderung zur Stellung. Und eine Woche darauf beging Georg Selbstmord.

Er erschoss sich im Schlafzimmer, auf dem Bett. Er wartete die Stunde ab, in der er allein zu Hause war – die Saller war bereits gegangen, Julius hatte an dem Tag spät Vorlesungen, und ich war von der Ordination noch nicht nach Hause gekommen –, setzte sich auf das Fußende, steckte sich die Walther in den Mund und drückte ab.

Eugen kam sofort nach Wien. Nach dem Begräbnis, das im engsten Familienkreis begangen wurde, nahm er mich und Julius mit aufs Land. Die Wohnung wurde – wie während des ersten großen Krieges – verriegelt, die Ordination übernahm eine Vertreterin. Ich hatte keine Kraft für irgendetwas.

Wir blieben bis nach Neujahr in der Hofmühle. Wie im Herbst 1918 – es war genau dreiundzwanzig Jahre her – saß ich in den Nächten auf der Veranda und starrte auf die verschneiten Wiesen und Wälder, während ich eine Zigarette nach der anderen rauchte. Damals war meine Mutter neben mir gesessen, manchmal auch Carl und Luzia, die frisch Verliebten, die einander mit Blicken verschlangen, was meine Mutter und mich amüsierte. Es lag viel Schnee, die kurzen Tage erschienen mir dunkel und trostlos. Nur nachts war es hell, und in diesen hellen Nächten sickerte allmählich in mein Bewusstsein, dass der Krieg vorbei war, und es kam die zaghafte Gewissheit, dass die Zukunft vielleicht doch eine gute sein könnte. Nicht einmal zwei Jahre darauf, in einer Sommernacht, saß ich wieder auf der Veranda, ohne Zigarette, die rauchte dieses Mal mein Mann. Er saß mir gegenüber, schaute mir beim Stillen unseres Sohnes zu und sagte: »Weißt du eigentlich, wie sehr ich dich liebe?«

Georg war eines Abends im Jänner 1919 auf der obersten Treppe vor meiner Wohnungstür gesessen und hatte auf mich gewartet. Ich erkannte ihn zuerst nicht, ich sah und hörte nur, dass da jemand war. Es war dunkel im Stiegenhaus und ich bekam es mit der Angst zu tun, Raubüberfälle standen in Wien zu jener Zeit an der Tagesordnung. Ich tastete in meiner Tasche nach meinem

Revolver, Eugen hatte ihn mit geschenkt, damit ich mich sicherer fühlte, und fragte hastig: »Wer ist da? Was wollen Sie von mir?«

Er erhob sich, antwortete leise: »Ich bin's, Georg«, und als ob er ahnte, dass ich den Namen so schnell nicht würde zuordnen können, fügte er räuspernd hinzu: »Georg Tichy. Gustavs Freund.«

»Georg?«, sagte ich erstaunt, während ich die letzten Treppen hochstieg, ich freute mich ehrlich, ihn zu sehen.

Wir standen einander unbeholfen gegenüber, er hatte einen Mantel umgehängt, der nicht zugeknöpft war, er hielt ihn mit der rechten Hand auf Brusthöhe fest. In dem Moment erschien mir das nicht ungewöhnlich. Ich schloss die Tür auf und bat ihn herein. Im Flur zog ich meinen Mantel aus und hängte ihn auf, währenddessen unterhielten wir uns darüber, seit wann wir wieder in Wien waren. Seine Wangen waren schmal, seine Haare sehr kurz geschnitten, aber das stand ihm gut, sein Blick war fahrig, fast fiebrig. Wir gingen in die Küche, er behielt seinen Mantel umgehängt. Ich setzte Teewasser auf, dabei erzählte ich, wie Gustav gestorben war. Georg sprach von seiner Gefangenschaft in Italien und wechselte plötzlich das Thema: »In zwei Tagen veranstaltet meine Mutter eine kleine Willkommensfeier für mich, es sind ein paar Leute eingeladen, Verwandte, Freunde. Ich würde mich freuen, wenn du kommst.«

Er fügte hinzu, dass er viel an mich gedacht hatte. Die Wendung im Gespräch kam überraschend für mich, und ich wurde verlegen.

Als wir uns setzten, zögerte er kurz und dann nahm er seinen Mantel ab, er hängte ihn über den Stuhl. Ich erkannte, dass ihm der linke Arm fehlte. Als er sah, dass mir mein Gesichtsausdruck entglitt, wurde er blass und rang merklich um Fassung. Sein

Blick traf mich bis ins Mark, ich erkannte seinen Schmerz, seine Bitterkeit über das, was ihm widerfahren war, seine Nervosität vor meiner Reaktion. Ich wünschte, ich hätte anders reagiert, aber es war zu spät. Er versuchte einen Witz über seine Versehrtheit zu machen, das Schlimmste sei, dass es nicht mehr so lässig aussah, wenn man die Arme verschränkte, sagte er, oder so ähnlich, ich weiß es nicht mehr genau.

Ich wusste nicht, wie ich mich verhalten sollte, meine Verlegenheit blieb hartnäckig und hemmte mich. Ich spürte, dass er etwas anderes von mir erwartet hätte – ja sogar gebraucht hätte –, eine Umarmung, tröstende Worte, liebevollen Zuspruch. Und gleichzeitig befürchtete ich, dass es als Versprechen gedeutet werden könnte, ein Versprechen, das ich vielleicht nicht halten konnte. Wie weit erstreckt sich Verantwortung?, dachte ich. Georg trank schnell seine Tasse leer und verabschiedete sich.

Ein paar Wochen später wurden wir ein Paar.

Georg verbrachte die Abende bei mir, entweder holte er mich vom Krankenhaus ab oder er erwartete mich vor der Wohnungstür. Es war ihm anzusehen, dass er sein Glück nicht fassen konnte darüber, dass ich sein Interesse erwiderte, und das rührte mich. Ihn trug eine Art von Seligkeit, ich glaube, er war verliebter, als ich es war, im Gegensatz zu ihm fühlte ich mich vollkommen ruhig und klar. Seine Eltern spürten, wie gut ich ihm tat, und ließen ihn gewähren, sie hatten keine Einwände gegen unsere Beziehung. Er brachte immer irgendwelche Lebensmittel mit, auch wenn es nicht viel war. Seiner Familie ging es finanziell besser als anderen, sie konnte es sich leisten, auf dem Schwarzmarkt einzukaufen. Wir redeten nie wieder so viel wie in diesem ersten gemeinsamen Frühling und Sommer.

Es gefiel mir, was er sagte, ich mochte sein Weltbild und konnte mir vorstellen, mit ihm zu leben und Kinder zu haben. Er war für ein unabhängiges Österreich, bezeichnete sich selbst als Kosmopolit, dem jeder Nationalismus fremd war. Den »Anschluss« an Deutschland, der von vielen gefordert wurde, lehnte er wie ich vehement ab. In einigen Dingen hatte er konservative Ansichten, aber in den für mich essentiellen – nämlich was die Rolle der Frau und bestimmte sozialistische Ideen betraf – war er aufgeklärt und modern eingestellt. Er verstand viel von Politik und meinte dennoch – oder vielleicht deshalb –, man könne sich am besten schützen, wenn man sich raushielt.

Aber das Wichtigste war mir: Er strahlte Wärme und Freundlichkeit aus.

Nach einem langen Gespräch, es war bereits Nacht, beugte sich Georg zu mir und küsste mich sanft und lange. Danach stand er auf und verabschiedete sich. Wir küssten uns daraufhin oft, aber zu mehr fand er offenbar nicht den Mut, er strahlte Unsicherheit aus. Eines Abends zog ich ihn in das dunkle Schlafzimmer, ich schlüpfte aus meinem Kleid und kroch unter die Bettdecke. Er zog seine Hose aus und legte sich neben mich, sein Hemd behielt er an, als ich es aufknöpfen wollte, hielt er meine Hand fest.

Er war vorsichtig, flüsterte, dass er mir nicht wehtun wolle, er nahm wohl an, ich sei noch Jungfrau. Ich kann dir nicht sagen, ob er merkte, dass ich es nicht mehr war, weil wir nie darüber sprachen. Wir redeten weder über seinen fehlenden Arm noch über mein fehlendes Hymen, beide waren uns im Krieg abhanden gekommen.

Du als zukünftige Gynäkologin musst nicht rot werden, meine Liebe. Auch ich war einmal jung.

Wir kehrten nach Wien zurück. Ich sah mich außerstande, die Ordination alleine zu führen, und stellte eine junge Ärztin ein, ihr Name war Maria Paul. Ausschlaggebend für ihre Einstellung war – es gab zahlreiche Bewerber –, dass sie aus meiner Heimat, dem Mühlviertel, stammte. Sie hatte nach dem Studium zwei Jahre lang in Linz in einem Krankenhaus auf der internen Ambulanz gearbeitet, aber da ihr Verlobter Wiener war, wollte sie in der Hauptstadt arbeiten. Sie stellte eine neue Ordinationshilfe ein, und Grete ging in Pension.

Ich mied das Schlafzimmer und bezog das ehemalige Zimmer meiner Mutter. Julius besuchte wieder Vorlesungen an der Universität, aber er tat es halbherzig, ohnehin stand die Einberufung bevor. Er bewarb sich – ohne mein Wissen – bei der SS als Dolmetscher und ging nach Paris, ich blieb allein in der Wohnung zurück.

Ich machte mich ans Ausräumen des Schlafzimmers. An den Wänden waren Blutspritzer, es musste neu tapeziert werden, außerdem wollte ich sämtliche Möbel ersetzen. Ich leerte die Schränke und Kommoden, ein Männerheim für vorübergehend Obdachlose würde die meisten von Georgs Sachen abholen, einige wenige Stücke wollte ich behalten. Als ich Georgs Schreibtisch ausräumte, entdeckte ich in einer Schublade Rudolphs Briefe. Ich hatte sie chronologisch sortiert und mit einem Band zusammengeknotet im Zimmer meiner Mutter aufbewahrt, in einer ihrer Hutschachteln, im obersten Fach des Kleiderschranks, der vollgestopft mit altem Plunder war. Mein Mann musste sie kurz vor seinem Tod gefunden haben. Ein paar Wochen vor seinem Suizid, hatte ich noch Rudolphs Brief von der russischen Front in der Hutschachtel verstaut, da waren die Briefe alle an ihrem Platz gewesen.

Ich kannte Georg gut genug, um zu wissen, dass das Herausfinden einer Affäre, die lange Jahre zurücklag, kein Grund für ihn war, sich das Leben zu nehmen. Vor allem seit der Krieg begonnen hatte, hasste Georg das nationalsozialistische Regime wie die Pest, seine jahrelangen Kriegserfahrungen steckten ihm selbst noch in den Knochen, das Wissen, dass seine Söhne Ähnliches erleiden mussten, war für ihn unerträglich. Seitdem Bert eingezogen worden war, war mein Mann nicht mehr derselbe. Er saß zu Hause herum, resigniert und antriebslos. Freud hätte es Melancholie genannt, heute würde man Depression dazu sagen. Aber trotzdem war der Gedanke, dass Georg die erotischen Ergüsse Rudolphs von Frühling 1934 bis kurz vor Weihnachten 1935 gelesen hatte und dass diese Zeilen in seinem Kopf herumgeisterten, während er den Entschluss fasste, seinem Leben ein Ende zu bereiten, kaum auszuhalten. Als ich die Briefe durchsah, entdeckte ich zwei, die nicht von Rudolph stammten; Grete hatte sie geschrieben – an meinen Mann. In ihnen – sie waren vom März 1931 und vom Juli 1934 – beschrieb sie ihre Liebe zu ihm, die Zeilen waren voller Bewunderung und auch fürsorglicher Hingabe.

Ich entschied, mich freiwillig für den Dienst in einem Feldlazarett zu melden, weil ich das zwingende Gefühl hatte, aus Wien fortzumüssen. Ich war der Meinung, die harte Arbeit würde mich ablenken, die quälenden Gedanken an Bert, an Georg vertreiben. Ich hatte tatsächlich die aberwitzige Idee, ich könnte bei meiner Arbeit im Lazarett verwundete russische Offiziere darum bitten, sich auf die Suche nach meinem Sohn zu machen. Einige meiner Bekannten interpretierten meinen Entschluss falsch und waren irritiert, sie dachten, es wäre Loyalität dem NS-Regime gegenüber. Sie verstanden nicht, dass ich mich für den einzelnen verwundeten Soldaten nützlich machen wollte. Natürlich bereute ich meine Entscheidung schnell. Auch heute kann ich mich rückblickend nur fragen: Was hat dich da nur geritten? Eugen formulierte es in einem Brief:

Um ehrlich zu sein überrascht mich Dein Entschluss sehr. In dem Zustand, in dem Du Dich befindest, täte Dir ein Aufenthalt in einem Sanatorium in der Schweiz wesentlich besser als der in einem Feldlazarett in Russland. Aber Flucht in die Arbeit ist wohl typisch für meine Schwester?

Ich wurde in der Nähe von Charkow eingesetzt. Als junge Frau hatte ich bei Amputationen assistiert, nun nahm ich sie selbst vor. Ich arbeitete wie eine Maschine, bis zum Umfallen, um dann oft nur zwei, drei Stunden Schlaf zu bekommen. Später wurden wir nach Rostow verlegt, dann in einen Vorort von Stalingrad. Einen russischen Offizier behandelte ich kein einziges Mal, die Sanitäter hatten den Befehl, nur eigene Leute zu bergen. Anfang Dezember 1942 kehrte ich nach einem Zusammenbruch nach Hause zurück. Meine Schlafprobleme und daraus resultierend meine schlechten Nerven retteten mir vermutlich das Leben. Wenige Tage später gab es keine Rücktransporte mehr in die Heimat, die 6. Armee war eingekesselt, es begann die Tragödie von Stalingrad. Hitler verweigerte bis zum Schluss seine Zustimmung zur Kapitulation, schon deshalb ist er für mich der größte Verbrecher aller Zeiten.

Ab Mitte Dezember 1942 starben die ersten Eingeschlossenen an Unterernährung, am 8. Jänner 1943 forderte die Rote Armee Oberbefehlshaber Friedrich Paulus zur Kapitulation auf – was Hitler ihm untersagte. Paulus gehorchte und fragte am 23. Jänner erneut um Erlaubnis:

Mein Führer. Ich darf melden: Den Soldaten in Stalingrad kann man das Kämpfen bis zur letzten Patrone nicht mehr befehlen. Erstens, weil sie physisch und psychisch dazu nicht mehr in der Lage sind. Zweitens, weil sie diese letzte Patrone nicht mehr haben.

Hitler lehnte wieder ab. Über hunderttausend fielen, erforen, verhungerten in diesen letzten Wochen. Von den über neunzigtausend Männern, die in Stalingrad dann noch in Kriegsgefangenschaft gerieten, kehrten nach dem Krieg nur sechstausend heim.

Ich fühlte mich lange Zeit abgestumpft.

Weißt du, Menschen glauben sich wie Punkte durch die Zeit zu bewegen, aber ich glaube, es ist das Gegenteil. Wir sind unbeweglich, und die Zeit geht durch uns hindurch wie ein kalter Wind. Sie stiehlt unsere Wärme und lässt unsere Seele gefroren zurück.

Was mich rettete, war ein Brief von Bert, den ich im Sommer 1944 erhielt. Er war am Leben!

33

Wusstest du, dass im Dezember 1954 in Boston die erste Organspende gelang?

Einem jungen Mann wurde eine Niere transplantiert, mit der er noch acht Jahre lang lebte, in der Zeit heiratete er eine Krankenschwester und bekam zwei Kinder. Er starb mit einunddreißig an Herzversagen. Es war übrigens die erste Lebendorganspende bei einem Menschen.

Schon 1902 experimentierte ein Wiener Chirurg mit Tieren, er hieß Emerich Ullmann. Einem Hund wurde die eigene Niere unter der Haut am Nacken transplantiert, einer Ziege wurde die Niere eines Hundes transplantiert, ebenfalls in die Halsregion, wegen geringerer Infektionsgefahr. Und 1933 wurde von einem ukrainischen Chirurgen eine postmortal gespendete Niere transplantiert, die Patientin überlebte nur wenige Tage. Man brauchte lange, um zu erkennen, dass es an einer Abstoßungsreaktion lag. Die Gewebe von Spender und Empfänger müssen zusammenpassen, damit das Immunsystem sie nicht bekämpft.

Joseph Murray, in Milford, Massachusetts geboren, studierte in Harvard Medizin. Während des Krieges arbeitete er in einem Militärkrankenhaus, wo verletzte Soldaten mit schweren Brandwunden durch die Transplantation von Hautlappen von Leichen behandelt wurden. Die fremde Haut wurde immer nach wenigen Tagen abgestoßen. Seine Neugier war geweckt, er begann auf dem Gebiet der Transplantation zu forschen.

»Wie kann der Empfänger die Haut eines Fremden von der eigenen unterscheiden?«, fragte er sich.

Murray hörte von gelungenen Hautspenden zwischen eineiigen Zwillingen und begann nach dem Krieg an Hunden Transplantationstechniken zu üben. Als im Herbst 1954 die Nieren eines dreiundzwanzigjährigen Patienten zu versagen begannen, bot sich dem Arzt die Gelegenheit seiner Karriere. Ronald Herrick spendete seinem Bruder Richard ohne zu zögern eine Niere, die beiden waren eineiige Zwillinge, hatten also identische Gene, nur so konnte das Immunsystem ausgetrickst werden. Ich las viel darüber.

Eugen starb in seinem einundsiebzigsten Lebensjahr an Herzversagen. Er hat dich, sein erstes Enkelkind, noch kennengelernt, wenige Wochen zuvor hat dich deine Mutter zur Welt gebracht. Es war ein milder Herbsttag, er saß nach dem Mittagessen in der Nachmittagssonne vor dem Haus; als Luzia ihn fand, dachte sie zuerst, er wäre eingeschlafen. Ich war froh, dass sein Tod leichter gewesen war als sein Leben.

Ich brachte diese erste gelungene Organtransplantation in Boston immer mit meinen Brüdern in Zusammenhang: wegen der Stadt, die Eugen so gemocht hatte, wegen des Sterbetages – er starb einen Monat vor der Operation –, aber vor allem weil Carl, ohne zu zögern, für seinen Bruder einstand, ohne zu wissen, wie die Sache für ihn ausgehen würde.

Ich blieb für einige Tage in meinem Elternhaus. Deine Mutter lebte damals mit ihrem Mann noch in der Hofmühle, erst später bauten die beiden ihr Haus in der Nähe und zogen um. Aber das weißt du ja. Deine Mutter hat dich in meinen Schoß gelegt, du hast mich mit deinen großen Augen angesehen und sofort meinen kleinen Finger umklammert. Du bist immer gerne zu mir nach Wien gekommen. Deine Mutter hat mich jeden Sommer besucht und dich mitgenommen, und als du elf warst, hast du darauf bestanden, alleine zu kommen. Sie hat dich in Linz in den Zug gesetzt, und ich habe dich am Bahnsteig abgeholt. Du warst so stolz, weißt du noch? Du hast zu mir gesagt: Tante Elisabeth, ich bin nicht deine Großnichte, sondern deine große Nichte, nicht wahr? Einmal haben dich deine Geschwister begleitet, und das hat dir gar nicht gepasst, du hast geschmollt, wenn ich daran denke, muss ich lachen. Aber sie haben sich ohnehin nicht wohlgefühlt in der Großstadt, und du bist weiterhin jeden Sommer alleine zu mir gekommen. Ich habe mich jedes Mal sehr auf deinen Besuch gefreut, und jetzt kann ich gar nicht ausdrücken, wie glücklich ich darüber bin, dass du bei mir wohnst.

Den Frühling 1945 verbrachte ich in meinem Heimatdorf.

Weil Wien laufend bombardiert wurde, beschaffte ich mir über einen Patienten, der mir etwas schuldete, genug Benzin und stieg ins Auto. Mit dem Zug zu fahren, war nicht möglich, die Bahnhöfe waren zerstört. Am Abend kam ich in der Hofmühle an. Dort waren nur deine Großmutter und deine Mutter, sie war siebzehn. Und eine jüdische Familie.

Arthur war zum Volkssturm eingezogen worden, man hatte ihn auf der Stelle mitgenommen, noch bevor Luzia Zeit gehabt hätte, ihn zu verstecken. Eugen machte sich auf den Weg, um ihn zu suchen und nach Hause zu bringen, koste es, was es wolle, sagte er zu Luzia. Er hatte herausgefunden, dass der Junge mit seiner Gruppe in der Nähe von Linz als Flakhelfer eingesetzt wurde.

Ich hatte in der Zeitung gelesen, dass seit Oktober 1944 alle wehrfähigen Männer zwischen sechzehn und sechzig, die noch nicht an der Front waren, eingezogen wurden, sie wurden ein paar Tage militärisch geschult und in den Kampf geschickt. Den Lesern verkaufte man diese Nachricht so, als ob sich dadurch das Blatt noch entscheidend wenden würde: Auf zum Endkampf! Kaum einer mehr glaubte an den Sieg, der ohnehin verlorene Krieg sollte verlängert werden. Diese Einstellung der Oberen widerte die meisten Leute nur noch an.

Auf meine Frage, wo Carl sich aufhielt, antwortete Luzia nicht.

Sie begann zu erzählen. Eugen hatte eine jüdische Familie in der Schule versteckt, und nachdem Leute argwöhnisch geworden waren, brachte er sie zur Hofmühle. Carl war wütend, da er Angst um seine Familie hatte, erklärte sich dann aber einverstanden, die Frau und die zwei Kinder im Keller unterzubringen. Als er erfuhr, dass die SS auf der Suche nach Thomas Danek war, informierte er Eugen nicht darüber, sondern fuhr zur Gestapo-Leitstelle und stellte sich. Ich war fassungslos und verwirrt, konnte das Gehörte nicht begreifen. Martha saß an dem Abend dabei, sie war es, die ihrer Mutter immer wieder beisprang, wenn diese außerstande war, weiterzusprechen.

Eines Abends entdeckte Eugen bei einem seiner Rundgänge in der Schule eine Familie, die Mutter und die zwei Kinder hatten sich im Heizraum des Kellers versteckt. Sie waren Juden. An das ältere Mädchen erinnerte Eugen sich gut, ihr Name war Emilie Rosenberg. Sie war mit Martha in die Klasse gegangen, nach einem Sturz vom Klettergerüst in der Turnhalle hatte er sie ins Krankenhaus gefahren. Dabei unterhielten sie sich angeregt, die damals Elfjährige löcherte ihn mit Fragen nach Amerika. Das Mädchen, aufgrund der antisemitischen Einstellung vieler Mitschülerinnen eine Außenseiterin in der Klasse, plauderte nun jedes Mal mit ihm, wenn sie sich in den Gängen über den Weg liefen. Eugen bot dem verzweifelten Mädchen an zu helfen, sollte es in irgendeinem Fall Unterstützung benötigen. Augenzwinkernd machte er einen Witz über die Nazis, um das Mädchen aufzumuntern, und sie konnte nicht aufhören zu lachen. Bis zum Frühling 1940 besuchte Emilie die Schule, dann tauchte sie nicht mehr auf.

»Jüdische Kinder waren ja seit dem Schuljahr 1938/39 vom

Unterricht ausgeschlossen, aber der Direktor widersetzte sich der Weisung. Er bekam große Schwierigkeiten deswegen, weshalb er ein Jahr darauf ebenso den jüdischen Kindern den Zutritt zur Schule verweigern musste wie alle anderen Schulen. Viele von ihnen waren vorher schon nicht mehr gekommen, weil sie mit ihren Eltern ausgewandert oder von der SA abgeholt worden waren. Emilie tauchte im Mai 1940 zum letzten Mal auf«, sagte Luzia.

In diesem Monat wurde der Vater des Mädchens in seinem Unternehmen – er war Wein- und Spirituosenhändler – verhaftet und deportiert, seine Frau und die Kinder konnten noch gewarnt werden und die Wohnung rechtzeitig verlassen. Eine befreundete Familie versteckte die drei bis zum Herbst 1943 in einem Hinterhof, nachdem es dort zu gefährlich geworden war, kamen sie bei einer älteren Frau, einer Freundin der Mutter, unter. Die SS kam und drohte – jemand hatte etwas Verdächtiges beobachtet und gemeldet –, zog aber wieder ab, ohne das Haus zu durchsuchen. Die Frau war panisch vor Angst, kurzerhand stellte sie Mutter und Töchter in der Nacht auf der Straße. Die Familie wusste nicht, was sie tun sollte, sie hatte weder Geld noch Proviant bei sich. In ihrer Verzweiflung überlegte die Mutter, sich der SS zu stellen, in der Hoffnung, im Konzentrationslager zumindest ihren Mann wiederzusehen. Sie befanden sich in der Nähe der Schule, und Emilie erinnerte sich an ein Gespräch mit dem Hausmeister, in dem er ihr von einem hinter einem Gebüsch versteckten Kellerfenster im Hinterhof erzählt hatte, das von außen mit etwas Gewaltanwendung zu öffnen war.

»Jede Nacht dringen durch das Fenster Heinzelmännchen ein, die mir bei der Arbeit helfen«, hatte er gewitzelt.

Die Familie kletterte in den Keller der Schule, wo Eugen sie am Abend darauf fand, hungrig, durstig und völlig hoffnungslos. Emilie fiel ihm weinend um den Hals, sie war mittlerweile sechzehn Jahre alt, ihre jüngere Schwester Gisella elf. Diese war versteinert vor Angst wie auch die Mutter.

Und dann überschlugen sich die Ereignisse.

Eugen versteckte die Rosenbergs in seiner Wohnung – dort war die Gefahr einer Entdeckung geringer – und versuchte, so gut es ihm möglich war, sie mit Essen zu versorgen. Dies gestaltete sich schwierig, weil die Rationen in der Küche streng bemessen waren und er während der Arbeit keine Zeit hatte, etwas Essbares aufzutreiben. In den ersten Tagen aß er nicht wie üblich in der Schulmensa, sondern nahm das Essen in die Wohnung mit, er gab vor, sich krank zu fühlen. Nach dem Dienst eilte er fort, um etwas Essbares bei einem Bauern aufzutreiben, in den Geschäften gab es kaum mehr etwas zu kaufen. Sein Verhalten fiel auf und man begann ihn zu beobachten.

Einige der Lehrer waren Eugen nicht wohlgesinnt, dieser hatte nie ein Blatt vor den Mund genommen, wenn es um Hitler ging. Er sprach seine Meinung offen aus, wenn er danach gefragt wurde, mehrmals bat ihn Alfred Moser, zurückhaltender zu sein. Ein Lehrer bemerkte einige Male, wie Eugen für ein paar Minuten in der Wohnung verschwand und dass er anschließend die Tür absperrte, was er früher nicht gemacht hatte, weil er – wie er sagte – ohnehin nichts von Wert besaß. Mit dem Zweitschlüssel, den er sich heimlich aus dem Büro des Direktors geholt hatte, betrat der Mann Eugens Wohnung und sah sich um. Bevor er das Schlafzimmer betreten konnte – die Familie war unter das Bett gekrochen –, kam ihm Eugen hinterher und stellte ihn empört zur Rede. Nachdem der Mann die Wohnung verlassen hatte, sank Eugen schweißgebadet auf einen Stuhl. Er traf eine Entscheidung. Bis zu den Weihnachtsferien aber musste die Familie noch in der winzigen Schlafkammer ausharren. Mitte Dezember verkündete Alfred Moser die Schließung der Schule, der permanente Fliegeralarm ließ keinen normalen Unterricht mehr zu.

Eugen fuhr zur Hofmühle, auf dem Beifahrersitz saß Martha – er hatte sie eingeweiht –, auf der Rückbank versteckt, unter einer Menge Kleidung und Decken, die Familie Rosenberg. Die drei waren in der Morgendämmerung aus Eugens Wohnung in den Keller geschlichen, durch das Fenster ins Freie geklettert, wo Eugen und Martha im Auto auf sie warteten. Nachdem Eugen die Stadt hinter sich gelassen hatte, atmete er erleichtert auf. Was er nicht wusste, war, dass ein Lehrer sie durch ein Fenster beobachtet hatte. Er sah nicht viel, aber doch genug, um alarmiert zu sein: Der Ford des Hausmeisters stand mit laufendem Motor vor einem Gebüsch, es gab Bewegungen, die offene Hintertür wurde von innen zugezogen, das Auto fuhr los.

Der Mann marschierte zur Gestapo-Leitstelle in der Langgasse und erstattete Anzeige gegen Thomas Danek, geb. am 15. Juni 1885, wohnhaft in der Körnerstraße 9, dort berufstätig als Hausmeister seit 9. Oktober 1937, verdächtig wegen häufiger regimefeindlicher Aussagen und bestimmter Aktionen. Er geriet an einen nicht besonders eifrigen Leutnant, der ihm versprach, sich um die Sache zu kümmern, sobald ihm ein Fahrzeug dafür zur Verfügung stand, und ihn abwimmelte.

»Carl wurde fuchsteufelswild, nachdem uns Eugen gesagt hatte, worum es ging. Dass eine Familie im Auto unter Decken verborgen lag, die dringend ein Versteck brauchte, bis der ganze Irrsinn vorüber war. Lange wird es ja nicht mehr dauern, so formulierte er es. Im Keller sah er sich nach einem passenden Raum um, Carl ging neben ihm her und schimpfte die ganze Zeit. Du gefährdest uns, waren seine Worte, er wiederholte sie immer wieder.«

Eugen legte beide Hände auf die Schultern seines Bruders und redete ihm ins Gewissen, es gebe in dem Fall keine andere Möglichkeit als zu helfen.

»Hätte ich sie im Keller verhungern lassen sollen? Oder der

SS melden?«, fragte er seinen Bruder. »Du weißt, was sie mit ihnen gemacht hätten. Sie sind hier sicher. Niemand vermutet in einer abgelegenen Mühle eine versteckte jüdische Familie. Mach dir nicht so viele Sorgen. Es kann sich nur noch um ein paar Monate drehen.«

Carl beruhigte sich in dem Moment, in dem Luzia und Martha mit den Rosenbergs vor ihm standen, sie hatten sie aus dem Auto geholt und in den Keller geführt.

»Du darfst nicht schlecht von Carl denken«, sagte Luzia zu mir. »Ihm sind die Nazis auch zuwider. Er hatte Angst, dass wir ins Visier der SS geraten. Im Dorf wurde geredet über uns, weil man von den sonntäglichen Frühschoppen wusste, wie Danek über die Nazis dachte. Einmal sagte der Bürgermeister zu Carl: Herrgott, Brugger, pass besser auf den Danek auf, wenn er am Wochenende da ist! Keiner im Dorf hat Interesse daran, dass die Gestapo auftaucht!«

Im Keller wurde eine Schlafstelle eingerichtet. Im Raum nebenan präparierte Carl zwei Mostfässer, sodass die Familie sich schnell darin verstecken konnte, falls sich ein Auto dem Haus näherte. Auch für sich hatte er im ersten großen Krieg, nach seiner Desertion, ein Mostfass hergerichtet, um von oben hineinklettern und es von innen verschließen zu können.

Alfred Moser tauchte auf und warnte Carl, er war äußerst besorgt, der Lehrer hatte ihn über die Anzeige informiert. Die Frage, ob jemand sich in der Hofmühle versteckt hielt, verneinte Carl, er wollte den Freund nicht mithineinziehen.

»Danek darf auf keinen Fall nach Linz zurückkehren, man würde ihn dort sofort verhaften. Er soll rasch untertauchen! Ansonsten bringt er euch ebenso in Gefahr. Auch wenn viele kriegsmüde sind, bin ich überzeugt davon, dass früher oder später SS-Leute bei euch alles auf den Kopf stellen. Es gibt sie immer noch, die Eiferer, und sie sind voller Hass auf diejenigen, die ihrer Meinung nach die Schuld am Kriegsverlauf tragen!«, sagte Moser und eilte davon.

In den Stunden darauf musste Carls Entscheidung gefallen sein. Später fiel Luzia ein, dass er sehr ruhig gewesen war und ihr noch einige wichtige Dinge gesagt hatte, was laufende Aufträge in der Mühle betraf, die Finanzen, worauf sie bei bestimmten Kunden achten musste; es war ihr eigenartig vorgekommen. Er musste in Eugens Kammer gegangen sein, während dieser im Stall Arthur bei den Schweinen half, um sich seine Papiere zu holen. Und er musste, während alle anderen schliefen, in der Nacht aufgestanden sein, um Briefe zu schreiben und eine Nachricht an seine Frau. Er teilte ihr mit, dass er nicht hatte schlafen können und er den Waldbesitz für die Begutachtung der zu fällenden Bäume abgehen wolle, er sei verlässlich am Abend zurück. Er fügte hinzu:

Falls die SS auftaucht, kümmere Dich bitte darum, dass Eugen sich rechtzeitig gemeinsam mit der Familie versteckt! Sei auf der Hut, behalte die Straße im Blick. Ich habe erfahren, dass man nach ihm sucht. Wenn man Dich nach mir fragt, sagst Du, Dein Mann ist bei Holzarbeiten im Wald. Egal, was man finden oder Dir vorwerfen sollte, Du weißt von nichts! Tritt stark auf und lass Dich auf keinen Fall verunsichern! Verbrenn auf der Stelle diese Nachricht. Wir sehen uns bald wieder.

Bevor es zu dämmern begann, stieg Carl in Eugens alten Ford und fuhr nach Linz. Luzia fand den Zettel am Küchentisch, ihre Knie zitterten, sie musste sich setzen. Als sie ihn Eugen zeigte, war dieser entsetzt. Er war an dem Tag überzeugt, Carl habe ihn an die SS verraten und sei verschwunden, weil er nicht bei der

Verhaftung des Bruders und der Rosenbergs anwesend sein wollte.

»Warum sonst sollte er dir einschärfen, die Ahnungslose zu spielen, fragte er mich. Damit du und die Kinder auf alle Fälle heil davonkommen! Er war überzeugt vom Verrat seines Bruders und schämte sich später sehr dafür«, sagte Luzia.

»Und du?«, fragte ich sie.

»Ich wusste vom ersten Augenblick an, dass Carl so etwas nie getan hätte«, antwortete sie. »Aber irgendetwas stimmte nicht, die Nachricht war seltsam und ich hatte große Angst.«

Die SS tauchte nicht auf, aber auch Carl kehrte nicht nach Hause zurück, nicht am Abend, nicht in der Nacht und auch nicht am nächsten Tag. Eugen begann den Wald zu durchforsten, weil er dachte, es wäre ihm etwas zugestoßen. Was Luzia und Eugen zu dem Zeitpunkt noch nicht wussten, war, dass Carl in die Gestapo-Leitstelle gegangen war und sich als Thomas Danek gestellt hatte. Dass er ein Gegner des Regimes war, dass er den Krieg verabscheute, gab er beim Verhör zu, er bestätigte alle Äußerungen, welche diesbezüglich über ihn gemacht worden waren. Aber er leugnete, Personen versteckt zu haben, und tat dies als lächerlich ab.

Erst am darauffolgenden Tag überreichte Emilie an Luzia und Eugen die Briefe, die Carl geschrieben und dem Mädchen überreicht hatte, mit der Bitte, sie auszuhändigen, ohne ihr Näheres zu erklären. In diesen Briefen berichtete er von Mosers Warnung und schilderte kurz das, was er vorhatte. Er beschwor beide, ruhig zu bleiben. Eugen solle – nicht als Thomas Danek, aber als Eugen Brugger – sich um die Mühle und die Säge kümmern, sein Bestes geben und bloß nicht auffallen. An Luzia schrieb er, dass er sie und die Kinder sehr liebe, an Eugen waren folgende abschließende Worte gerichtet:

Ich weiß, das Erste, was Dir in den Sinn kommen wird, ist nach Linz zu fahren und die Sache aufzuklären. Von ganzem Herzen bitte ich Dich, davon Abstand zu nehmen! Dies würde einen großen Wirbel verursachen, die Aufmerksamkeit auf die Hofmühle lenken und alle in Gefahr bringen! Dich würde man sicherlich ebenso in Haft nehmen, und wem würde das etwas nützen? Luzia, die Kinder und die Rosenbergs wären dann völlig auf sich gestellt. Ich bitte Dich darum, Ruhe zu bewahren und meine Familie nicht im Stich zu lassen.
Der Wahnsinn hat bald ein Ende. Du wirst sehen, ich bin bald zurück! Falls mir doch etwas zustoßen sollte, dann war es wohl mein Schicksal, in einem Krieg zu sterben. Nachdem ich es im ersten Krieg überlistete und meinen Tod nur vortäuschte, ließ es mich im zweiten Krieg nicht mehr entkommen. Ich bitte Dich, Luzia zu helfen den Betrieb zu führen, die Kinder großzuziehen, und auch darum, im Dorf der zu sein, der ich so viele Jahre sein durfte. Ich verlasse mich auf Dich, Eugen Brugger, Dein zu großem Dank verpflichteter und Dich liebender Bruder Carl.

Eugen hielt sich im Dorf zurück, er blieb im Hintergrund, wenn sie gefragt wurde, erzählte Luzia, dass ihr Mann krank war. Aber es interessierte sich ohnehin kaum jemand für seine Mitmenschen in diesem letzten Kriegswinter. Wenn Leute kamen, um ihr Getreide zu bringen oder die Mehlsäcke abzuholen, war Luzia es, die mit ihnen sprach und verhandelte. Trotz ihrer Verzweiflung war sie die stärkere der beiden. Den ganzen Tag waren sie unermüdlich auf den Beinen, im Haus, in der Mühle, im Stall – in der Säge gab es weniger zu tun –, um die quälenden Gedanken an den Bruder, an den Ehemann zu vertreiben.

Den Kindern sagte sie die Wahrheit, sie hatte keine Wahl. Sie erzählte von Carls Desertion im ersten großen Krieg, dass er zu Thomas Danek wurde und dass schließlich sein Zwillingsbruder, der in den Staaten ein erfolgreicher Holzunternehmer war, in die Heimat zurückkehrte und seinem Bruder seine Identität anbot. Für den Jungen war es schwieriger zu akzeptieren als für das Mädchen, er war verwirrt und wütend. Aufgrund der langen Gespräche während der gemeinsamen Autofahrten kannte Martha Tom Danek besser, beide mochten und schätzten einander. Sie war nicht überrascht zu erfahren, dass er der Bruder ihres Vaters war, ihr erklärte es vieles, vor allem die Vertrautheit, die sie im Gespräch mit ihm von Anfang an gespürt hatte.

Ich glaube, bis heute wissen deine Mutter und dein Onkel nicht die ganze Wahrheit, sie wissen nicht, dass Eugen ihr Vater ist. Es ist deine Entscheidung, ob du ihnen die Wahrheit sagen willst. Mir war es wichtig, dass du weißt, wessen Enkeltochter du bist. Luzia entschied sich damals dagegen. Die Auseinandersetzung mit der Tatsache, dass er von der Familie belogen worden war, dass der ledige, hinkende Knecht, der nach seiner Rückkehr aus den Staaten im Jahr 1937 im Haus geduldet wurde, der Onkel war, war schwierig genug gewesen für Arthur.

Mitte Jänner 1945 fuhr Eugen nach Linz – die Ungewissheit war für beide unerträglich –, er ging in die SS-Dienststelle und fragte nach dem Verbleib seines Verwandten Danek. Dort herrschten Chaos und eine aufgeheizte Stimmung, er wurde angebrüllt und hinausgeworfen. Er gab nicht auf, schließlich packte ihn ein Mann und zerrte ihn in den Innenhof. Eugen traute seinen Augen nicht, vier gehängte Menschen, auch eine Frau war unter ihnen, hingen an der Galgenvorrichtung, und es war offensichtlich, dass sie bereits vor einiger Zeit hingerichtet worden waren.

»Da such ihn dir aus, deinen Verwandten! Gefällt dir wohl nicht, was du siehst? Uns gefällt es auch nicht!«, brüllte der Mann wie von Sinnen und gab ihm einen Fußtritt. »Du kannst ruhig genau schauen! Solche Leute wie sie sind schuld daran, dass wir den Krieg verlieren! Wegen diesen Verrätern werden uns die Russen in kurzer Zeit überrollen! Und dann gnade uns Gott!«

Eugen trat näher und erkannte Carl zwischen der Frau und einem sehr jungen uniformierten Soldaten.

Später wusste er nicht mehr, wie er den Weg nach Hause geschafft hatte.

34

Im April 1945 wurden deine Großmutter und ich fünfzig Jahre alt.

Ich war zehn Tage älter als Luzia, an meinem Geburtstag beschlossen wir, ein Glas Birnenschnaps zu trinken – um die Traurigkeit ein bisschen vergessen zu können –, bis daraus eine halbe Flasche wurde, weil auch Martha und die Rosenbergs immer wieder nippten. Für Emilie war es das erste Mal, dass sie Alkohol trank, sie musste brechen, und ihre Schwester Gisella lachte sie aus. Die zweite Hälfte leerten wir an Luzias Geburtstag. Wir scherzten darüber: »In den ersten Lebensmonaten teilten wir uns einen Stubenwagen, jetzt teilen wir uns eine Flasche Schnaps.«

Ich weiß noch, dass ich ziemlich verkatert war, aber trotzdem ein Schwein schlachten musste, weil sich die Vorräte dem Ende zuneigten und wir Speck brauchten, um ihn gegen anderes zu tauschen.

Ein paar Tage darauf kehrte Eugen mit Arthur heim.

Du kannst dir nicht vorstellen, wie uns allen zumute war – vor allem deiner Großmutter –, als wir zwei Männer auf das Haus zukamen sahen und sich herausstellte, dass es die beiden waren. Sie waren in einem schlimmen Zustand, halb verhungert, Eugens Füße waren blutig, und der Junge war ziemlich verstört. Er war als Flakhelfer in einer Scheinwerferstellung nördlich von Linz eingesetzt gewesen. Die Jugendlichen bedienten in den Nächten und ungeschützt im Freien Geräte und Waffen, um auf feindliche Flieger zu schießen. Er wusste, dass es kaum eine Überlebenschance gab, wenn eine Flakstellung von einer Bombe getroffen wurde. Immer wieder hörte er solche Geschichten von anderen Burschen, die zu ihnen stießen. Tiefflieger rasten über die Flakstellungen, Bomberformationen griffen auch tagsüber an, er hörte das Rauschen, die Detonationen, sah den Rauch in der Stadt und ängstigte sich zu Tode. Nachdem Eugen die Gruppe gefunden hatte – er hatte sich zwei Wochen lang im Raum Linz durchgefragt –, überredete er den Leiter der kleinen Flaktruppe, einen jungen Lehrer, sie gehen zu lassen. Onkel Eugen habe ein bisschen Gebrauch von seiner alten Smith & Wesson gemacht, fügte Arthur grinsend hinzu, aber nur, um zu drohen.

Am 8. Mai wurde endlich der Krieg offiziell für beendet erklärt, er hatte fünf Jahre, acht Monate und acht Tage gedauert.

Im Juni fuhr ich nach Wien und die Rosenbergs gingen zurück nach Linz. Deine Mutter absolvierte die zwei fehlenden Jahre in der Lehrerbildungsanstalt und wohnte in der Zeit bei ihnen. Der Vater kehrte aus dem Konzentrationslager nicht zurück, 1947 beschloss Friederike Rosenberg, mit ihren Töchtern nach Palästina auszuwandern. Wir blieben lange Zeit in Kontakt, vor allem Martha schrieb Emilie oft. Arthur lernte in der Hofmühle – bei Eugen – die Arbeit eines Müllers und Sägewerkers, er wollte keine Höhere Schule besuchen, obwohl Luzia es ihm nahelegte. Vor und während des Krieges war er neidisch gewesen auf seine Schwester, die in Linz ein Gymnasium besuchen durfte, wohingegen er im Nachbarort in die Hauptschule ging, weil er seinem Vater, der bereits älter war, im Betrieb zur Hand gehen musste. Nach Kriegsende wollte er nicht in einer zerbombten Stadt leben, er blieb gerne im Dorf. Er fühlte sich verpflichtet – ohnehin war er unentbehrlich – und nahm seine Verantwortung als junger Hofmüller ernst, meiner Meinung nach war er viel zu jung.

Aber das weißt du alles besser als ich, nicht wahr?

Dann wieder eine Nachkriegszeit.

Die ersten Jahre waren schwierig und voller Entbehrungen, es gab Wochen, in denen wir in der Ordination nicht wussten, woher wir Verbandszeug und Jod nehmen sollten. Ab dem Jahr 1948 ging es bergauf, was mit dem sogenannten »European Recovery Program« vom amerikanischen Außenminister George Marshall zu tun hatte. Die USA stellten Kredite bereit und lieferten an Westeuropa Waren, Rohstoffe und Lebensmittel im Wert von über zwölf Millionen Dollar. Der Mann erhielt dafür später den Friedensnobelpreis.

Unmittelbar nach dem Krieg ging Julius nach Tirol, in der von den Franzosen besetzten Zone wurden händeringend Dolmetscher gesucht. Er blieb in Innsbruck und begann mit dem Studium der französischen Sprache und der Geschichte. Da er wider Erwarten Gefallen daran fand – er hatte sich auf den Beruf als Lehrer in einem Gymnasium eingestellt –, schlug er eine akademische Laufbahn an der Universität ein. Ich besuchte ihn manchmal an den Wochenenden, und wir gingen gemeinsam in die Berge. Bei einer Wanderung erzählte er mir von seiner Zeit in Paris, von den Schwestern Anne und Louise, und dass Louise seine erste Liebe gewesen war. In jeder freien Minute steckten die drei beieinander, gingen unzählige Male ins Kino oder fuhren mit den Rädern aus der Stadt, um in der Natur zu picknicken. Bei einem dieser Ausflüge waren sie allein, und die um zwei Jahre ältere Louise verführte ihn, den Neunzehnjährigen. Als im August 1944 die Franzosen ihre Hauptstadt zurückeroberten, verließen die zwei Frauen Paris und nahmen Julius mit. Bei Kontrollen gaben sie ihn als ihren Bruder aus, der geistig zurückgeblieben war. Es war Annes Idee und sie rettete ihn damit vor der Kriegsgefangenschaft. Und sie rettete Louise davor, öffentlich gedemütigt zu werden: In Paris mussten sich Frauen, die sich mit dem

Feind eingelassen hatten, vor der aufgebrachten Menge ausziehen, sie wurden mit Hakenkreuzen bemalt und kahlgeschoren, manche wurden sogar standrechtlich erschossen. Zu Fuß machte Julius sich auf den Weg in die Heimat, erst nach Tagen, in der Nähe Straßburgs, stieß er auf einen Militärkonvoi deutscher Soldaten, die ihn nach München mitnahmen. Am Abend, in seiner Wohnung, zeigte er mir Fotos, die er mit der Kamera gemacht hatte, die ihm vor vielen Jahren sein Vater geschenkt hatte. Eines zeigte ihn zwischen den Schwestern, sie saßen vor einem Café, sie hatten ihre Arme um seine Schultern gelegt.

Das Schönste war, als Bert im Juni 1949 nach Hause kam. Er hatte sich nicht angekündigt, sondern betrat an einem Dienstagvormittag die Praxis. Er meldete sich bei der neuen Ordinationshilfe an, diese sagte noch überrascht zu ihm, dass er ja denselben Namen wie die Ärztin habe. Ich kann dir nicht beschreiben, was in mir vorging, als er mein Behandlungszimmer betrat. Er war neunundzwanzig Jahre alt und hatte die letzten acht Jahre in einem Lager in Westsibirien verbracht. Georg war im selben Alter gewesen, als er 1919 auf der Treppe vor meiner Wohnung gewartet hatte. Die Ähnlichkeit mit seinem Vater war noch stärker als früher.

Er bezog sein altes Zimmer und tat eine Zeitlang nichts anderes als zu schlafen und durch Wien zu spazieren. Er sprach nicht viel, und ich drängte ihn nicht, immer wieder waren es russische Worte, die ihm anstelle der deutschen einfielen. Bei einem Essen mit Georgs Verwandten hörten diese nicht auf, ihn auszufragen, und ich erfuhr, dass von den zweihundertsiebzehn Mann seiner Einheit, die im Oktober 1941 in Gefangenschaft geraten waren, neunzehn überlebt hatten.

»Es gibt doch einen Gott!«, entfuhr es seinem Onkel Hermann.

»Einen Gott gibt es mit Sicherheit nicht«, erwiderte darauf Bert, mit diesen Worten verließ er den Tisch.

Sein Medizinstudium nahm er nicht wieder auf, obwohl ich ihn dazu ermutigte, er fühle sich zu alt, meinte er. Er fand eine Stelle in einer Filiale der Stadtbücherei, er war für den Einkauf neuer Bücher zuständig, deren Registrierung, die Inventur. Ich verspürte Enttäuschung darüber, dann aber beruhigte mich der Gedanke, ihn in dieser ruhigen Atmosphäre zu wissen, umgeben von Büchern. Er zog in eine kleine Zweizimmerwohnung, obwohl ich ihn bat, bei mir zu bleiben, ich hatte seine Anwesenheit gemocht, die gemeinsamen Abendessen, unsere Gespräche. Kurz darauf lernte er eine Frau kennen, sie war drei Jahre älter als er und eine Kriegswitwe. Ihr Jüngster, nach dem Krieg geboren, war sechs Jahre alt, die beiden Mädchen waren elf und acht.

Ich mochte Irma von Anfang an, und dafür gibt es einige Gründe: weil ihr Schicksal aufgrund des Krieges so hart war, weil sie sich neben ihrer Tüchtigkeit auch ihre Feinfühligkeit bewahrt hatte – sie war eine sehr liebevolle Frau –, weil sie Bert offensichtlich gut tat. Sie wurde während des ersten großen Krieges geboren, aus dem ihr Vater nicht zurückkehrte. Ihre Mutter zog die zwei Mädchen unter großen Entbehrungen alleine groß, sie hielt die kleine Familie mit Reinigungsarbeiten über Wasser. In den dreißiger Jahren machte Irma einen Stenotypie-Lehrgang und bekam eine Stelle am Schulamt, wo sie ihren zukünftigen Mann, einen Beamten, kennenlernte. Die beiden heirateten, zwei Monate später brach der Krieg aus. Die erste Tochter kam im April 1940 zur Welt, die zweite im Oktober 1942, neun Monate nach einem Genesungsurlaub des Mannes. Im Jänner 1945 desertierte ihr Mann und kehrte zu seiner Familie zurück, Irma versteckte ihn wochenlang auf dem Dachboden. Nachbarn verrieten sie der SS, der Mann wurde abgeführt, gefoltert und starb. Acht Monate später, im November 1945, kam ein Bub zur Welt.

Im Frühling 1953 fand die kleine standesamtliche Feier statt, anschließend saßen wir in einem Gasthaus zusammen. Irmas Schwester hatte überraschenderweise Musik organisiert, und plötzlich kam Stimmung auf und wir fanden uns alle tanzend wieder. Es war der erste Tanz mit meinem Sohn seit seiner Maturafeier im Juni 1938.

Ich bot Bert und seiner neuen Familie an, ihnen die Wohnung zu überlassen, aber er lehnte ab, er wusste, wie sehr ich an meinem Zuhause hing. Sie blieben in dem kleinen Haus in Kagran, das der verstorbene Mann von seinen Eltern übernommen hatte, ich finanzierte ihnen Anbau und Renovierung. Bert übernahm die Leitung der Bücherei. Ein eigenes Kind bekamen die beiden nicht, ich fand es schade, ich hätte gerne ein Enkelkind gehabt, hütete mich aber, das zu sagen. Irmas Kinder nannten mich Oma Drei, als sie kleiner waren, übernachteten sie oft an den Wochenenden bei mir.

Einmal, es war zwei, drei Jahre nach Kriegsende, sah ich Rudolph auf der anderen Straßenseite. Er war nicht allein, eine Frau ging neben ihm und zwischen ihnen ein kleines Mädchen, sie spielten mit ihm Engelein, Engelein flieg. Ich war glücklich, ihn zu sehen, das letzte, was ich von ihm gehört hatte, war der Brief aus Russland gewesen. Gottseidank, er ist heil aus dem Krieg gekommen, dachte ich. Ich war neugierig, wollte wissen, ob es seine Frau war, sein Kind, und folgte den dreien. Vor einem Café trafen sie eine ältere Frau, die Ähnlichkeit mit der jungen Frau war frappierend, es musste deren Mutter sein. Die Frau verabschiedete sich von Rudolph, sie küssten sich, das kleine Mädchen hob er hoch und küsste es auf die Stirn. Er ging alleine weiter, und als er stehenblieb, um sich eine Zigarette anzuzünden, sprach ich ihn an. Er war überrascht, mich zu sehen, mit der Zigarette im Mund umarmte er mich spontan und drückte mich fest. Ich erfuhr, dass er seine Frau im Rudolfspital kennengelernt hatte, er war im Sommer 1944 in der Normandie verletzt worden – die Wunde am Bein war gut verheilt –, sie war Krankenschwester gewesen. Ach Rudolph, dachte ich, nachdem wir uns getrennt hatten, wenigstens in deinem Fall war der Krieg barmherzig.

Im Mai 1955 wurde der Staatsvertrag unterzeichnet, Österreich erlangte endlich seine Unabhängigkeit wieder, die Russen zogen ab. Die Unterzeichnung der Urkunde durch die Außenminister der Besatzungsmächte und den österreichischen Außenminister Leopold Figl fand in einer feierlichen Zeremonie im Schloss Belvedere statt. Tausende Österreicher wohnten dem Ereignis im Park des Schlosses bei, Franzi und ich waren unter ihnen, an dem Abend feierten wir ausgiebig.

Es gab ein paar Männer, mehr oder weniger hartnäckige, die Interesse an einer Beziehung bekundeten. Den Spruch, es täte nicht gut, im Alter allein zu sein, bekam ich immer wieder zu hören, auch von Freundinnen. Es gab einige, die es durchaus ernst meinten, den anderen würde ich unterstellen, dass sie sich in hochbetagten Tagen von einer Frau versorgt wissen wollten. In meinem Bekanntenkreis gab es genug Männer, die ihr Leben lang ihre Frauen gepiesackt hatten, um ihnen im Alter tattrig hinterherzulaufen: Mutti, wann gibt's denn Essen? Ich entschied mich bewusst für das Alleinsein, weil ich es schätzte. Der Gedanke an die Anwesenheit eines Menschen in meiner Wohnung – oder gar umziehen zu müssen und mich obendrein auf diesen neuen Partner an meiner Seite einstellen zu müssen – verursachte mir Unbehagen.

Der Letzte übrigens versuchte Mitte der sechziger Jahre sein Glück bei mir, er war Witwer, seine Frau und er waren jahrzehntelang meine Patienten gewesen. Ich kannte seinen Körper in- und auswendig.

»Dann gibt es in der Hochzeitsnacht keine bösen Überraschungen«, scherzte er, er war ein lustiger Mensch.

Natürlich gab es Zeiten, in denen ich mich einsam fühlte, aber ich hatte nicht den Mut zu einer neuen Beziehung. Vielleicht spielte auch Bequemlichkeit eine Rolle. Ich konzentrierte mich auf meine Arbeit. Ich hatte zwar meine Tätigkeit als Geburtshelferin reduziert – mehr und mehr Frauen gingen in ein Krankenhaus, um zu entbinden –, aber immer noch half ich Kindern auf die Welt, um ehrlich zu sein, machte mir das am meisten Freude.

Je älter ich wurde, umso häufiger passierte es mir, dass mich – aus dem Nichts heraus – eine Erinnerung überkam.

Der Bursche, der sich in Ravenna zu mir gesetzt, mit mir geraucht und geflirtet hatte, fiel mir ein. Sein Name war Giorgio gewesen. Was hatte er verächtlich über den Krieg gesagt? »The old men send the young stupid men to the battlefield because they envy them.« Fünf Jahre später war Italien in den Krieg eingetreten, und er war vermutlich auch unter den dummen jungen Männer gewesen, die von den neidischen Alten auf das Schlachtfeld geschickt worden waren. Ob er noch lebte?

Mir fiel das Abendessen ein, in der Wohnung des italienischen Instrumentenbauers, des Maestro, wie Rudolph ihn genannt hatte. Der Maestro hatte über Bachs unverheiratete Töchter gesprochen, die keinen Beruf hatten erlernen dürfen und nach dem Tod des Vaters von Verwandten und Fürsorge abhängig gewesen waren. Fast im selben Atemzug bedauerte er, dass seine Frau nur Töchter bekommen hatte, weshalb seine Werkstatt, die seit drei Generationen im Besitz der Familie war, an einen langjährigen

Mitarbeiter ging. Und dass ich mit keiner schlagfertigen Bemerkung darauf reagiert hatte, weil ich nur noch mit Rudolph ins Bett wollte, daran dachte ich manchmal.

Ich sah meine zwei Buben vor mir, wie sie am Ufer des Attersees Federball spielten, und ihren Vater, der sich weigerte, ins Wasser zu gehen, er saß im Schatten und ließ seine Söhne nicht aus den Augen. »Ich könnte dir stundenlang zusehen, wie du in deinem kessen Badeanzug ins Wasser hineinläufst«, sagte er zu mir, als ich mich triefnass neben ihn auf die Decke setzte, und küsste mich.

Einmal in der Eden Bar, wir waren betrunken, sagte mein Bruder Eugen zu mir: »Wenn du nicht meine Schwester wärst, würde ich dich vom Fleck weg heiraten. Weißt du, es gibt dreierlei Frauen: die Geheimnisvollen, die Exzentrischen und die Nüchternen, das sind diejenigen, die in klarer Schärfe denken und bei denen man stets weiß, woran man ist. Du gehörst eindeutig zu Letzteren, und das liebe ich an dir.«

Ich küsste ihn auf die Wange und zog ihn auf die Tanzfläche.

Ja, an Eugen dachte ich viel.

Was hatte er schon vom Leben gewusst, er, der nach außen hin so mutig erschienen war, aber im Grunde so vorsichtig gelebt hatte? Der weder gewonnen noch verloren hatte, sondern das Leben einfach geschehen ließ. Er hatte Caitlin nicht zu seiner Frau gemacht, die Heiratsanträge waren halbherzig gewesen. Was hatte er in einem Brief geschrieben? Er liebte sie dafür, dass sie keine Kinder bekommen konnte – das sei eine große Erleichterung –, dafür, dass sie ihm seine Ungebundenheit ließ. Wie angenehm das Leben an ihrer Seite gewesen sein musste. Auf eine Eheschließung hätte er bestehen müssen, sie war nicht in der Position, das zu tun, auch darauf, dass sie Kinder adoptierten, sie als Vollwaise wäre prädestiniert dafür gewesen. Und was Luzia betraf, musste er schnell erkannt haben, dass sich die zwölf Jahre jüngere Frau in ihn verliebte, den weltgewandten, wohlhabenden Mann. Warum war er nicht rasch gegangen, zurück in die Staaten, ihm wären dort auch als Tom Danek viele Wege offen gestanden. War ich einer der Gründe gewesen, warum er den richtigen Zeitpunkt dafür verpasst hatte?

Und ich dachte viel an Carl, an den guten, anständigen Carl, daran, wie er seiner Familie Arbeiten zuwies, um in Eugens Kammer nach den Papieren zu suchen, wie er in der Nacht die Abschiedsbriefe an seine Frau und seinen Bruder schrieb, wie er einen letzten Blick auf sein Haus warf, ins Auto stieg und wegfuhr. Was war ihm während der Fahrt durch den Kopf gegangen?

Mit fünfundsechzig zog ich mich weitgehend aus der Ordination zurück und arbeitete nur noch wenige Stunden in der Woche. Mit siebenundsechzig ging ich endgültig in den Ruhestand. Maria übernahm die Praxis. Sie organisierte eine Abschiedsfeier für mich, meine Familie war anwesend, der engste Freundeskreis, einige Patienten, die ich von Kindesbeinen an betreut hatte, sodass ich nicht wusste, ob ich sie als Freunde oder Patienten bezeichnen sollte. Sogar Julius war aus Tirol gekommen, er brachte eine Frau mit und stellte sie uns als seine Freundin vor. Sie war eine Arbeitskollegin von der Universität.

»Wurde ja höchste Zeit, dass du sie mitbringst«, sagte Bert grinsend zu seinem Bruder, als er ihn umarmte.

Das zeigte mir, dass er – im Gegensatz zu mir – von der Freundin seines Bruders gewusst hatte. Die beiden hatten also mehr Kontakt, als ich angenommen hatte, und ich freute mich darüber. Wie bescheiden man im Alter wird, nicht wahr? Ich freute mich über die Tatsache, dass meine Söhne miteinander telefonierten, dass Bert mit der Familie manchmal seinen Bruder in den Bergen besuchte, dass sie einen guten Draht zueinander hatten.

Bert hatte ein Geschenk für mich mitgebracht: An dem Tag überreichte er mir die kleine Senta.

»Damit dir nicht langweilig wird«, sagte er und drückte sie mir in die Hand.

Auf dem Bauernhof, der sich in der Nähe von seinem Haus befand, hatte die Hündin geworfen, und als Julius am Telefon davon hörte, schlug er seinem Bruder vor, für mich einen Welpen auszusuchen. Ich schloss die kleine Hündin sofort ins Herz, sie hörte nicht auf, mich abzuschlecken. Sie tapste durch die Ordination, und alle hatten eine große Freude mit ihr.

Kurz überkam mich Melancholie. Ich hatte die Vorstellung, dass auf dem Schild Berts Name stand, er war es, der die Praxis seines Großvaters übernahm, und ich sah Georg im Türrahmen stehen, er unterhielt sich mit unserem Enkelkind. Ich hatte vermutlich in zu viele Sektgläser geschaut. Ich stellte fest, dass ich bereits länger alleine lebte, als meine Ehe gedauert hatte.

Dann die Umstellung, man war nicht mehr berufstätig, sondern eine Pensionistin. Ich schloss mich einer Frauenrechtsbewegung an. Weißt du, es war schlimm für mich zu sehen, dass nach dem Krieg bis zum Ende der sechziger Jahre wenig spürbar war von der Emanzipation der Frau, die in der Zwischenkriegszeit erreicht worden war. Was die Rolle der Frau betraf, fand ein Rückschritt statt. Die Frauen lebten wieder in ihrer ihnen zugedachten kleinen Welt, sie hatten den Haushalt zu führen, Kinder zu gebären und den Ehemann vorbildlich zu versorgen. Wir kämpften vor allem für die Legalisierung des Schwangerschaftsabbruches, wir organisierten Treffen, Demonstrationen, verfassten Entwürfe für Kommissionen. In die Diskussion kam erst in den letzten Jahren Bewegung. In Frankreich unterzeichneten einige Prominente, unter ihnen die bekannte Schriftstellerin Simone de Beauvoir, das »Manifest der 343«, in dem sie sich zu einer illegal vorgenommenen Abtreibung bekannten; in Deutschland machten es ihnen vierundzwanzig prominente Frauen nach.

Meine Selbstgespräche begannen, zuerst zaghaft, dann fordernder. Ich redete mit meinen Männern, mit Georg, den Buben, mit Eugen, Gustav, Rudolph, Richard, abwechselnd saßen sie am Tisch in der Küche und sahen mir beim Kochen zu. Eigentlich merkwürdig, nicht wahr, zeitlebens waren mir die Frauen und eine Verbesserung ihrer Situation ein Anliegen, aber umgeben war ich von Männern.

Ich habe Glück, ich bin gesund, mein Geist ist immer noch klar und wach. Ich lese viel, die Wissenschaft zieht mich immer noch in ihren Bann. Ich habe meine Wohnung und alles, was ich brauche. Mit Senta mache ich täglich lange Spaziergänge, sie tun mir gut. Mit ein paar Freundinnen treffe ich mich regelmäßig, mit Franzi sehr oft, manchmal gleicht unser Verhalten dem eines alten eingespielten Ehepaares. Sie ist Witwe wie ich, ihr Mann starb vor einigen Jahren an Prostatakrebs.

Ab und zu fahre ich für ein paar Tage weg, allein oder mit ihr, in letzter Zeit aber weniger. Ich besuche Ausstellungen, gehe gerne spazieren, sitze an sonnigen Nachmittagen auf Parkbänken oder vor Cafés und beobachte Leute. Letztens tranken Franzi und ich ein Glas Sekt zu viel, mein Kopf sank auf ihre Schulter und ich fragte: »Ach Franzi, was ist uns passiert?«

»Das Leben!«, sagte sie mit ihrer tiefen Stimme.

Ja, das Leben. Es gab Erfolge, es gab Enttäuschungen, ich kann mich nicht beklagen, ich habe einiges erlebt und vieles überstanden. Eigentlich ist es eine Gnade, dass man nicht weiß, was einen im Leben erwartet. Für die Zeit, in die ich hineingeboren wurde, hätte ich mir einen anderen Verlauf gewünscht, aber es ist müßig, darüber zu sinnieren.

Georg war ein Opfer seiner Zeit. Im ersten Krieg wurde er zum Invaliden und konnte es im Grunde nie ganz verwinden, seine Würde war verletzt worden. Im zweiten großen Krieg wusste er genau, was er tat, als er den Revolver in seinen Mund steckte, er wollte nicht mehr mitansehen müssen, wozu Menschen fähig sind. Rede ich mir das ein, um mich von meinen Schuldgefühlen freizusprechen? Ich weiß es nicht. Ich machte einfach weiter, mein Selbsterhaltungstrieb war vermutlich stärker ausgeprägt als Georgs, und was wäre mir denn anderes übrig geblieben?

Ich denke an alles, was mir im Laufe der Jahre geschehen ist, und wie wenig ich selbst bewirkt habe. Als Ärztin habe ich versucht, mein Bestes zu geben, ich weiß, es gibt viele Patienten, die mit Hochachtung von mir sprechen. Es sind vor allem die, die ich in der Zwischenkriegszeit auf die Welt geholt habe, sie sind meine langjährigen Patienten geblieben, ich habe ihr Leben verfolgt. Ich kann nur hoffen, dass das die Tatsache aufwiegt, dass ich keine besonders gute Mutter war, keine gute Ehefrau, denn das muss ich mir eingestehen.

Und alles in allem: War es genug? War ich für eine Sache, für einen Menschen *tatsächlich* von Belang? Wie weit erstreckt sich Verantwortung?

Ich fantasiere mir nie ein anderes Leben zusammen als das, was ich hatte, das ist keine Selbstgefälligkeit, eher ein Mangel an Fantasie. Nein, es stimmt nicht ganz, ich sollte mich nicht selbst belügen. Es gab sie durchaus, die Augenblicke, in denen ich mich fragte, wie mein Leben mit Richard verlaufen wäre, es gab sie sogar oft.

Ich bemaß meine Ehe an der, die unsere hätte sein können,

und nicht nur meine, auch so manche Ehe in meinem Umfeld. Er war meine große Liebe gewesen, und ich verglich jeden Mann mit ihm, sah jeden an wie eine Abweichung von ihm, ich bemaß jede Affäre, von der ich hörte, nach meiner Erfahrung in jenem Herbst 1916, nach meiner Liebe und heftigen Verliebtheit.

35

Im August 1916 trat das Königreich Rumänien auf der Seite der Entente in den Krieg ein, für die Mittelmächte verlängerte sich dadurch die Front im Osten um rund fünfhundert Kilometer. Die rumänische Armee besetzte Kronstadt, die Siebenbürgener Metropole; entlang der Gebirgszüge zwischen Rumänien und Siebenbürgen wurde gekämpft. Eine OP-Schwester und ich begleiteten einen Sanitätsoffizier nach Kronstadt, sein Name lautete Ferdinand Franek, wir drei hatten in den letzten Monaten in einem Lazarett in Lemberg zusammengearbeitet.

Franek übernahm als Oberarzt einen elf Waggon langen Lazarettzug, der sich in bedauernswertem Zustand befand, die Hälfte der Fenster fehlte, die Türen waren kaputt und schlossen nicht luftdicht. Wenn keine roten Kreuze auf die Waggons gemalt gewesen wären, hätte man denken können, der Zug wäre ausrangiert, er sah aus wie ein Geisterzug.

Wir erhielten Ausrüstung, sie war katastrophal, in nichts zu vergleichen mit der, die zu Beginn des Krieges in den Lazaretten in Krakau und Tarnów eingetroffen war. Es fehlte an allem, auch an Chloroform und Äther. Der Lokführer war ein alter zahnloser Siebenbürge, der sich vor Jahren schon zur Ruhe gesetzt hatte in einem Dorf in den Karpaten und nun zurückgeholt worden war. Der Koch und der Kohleschaufler waren Brüder aus der ungarischen Stadt Debrecen. Das linke Bein des Kochs war steif, dem Kohleschaufler fehlte das rechte Auge, er trug eine Klappe darüber. Beim Aussteigen aus der Waggonküche fluchte der Koch jedes Mal, sein Bruder befestigte eine Strickleiter für ihn an der Tür und dann an allen weiteren Türen. Ein Assistenzarzt und sieben Krankenschwestern stießen zu uns, die meisten von ihnen stammten aus Westungarn, ich könnte dir noch jeden einzelnen Namen aufzählen. Alles, was in diesen fünf Monaten, von August bis Dezember 1916, geschah, ist mir bis ins Detail in Erinnerung geblieben.

Die Waggons waren ausgehöhlt, im ersten befand sich die Küche und – durch einen Vorhang getrennt – die Schlafstelle der Männer. Franek scherzte gerne über die verschiedenen Gerüche, die seine Nachtruhe begleiteten, rieche ich gut nach Gulasch, fragte er beim morgendlichen Kaffee. Im zweiten wurde operiert, im letzten Waggon befand sich die Latrine. In den weiteren hingen die einfachen Krankentragen – zwei übereinander – an Federn von der Decke. Die Frauen schliefen jeweils in einem Krankenwaggon, damit die Patienten auch in der Nacht versorgt waren. In jedem Waggon befand sich ein kleiner Kohleofen.

Für die Beleuchtung in den Waggons verwendeten wir Kerosinlampen, bis eines Nachts eine von ihnen durch das Ruckeln herabfiel und einen Stapel Bettzeug in Brand setzte. Von da an fuhren wir unbeleuchtet, der Widerschein von fernen Feuern flackerte an der Decke. Die Scheinwerfer der Lok fielen immer wieder aus, wir konnten dann nur tagsüber fahren. Wenn es erforderlich war, in der Nacht zu fahren, weil an einer Sammelstelle Verwundete warteten, setzte der Lokführer laufend Signale ab, bis er auch das ließ, weil niemand Ruhe fand. Einmal fuhren wir quietschend in eine Kuh. Der Koch hätte sie am liebsten ausgeweidet, aber Franek verbat es ihm, er befürchtete, dass sie krank gewesen war.

Wir waren ein Feldlazarett auf Schienen und obendrein das einzige für die k. u. k. Soldaten. Unser Auftrag war es, Verwundete auf der Strecke zwischen Kronstadt und Hermannstadt aufzunehmen, die an den Sammelstationen ausharrten, sie so gut es ging zu versorgen und, falls möglich, in die eingerichteten

Lazarette in Kronstadt und Hermannstadt zu transportieren. Langsam und quietschend bewegte sich der Zug von Bahnhof zu Bahnhof zwischen den beiden Städten. Er fuhr vorbei an verlassenen Feldern, Dörfern, die wie ausgestorben wirkten, und riesigen Armeelagern, in der Ferne die majestätischen Karpaten, die ich gerne betrachtete.

Ab Ende August kamen laufend Verwundete zu uns. Bei einer großen Aufnahme kam es vor, dass es keine richtige Ordnung gab. Die Schwestern kümmerten sich um diejenigen, die am lautesten schrien oder sie am Arm packten, wenn sie vorübergingen, und brachten sie zu Franek in den Operationswaggon. Viele Patienten waren vom Feldsanitäter nur notdürftig stabilisiert worden, Knochenbrüche waren nicht geschient, Aderpressen wurden oft tagelang getragen. Nach den Amputationen wies Franek uns an, die abgetrennten Gliedmaßen in einen gesonderten Waggon zu bringen, wo diese – so sagten wir den Soldaten – nach einem feierlichen Ritual eingeäschert würden. Aber solch ein Ritual gab es nicht, auch keinen eigenen Waggon. Es gab nicht einmal einen für die Vestorbenen. Wenn wir uns in der Nähe einer Bahnstation befanden, brachten wir die Toten dorthin – in der Hoffnung, sie würden in einem Massengrab am Dorffriedhof begraben –, wenn nicht, begrub der ungarische Kohleschaufler sie irgendwo neben den Schienen.

Wenn es keine Aufnahme gab, war jede Schwester für einen Waggon zuständig, während Franek einem nach dem anderen einen Besuch abstattete. Wenn der Zug im Schritttempo fuhr, machte er sich einen Spaß daraus, aus dem einen zu steigen und in den nächsten wieder einzusteigen, wir nannten es die fliegende Visite.

In der Stadt Fogarasch nahmen wir siebenundzwanzig Patienten auf, davon waren elf schwer verwundet: zerfetzte Gliedmaßen, die amputiert werden mussten, Bauchschüsse, Kopfverletzungen. Neun von ihnen überlebten, ein wahrer Glücksfall. Die restlichen waren nicht lebensbedrohlich verletzt, es ging um gebrochene Knochen, um Streifschüsse, um Kugeln, die komplikationslos herausgeholt werden konnten. Diese Art von Verletzungen zu versorgen stellte – im Vergleich zu den Operationen – fast schon eine Erholung dar. Weil es warm war, saßen die Männer im Freien, sie bekamen einen Teller Suppe. Wir gingen von einem zum anderen und sahen uns ihre Verwundungen an, während Franek die schweren Fälle im Waggon operierte. Ein Soldat hatte eine leichte Wunde am Oberarm und eine tiefe am Oberschenkel, die von einem Bajonett stammen musste, eine Aderpresse war angelegt worden. Als ich neben ihm in die Hocke ging, um die Hose aufzuschneiden, sagte er meinen Namen.

Es war Richard Horvath. Er hatte seine Kappe ins Gesicht gezogen und trug einen Bart. Vermutlich hätte ich ihn auch ohne diesen nicht erkannt, ich vermied es, den Soldaten aufmerksam ins Gesicht zu sehen, weil ich ihre angsterfüllten Blicke nicht ertrug. Ich war derart überrascht, dass ich kein Wort herausbrachte – mir entfuhr lediglich ein leises »Oh!« –, und machte mich weiter an der Wunde zu schaffen, indem ich die Stoffreste entfernte. Ich brauchte einige Minuten, um mich zu fassen, und hoffte, dass er mein wie verrückt klopfendes Herz nicht hörte.

»Das ist das erste Mal, dass ich Sie sprachlos erlebe«, sagte er.

»Sie wollen damit sagen, dass ich in der Schule immer den Mund offen hatte?«

»Sie waren sehr aufgeweckt. Zum Glück«, erwiderte er.

»Ich mochte das«, fügte er hinzu, und ich senkte meinen Kopf noch tiefer, damit er nicht sah, dass ich errötete.

Nachdem ich eine neue Aderpresse am Oberschenkel angelegt hatte, half ich ihm aus der Jacke und inspizierte die Wunde am Arm, sie komme von einem Streifschuss, sagte er. Während ich sie nähte, scherzte er, ob er mir denn vertrauen könne, ob ich im Nähunterricht eine gute Schülerin gewesen sei, soweit er sich erinnere, sei ich das nämlich ganz und gar nicht gewesen. Und ich konterte, woher er das denn wissen könne, ob er sich bei den anderen Lehrern nach mir erkundigt habe, und er scherzte, dass ich in der ganzen Schule dafür bekannt gewesen sei. Er erzählte mir vom Hinterhalt, in den sie im Zibinsgebirge geraten waren, der dritte Zug der k. u. k. 71. Infanterie-Division war komplett aufgerieben worden. Ich merkte, dass er durch den Blutverlust schwächer wurde, und hielt ihn am Reden; mittlerweile hatten die meisten mitbekommen, dass wir einander kannten.

Wir hatten uns zwei Jahre zuvor das letzte Mal gesehen. Bevor ich als frisch ausgebildete Lazarettschwester an die Front fuhr, ging ich in die Schule, weil ich mich von einigen Leuten verabschieden wollte. Insgeheim hoffte ich darauf, meinen Geschichtelehrer zu sehen, konnte mir das aber nicht eingestehen. Ich weiß nicht, was ich mir von einem Aufeinandertreffen erwartete. Seit zwei Jahren war ich rettungslos verliebt, und das Gefühl, ihn wiedersehen zu müssen, war beinahe quälend, in den Wochen nach der Maturafeier hatte ich ständig gehofft, irgendwo zufällig in der Stadt auf ihn zu treffen. Ich verabschiedete mich vom Direktor, von der Biologielehrerin, von anderen Personen, Horvath war nicht zu sehen.

Als ich mich auf den Weg nach Hause machte, lief er mir auf dem Gang über den Weg. Er freute sich so offensichtlich, mich zu sehen, und in mir breitete sich wohlige Wärme aus. Gemeinsam verließen wir das Schulgebäude, wir spazierten durch die Stadt, überall waren uniformierte Männer zu sehen. Lange saßen wir in einem Café, ich war nervös, dann wurde ich ruhig. Natürlich war das erste Gesprächsthema der Krieg, über den er fassungslos war. Er hatte sich nicht freiwillig an die Front gemeldet und war entsetzt darüber, dass so viele junge Männer blind dem Ruf der Machthaber folgten. Er erkundigte sich nach meinen Brüdern, und ich erzählte, dass Gustav sich freiwillig gemeldet hatte und – der nicht kriegsbegeisterte – Carl eingezogen worden war. Dann fragte er, wie es mir ging, er war aufmerksam und interessiert. Es lag ein Gefühl prickelnder Spannung in der Luft, die nicht nur von mir ausging und der wir uns beide nicht entziehen konnten. Ich trank Wein und einen kurzen Augenblick überlegte ich, ihm meine Verliebtheit zu gestehen, warum nicht, dachte ich, die Welt steht ohnehin kopf, aber ich war zu feige. Ich hatte nicht einmal den Mut, ihn nach seiner Adresse zu fragen, um ihm schreiben zu können.

Beim Abschied nahm er meine Hand und hielt sie lange fest.

»Ich freue mich auf ein Wiedersehen mit Ihnen, wenn dieser Wahnsinn ein Ende hat«, sagte er leise.

Als ich von ihm ging, trug mich eine Art von Seligkeit, sie dauerte lange an, bis sie mir allmählich in Galizien abhanden kam. Die Erinnerung an meine heftige Verliebtheit verblasste, ich war keine verträumte Schülerin mehr, die für ihren Geschichtelehrer schwärmte. Im Frühling 1915 fiel mein Bruder, und ich dachte nicht mehr so oft an Horvath. Und wenn ich an ihn dachte, war es eine vage warme, wohlige Erinnerung an ein Leben, das mir kaum mehr real erschien, an Tagträumereien, die mir kindisch vorkamen.

Franek kam zu uns, sah sich das Bein genauer an und ließ ihn in den OP-Waggon heben. Er forderte mich auf dabeizubleiben. Wochen später – da war Richard gerade an die Front zurückgekehrt – zog der Arzt mich damit auf, dass meine Verliebtheit von

Anfang an nicht zu übersehen gewesen sei. Ich protestierte, an dem ersten Tag sei ich sicherlich nicht verliebt gewesen, woraufhin Franek lachte, ich sei zumindest in Flammen gestanden.

Die Wunde wurde gesäubert – sie war stark verschmutzt –, genäht und verbunden. Richard wurde dem Waggon zugeteilt, in dem ich die Aufsicht hatte. In den frühen Morgenstunden bekam er hohes Fieber, die Wunde hatte sich infiziert, sie begann zu eitern. Er wälzte sich herum und bat um Wasser, das er sofort wieder ausspuckte, den Krankenkittel musste ich ihm laufend wechseln, so sehr schwitzte er. Wir mussten ihn schließlich festbinden, um ihn davon abzuhalten, die Wunde aufzureißen.

»Wenn es nicht besser wird, muss ich amputieren«, sagte Franek.

Das Fieber stieg, fiel und stieg von Neuem, Richard bekam Schüttelfrost, er sprach im Delirium und gab Schmerzenslaute von sich. Ich konnte nichts tun, als ihm immer wieder Wasser einzuflößen und die Wunde mit einer aseptischen Lösung zu spülen und sie sauber zu halten. Am dritten Tag ging die Temperatur zurück, die Wunde sah besser aus, eiterte nicht mehr so stark – selten hatte ich in meiner Zeit als Lazarettschwester ein so erhebendes Gefühl verspürt –, doch am Abend wollte die Quecksilbersäule hinter dem Glas nicht aufhören zu steigen. Franek bestand darauf zu amputieren, ich bat ihn eindringlich abzuwarten, er wurde fuchsteufelswild. In der Nacht träumte ich wirr von magischen Elixieren, von Feen und Elfen geküssten Tabletten, die den Bazillus aus Richards Blut vertreiben würden. Ich wurde von seinem Stöhnen geweckt, wie heiß er war! Ich schlug die Decke zurück, er zitterte am ganzen Körper und jammerte über Kälte. Am Morgen des fünften Tages war das Fieber gesunken, er sah mich mit klaren Augen an. Am Abend hatte er großen Hunger und wollte aufstehen, ich musste ihn beinahe mit Gewalt daran hindern.

»Die Schwester ist nicht von deiner Seite gewichen«, sagte ein Bettnachbar grinsend zu ihm.

»Und sie hat dein Bein gerettet, das wollte der Doktor schon absägen«, sagte ein anderer.

Richard war ungeduldig, wollte ins Freie gehen, ein Bad nehmen, ich ermahnte ihn zur Ruhe. Seitdem er aufgewacht war, siezten wir uns nicht mehr, unsere Gespräche bekamen schnell einen vertrauten Ton, ohne dass es sich eigenartig anfühlte. Ich mochte es, dass er mich oft mit meinem Vornamen ansprach.

Er erzählte mir, dass er noch vor Ende des Schuljahres eingezogen worden war. Wiederholt wurde er aufgrund seiner ungewöhnlichen Unterrichtsmethoden und seiner modernen Ansichten vor die Schulbehörde zitiert, bis man ihm schließlich dort die Einberufung vor die Nase hielt. Der Ausbildungsoffizier schikanierte ihn, wo es nur ging, und Mitte August befand er sich mit seiner Division auf dem Weg nach Siebenbürgen. Diese war nur zu dem Zweck aufgestellt worden, um die 1., 7. und 9. Armee in Rumänien zu unterstützen. Schon bei den ersten Gefechten in den Karpaten erkannte er, dass er dem Zug zugeteilt worden war, der besonders riskante Operationen zu übernehmen hatte. Ich erzählte ihm, wie es mir in den Lazaretten in Galizien ergangen war, und dass mein Bruder Gustav gefallen und mein Bruder Carl von der Ost- an die Südfront versetzt worden war. Wir sprachen es beide nicht aus und wussten trotzdem, dass der andere ebenso dachte: Welch ein Zufall, dass wir mitten im Nirgendwo in Siebenbürgen aufeinandergetroffen waren!

Es ging rasch bergauf, Richards Wunde verheilte gut. Es war ein sehr warmer September, in der Ferne leuchteten die Karpaten in der milden Herbstsonne. Unser Zug stand etwas außerhalb der Stadt Fogarasch und wartete auf Nachschub an Verpflegung und

Kohle. An den Nachmittagen verließen die Patienten, denen es möglich war, den Zug und setzten sich in die Sonne. Es gab einen Brunnen in der Nähe, wir stellten eine Badewanne auf, füllten sie mit Wasser und ließen die Männer baden. Richard saß auf einem Stuhl, während ich ihn mit einem Schwamm wusch, die Leute saßen oder lagen in der Wiese und sahen uns zu. Er bat mich um eine Rasur, er sei mit seinem verletzten rechten Arm nicht in der Lage, es selbst zu tun. Während ich ihn rasierte, hätte ich mich am liebsten hinuntergebeugt und ihn geküsst. Ich spürte, dass es ihm ähnlich ging und dass die anderen darauf warteten.

Ein paar der Krankenschwestern wollten sich die Innenstadt und die Festung von Fogarasch ansehen.

»Du solltest mitgehen«, sagte Richard. »Laut einer Sage zog von dort der legendäre Woiwode, Fürst Radu Vodă aus, um die Walachei zu gründen.«

Wir gingen durch die Festung, in der Ferne sahen wir immer wieder Feuer von Artilleriegeschützen aufflackern. Ich dachte die ganze Zeit an Richard, ich wollte so schnell wie möglich wieder in seiner Nähe sein und drängte darauf zurückzugehen.

Als wir beim Zug ankamen, erfuhren wir, dass der Nachschub an Kohle eingetroffen war und am Tag darauf die Fahrt nach Hermannstadt fortgesetzt werden sollte. Meine Knie zitterten, und ich fühlte mich schwach. Richard saß in der Wiese und rauchte, ich setzte mich zu ihm, dass es ihm auch nicht gut ging, war ihm anzusehen. Er gestand mir, dass er in den vergangenen zwei Jahren nicht aufgehört hatte, an mich zu denken, und ich legte meinen Kopf auf seine Schulter.

Der Zug war im Schritttempo unterwegs, wir benötigten einen ganzen Tag bis Hermannstadt. Es stellte sich heraus, dass das Lazarett überfüllt war und keine weiteren Patienten aufnehmen konnte, Richard stand die Erleichterung ins Gesicht geschrieben, und ich sandte ein Stoßgebet in den Himmel. Uns wurde ein Stellplatz auf einem abgelegenen Gleis eines verlassenen Frachtbahnhofes zugewiesen und wir richteten uns dort ein. Ringsum erstreckten sich Wiesen, westlich lag ein kleiner Wald, und in der Ferne konnte man die leuchtende Silhouette der Karpaten sehen. Der Koch kaufte einem Bauern zwei Schweine ab, schlachtete und grillte sie. Eine Romafamilie gesellte sich für eine Weile zu uns, die Männer packten ihre Geigen aus und spielten auf. Manchmal verschwanden sie und kamen mit Eiern zurück, mit Kartoffeln, Krautköpfen, toten Hühnern, sie teilten mit uns, und wir fragten nicht, woher sie die Lebensmittel hatten. Die Badewanne wurde wieder ins Freie gestellt, Decken wurden ausgebreitet. Die Patienten saßen im Freien, spielten Karten, rauchten, schrieben Briefe oder streckten einfach nur ihr Gesicht der Sonne entgegen.

Wir wurden rasch ein Liebespaar. Worauf hätten wir denn warten sollen?

Es ging von mir aus, wobei es nicht so war, dass ich ihn verführte, aber ich war es, die den ersten Schritt machte, indem ich einen geeigneten Platz suchte und ihm zeigte. In Richards Kopf war ich immer noch die ehemalige Schülerin, und er fühlte sich verantwortlich für mich. Jeden Moment konnte es so weit sein, dass er in das Lazarett übersiedeln musste oder gar an die Front geschickt wurde, wir spürten, wir hatten nicht viel Zeit. Die Behörden wussten: Ein Arzt konnte Mitleid empfinden und eine Gesundschreibung hinauszögern. Weshalb ein berittenes Rekrutierungskommando die Lazarette und Spitäler an der Ostfront und neuerdings auch in den Karpaten durchkämmte – nach Soldaten, die so weit genesen waren, dass sie an die Front zurückgeschickt werden konnten. Der Offizier, der es anführte, war berüchtigt. Er zeigte kein Erbarmen, verschont wurden nur die Amputierten, die Wunde kaum verheilt, das Fieber nicht ganz gesunken, die Nerven auf das Äußerste zerrüttet, das alles war gleichgültig. Wir hörten, dass sein Credo war: Im Krieg bedeutet Krankheit etwas anderes als im Frieden, die Männer gehören dem Kaiser!

Es war ein winziger, abgelegener Raum des verlassenen Bahnhofsgebäudes, der früher ein Stall gewesen war für die Zugtiere der Fuhrwerke, die von weit her kamen, um eine Fracht abzuholen. Das einzige Fenster war mit Brettern vernagelt – durch die Ritzen drang das Sonnenlicht und warf zitternde Muster an die Wände –, in der Ecke stand ein leerer Futtertrog, es roch nach Heu.

Richard sah sich um und fragte: »Bist du sicher, dass du es willst?«

An den späten Nachmittagen, wenn alle schläfrig waren, es nichts zu tun gab und es nicht auffiel, wenn man sich für einen Spaziergang entfernte, stahlen wir uns für eine Stunde fort. Er klemmte ein Brett unter die Klinke, ich breitete die Decke aus, und er bestand darauf, mir die Krankenschwestertracht auszuziehen.

Manchmal trafen wir uns im Wald, an einer Flussbiegung, die wir entdeckt hatten. Ich gab vor, Pilze zu suchen, und marschierte los, Richard folgte mir nach einer Weile. Er war in seiner Zartheit so ganz auf mich bezogen, in seiner Zärtlichkeit so sicher. Ich liebte ihn so sehr! Ich erinnere mich, dass ich mir wünschte, dass es so weitergehen sollte. Ich stellte mir tatsächlich in meinen Tagträumen vor, dass – kaum waren die warmen Tage vorüber – der Krieg zu Ende war und wir gemeinsam nach Hause fuhren. In Wien würde er wieder unterrichten, sich für die Sozialdemokratische Partei engagieren, und ich Medizin studieren, wir würden zusammenleben. Ich erzählte ihm, dass es mein großer Wunsch war, Ärztin zu werden, er war beeindruckt und hörte nicht auf, mich darin zu bestärken.

»Das ist wunderbar, weißt du das? Das ist so, so wunderbar«, sagte er und bedeckte meinen Körper mit kleinen Küssen.

Er erzählte mir von seiner Familie.

»Ich bin mit Frauen groß geworden, deshalb verstehe ich sie gut«, scherzte er.

Er war – als Drittältester – mit drei Schwestern in sehr ärmlichen Verhältnissen aufgewachsen. Sein Vater, ein einfacher Arbeiter in einer Lokomotivfabrik, verunglückte tödlich bei einem Unfall, da war Richard zehn Jahre alt. Seine Mutter zog die vier Kinder in einer winzigen Wohnung alleine groß, die kleine Witwenpension reichte gerade zum Überleben. Ein entfernter Verwandter, er war wohlhabend, zahlte einen monatlichen Beitrag für Richard, damit dieser das Gymnasium und die Universität besuchen konnte. Er fand es ungerecht, dass nur er unterstützt wurde und seine Schwestern nicht, sie waren alle begabt, klug und hätten gerne die Schule weiter besucht. Von dem Mann forderte er in hitzigem jugendlichen Eifer, er möge alle unterstützen oder keinen, der Mann lachte ihn nur aus, er zahle nicht für Weiber, die sollten heiraten. Die Mutter beschwor Richard, zufrieden zu sein, es nütze niemanden etwas, auch seinen Schwestern nicht, wenn er auf die Beihilfe verzichte. Er arbeitete neben dem Studium, die Familie kratzte jeden Pfennig zusammen, um zumindest der Jüngsten die Ausbildung zur Volksschullehrerin zu ermöglichen.

Nachdem wir uns geliebt hatten, saßen wir nackt beieinander, rauchten und redeten. Er malte begeistert unsere Zukunft aus, was wir alles erreichen und bewirken würden, und ich konnte mich in diesen Momenten kaum sattsehen an ihm. Für uns stand fest, dass wir zusammengehörten, einmal sprachen wir von Heirat und Kindern. Richard äußerte Bedenken darüber, ob mein

Vater ihn wohl akzeptieren würde, was ihm zwar gleichgültig sein werde, meinte er, für mich aber schwierig sein könnte. In einem Fotostudio in Hermannstadt ließen wir Fotos von uns aufnehmen. Das erste war misslungen, Richard hatte sich in dem Moment, in dem der Fotograf abgedrückt hatte, zu mir gewandt, weshalb es leicht verwackelt war. Von den zwei weiteren steckte jeder eines in seine Brusttasche.

Ob jemand unsere Liebe mitbekam?

Sie war von Anfang an ein offenes Geheimnis, niemand nahm Anstoß daran, im Gegenteil. Mir kam es so vor, als hätten die Kranken – und auch deren Bewacher – ihre Freude daran, uns zu beobachten, als wären wir, das verliebte Paar, das die Augen nicht voneinander lassen konnte, für sie das einzig Schöne und auch Beschützenswerte in der untergehenden Welt. Als im Lazarett Betten frei wurden, ein Krankentransport hatte einige in die Heimat mitgenommen, entschied Franek, dass Richard in unserem Zug bleiben durfte, bis er zurück an die Front musste. Es passierte, dass – wenn wir draußen saßen – Köpfe an den Waggonfenstern auftauchten, die schnell verschwanden, sobald wir uns umdrehten, dass die schwer Nervenkranken, die nicht sprachen, mit dem Oberkörper vor- und zurückwippten, in unserer Gegenwart unentwegt kicherten.

In der ersten Novemberwoche verließ Richard in Fogarasch unser fahrendes Lazarett, das ihn fast zwei Monate beherbergt hatte, er hatte sich zum Schluss nützlich gemacht, so gut er konnte. Franek wagte es nicht länger, ihn zu behalten. Wir waren verständigt worden, dass das Rekrutierungskommando sich unserem Standort näherte. Ein Laster holte ihn und weitere Männer ab und brachte sie zurück zum Oituz-Pass, wo die k. u. k. 71. Infanterie-Division auf sie wartete – oder das, was davon übrig war.

36

Kurz vor Kronstadt – dort tobte ein zäher Häuserkampf – erreichte uns die Nachricht, dass der Kaiser gestorben war. Draußen graute der Wintermorgen, ich stand mit Patienten vor einem Waggon, als Franek mit ernster Miene zu uns trat und die Verlautbarung machte. Für ihn sei es schwer vorstellbar, sagte er, Franz Joseph habe sieben Jahrzehnte regiert.

Mein Vater war im Jahr der Krönung des jungen Kaisers geboren worden, und ich kannte keinen Menschen, der vor seiner Regentschaft zur Welt gekommen war. Es lag fast spürbar in der Luft, das Gefühl, dass dies das Ende sei, nicht nur seiner Regentschaft, sondern der Monarchie überhaupt – und vielleicht auch des Krieges. Aber natürlich war das nur mein Wunsch, nichts weiter, während ich zum Horizont starrte, an dem die Sonne rotglühend aufging, und die kalte Luft einatmete. Franek verkündete, dass der Großneffe des verstorbenen Kaisers als Karl I. die Geschicke des Reiches weiterführen würde, er hatte den Oberbefehl über die Armee übernommen und übernahm Verantwortung für Siege wie für Niederlagen. Ich schloss die Augen und fragte mich, wie diese konkret aussah. Wir stiegen wieder in die Waggons zu unseren Verletzten. Das Frühstück kam, es bestand wie immer aus einem alten Stück Brot und dünnem Kaffee, es hatte sich nichts verändert, nur der Kaiser, für den die Soldaten sterben durften, war ein anderer.

Am Abend des 15. Dezembers nahmen wir eine Gruppe Verwundeter auf, die mit einem klapprigen Laster aus dem Gebirge um Predeal, der höchstgelegenen Stadt in Rumänien, zu einem

Bahnhof etwas außerhalb von Kronstadt transportiert worden waren, das Dorf trug den Namen Weidenbach. Ich weiß noch, dass es zwölf Mann waren und dass der Fahrer sie einfach ausgeladen und im kleinen Bahnhofsgebäude zurückgelassen hatte, bevor wir an Ort und Stelle waren. Er wagte nicht, in die umkämpfte Stadt hineinzufahren und sie direkt beim Lazarett abzuliefern. Er machte Feuer im kleinen Holzofen, sprach den Männern Mut zu und fuhr weg. Wir waren über ein Funkgerät verständigt worden, doch kamen wir aufgrund von starkem Schneefall nur langsam voran.

Richard war unter ihnen. Im ersten Moment dachte ich, er sei von seinem Gruppenführer als Begleitperson der Verwundeten abkommandiert worden, weil er aufrecht saß, alle Gliedmaßen vorhanden waren und keine Wunde sichtbar war. Er lächelte mich an, sagte, wie glücklich er sei, mich zu sehen, und strich mir durchs Haar. Als ich seinen Mantel öffnete, sah ich, dass er an der Seite getroffen worden war. Er wurde als erster auf den Operationstisch gehoben. Franek entfernte die Kugel, das Chloroform war ausgegangen, das Morphium war knapp, und wir benötigten es für die Amputationen. Wir hielten ihn zu zweit fest, ich seine Arme, eine Kollegin seine Beine, aber es wäre nicht nötig gewesen, er wehrte sich nicht, sah mich nur unverwandt an. Franek forderte mich auf, bei ihm zu bleiben, er hatte erkannt, in welcher Verfassung ich war, und spürte, dass ich ohnehin keine Hilfe mehr sein würde. Ich legte mich neben Richard. Er starb in meinen Armen, im Waggon Nummer vier, auf der Trage Nummer sechzehn, auf diesem gottverlassenen Bahnhof in der Nähe von Kronstadt, während große, weiche Schneeflocken herumwirbelten und unseren Geisterzug bedeckten.

Ich suchte um Urlaub und Versetzung an. Obwohl Franek mich nicht gerne ziehen ließ, erteilte er mir die Erlaubnis, er umarmte mich zum Abschied, und auch die anderen taten es. Das Wien, in das ich zurückkehrte, war dunkel, hungrig und kriegsmüde. In mein Heimatdorf wollte ich nicht fahren, weil ich mich den Fragen der Eltern nicht stellen wollte. Ich hatte nicht die Kraft, Richards Familie zu besuchen. Die leere Wohnung ließ mich beinahe durchdrehen. In der zweiten Nacht hatte ich das Gefühl, irrsinnig zu werden, ich zitterte am ganzen Körper und konnte nicht aufhören zu schreien, zu schluchzen. Am Morgen schnitt ich mir die Haare ab und meldete mich bei der Militärsanitätsleitstelle, ich bat um eine Stelle an der Südfront. Ich wurde dem Kriegsspital in Meran zugeteilt. Den Weihnachtsfeiertag verbrachte ich im Zug Richtung Innsbruck, dort musste ich ein paar Stunden warten, bevor es über Brixen und Bozen weiter nach Meran ging.

Als ich im November 1918 in mein Heimatdorf zurückkehrte, konfrontierte ich meine Eltern mit meinem Wunsch, Medizin zu studieren. Beide waren nicht begeistert, mein Vater erteilte mir eine klare Absage. Für sie war die Medizinerwelt eine raue Männerwelt, in der ich – ihre geliebte Tochter – nur Schaden nehmen könne und leiden würde.

Anfang Jänner 1919 erhielt ich einen Brief des Arztes, unter dem ich im Lazarett in Asiago gedient hatte, er war in Wien und arbeitete auf der Chirurgie im Allgemeinen Krankenhaus. Er teilte mir mit, dass Krankenschwestern händeringend gesucht wurden, und fragte mich, ob ich nicht mit ihm arbeiten wolle. Ich reiste nach Wien und trat die Stelle an.

An einem freien Tag besuchte ich Richards Mutter, ich kündigte mich nicht an, sondern stand einfach vor ihrer Tür. Sie war mit ihrem Enkelkind allein zu Hause und wusste sofort, wer ich war. Sie lebte zusammen mit ihrer Tochter, deren Mann und dem kleinen Kind in der Zweizimmerwohnung, in der sie ihre vier Kinder großgezogen hatte. Sie erzählte von ihren insgesamt acht Enkelkindern.

»Ich hoffe, es kommt keines mehr dazu«, sagte sie, »die Zeiten sind hart genug.«

Aus einer Metalldose kramte sie einen Brief hervor, den einzigen, den Richard ihr von der Front geschickt hatte. Ich konnte mich gut an den Nachmittag erinnern, an dem er ihn geschrieben hatte, vornübergebeugt über den Stuhl, der als Tisch fungierte, sich immer wieder nach hinten streckend, mit der Zigarette im Mund, während ich wenige Meter von ihm entfernt einem Patienten den Kopfverband wechselte, einen anderen rasierte, einen dritten schimpfte, weil er nicht baden wollte.

Sie zog das beschriebene Blatt aus dem Kuvert und reichte es mir. Er hatte über uns geschrieben.

Hier in Siebenbürgen traf ich eine ehemalige Schülerin von mir, und es war nicht irgendeine Schülerin. Ihr Name ist Elisabeth Brugger. (Könnt Ihr Euch an den Namen erinnern?) Ich konnte es kaum glauben, als sie vor mir stand! Es erschien mir wie ein Wunder. Sie arbeitet als Krankenschwester in einem Lazarettzug, in dem ich mich seit vier Wochen befinde. Dieser Zug ist das reinste Kuriosum! Er tuckert zwischen Hermannstadt und Kronstadt hin und her und sammelt Verwundete auf. Ich wurde bei einer Offensive am rechten Arm und am rechten Oberschenkel verletzt, bitte macht Euch nicht zu große Sorgen, wenn Ihr das lest! Es sind harmlose Wunden, sie heilen gut.
Elisabeth will Medizin studieren. Sie wird eine gute Ärztin werden, eine, die den Menschen zugewandt ist. Weil sie voller Liebe ist, eine Entschlossenheit an den Tag legt (die ich mir bei vielen Menschen wünschen würde), weil sie klug ist und verantwor-

tungsvoll, weil sie die Welt zu einer besseren machen will. Ich sehe das täglich hier in unserem Zug. Mutter, ich denke, Du wirst Dich über diese Nachricht freuen. Elisabeth und ich lieben uns, wir wollen heiraten. Dass sie etwas Besonderes ist, war mir schon bewusst, als sie noch meine Schülerin war. (Dass sie mich anhimmelte, war mir auch bewusst, aber sie mag es gar nicht gerne, wenn ich sie damit aufziehe.) Sie war diejenige, die in der ersten Reihe saß, mich mit ihren großen Augen ansah und mit Fragen löcherte. Sie löste einmal in der Klasse einen regelrechten Streit aus, weil sie die Frage aufwarf: Wie weit erstreckt sich Verantwortung? Ich erzählte Euch davon, und wir diskutierten lautstark am Küchentisch darüber, den ganzen Abend lang. Wisst Ihr noch?

Sie zog ein weiteres Blatt aus dem Kuvert und reichte es mir mit den Worten: »Ich wusste, Sie würden früher oder später kommen. Weshalb ich den Brief schon vor langer Zeit für Sie abgeschrieben habe, Sie werden verstehen, dass ich Ihnen das Original nicht geben kann.«

Sie holte aus der Metalldose eine Fotografie hervor und fügte hinzu: »Auch das werde ich behalten. Sie haben damals sicherlich auch eines für sich machen lassen.«

Es war das Bild von uns beiden, das wir in Hermannstadt hatten machen lassen und das uns der Fotograf geschenkt hatte, weil es misslungen war. Ich strahlte mit offenen Augen den Betrachter an – meine heftige Verliebtheit war unverkennbar –, Richard, der mich liebevoll anblickte, war verschwommen. Es war seltsam für mich, das Bild zu sehen. Es wirkte auf mich, als ob Richard bereits in dem Moment, in dem es aufgenommen worden war, nicht mehr unter den Lebenden geweilt hätte. Als würde er mir von einer anderen Wirklichkeit aus zusehen, wie ich erwartungsfroh der Zukunft entgegenblickte.

Ja, so war das mit meiner ersten großen Liebe, jetzt weißt du das auch.

Was macht einen Menschen zu dem, was er ist? Was prägt ihn? Der Kopf und das Temperament. Hör auf dein Temperament! Das ist ein guter Rat, den man jemandem geben kann. Und natürlich spielt der Körper eine Rolle. Am Ende ist die Geschichte eines Lebens im Körper ebenso enthalten wie im Gehirn.

Bis zu einem gewissen Teil prägt einen auch die Familie, aus der man kommt. Aber, was die Familie betrifft, bin ich ganz fürs Eingrenzen: Das kannst du nicht auf deine Eltern schieben, auf deine Herkunft, auf deine harte Kindheit, darauf, dass du Geschwister hast oder eben keine, oder auf deine Gene oder die Gesellschaft oder sonst was! Geh davon aus, dass du allein die Verantwortung für dein Handeln trägst, und leb dein Leben danach.

Und abgesehen von der Zeit, in die man hineingeboren wird und deren Unwägbarkeiten man sein Leben lang hinterherhechelt, gibt es auch noch Begegnungen mit Menschen, die direkt oder indirekt Einfluss auf uns nehmen. Bei mir war das mit Sicherheit mein Geschichtelehrer.

Am Tag darauf saß Georg auf der Treppe vor meiner Wohnung.

Wir unterhielten uns, tranken eine Tasse Tee zusammen, erst in der Küche erkannte ich, dass er seinen Arm verloren hatte. Meine Reaktion war Betroffenheit, aber vor allem Verlegenheit, sie kränkte Georg, und er verabschiedete sich rasch.

Nachdem er gegangen war, saß ich im dunklen Wohnzimmer, die Straßenlaterne schien hell durch das Fenster. Ich dachte an den Abend vor vielen Jahren – als die Welt noch eine völlig andere gewesen war –, an dem wir in diesem Zimmer beieinander gesessen und über Verantwortung diskutiert hatten: die Eltern,

Gustav, seine Freunde, darunter der in mich verliebte Georg, und ich, die nur ihren Geschichtelehrer im Kopf hatte.

An dem Abend fiel meine Entscheidung. Zwei Tage darauf machte ich mich auf zu Georgs Willkommensfest, das seine Mutter für ihn organisiert hatte.

Meine Geschichte endet hier, liebe Christina. Ich freue mich auf deine. Und darauf, deine Studienzeit mit dir erleben zu dürfen. Wenn dich das nächste Mal deine Studienkolleginnen besuchen, können wir gemeinsam kochen und über eure Vorlesungen sprechen, ich bin neugierig. Oder ich zeige euch, wie man tarockiert. Das haben Georg und ich viel gemacht, mit unseren Buben, meine Mutter ist neben Georg gesessen und hat seine Karten gehalten. Oder wir legen alte Platten auf, und ich zeige euch, wie man Shimmy und Charleston tanzt, ich habe noch mein Grammophon und einige der Platten von damals. Sogar die eine, zu der ich Georg überreden konnte, mit mir zu tanzen, auf diesem Fest im Hause Tichy.

Du willst wissen, wie es lief an dem Abend?

Ich zog mich noch im Krankenhaus um und machte mich frisch, ich trug sogar Lippenstift auf, was ich für gewöhnlich nie tat. Ich spazierte an den Stadtrand, in die Straße, in der sich das Haus der Familie Tichy befand, die Luft war klirrend kalt, ich ging schnell, um nicht zu frieren. Gustav und ich hatten Georg einmal nach Hause begleitet, aber ich konnte mich nicht an die genaue Adresse erinnern, nur an die Straße. Ich fragte eine ältere Frau danach und sie begleitete mich bis zur Tür. Eine Hausangestellte ließ mich herein.

Im Salon hielten sich mehrere Leute auf, sie standen in Grüppchen beieinander und unterhielten sich. Am Grammophon lief eine Schallplatte mit deutschen Operettenliedern – ein merkwürdiger Kontrast zum überdimensionierten Weihnachtsbaum, der in einer Ecke stand –, auf einem Tisch gab es ein kaltes Buffet, alles war liebevoll dekoriert. Es war offensichtlich, dass sich die Mutter, überglücklich über die Heimkehr des totgeglaubten Sohnes, ins Zeug gelegt hatte. Trotzdem herrschte eine bedrückte Stimmung, alle warfen immer wieder einen verstohlenen Blick zu Georg, der abseits bei einem älteren Mann stand. Später erfuhr ich, dass es der berühmte Onkel war, dieser sprach eindringlich mit ihm, Georg hörte mit abweisendem Gesichtsausdruck zu und sah dabei zu Boden. Ich schnappte mir ein Glas Sekt und betrachtete die Leute, ich weiß noch, dass ich dachte: Die männlichen Tichys haben den Krieg wohl alle hinter dem Schreibtisch verbracht. Es war – außer Georg – niemand versehrt, keiner schien krank zu sein. Eine Frau kam auf mich zu, es musste die Mutter sein, sie fragte, wer ich sei, wer mich eingeladen habe. Ich nannte ihr meinen Namen und sagte, dass Georg mich eingeladen habe, daraufhin drehte dieser sich um, seinen überraschten Blick, seine übermäßige Freude mich zu sehen, vergaß ich nie. Ich trat zu ihm, legte ihm die Hand auf die Schulter und küsste ihn vor allen auf den Mund.

Wir waren allein auf der Terrasse, ich rauchte, und er stand ganz nah bei mir, er roch gut. Ich sagte ihm, dass es mein Wunsch war, Medizin zu studieren, und mein noch größerer Wunsch, dass er mich dabei unterstützte. Er versprach es mir: »Das tue ich sehr gerne.«

Im Salon legten seine Schwester und ich eine andere Schallplatte auf das Grammophon, und wir zwei begannen zu tanzen, die Mutter folgte unserem Beispiel. Die Leute sahen uns amüsiert zu. Die Stimmung veränderte sich, zum Schluss tanzten alle, auch Georg, der sich zuerst zierte. Ich hielt ihn fest, wir hielten einander fest und wir tanzten zu einem Jazzsong – damals war Jazz der neueste Schrei aus Amerika: I'm dreaming dreams /

I’m scheming schemes / I’m building castles high / Just like a sweet butterfly / And as the daylight is dawning / They come again in the morning / I’m forever blowing bubbles.

Bei der Recherche halfen mir besonders
diese vier Bücher:

Jelinek, Gerhard: 1924. Schneller, frecher, wilder. Der Beginn der fabelhaften Zwanziger. Amalthea, Wien, 2023

Herrberg, Heike und Wagner, Heidi: Wiener Melange. Frauen zwischen Salon und Kaffeehaus. edition ebersbach, Berlin, 2014

Van de Laar, Arnold: Schnitt! Die ganze Geschichte der Chirurgie erzählt in 28 Operationen. Droemer, München, 2016

Gerste, Ronald D.: Wie Krankheiten Geschichte machen. Von der Antike bis heute. Klett-Cotta, Stuttgart, 2022 (4. Auflage)

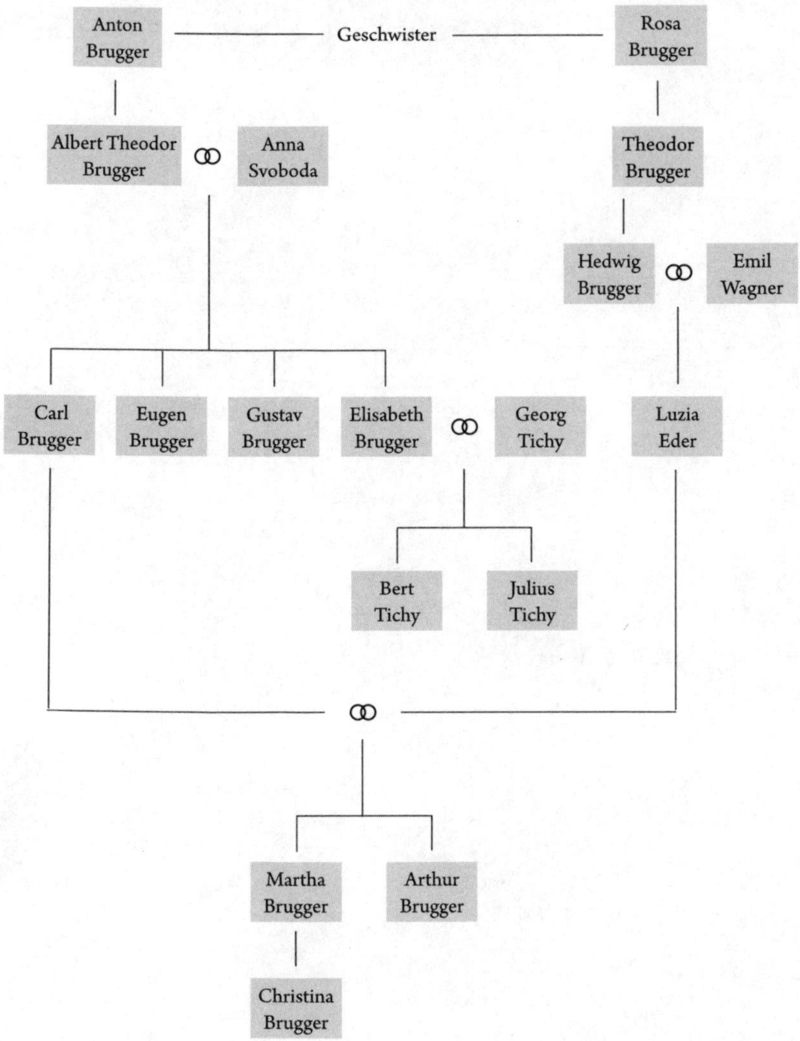
Anton Brugger
Geschwister
Rosa Brugger
Albert Theodor Brugger
Anna Svoboda
Theodor Brugger
Hedwig Brugger
Emil Wagner
Carl Brugger
Eugen Brugger
Gustav Brugger
Elisabeth Brugger
Georg Tichy
Luzia Eder
Bert Tichy
Julius Tichy
Martha Brugger
Arthur Brugger
Christina Brugger